Gustave Flaubert
Salambo

SERIE PIPER

Zu diesem Buch

Karthago, 241 vor Christus: Zwischen Karthago und seinem um den Sold geprellten Söldnerheer herrscht angespannte Feindseligkeit. Als Salambo, Tochter des karthagischen Königs Hamilkar, schlaftrunken durch die Reihen der zechenden Söldner wandelt, blickt sie plötzlich in die Augen von Matho, dem Anführer des Söldnerheeres. Wie eine Naturgewalt empfindet sie die Liebe auf den ersten Blick und verfällt ihm. Für diese Obsession muß sie jedoch büßen, und es entflammt ein jahrelanger Krieg zwischen der Stadt und dem Söldnerheer: Kampfelefanten und Belagerungswaffen, Göttertempel und unermeßliche Reichtümer, orientalische Paläste und antike Aquädukte bestimmen das Szenario dieses herausragenden historischen Romans. Am Ende blickt Salambo noch einmal in die Augen Mathos, der gefangengenommen worden ist, und es ist für beide das letzte Mal.

Gustave Flaubert, geboren am 12. Dezember 1821 in Rouen, studierte Rechtswissenschaften und lebte aus gesundheitlichen Gründen seit 1846 zurückgezogen in Croisset, wo er am 8. Mai 1880 starb. Als Hauptvertreter des französischen Realismus entlarvte er in seinen meisterhaften Romanen vor allem die zeitgenössische Bourgeoisie.

Gustave Flaubert
Salambo

Roman

Aus dem Französischen von
Petra-Susanne Räbel

Piper München Zürich

Von Gustave Flaubert liegt in der Serie Piper außerdem vor:
Das Wörterbuch der Gemeinplätze (3016)

Ungekürzte Taschenbuchausgabe
Piper Verlag GmbH, München
September 2001
Titel der französischen Originalausgabe:
»Salammbô«, Michel Lévy Frères, Paris 1862/1863

Umschlag: Büro Hamburg
Stefanie Oberbeck, Isabel Bünermann
Umschlagabbildung: Albert Moore, Hugh Lane
Municipal Gallery, Ireland
Satz: Fotosatz Michel, Gießen
Druck und Bindung: Clausen & Bosse, Leck
Printed in Germany ISBN 3-492-23017-2

Inhaltsverzeichnis

I

Das Festmahl

Es war in Megara, Vorstadt Karthagos, in den Gärten Hamilkars.

Die Soldaten, die er auf Sizilien befehligt hatte, veranstalteten ein großes Festmahl, um den Jahrestag der Schlacht um Eryx zu feiern, und da der Feldherr nicht anwesend war und sie sich zahlreich eingefunden hatten, aßen und tranken sie ganz wie es ihnen gefiel.

Die Hauptleute in ihren bronzenen Kothurnen hatten sich auf dem Hauptweg niedergelassen unter einem purpurnen Segel mit goldenen Fransen, das von der Wand der Pferdeställe bis zur ersten Terrasse des Palastes reichte. Die gemeinen Soldaten verteilten sich unter den Bäumen; dazwischen konnte man zahlreiche Gebäude mit flachen Dächern erkennen; Keltereien, Vorratsräume, Speicher, Backstuben und Waffenarsenale, mit einem Hof für die Elefanten, Gruben für die wilden Tiere und einem Kerker für die Sklaven.

Feigenbäume umstanden die Küchen; ein Hain aus Sykomoren erstreckte sich bis zum üppigen Grün, wo zwischen den weißen Büschen der Baumwollsträucher Granatäpfel hervorschimmerten; mit Trauben beladene Weinreben erklommen das Astwerk der Pinien; ein Feld von Rosen erblühte unter den Platanen; hier und dort wiegten sich Lilien auf dem Rasen; schwarzer Sand, mit Korallenstaub vermengt, bedeckte die Pfade, und in der Mitte glich die lange Allee aus Zypressen einer doppelten Kolonnade grüner Obelisken.

Im Hintergrund türmte auf mächtigen Grundmauern

der aus gelbgeflecktem numidischen Marmor erbaute Palast seine vier terrassenförmigen Stockwerke auf. Mit seiner geraden Haupttreppe aus Ebenholz, an den Ecken jeder Stufe mit dem Rammsporn einer besiegten Galeere versehen, mit seinen durch ein schwarzes Kreuz viergeteilten, roten Toren, seinen eisernen Rosten, die ihn unten vor Skorpionen schützten, und den vergoldeten hölzernen Gitterstäben, die oben seine Fensteröffnungen versperrten, schien er den Soldaten in seiner unnahbaren Pracht ebenso würdevoll und unergründlich wie das Antlitz Hamilkars.

Der Senat hatte ihnen sein Haus für dieses Festmahl überlassen. Die im Eschmun-Tempel untergebrachten Verwundeten waren schon im Morgengrauen aufgebrochen und hatten sich auf ihren Krücken hierhergeschleppt. Immer wieder kamen neue hinzu. Auf allen Pfaden strömten sie unaufhörlich heran, wie Sturzbäche, die sich in einen See ergießen. Zwischen den Bäumen sah man die Küchensklaven umhereilen, verstört und halbnackt; die Gazellen auf den Rasenflächen flohen blökend; die Sonne sank, und der schwere Duft der Zitronenbäume verstärkte noch die Ausdünstungen dieser schweißgebadeten Menge.

Männer der verschiedensten Völker waren darunter, Ligurer, Lusitaner, Balearen, Neger und Flüchtlinge aus Rom. Neben der schwerfälligen dorischen Mundart erschallten die keltischen Silben rasselnd wie Streitwagen, und die ionischen Endungen prallten auf die Konsonanten der Wüste, schneidend wie die Schreie des Schakals. Den Griechen erkannte man an seiner schlanken Taille, den Ägypter an seinen hohen Schultern, den Kantabrer an seinen kräftigen Waden. Die Karer wiegten stolz die Federn ihrer Helme, die Bogenschützen aus Kappadozien hatten sich mit Kräutersäften große Blumen auf den Körper gemalt, und einige Lyder in Frauenkleidern trugen Pantoffeln und Ohrringe zum Mahl. Andere hatten sich zum Schmuck mit Zinnober bestrichen und glichen Statuen aus Korallen.

Sie streckten sich auf den Kissen aus, aßen in der Hocke um große Servierplatten oder zogen auf dem Bauch liegend Fleischstücke zu sich heran und schwelgten, gestützt auf ihre Ellenbogen, in der friedlichen Haltung von Löwen, die ihre Beute in Stücke reißen. Die zuletzt gekommen waren, blickten auf die niedrigen Tische, die halb unter den scharlachroten Teppichen versanken und warteten an die Bäume gelehnt, bis sie an die Reihe kamen.

Da die Küchen Hamilkars nicht ausreichten, hatte der Senat ihnen Sklaven, Geschirr und Liegestätten gesandt; und in der Mitte des Gartens sah man wie auf einem Schlachtfeld, wenn die Toten verbrannt werden, große helle Feuer, über welchen Ochsen brieten. Anisbestreute Brote wechselten mit mächtigen Käserollen, schwerer noch als Diskusscheiben, Mischkrüge mit Wein und Schalen mit Wasser standen neben blumengefüllten Körben aus Goldfiligran. Die Freude darüber, sich endlich nach Herzenslust den Bauch vollschlagen zu können, ließ alle Augen weit werden: hier und dort wurden Lieder angestimmt.

Zuerst servierte man ihnen Vögel in grüner Sauce, auf Tellern aus rotem Ton mit schwarzen Mustern, sodann alle Arten von Muscheln, die man an den punischen Küsten sammelt, Breie aus Weizen, Saubohnen und Gerste und Schnecken in Kümmel auf Bernsteinschalen.

Anschließend wurden die Tische mit Fleisch bedeckt: Antilopen mit ihren Hörnern, Pfauen samt Gefieder, ganze Hammel in süßem Wein gesotten, Kamel- und Büffelschlegel, Igel in Garum, geröstete Heuschrecken und eingelegte Siebenschläfer. Im Kochgeschirr aus Tamrapanniholz schwammen große Fettstücke inmitten von Safran. Alles strömte über von Salzlake, Trüffel und Asa foetida. Pyramiden aus Früchten stürzten über Honigwaben in sich zusammen, und auch einige dieser kleinen dickbäuchigen Hunde mit den mattroten Borsten, die mit Oliventrester gemästet wurden, hatte man nicht vergessen, ein karthagisches Gericht, das anderen Völkern Abscheu einflößte. Die Verwunderung über die ungewohnten Speisen reizte die Gier der Mägen. Die Gallier mit ihren langen, auf dem Scheitel hochgerafften Haaren rissen sich um die Wassermelonen und Limonen und verzehrten sie samt Schale in großen Bissen. Da sie noch nie Langusten gesehen hatten, zerschnitten sich die Neger an deren roten Stacheln das Gesicht. Die glattrasierten Griechen dagegen, weißer noch als Marmorstatuen, warfen die Schalen von ihrem Teller hinter sich, während die in Wolfsfelle gehüllten Hirten aus Bruttium, tief über ihren Teller gebeugt, stumm ihr Mahl hinunterschlangen.

Die Nacht brach herein. Man zog das über die Zypressenallee gebreitete Sonnensegel zurück und trug Fackeln herbei.

Der flackernde Schein des Petroleums, das in Porphyrgefäßen brannte, erschreckte hoch oben in den Zedern die dem Mond geweihten Affen. Sie stießen Schreie aus, was die Soldaten belustigte.

Langgezogene Flammen zuckten auf den ehernen Kürassen. Ein Funkeln, Flimmern und Glitzern sprühte von den mit Edelsteinen besetzten Schalen. Die Mischkrüge mit ihrer Bordüre aus konvexen Spiegeln vervielfachten das verbreiterte Abbild der Dinge; die Soldaten drängten sich um sie, betrachteten sich mit Staunen darin und schnitten Grimassen, um sich gegenseitig zum Lachen zu bringen. Über die Tische hinweg warfen sie sich die elfenbeinernen Schemel und goldenen Spateln zu. Sie tranken in kräftigen Zügen die griechischen Weine, die in Schläuchen gelagert werden, die in Amphoren verwahrten Weine aus Kampanien, die Weine der Kantabrer, die man in Fässern transportierte, und Weine aus Jujuben, Zimt und Lotos. Ganze Lachen davon, in denen man ausglitt, bedeckten den Boden. Der Dampf der Fleischgerichte stieg mit dem Dunst des Atems in das Blattwerk empor. Das Kauen der Zähne mischte sich mit dem Lärm der Gespräche, der Gesänge, der Schüsseln, dem Klirren der kampanischen Gefäße, die in tausend Scherben zerbarsten, oder dem klaren Klang einer großen silbernen Schale.

In dem Maße wie ihre Trunkenheit wuchs, erinnerten sie sich mehr und mehr der Ungerechtigkeit Karthagos. In der Tat hatte die vom Krieg erschöpfte Republik zugelassen, daß sich alle zurückkehrenden Heerscharen in der Stadt sammelten. Giskon, ihr General, hatte sie in weiser Voraussicht eine nach der anderen wieder fortgeschickt, um die Begleichung ihres Soldes zu vereinfachen, und der Senat hatte geglaubt, daß sie schließlich mit einigen Abzügen einverstanden wären. Doch heute nahm man es ihnen übel, sie nicht bezahlen zu können. In den Köpfen des Volkes verschmolz diese Schuld mit den dreitausendzweihundert euböischen Talenten, die Lutatius forderte, und so waren sie, wie Rom, ein Feind Karthagos. Die Söldner spürten dies; daher ergoß sich ihre Empörung in Drohungen und Exzessen. Schließlich verlangten sie, gemeinsam einen ihrer Siege feiern zu dürfen, und die Partei des Friedens willigte ein und rächte sich damit an Hamilkar, der diesen Krieg so lange aufrecht erhalten hatte. Allen seinen Anstrengungen zum Trotz war er zu Ende gegangen, so daß der Feldherr, an Karthago verzweifelnd, den Oberbefehl über die Söldner wieder an Giskon abgegeben hatte. Seinen Palast für dieses Gelage auszuwählen bedeutete, einen Teil des Hasses, den man ihnen entgegenbrachte, auf Hamilkar zu lenken.

Im übrigen mußten die Ausgaben unermeßlich sein; er hätte sie fast ganz zu tragen.

Stolz darüber, die Republik in die Knie gezwungen zu haben, glaubten die Söldner, daß sie nun endlich heimkehren würden mit dem Blutsold in der Kapuze ihres Mantels. Doch durch die Nebelschleier der Trunkenheit betrachtet schienen ihnen ihre Strapazen ungeheuerlich und zu kärglich vergolten. Sie zeigten sich ihre Verwundungen, erzählten von ihren Gefechten, ihren Fahrten und den Jagden in ihren Heimatländern. Sie ahmten die Schreie, die Sprünge der wilden Tiere nach. Dann folgten schändliche Wetten; den Kopf in die Amphoren gesteckt tranken sie ohne abzusetzen wie durstige Dromedare. Ein hünenhafter Lusitaner, der an jedem ausgestreckten Arm einen Mann trug, lief zwischen den Tischen hindurch und schnaubte dabei Feuer durch die Nasenlöcher. Lakedämonier, die ihre Kürasse nicht abgelegt hatten, stampften schwerfällig umher. Einige näherten sich wie Frauen und machten dabei obszöne Gesten; andere entkleideten sich, um zwischen all den Trinkschalen in der Art der Gladiatoren zu kämpfen und eine Gruppe Griechen tanzte um eine Vase, auf welcher Nymphen abgebildet waren, währenddessen ein Neger mit einem Ochsenknochen auf einen eisernen Schild schlug.

Plötzlich hörten sie einen klagenden Gesang, einen Gesang, volltönend und weich, der dem Auf und Ab der Melodien folgte, wie der Flügelschlag eines verletzten Vogels.

Es war die Stimme der Sklaven in dem Verlies. Mit einem Satz sprangen die Soldaten auf und verschwanden, um sie zu befreien.

Als sie wiederkamen, trieben sie unter großem Geschrei etwa zwanzig Männer, die man an ihren bleichen Gesichtern erkennen konnte, durch den Staub. Kleine kegelförmige Kappen aus schwarzem Filz bedeckten ihre kahlgeschorenen Köpfe; alle trugen hölzerne Sandalen und rasselten wie rollende Fuhrwerke.

Sie erreichten die Zypressenallee und verloren sich in der Menge, die sie ausfragte. Einer von ihnen war etwas abseits stehengeblieben. Durch die Risse seiner Tunika hindurch konnte man seine mit langen Hiebwunden zerschrammten Schultern erkennen. Mißtrauisch blickte er mit gesenktem Kinn um sich und hielt die Lider wegen des blendenden Fackelscheins ein wenig geschlossen; doch als er sah, daß keiner dieser bewaffneten Männer ihm übel wollte, löste sich ein tiefer Seufzer aus seiner Brust: Er stammelte, grinste verlegen unter klaren Tränen, die sein Gesicht wuschen; dann ergriff er einen vollen Krug an den Ringen, hob ihn mit gestreckten Armen, von denen Ketten herabhingen, hoch empor, dann mit Blick zum Himmel und den Becher noch immer in Händen sprach er:

»Seid gegrüßt, zuerst du Baal-Eschmun Befreier, den die Menschen in meiner Heimat Äskulap nennen! und ihr, Geister der Quellen, des Lichts und der Wälder! und ihr, Götter verborgen unter den Bergen und in den Höhlen der Erde! und ihr starke Männer in euren funkelnden Harnischen, die ihr mich befreit habt!«

Dann ließ er das Gefäß sinken und erzählte seine Geschichte. Man nannte ihn Spendius. Die Karthager hatten ihn in der Schlacht bei den Ägatischen Inseln gefangengenommen, und auf Griechisch, Ligurisch und Punisch dankte er noch einmal den Söldnern; er küßte ihnen die Hände; schließlich beglückwünschte er sie zu dem Festmahl, zeigte sich jedoch überrascht, daß er die Kelche der Heiligen Legion nicht entdecken konnte. Diese Kelche, auf jeder ihrer sechs goldenen Seiten mit einer Weinrebe aus Smaragden versehen, waren einer Heerschar vorbehalten, die ausschließlich aus besonders großgewachsenen, jungen Patriziern bestand. Ein Privileg also, eine geradezu priesterliche Ehre; daher wurde nichts aus den Schatzkammern der Republik von den Söldnern heißer begehrt. Aus diesem Grund haßten sie die Legion, und man hatte schon Männer gesehen, die für das unfaßbare Vergnügen daraus zu trinken, ihr Leben aufs Spiel setzten.

Also befahlen sie, die Kelche holen zu lassen. Sie wurden von den Syssitien verwahrt, Vereinigungen von Kaufleuten, die gemeinsam zu speisen pflegten. Die Sklaven kehrten zurück. Um diese Zeit schliefen alle Mitglieder der Syssitien.

»Dann soll man sie aufwecken!« entgegneten die Söldner.

Nach einem zweiten Versuch erklärte man ihnen, daß sie in einem Tempel eingeschlossen seien.

»Dann soll man ihn öffnen!« erwiderten sie.

Und als die Sklaven ihnen zitternd gestanden, daß sie sich in den Händen General Giskons befänden, riefen sie:

»Dann soll er sie herbringen!«

Schon bald erschien Giskon im Hintergrund des Gartens inmitten einer Eskorte der Heiligen Legion. Sein weiter schwarzer Mantel, der an einer mit Edelsteinen übersäten goldenen Mitra auf seinem Haupt befestigt war und sein Pferd bis zu den Hufen hinab umhüllte, verschmolz aus der Ferne mit der Farbe der Nacht. Man konnte nur seinen weißen Bart erkennen, das Strahlen seines Kopfputzes und seiner dreireihigen Halskette aus großen blauen Schmuckplättchen, die gegen seine Brust schlug.

Als er herbeikam, begrüßten ihn die Soldaten mit großem Jubel und schrien:

»Die Kelche! Die Kelche!«

Zuerst verkündete er, daß sie, wenn man ihre Tapferkeit bedachte, ihrer würdig seien. Die Menge brüllte vor Freude und klatschte Beifall.

Er wisse dies nur zu gut, da er sie selbst dort kommandiert habe und mit der letzten Kohorte auf der letzten Galeere zurückgekehrt sei!

»Das ist wahr! Das ist wahr!« riefen sie.

Dennoch, fuhr Giskon fort, die Republik habe ihre Einteilung nach Völkerschaften respektiert, ihre Sitten, ihre Kulte, sie seien frei in Karthago! Was die Gefäße der Heiligen Legion anbelange, so seien diese ein besonderer Besitz. In der Nähe von Spendius stürmte plötzlich ein Gallier über die Tische hinweg, rannte geradewegs auf Giskon zu und bedrohte ihn, indem er wild zwei blanke Schwerter schwenkte.

Ohne zu unterbrechen schlug ihn der General mit seinem schweren Elfenbeinstab auf den Kopf: Der Barbar fiel. Die Gallier heulten, und ihre Wut übertrug sich auf die anderen, schien alle Legionäre mitzureißen. Giskon zuckte die Schultern, als er sie erbleichen sah. Er glaubte, daß sein Mut gegenüber diesen gereizten, wilden Bestien nutzlos wäre. Lieber wollte er sich später mit einer List an ihnen rächen; daher gab er seinen Soldaten ein Zeichen und entfernte sich langsam. Unter dem Tor, wandte er sich noch einmal den Söldnern zu und rief, daß sie dies noch bereuen würden.

Das Gelage begann von neuem. Doch Giskon konnte zurückkommen und sie an den Mauern zermalmen, indem er die Vorstadt umzingelte, die an die äußersten Festungswälle stieß. So fühlten sie sich auf einmal trotz ihrer großen Zahl allein; und die große Stadt, die unter ihnen im Dunkeln schlief, mit ihren aufgetürmten Treppen, ihren hohen schwarzen Häusern und ihren unbestimmbaren Göttern, grausamer noch als ihr Volk, flößte ihnen plötzlich Angst ein. In der Ferne glitten einige Schiffslaternen über den Hafen, und im Tempel des Khamon brannten Lichter. Da erinnerten sie sich an Hamilkar. Wo war er? Warum hatte er sie im Stich gelassen, nachdem der Friede geschlossen war? Seine Zwistigkeiten mit dem Senat waren gewiß nur ein Spiel, um sie ins Verderben zu stürzen. Ihr unbefriedigter Haß fiel nun wieder auf ihn; und sie verfluchten ihn und reizten sich gegenseitig in ihrem Zorn. In diesem Augenblick scharten sich einige unter den Platanen zusammen. Man sah zu, wie sich ein Neger auf dem Boden wälzte und dabei mit seinen Gliedmaßen um sich schlug, mit starren Pupillen, den Hals verdreht, Schaum auf den Lippen. Jemand schrie, er sei vergiftet. Da glaubten sich alle vergiftet. Sie fielen über die Sklaven her; ein entsetzliches Geschrei hob an, und ein Rausch der Zerstörung wirbelte durch die trunkene Armee. Sie schlugen wild um sich, zerschmetterten, töteten: Einige warfen Fackeln in das Laubwerk; andere, aufgestützt auf die Brüstung des Löwengeheges, metzelten die Tiere mit Pfeilen nieder; die Kühnsten liefen zu den Elefanten, sie wollten ihnen die Rüssel abhauen und Elfenbein essen.

In der Zwischenzeit hatten die balearischen Schleuderer, um ungestörter plündern zu können, eine Ecke des Palastes umrundet; dort versperrte ihnen ein hohes Gatter aus indischem Rohr den Weg. Mit ihren Dolchen zerschnitten sie die Riemen des Schlosses und befanden sich unterhalb der Karthago zugewandten Fassade in einem weiteren Garten, der üppig mit gestutztem Pflanzenwerk bestanden war. Lange Reihen aus dicht an dicht stehenden weißen Blumen beschrieben längliche Parabeln auf dem azurblauen Boden wie Sternraketen. Die Büsche voller Schatten verströmten warme, honigsüße Düfte. Einige Baumstämme waren mit Zinnober bestrichen und glichen blutigen Säulen. In der Mitte trugen zwölf kupferne Piedestale jeweils eine große Glaskugel, und rötlicher Schein füllte verschwommen diese hohlen Globen, wie riesige Pupillen, die noch zuckten. Die Soldaten leuchteten sich mit Fackeln und stolperten dennoch auf dem tief durchfurchten, abfallenden Gelände.

Doch sie entdeckten einen kleinen See, der von Mauern aus blauen Steinen in mehrere Becken unterteilt war. So klar waren die Fluten, daß die Flammen der Fakkeln über den Grund huschten, ein Bett aus weißen Kieseln und Goldstaub. Das Wasser begann sich zu kräuseln, schimmernde Plättchen glitten heran, und mächtige Fische mit juwelengeschmückten Mäulern erschienen an der Oberfläche.

Unter großem Gelächter steckten die Soldaten ihnen die Finger zwischen die Kiemen und trugen sie zu den Tischen.

Dies waren die Fische der Familie Barka. Sie alle stammten von jenen Ur-Quappen ab, die das mystische Ei geboren hatten, in welchem sich die Göttin verbarg. Der Gedanke, ein Sakrileg zu begehen, entfachte die Freßlust der Söldner aufs neue; rasch entzündeten sie Feuer unter den eisernen Gefäßen und ergötzten sich, die schönen Fische im kochenden Wasser zappeln zu sehen.

Die Menge der Soldaten drängte sich zusammen. Sie hatten keine Angst mehr. Sie begannen wieder zu trinken. Die wohlriechenden Essenzen, die ihnen über die Stirn rannen, durchnäßten in dicken Tropfen ihre zerfetzten Tuniken; mit beiden Fäusten auf die Tische gestützt, die ihnen zu schwanken schienen wie Schiffe, ließen sie ihren weitgeöffneten trunkenen Blick umherschweifen, um mit den Augen all das zu verschlingen, was sie nicht zu fassen bekamen. Manche liefen mitten zwischen den Schüsseln herum über die purpurnen Tafeltücher, zertraten die elfenbeinernen Schemel und die gläsernen tyrischen Phiolen. Gesänge mischten sich mit dem Röcheln der Sklaven, die sterbend zwischen den zerbrochenen Schalen lagen. Sie verlangten Wein, Fleisch, Gold.

Sie schrien nach Frauen. Sie delirierten in hundert Sprachen. Wegen des dampfigen Dunstes, der sie umwallte, glaubten sich einige im Schwitzbad oder dachten beim Anblick des Blätterwerks, sie befänden sich auf der Jagd und stürzten sich auf ihre Kameraden wie auf wilde Tiere. Die lodernden Flammen griffen von einem Baum auf den nächsten über, erfaßten schließlich alle, und ihr hohes üppiges Grün, aus dem langgezogene weiße Spiralen aufstiegen, glich Vulkanen, die zu rauchen beginnen. Das Geschrei wurde lauter; die verwundeten Löwen brüllten in der Finsternis.

Da erhellte sich mit einem Schlag die oberste Terrasse des Palastes, die mittlere Tür öffnete sich, und eine Frau, die Tochter Hamilkars selbst, in schwarze Kleider gehüllt, erschien auf der Schwelle. Sie schritt die erste Treppe hinab, die schräg am ersten Stockwerk entlang lief, dann die zweite, die dritte und hielt auf der letzten Terrasse am Kopf der Treppe der Galeeren inne. Unbeweglich und mit gesenktem Haupt betrachtete sie die Soldaten.

Hinter ihr zu beiden Seiten standen zwei lange Reihen bleicher Männer, in weiße Gewänder mit roten Fransen gekleidet, die gerade auf ihre Füße herabhingen. Sie hatten weder Bart, noch Kopfhaar noch Augenbrauen. In ihren mit funkelnden Ringen geschmückten Händen hielten sie mächtige Lyren, und alle sangen mit schriller Stimme eine Hymne auf die Gottheit von Karthago. Es waren die Eunuchenpriester aus dem Tempel der Tanit, die Salambo oftmals in ihr Haus rief.

Schließlich stieg sie die Treppe der Galeeren hinab. Die Priester folgten ihr. Sie trat in die Zypressenallee ein und schritt langsam zwischen den Tischen der Heerführer hindurch, die ein wenig zurückwichen, als sie sie vorübergehen sahen.

Ihr mit violettem Sand gepudertes Haar war nach der

Mode der kanaanitischen Jungfrauen zu einem Turm hochgebunden und ließ sie größer erscheinen. An den Schläfen befestigte geflochtene Perlenschnüre hingen bis zu den Winkeln ihres Mundes herab, der rosig war wie ein halbgeöffneter Granatapfel. Auf ihrer Brust ruhte ein Geschmeide aus schimmernden Edelsteinen, die in ihrer Farbigkeit die Schuppen einer Muräne nachahmten. Die mit Diamanten geschmückten Arme ragten nackt aus ihrer ärmellosen Tunika hervor, deren tiefschwarzer Grund mit roten Blumen übersät war. Um ihren Gang gleichmäßig zu halten, waren ihre Knöchel mit einem Goldkettchen verbunden, und ihr weiter tiefpurpurner Mantel, gefertigt aus einem unbekannten Stoff, bildete eine Schleppe, die ihr bei jedem Schritt wie eine mächtige Welle folgte.

Von Zeit zu Zeit zupften die Priester auf ihren Lyren halb erstickte Akkorde, und in den Pausen der Musik hörte man das leise Geräusch des goldenen Kettchens und den regelmäßigen Schlag ihrer Sandalen aus Papyrus.

Keiner von ihnen kannte sie. Man wußte nur, daß sie zurückgezogen gemäß den religiösen Vorschriften lebte. Soldaten hatten sie nachts oben auf ihrem Palast auf Knien vor den Sternen zwischen den wirbelnden Wölkchen aus den entzündeten Räuchergefäßen gesehen. Der Mond hatte sie so bleich gemacht, und etwas Göttliches umhüllte sie wie ein zarter Nebel. Ihre Pupillen schienen in die Ferne über irdische Räume hinauszublicken. Sie ging mit geneigtem Haupt und hielt in ihrer rechten Hand eine kleine Lyra aus Ebenholz.

Sie hörten sie murmeln:

»Tot! Alle tot! Nie mehr werdet ihr meiner Stimme gehorchend zu mir kommen, wenn ich wie einst am Ufer des Sees saß, um euch Melonenkerne ins Maul zu werfen! Das Mysterium Tanits wiegte sich am Grunde eurer Augen, die noch klarer waren als die Luftblasen der

Flüsse.« Und sie rief sie bei ihren Namen, die auch die Namen der Monate waren.

»Siw! Siwan! Tammus, Elul, Tischri, Schebar! – Ach! hab Erbarmen mit mir, Göttin!«

Ohne sie zu verstehen, drängten sich die Soldaten um sie. Ihr Geschmeide versetzte sie in Erstaunen; sie jedoch ließ einen langen entsetzten Blick über sie alle schweifen, dann breitete sie die Arme aus, ließ den Kopf zwischen die Schultern sinken und wiederholte einige Male:

»Was habt ihr getan! was habt ihr getan! Ihr hattet doch Brot, Fleisch, Öl, alles Malobathron aus den Speichern, um euch zu ergötzen! Stiere aus Hekatompylos ließ ich für euch kommen, Jäger sandte ich für euch in die Wüste! Ihre Stimme schwoll an, ihre Wangen röteten sich. Sie fuhr fort: Wo seid ihr hier? Ist dies eine eroberte Stadt oder der Palast eines Herrn? Und welches Herrn? Des Suffeten Hamilkars, meines Vaters, des Dieners der Baals! Er war es, der die Übergabe eurer nun vom Blute seiner Sklaven roten Waffen an Lutatius verweigerte! Wißt ihr einen in euren Heimatländern, der eine Schlacht besser zu führen vermag? Seht her! die Stufen unseres Palastes sind überhäuft mit unseren Siegen! Doch nur zu! Brennt ihn nieder! Ich werde den Genius meines Hauses mit mir nehmen, meine schwarze Schlange, die dort oben auf Lotosblättern schläft! Auf einen Pfiff wird sie mir folgen; und wenn ich eine Galeere besteige, so wird sie mir im Kielwasser meines Schiffes auf den Schaumkronen der Wellen nacheilen.«

Ihre zarten Nasenflügel bebten. Sie zerkratzte sich ihre Fingernägel an den Juwelen auf ihrer Brust. Ihre Augen ermatteten; sie fuhr fort:

»Ach! armes Karthago! bedauernswerte Stadt! Du hast nicht mehr die starken Männer von einst, die dich verteidigten, die über die Ozeane fuhren, um an den Ufern Tempel zu errichten. Alle Länder arbeiteten für dich, und die Weite des Meeres durchpflügt von deinen Rudern wiegte deine Ernte.«

Sodann begann sie von den Abenteuern Melkarths, Gott der Sidonier und Urvater ihrer Familie, zu singen.

Sie schilderte die Besteigung der Berge Ersiphoniens, die Reise nach Tartessos und den Krieg gegen Masisabal, um die Königin der Schlangen zu rächen:

»Bis in den Wald hinein verfolgte er das weibliche Untier, dessen Schweif sich sanft über die abgestorbenen Blätter wand wie ein silberner Bach; und er erreichte eine Wiese, auf der Frauen mit Hinterleibern wie Drachen auf ihren Schwanzspitzen um ein großes Feuer lagerten. Der Mond, blutrot, leuchtete in seinem fahlen Rund, und ihre scharlachfarbenen Zungen, gespalten wie Harpunen, zuckten in weitem Bogen bis an den Rand der Flammen.«

Ohne innezuhalten erzählte Salambo weiter, wie Melkarth nach seinem Sieg über Masisabal ihren abgeschlagenen Kopf am Rammsporn seiner Galeere befestigte.

»Bei jedem Wellenschlag tauchte sie in die Gischt; doch die Sonne verströmte Balsam über sie und ließ sie härter werden als Gold; ihre Augen aber hörten nicht auf zu weinen, und die Tränen fielen unablässig ins Wasser.«

All dies sang sie in einer alten kanaanitischen Mundart, die die Barbaren nicht verstanden. Sie fragten sich, was sie ihnen wohl sagen wollte mit ihren furchteinflößenden Gesten, mit denen sie ihren Vortrag untermalte; – um sie herum waren sie auf Tische, Liegestätten und in die Zweige der Sykomoren geklettert, und mit offenem Mund und gereckten Hälsen versuchten sie trotz der Obskurität der Theogonien diese nebelhaften Geschichten zu begreifen, die vor ihrer Phantasie wogten wie Schemen in den Wolken.

Nur die bartlosen Priester verstanden Salambo. Ihre faltigen Hände hingen zitternd über den Saiten ihrer Lyren und entlockten ihnen gelegentlich einen düsteren

Akkord: denn schwächer noch als alte Weiber erschauderten sie vor mystischer Erregung und aus Angst vor diesen Männern. Die Barbaren kümmerten sich nicht darum; sie lauschten nur dem Gesang der Jungfrau.

Keiner betrachtete sie so wie ein junger numidischer Stammesfürst, der zwischen den Kriegern seines Volkes an den Tischen der Heerführer Platz genommen hatte. Sein Gürtel war derart mit Wurfspießen gespickt, daß sich sein weiter Mantel, der mit einem Band aus Leder an seinen Schläfen befestigt war, ausbeulte. Der Stoff überragte seine Schultern und hüllte sein Gesicht in Dunkel, und man sah nur die Glut seiner zwei gebannten Augen. Nur aus Zufall nahm er an diesem Gelage teil, – sein Vater hatte ihn zu den Barkiden geschickt, so wie es bei den Königen Sitte war, ihre Kinder zur Vorbereitung von Bündnissen zu einflußreichen Familien zu senden; doch in all den sechs Monaten, die Naravas dort wohnte, hatte er Salambo nicht ein einziges Mal zu Gesicht bekommen; und auf die Fersen gehockt, den Bart zu den Schäften seiner Wurfspieße gesenkt, musterte er sie mit geweiteten Nasenflügeln, wie ein Leopard, der im Bambusdickicht kauert.

Auf der anderen Seite der Tische befand sich ein Libyer von hühnenhafter Gestalt mit kurzem, schwarzem Kraushaar. Er trug nur noch seine Kampfweste, deren eiserne Schuppen den Purpur der Liegestätte zerrissen. Eine Kette mit einem silbernen Mond verfing sich in den Haaren auf seiner Brust. Blutspritzer befleckten sein Gesicht, aufgestützt auf den linken Ellenbogen lächelte er mit weit geöffnetem Mund.

Salambo hatte den heiligen Rhythmus beendet. Mit weiblichem Taktgefühl bediente sie sich nun aller Dialekte der Barbaren, um deren Wut zu besänftigen. Sie sprach Griechisch mit den Griechen, wandte sich dann an die Ligurer, die Kampaner, die Neger; und jeder, der sie hörte, fand in dieser Stimme die Süße seiner Heimat wieder. Von den Erinnerungen an Karthago fortgerissen, sang sie nun von den alten Schlachten gegen Rom; sie klatschten alle Beifall. Sie begeisterte sich am Glanz der blanken Schwerter; sie schrie mit ausgebreiteten Armen. Ihre Lyra fiel, sie schwieg; – und beide Hände an ihr Herz gedrückt, verharrte sie für einige Augenblicke mit geschlossenen Lidern, um die Erregung all dieser Männer auszukosten.

Matho der Libyer beugte sich zu ihr hin. Unwillkürlich näherte sie sich ihm und, getrieben von der Anerkennung, die sein Stolz ihr zollte, goß sie ihm mit weitem Schwung Wein in eine goldene Trinkschale, um sich mit der Armee zu versöhnen.

»Trink!« sprach sie.

Er nahm den Becher und führte ihn an die Lippen, als ein Gallier, eben jener, den Giskon verletzt hatte, ihm auf die Schulter klopfte und dabei mit jovialer Miene in seiner Landessprache ein paar scherzhafte Worte einwarf. Spendius war nicht weit; er erbot sich, sie zu erklären.

»Rede!« sagte Matho.

– Die Götter beschützen dich, du wirst reich werden. Wann ist die Hochzeit?

– Welche Hochzeit?

– Deine! Denn bei uns ist das so, erwiderte der Gallier, wenn eine Frau einem Soldaten zu trinken reicht, heißt das, sie bietet ihm ihr Lager an.

Er war noch nicht zu Ende gekommen, als Naravas aufsprang, einen Wurfspieß aus seinem Gürtel zog und ihn, den rechten Fuß auf den Rand des Tisches gestützt, gegen Matho schleuderte.

Der Spieß zischte zwischen den Gefäßen hindurch, durchbohrte den Arm des Libyers und nagelte ihn so fest auf das Tafeltuch, daß der Schaft in der Luft erzitterte.

Schnell riß Matho ihn heraus; doch er war unbewaffnet, er war nackt; schließlich packte er mit beiden Händen den überladenen Tisch und warf ihn in Richtung Naravas mitten unter die Menge, die sich zwischen sie warf. Soldaten und Numider bedrängten sich so, daß sie nicht einmal ihre Schwerter ziehen konnten. Matho bahnte sich seinen Weg vorwärts, indem er kräftige Kopfstöße austeilte. Als er wieder hochblickte, war Naravas verschwunden. Er sah sich suchend nach ihm um. Auch Salambo war fort.

Aber als sein Blick zum Palast hinüberschweifte, gewahrte er ganz oben, wie sich das rote Tor mit seinem schwarzen Kreuz wieder schloß. Er stürzte hinauf.

Man sah ihn zwischen den Rammspornen der Galeeren hindurcheilen, dann auf den drei Treppen wieder auftauchen, bis zu der roten Pforte, gegen die er mit seinem ganzen Körper stieß. Nach Atem ringend lehnte er sich gegen die Wand, um nicht umzusinken.

Ein Mann war ihm gefolgt, und in der Dunkelheit, denn der Lichtschein des Gelages war hinter einem Vorsprung des Palastes verborgen, erkannte er Spendius.

»Verschwinde!« rief er.

Ohne etwas zu erwidern begann der Sklave seine Tunika mit den Zähnen zu zerreißen; dann kniete er neben Matho nieder, nahm vorsichtig dessen Arm und tastete im Dunkeln nach der Verletzung.

In einem Strahl des Mondes, der zwischen den Wolken dahinglitt, erblickte Spendius in der Mitte des Armes eine klaffende Wunde. Er verband sie mit dem Stofffetzen, aber der Libyer erwiderte gereizt: »Laß mich! Laß mich!«

»O nein! entgegnete der Sklave. Du hast mich aus dem Verlies befreit. Ich gehöre dir! du bist mein Herr! befiehl!«

Matho strich an der Wand entlang um die Terrasse

herum. Bei jedem Schritt spitzte er die Ohren, und immer wieder warf er zwischen den vergoldeten Rohrhalmen hindurch einen Blick in die stillen Gemächer. Schließlich hielt er verzweifelt inne.

»Hör zu!, sprach der Sklave zu ihm. Ach, verachte mich nicht für meine Schwäche! Ich habe im Palast gelebt. Wie eine Viper kann ich mich zwischen den Mauern hindurchwinden. Komm mit! In der Ahnengruft liegt unter jeder Bodenfliese ein Goldbarren; ein unterirdischer Gang führt zu ihren Gräbern.«

– Ach! Wen kümmert das? erwiderte Matho.

Spendius schwieg.

Sie standen auf der Terrasse. Vor ihnen erstreckte sich ein gewaltiges Gewirr aus Schatten, verschwommene hochaufgetürmte Gebilde schienen darin aufzutauchen, gleich den mächtigen Wogen eines schwarzen, versteinerten Ozeans.

Doch dann erhob sich im Osten ein leuchtender Streifen. Linker Hand, ganz unten, begannen die Kanäle von Megara das Grün der Gärten mit ihren weißen Windungen zu durchstreifen. Die kegelförmigen Dächer der siebeneckigen Tempel, die Treppen, Terrassen, Wälle zeichneten sich allmählich im fahlen Licht der Morgendämmerung ab; und rings um die karthagische Halbinsel wogte ein Gürtel aus weißem Schaum, während das smaragdfarbene Meer in der Frische des Morgens wie erstarrt schien. Dann, je mehr der rosige Himmel sich langsam weitete, erhoben sich die hohen Häuser, die sich über die Abhänge neigten, und scharten sich zusammen wie eine Herde schwarzer Ziegen, die von den Bergen herabströmt. Die menschenleeren Straßen wurden länger; Palmen, die hier und dort aus den Wänden wuchsen, standen unbeweglich; die gefüllten Zisternen glichen silbernen Schilden, die man auf dem Hof verloren hat, der Leuchtturm auf dem Kap Hermaeum begann zu verblassen. Im Zypressenhain hoch oben auf der Akropolis setzten die Pferde Eschmuns, die das nahende Licht spürten, die Hufe auf die marmorne Brüstung und wieherten der Sonne entgegen.

Sie erschien; Spendius hob die Arme und stieß einen Schrei aus.

Alles wogte in üppigem Rot, denn der Gott ergoß, so als zerrisse er sich selbst, in vollen Strahlen den goldenen Regen seiner Adern über Karthago. Die Rammsporne der Galeeren funkelten, das Dach des Khamon schien in hellen Flammen, und im Inneren der Tempel, deren Tore sich öffneten, konnte man Lichter erkennen. Die Räder großer Karren, die vom Land hereinkamen, rollten über das Pflaster der Straßen. Mit Lasten beladene Dromedare schritten die Rampen hinab. An den Kreuzungen klappten die Geldwechsler die Vordächer ihrer Läden hoch. Störche erhoben sich in die Lüfte, weiße Segel flatterten. Im Hain der Tanit erklang das Tamburin der heiligen Kurtisanen, und auf der Anhöhe der Mapalien stieg Rauch aus den Öfen auf, in welchen man die tönernen Särge brannte.

Spendius beugte sich über die Terrasse hinaus; seine Zähne klapperten, er wiederholte:

»Ah! Ja... ja... Herr! ich verstehe, warum du soeben die Plünderung des Hauses verschmähtest.«

Matho schreckte auf beim Zischen seiner Stimme, er schien nicht zu verstehen; Spendius fuhr fort:

»Ach! Welche Reichtümer! und die Menschen, die sie besitzen, haben nicht einmal Klingen zu ihrer Verteidigung!«

Und dann wies er mit seiner ausgestreckten Rechten auf einige aus dem Pöbel, die jenseits der Mole auf dem Sand herumkrochen und nach Goldkörnern suchten.

»Sieh nur! sprach er, die Republik gleicht diesen Elenden: über den Rand des Ozeans gebeugt taucht sie ihre gierigen Arme in alle Gestade, doch das Tosen der Wellen erfüllt ihre Ohren derart, daß sie den von hinten nahenden Schritt eines Gebieters nicht vernähme!«

Er zog Matho ans gegenüberliegende Ende der Terrasse und deutete auf den Garten, in dessen Bäumen die aufgehängten Schwerter der Soldaten in der Sonne aufblitzten:

»Hier jedoch sind starke Männer, deren Haß aufs Äußerste gereizt ist! und nichts verbindet sie mit Karthago, weder Familie, Eid, noch Götter!«

Matho blieb weiter an die Wand gelehnt; Spendius näherte sich ihm und fügte mit leiser Stimme hinzu:

»Verstehst du mich, Soldat? Wie Satrapen würden wir in Purpur gehüllt einherschreiten. Man badete uns in Duftwässern; ich selbst hätte dann Sklaven! Bist du nicht müde, auf dem harten Boden zu schlafen, den Essig des Feldlagers zu trinken, und stets die Trompete zu hören? Später, da wirst du dich dann ausruhen, nicht wahr? wenn man dir deinen Küraß vom Leib reißt, um deinen Kadaver den Geiern vorzuwerfen! oder vielleicht auf einen Stock gestützt, blind, hinkend und altersschwach, gehst du von Tür zu Tür und erzählst den kleinen Kindern und Salzlakenverkäufern von deiner Jugend. Entsinne dich all der Ungerechtigkeiten deiner Befehlshaber, das Lagern im Schnee, die Märsche in der Sonne, die Tyrannei der Disziplin und das ewig drohende Kreuz! Nach all dem Elend hat man dir eine Ehrenkette verliehen, so wie man einem Esel einen Gurt mit Glöckchen um die Brust bindet, der ihn beim Laufen betäubt und ihn die Müdigkeit nicht spüren läßt. Ein Mann wie du, tapferer noch als Pyrrhus! Wenn du nur gewollt hättest! Ach! wie glücklich wirst du sein in den großen kühlen Hallen, beim Klang der Lyren, auf Blumen gebettet, mit Spaßmachern und Frauen! Nun sag nicht, das Unterfangen sei unmöglich! Haben die Söldner nicht schon Rhegium und andere italienische Festungen eingenommen? Wer hält dich auf! Hamilkar ist fort; das Volk verabscheut die Reichen; Giskon kann nichts für die Feiglinge, die ihn umgeben. Doch du, du bist tapfer! Dir werden sie gehorchen. Befiehl über sie! Karthago ist unser; stürzen wir uns darauf!

– Nein! sprach Matho; der Fluch Molochs liegt auf mir. Ich habe es an ihren Augen gesehen, und vorhin sah ich in einem Tempel einen schwarzen Widder zurückweichen. Dann schaute er sich um und fragte: Wo ist sie?«

Spendius erkannte, daß eine tiefe Unruhe ihn erfaßt hatte; er wagte nicht, weiterzusprechen.

Hinter ihnen qualmten noch immer die Bäume; von ihren geschwärzten Ästen fielen von Zeit zu Zeit die Gerippe der halbverbrannten Affen mitten zwischen die Teller hinab. Die betrunkenen Soldaten schnarchten mit offenem Mund neben den Leichen; und jene, die nicht schliefen, senkten vom Tageslicht geblendet den Kopf. Der zertrampelte Boden verschwand unter roten Lachen. Die Elefanten schwenkten ihre blutenden Rüssel zwischen den Pfählen ihres Geheges. Man sah in den offenen Speichern Säcke mit verstreutem Weizen und unter dem Tor eine dichte Reihe von Karren, welche die Barbaren aufgetürmt hatten; die Pfauen entfalteten hoch oben in den Zedern ihre Schwanzschleppen und begannen zu kreischen.

Dennoch war Spendius von der Unbeweglichkeit Mathos überrascht; dieser war noch bleicher als eben und, beide Fäuste auf den Rand der Terrasse gestützt, verfolgte er mit starren Pupillen etwas am Horizont. Spendius beugte sich weit vor und konnte so schließlich erkennen, was Matho betrachtete. In der Ferne, auf der Straße nach Utica rollte ein goldener Punkt durch den

Staub; es war die Nabe eines Karrens, der von zwei Maultieren gezogen wurde; ein Sklave lief vor der Deichsel her und führte sie am Zügel. Zwei Frauen saßen im Wagen. Zwischen den Ohren der Tiere bauschte sich deren Mähne unter einem Netz aus blauen Perlen nach persischer Art. Spendius erkannte sie wieder; er unterdrückte einen Schrei.

Ein langer Schleier flatterte hinter ihnen im Wind.

II

In Sikka

Zwei Tage später verließen die Söldner Karthago.

Jedem von ihnen hatte man ein Goldstück gegeben, unter der Bedingung, daß sie ihr Lager in Sikka aufschlügen, und man hatte ihnen unter allerlei Schmeicheleien gesagt:

»Ihr seid die Retter Karthagos! Aber, wenn ihr bleibt, werdet ihr die Stadt aushungern; dann wäre sie nicht mehr zahlungsfähig. Entfernt euch! Später wird euch die Republik für dieses Entgegenkommen danken. Wir werden sogleich Steuern erheben. Euer Sold wird euch in voller Höhe ausbezahlt, und wir werden Galeeren ausrüsten, die euch in eure Heimatländer zurückbringen.«

Sie wußten auf so lange Reden nichts zu entgegnen. An den Krieg gewöhnt wurde diesen Männern der Aufenthalt in einer Stadt lang; es brauchte nicht viel, sie zu überzeugen, und das Volk stieg auf die Befestigungsmauern, um ihrem Abzug zuzusehen.

Buntgemischt zogen sie durch die Straße des Khamon und das Tor von Kirta, die Bogenschützen mit den Hopliten, die Hauptleute mit den Soldaten, die Lusitaner mit den Griechen. Sie marschierten mit festem Schritt, der ihre schweren Kothurne auf dem Pflaster erklingen ließ. Ihre Rüstungen waren verbeult von den Katapulten und ihre Gesichter dunkel gegerbt von den Schlachten. Aus den dichten Bärten hörte man rauhe Schreie; ihre zerrissenen Kettenhemden schlugen gegen die Knäufe ihrer Schwerter, und durch die Löcher im Eisen konnte man ihre nackten Glieder erkennen, furchteinflößend wie Kriegsmaschinen. Sarissas, Streitäxte, Spieße, Filzkappen und bronzene Helme, alles wogte in einer einzigen Bewegung. Sie füllten die Straßen, daß die Mauern zu bersten drohten, und diese langgestreckte Masse bewaffneter Soldaten ergoß sich zwischen die sechsstöckigen, mit Erdpech bestrichenen Häuser. Hinter den Gittern aus Eisen oder Schilfrohr beobachteten die Frauen, den Kopf mit einem Schleier verhüllt, stumm, wie die Barbaren vorüberzogen.

Terrassen, Festungswälle und Mauern verschwanden unter der Menge schwarzgekleideter Karthager. Wie Blutflecken nahmen sich die Tuniken der Matrosen in diesem düsteren Getümmel aus, und die halbnackten Kinder, deren Haut unter ihren kupfernen Armreifen schimmerte, schwenkten die Hände im Blattwerk der Säulen oder zwischen den Wedeln einer Palme. Einige Mitglieder des Ältestenrates hatten sich auf den Plattformen der Türme postiert, und man wußte nicht, warum hier und dort einer von ihnen mit langem Bart in Gedanken versunken dort oben stand. Von weitem wirkten sie vor dem Hintergrund des Himmels schemenhaft wie ein Phantom und unbeweglich wie ein Fels.

Dennoch bedrückte alle die gleiche Sorge; man fürchtete, daß die Barbaren, wenn sie sich nun in ihrer ganzen Stärke sahen, doch auf den Gedanken kommen könnten, bleiben zu wollen. Doch diese machten sich so voller Zuversicht auf den Weg, daß die Karthager Mut schöpften und sich unter die Soldaten mischten. Man überschüttete sie mit Schwüren, Umarmungen. Die Taktik übertreibend und mit dreister Heuchelei forderten einige sie sogar auf, die Stadt nicht zu verlassen. Man besprengte sie mit Duftwässern und warf ihnen Blumen und Silberstücke zu. Man gab ihnen Amulette gegen Krankheiten; doch hatte man zuvor dreimal darauf gespuckt, um den Tod anzulocken, oder aber Schakalhaare darin verborgen, die das Herz mutlos machen. Lautstark beschworen sie die Gunst Melkarths und insgeheim seinen Fluch.

Dann kam das Gedränge aus Gepäck, Lasttieren und Nachzüglern. Die Kranken stöhnten auf Dromedaren; andere stützten sich hinkend auf den Schaft einer Lanze. Die Säufer trugen Weinschläuche mit sich fort, die Gefräßigen Schlachtteile, Kuchen, Obst, Butter in Feigenblättern und Schnee in Säcken aus Leintuch. Einige hatten einen Sonnenschirm in der Hand, andere einen Papagei auf der Schulter. Doggen, Gazellen und Leoparden folgten ihnen. Auf Eseln reitende Frauen vom Volk der Libyer, beschimpften die schwarzen Weiber, die wegen der Soldaten die Freudenhäuser Malquas verlassen hatten; mehrere säugten Kinder, die in einem Lederriemen an ihrer Brust hingen. Die Maultiere, die man mit der Spitze der Schwerter vorantrieb, beugten sich unter der Last der Zelte; und dann kamen noch zahlreiche Knechte und Wasserträger, fahl, gelb vom Fieber und strotzend vor Schmutz und Ungeziefer, Abschaum des karthagischen Pöbels, der sich den Barbaren anschloß.

Als sie vorübergezogen waren, schloß man hinter ihnen die Tore, doch das Volk stieg nicht von den Mauern herab; die Armee ergoß sich über die ganze Breite des Isthmus.

Sie teilte sich in ungleiche Massen. Kurz darauf schienen die Lanzen wie lange Grashalme, schließlich verlor sich alles in einer Wolke aus Staub; Soldaten, die nach Karthago zurückblickten, sahen nur noch seine langgestreckten Befestigungsmauern, deren leere Zinnen sich gegen den Himmelsrand abzeichneten.

Auf einmal hörten die Barbaren einen lauten Schrei. Sie vermuteten, daß einige von ihnen, die in der Stadt zurückgeblieben waren (denn sie wußten ihre gesamte Zahl nicht genau), sich bei der Plünderung eines Tempels amüsierten. Bei dem Gedanken lachten sie herzlich und setzten ihren Weg fort.

Sie waren froh, wie einst gemeinsam durch das offene Land zu marschieren; und die Griechen sangen das alte Lied der Mamertiner:

»Mit meiner Lanze und meinem Schwert pflüge und ernte ich; denn der Herr im Haus bin ich! Der Entwaffnete sinkt vor mir auf die Knie, nennt mich Gebieter und Großer König.«

Sie schrien, sprangen, die Fröhlichsten begannen Geschichten zu erzählen; die Zeit des Elends war vorüber. Als sie Tunis erreichten, bemerkten einige, daß eine Truppe balearischer Schleuderer fehlte. Gewiß waren sie nicht weit; man dachte nicht länger darüber nach.

Die einen machten sich auf, sich in den Häusern einzuquartieren, andere kampierten am Fuß der Mauern, und die Bewohner der Stadt kamen, um mit den Soldaten zu plaudern.

Die ganze Nacht über sah man in Richtung Karthago Feuer am Horizont brennen; ihr Schein, wie von riesigen Fackeln, schimmerte über den stillen See herüber. Niemand in der Armee konnte sagen, was für ein Fest man feierte.

Am nächsten Morgen durchquerten die Barbaren einen gänzlich bestellten Landstrich. Entlang der Straße folgte ein Pachthof der Patrizier dem anderen; in den Palmenhainen rann Wasser durch die Bewässerungsgräben; die Olivenbäume bildeten lange grüne Reihen; rosige Nebel hingen in den Schluchten der Hügel; blaue Berge erhoben sich dahinter. Es bließ ein heißer Wind. Chamäleons krochen über die breiten Blätter der Kakteen.

Die Barbaren verlangsamten ihren Schritt.

Sie zogen in einzelnen Trupps dahin oder schleppten sich in großen Abständen hintereinander her. Sie aßen von den Trauben am Rand der Weinberge. Sie schliefen im Gras und sie bestaunten verblüfft die mächtigen, kunstvoll gewundenen Hörner der Rinder, die – zum Schutz ihrer Wolle – in Häute gehüllten Schafe, die Feldfurchen, die sich im Rautenmuster kreuzten, und die Schiffsankern ähnelnden Pflugscharen, die Granatapfelbäume, die man mit Silphium goß. Diese Üppigkeit des Bodens und diese klugen Erfindungen beeindruckten sie sehr.

Am Abend streckten sie sich auf den Zelten aus, ohne sie zu entfalten; und während sie das Gesicht den Sternen zugewandt einschliefen, sehnten sie sich nach dem Festmahl Hamilkars zurück.

Zur Mittagszeit des folgenden Tages machten sie am Ufer eines Flusses zwischen Rosenlorbeerbüschen halt. Schnell warfen sie ihre Lanzen, Schilde und Gürtel beiseite. Sie wuschen sich schreiend, sie schöpften mit ihren Helmen, andere tranken auf dem Bauch liegend zwischen all den Lasttieren, deren Gepäck zu Boden fiel.

Spendius, der auf einem aus den Gärten Hamilkars gestohlenen Dromedar saß, erspähte Matho in der Ferne: barhäuptig und den Arm vor der Brust in einer Schlinge, ließ er mit gesenktem Kopf sein Maultier trinken und starrte auf das fließende Wasser. Sogleich eilte der Grieche durch die Menge und rief nach ihm: »Herr! Herr!«

Matho dankte ihm kaum für seine Segenswünsche. Spendius jedoch schenkte dem keine Beachtung und marschierte stets hinter ihm, und von Zeit zu Zeit wandte er besorgte Blicke in Richtung Karthago.

Spendius war der Sohn eines griechischen Rhetors und einer kapuanischen Dirne. Anfangs war er durch den Verkauf von Frauen zu Reichtum gekommen; dann, durch einen Schiffbruch ruiniert, hatte er mit den Hirten aus Samnium Krieg gegen Rom geführt. Man hatte ihn gefangen genommen, er war entflohen; man hatte ihn wieder aufgegriffen, und er hatte im Steinbruch gearbeitet, im Schwitzbad nach Luft gerungen, unter der Folter geschrien, er war durch vieler Herren Hände gegangen und hatte jede Art von Raserei kennengelernt. Eines Tages schließlich hatte er sich aus Verzweiflung von Bord der Trireme, auf der er ruderte, ins Meer gestürzt. Halbtot hatten ihn Matrosen Hamilkars aufgefischt und nach Karthago ins Verlies von Megara gebracht. Da Überläufer jedoch wieder an die Römer ausgeliefert werden mußten, hatte er sich die Verwirrung zunutze gemacht, um mit den Soldaten zu entfliehen.

Während des gesamten Marsches blieb er in Mathos Nähe; er brachte ihm zu Essen, half ihm beim Absteigen und breitete abends einen Teppich unter seinem Haupt aus. Zu guter Letzt ließ sich Matho von seiner Zuvorkommenheit rühren, und allmählich öffnete er seine Lippen.

Er war am Golf der Syrten geboren worden. Sein Vater hatte ihn auf der Pilgerreise zum Tempel des Ammon geleitet. Dann hatte er in den Wäldern der Garamanten Elefanten gejagt. Schließlich war er in den Dienst Karthagos eingetreten. Bei der Einnahme von Drepanon hatte man ihn zum Tetrachen ernannt. Die Republik schuldete ihm vier Pferde, dreiundzwanzig Medimnen Getreide und den Sold für einen Winter. Er fürchtete die Götter und wünschte, in seiner Heimat zu sterben.

Spendius erzählte ihm von seinen Reisen, von Völkern und Tempeln, die er gesehen hatte, und er wußte viele Dinge: er konnte Sandalen, Spieße und Netze anfertigen, wilde Tiere zähmen und Fisch zubereiten.

Zuweilen unterbrach er sich und stieß aus den Tiefen seiner Kehle einen rauhen Schrei hervor; das Maultier Mathos beschleunigte seinen Schritt; die anderen beeilten sich, ihnen zu folgen; dann erzählte Spendius weiter, stets gepeinigt von seiner Angst. Sie legte sich am Abend des vierten Tages.

Sie marschierten Seite an Seite, rechter Hand der Armee auf der Flanke eines Hügels; die Ebene unter ihnen verlor sich im Dunst der Nacht. Die Reihen der Soldaten, die weiter unten vorüberzogen, glichen Wellen in der Dunkelheit. Von Zeit zu Zeit erreichten sie eine vom Mond erhellte Bodenerhebung; dann zitterte ein Stern an der Spitze ihrer Piken, ihre Helme funkelten für einen Augenblick, alles verschwand wieder und unablässig kamen neue heran. In der Ferne blökten aufgescheuchte Herden, und eine unendliche Sanftheit schien sich auf die Erde herabzusenken.

Spendius, den Kopf zurückgeworfen und die Augen halb geschlossen, atmete unter großen Seufzern die Frische des Windes; er breitete die Arme aus und bewegte dabei seine Finger, um diese Liebkosung, die seinen Körper umspielte, besser zu spüren. Wiedererwachte Hoffnungen auf Rache versetzten ihn in einen Freudentaumel. Er preßte die Hand auf den Mund, um seine Schluchzer zurückzuhalten und, halb außer sich vor Trunkenheit, ließ er das Halfter seines Dromedars los, das sich mit großen gleichmäßigen Schritten vorwärtsbewegte. Matho war wieder in seine Niedergeschlagenheit zurückgesunken: seine Beine hingen bis auf den Boden herab, und das Gras, das seine Kothurne streifte, verursachte ein stetes Sirren.

Indessen erstreckte sich die Straße vor ihnen, ohne jemals enden zu wollen. Hatte man eine Ebene hinter sich gelassen, erreichte man stets ein rundes Hochplateau; dann stieg man in ein Tal hinab, und die Berge, die den Horizont zu versperren schienen, glitten nur ganz allmählich auseinander, je näher man ihnen kam. Hier und dort tauchte ein Fluß im Grün der Tamarisken auf, nur um sich in einer Biegung der Hügel zu verlieren. Zuweilen ragte ein mächtiger Fels empor, wie der Bug eines Schiffs oder der Piedestal eines verschwundenen Kolosses.

In regelmäßigen Abständen stieß man auf viereckige Tempel, die den Pilgern auf ihrem Weg nach Sikka als Station dienten. Sie waren verschlossen wie Gruften. Die Libyer hämmerten lautstark gegen die Tore, damit man ihnen öffnete. Doch niemand antwortete im Inneren.

Schließlich wurden die bestellten Felder seltener. Plötzlich schritten sie durch Dünen mit dornigem Gesträuch. Schafherden weideten zwischen den Steinen; eine Frau, die Taille mit einem blauen Vlies umgürtet, hütete sie. Sie lief schreiend davon, sobald sie die Piken der Soldaten zwischen den Felsen erblickte.

Sie marschierten durch eine Art breiten Gang, der von zwei rötlichen Hügelketten gesäumt wurde, als ihnen plötzlich ein ekelerregender Gestank in die Nasen stieg und sie oberhalb eines Johannisbrotbaums etwas Außergewöhnliches zu sehen glaubten: ein Löwenkopf überragte die Blätter.

Sie eilten hinzu. Es war ein Löwe, den man an allen vieren wie einen Verbrecher ans Kreuz geschlagen hatte. Seine gewaltige Schnauze war ihm auf die Brust gesunken, und die beiden Vorderbeine, halbverborgen unter seiner üppigen Mähne, waren weit auseinander gespreizt, wie die Flügel eines Vogels. Unter der gespannten Haut traten die Rippen einzeln hervor; seine Hinterläufe, die man übereinander genagelt hatte, waren leicht emporgezogen; und schwarzes, durch sein Fell hinabrinnendes Blut, hatte am Ende seines Schwanzes, der ganz gerade vom Kreuz herabhing, Stalaktiten gebildet. Die Soldaten ringsum amüsierten sich; sie nannten ihn Konsul und Bürger Roms und warfen ihm Kiesel in die Augen, um die Fliegen aufzuscheuchen.

Hundert Schritte weiter sahen sie zwei andere, dann tauchte plötzlich eine lange Reihe von Kreuzen auf, die alle Löwen trugen. Einige waren schon so lange tot, daß nur noch die Überreste ihrer Skelette am Holz hingen;

andere waren halb zernagt und verzerrten das Maul zu einer entsetzlichen Grimasse; gewaltige Tiere waren dabei, unter deren Last sich der Stamm des Kreuzes bog, und sie schwankten im Wind, während über ihren Köpfen Scharen von Raben unablässig ihre Kreise zogen. So rächten sich die karthagischen Bauern, wenn ihnen ein wildes Tier in die Hände fiel; sie hofften dadurch, die anderen abzuschrecken. Das Gelächter der Barbaren verstummte, und sie verfielen in tiefes Staunen. »Was ist das für ein Volk, dachten sie, das sich an der Kreuzigung von Löwen ergötzt!«

Im übrigen waren vor allem die Männer aus dem Norden seltsam beunruhigt, verwirrt und bereits krank, und rissen sich an den Stacheln der Aloen die Hände wund; große Moskitos umschwirrten ihre Ohren, und erste Fälle von Ruhr traten in der Armee auf. Sie waren es leid, Sikka nicht zu sehen. Sie fürchteten sich zu verirren, in die Wüste zu geraten, das Reich des Sandes und des Grauens. Viele wollten nicht einmal mehr weitergehen. Andere machten sich auf den Weg nach Karthago.

Am siebten Tag dann endlich, nachdem sie lange Zeit dem Fuß eines Berges gefolgt waren, schwenkten sie scharf nach rechts; da tauchte eine Reihe von Befestigungsmauern auf, die auf weißen Felsen ruhten, mit welchen sie zu verschmelzen schienen. Plötzlich erhob sich vor ihnen die Stadt; blaue, gelbe und weiße Schleier wehten über die Mauern im Rot des Abends. Es waren die Priesterinnen der Tanit, die herbeieilten, um die Männer zu empfangen. Sie hatten sich entlang des Festungswalls aufgereiht, schlugen Tamburins, zupften Lyren und schüttelten Klappern, und die Strahlen der Sonne, die dahinter in den Bergen Numidiens versank, umspielten die Saiten der Harfen, über die sich ihre nackten Arme streckten. Zwischendurch verstummten die Instrumente plötzlich, und ein schriller Schrei erschallte, sich überschlagend, entfesselt und anhaltend, eine Art Bellen, das sie erzeugten, indem sie die Zunge zwischen den Mundwinkeln hin- und herschnalzten. Andere hatten sich auf die Ellenbogen gestützt, das Kinn auf den Händen, und unbeweglicher als Sphinxen durchbohrten sie die heraufziehende Armee mit ihren großen schwarzen Augen.

Obwohl Sikka eine heilige Stadt war, konnte sie eine derartige Menschenmenge nicht fassen; allein der Tempel mit seinen Nebengebäuden beanspruchte bereits die Hälfte der Fläche. Daher richteten sich die Barbaren in der Ebene ganz nach ihren Wünschen ein, die disziplinierten in geordneten Verbänden und die anderen nach Völkerschaften oder wie es ihnen in den Sinn kam.

Die Griechen schlugen ihre Zelte aus Häuten in parallelen Reihen auf; die Iberer errichteten ihre Pavillons aus Leintuch im Kreis; die Gallier bauten Verschläge aus Brettern; die Libyer Hütten aus Bruchsteinen und die Neger scharrten mit ihren Nägeln Gruben in den Sand, um darin zu schlafen. Viele, die nicht wußten, wohin sie sollten, irrten zwischen den Gepäckstücken umher und betteten sich in der Nacht auf den Boden, eingehüllt in ihre durchlöcherten Mäntel.

Die Ebene breitete sich vor ihnen aus, ringsum von Bergen begrenzt. Hier und dort neigte sich eine Palme über einen sandigen Hügel, Tannen und Eichen sprenkelten die Flanken der Steilwände. Zuweilen hing der Regen eines Gewitters wie ein langer Schleier vom Himmel, während das Land ringsum von Blau und Heiterkeit überwölbt blieb; dann trieb ein lauer Wind Staubwirbel vor sich her; – und ein Bach stürzte in Kaskaden von der Anhöhe Sikkas herab, auf der sich, mit seinem goldenen Dach auf ehernen Säulen ruhend, der Tempel der karthagischen Venus erhob, der Herrscherin über diesen Landstrich. Sie schien ihn mit ihrer Seele zu erfüllen. Durch das Beben des Bodens, das Schwanken der Temperaturen und das Spiel des Lichts offenbarte sie die Extravaganz ihrer Macht und zugleich die Schönheit ihres ewigen Lächelns. Die Gipfel der Berge waren geformt wie Mondsicheln; andere glichen den Oberkörpern von Frauen, die ihre prallen Brüste darboten, und die Barbaren fühlten mehr noch als ihre Erschöpfung eine erdrückende Schwere voller Wonnen.

Spendius hatte sich vom Erlös seines Dromedars einen Sklaven gekauft. Den ganzen Tag über schlief er ausgestreckt vor Mathos Zelt. Oft schreckte er hoch, weil er im Traum das Sausen der Riemen zu hören glaubte; dann strich er lächelnd mit den Händen über die Narben an seinen Beinen, über die Stelle, auf der die Eisen so lange gelastet hatten; dann schlief er wieder ein.

Matho akzeptierte seine Gesellschaft und, wenn er ausging, eskortierte ihn Spendius mit einem langen Schwert am Oberschenkel wie ein Liktor; oder Matho stützte unbekümmert den Arm auf Spendius' Schulter, denn Spendius war klein.

Eines Abends, als sie gemeinsam die Wege des Lagers durchstreiften, erblickten sie in weiße Mäntel gehüllte Männer; unter ihnen war auch Naravas, der Fürst der Numider. Matho fuhr zusammen.

»Dein Schwert! rief er; ich will ihn töten!

– Noch nicht!« entgegnete Spendius und hielt ihn zurück. Schon kam Naravas auf ihn zu.

Als Zeichen des Bündnisses hielt er beide Daumen gesenkt und entschuldigte seinen damaligen Wutausbruch mit seiner Trunkenheit während des Gelages; dann redete er lange gegen Karthago, doch erzählte er nicht, was ihn zu den Barbaren geführt hatte.

»Wollte er die Soldaten oder die Republik verraten?« fragte sich Spendius und, da er darauf zählte, aus allen

Wirren Vorteile zu ziehen, war er Naravas dankbar für alle zukünftige Hinterlist, derer er ihn verdächtigte.

Der Anführer der Numider blieb bei den Söldnern. Es hatte den Anschein, als wolle er sich Matho anschließen. Er sandte ihm fette Ziegen, Goldstaub und Straußenfedern. Verblüfft über diese Zuwendungen wußte der Libyer nicht, ob er sie erwidern oder darüber wütend sein sollte. Doch Spendius beruhigte ihn, und Matho ließ sich von dem Sklaven leiten, – stets unentschlossen und in einer unüberwindlichen Benommenheit gefangen, wie jene, die einst von einem Gebräu getrunken haben, woran sie sterben müssen.

Eines Morgens, als sie zu dritt zur Löwenjagd aufbrachen, verbarg Naravas einen Dolch unter seinem Mantel. Spendius schritt stets hinter ihm; und sie kehrten zurück, ohne daß der Dolch gezückt worden war.

Ein anderes Mal führte sie Naravas sehr weit bis an die Grenzen seines Königreiches. Sie gelangten in eine enge Schlucht; Naravas lächelte und behauptete, er wisse den Weg nicht mehr; Spendius fand ihn wieder.

Doch meist zog Matho, melancholisch wie ein Augur, bereits bei Sonnenaufgang los und streifte durch die Ebene. Er streckte sich im Sand aus und blieb unbeweglich bis zum Abend liegen.

Er fragte nach und nach alle Wahrsager der Armee um Rat, jene, die den Gang der Schlange beobachten, jene, die in den Sternen lesen, und jene, die über die Asche der Toten blasen. Er schluckte Galban, Sesel und Viperngift, welches das Herz erstarren läßt; schwarze Frauen stachen beim Schein des Mondes güldene Stilette in die Haut auf seiner Stirn und sangen barbarische Worte dazu; er behängte sich mit Halsketten und Amuletten: der Reihe nach rief er Baal-Kamon, Moloch, die sieben Kabiren, Tanit und die Venus der Griechen an. Er ritzte einen Namen in eine Kupferplatte und vergrub sie im Sand vor der Schwelle seines Zeltes. Spendius hörte ihn stöhnen und zu sich selbst sprechen.

Eines Nachts ging er hinein.

Nackt wie ein Leichnam lag Matho bäuchlings auf einem Löwenfell, das Gesicht in beiden Händen vergraben, eine Hängelampe erhellte seine Waffen, die über seinem Kopf am Zeltmast befestigt waren.

»Du leidest? sagte der Sklave. Was fehlt dir? antworte mir!«

Er rüttelte ihn an der Schulter und rief mehrmals: »Herr! Herr!...«

Schließlich wandte ihm Matho seine großen glasigen Augen zu.

»Hör! flüsterte er, einen Finger auf die Lippen gelegt. Es ist der Zorn der Götter! die Tochter Hamilkars verfolgt mich! Das macht mir Angst, Spendius!«

Er klammerte sich an seine Brust, wie ein Kind, das von einem Geist erschreckt wurde.

»Sprich mit mir! ich bin krank! ich will wieder gesund werden! ich habe alles versucht! Aber du, du kennst vielleicht mächtigere Götter oder eine Anrufung, die unwiderstehlich ist?

– Wofür?« fragte Spendius.

Er schlug sich mit beiden Fäusten auf den Kopf und anwortete:

»Um mich davon zu befreien!«

Dann sprach er, mehr zu sich selbst, mit langen Pausen:

»Gewiß bin ich das Opfer einer Sühne, die sie den Göttern versprochen hat? ... Mit einer unsichtbaren Kette hält sie mich gefangen. Wenn ich gehe, dann schreitet auch sie vorwärts; bleibe ich stehen, so ruht sie sich aus! Ihre Augen verbrennen mich, ich höre ihre Stimme. Sie umhüllt mich, durchdringt mich. Mir scheint, sie ist meine Seele geworden! Und dennoch liegen zwischen uns beiden die unsichtbaren Fluten eines grenzenlosen Ozeans! Sie ist fern und gänzlich unerreichbar! Ihre strahlende Schönheit umgibt sie wie eine Wolke des Lichts; und manchmal glaube ich, ich hätte sie nie gesehen... daß sie überhaupt nicht existiert... und daß dies alles nur ein Traum ist!«

So weinte Matho in der Dunkelheit; die Barbaren schliefen. Als Spendius ihn betrachtete, erinnerte er sich an die jungen Männer, die ihn mit Goldgefäßen in den Händen einst angefleht hatten, wenn er seine Kurtisanenschar durch die Straßen spazieren führte; Mitleid ergriff ihn, und er sprach:

»Sei stark, mein Herr! Beschwöre deinen Willen und flehe nicht mehr zu den Göttern, denn sie wenden nicht den Blick beim Gejammer der Menschen! Da heulst du nun wie ein Feigling! Fühlst du dich nicht erniedrigt, daß eine Frau dir solches Leid zufügen kann?

– Bin ich ein Kind? erwiderte Matho. Glaubst du etwa, sie könnten mich noch erweichen mit ihrem Gesicht und ihren Liedern? In Drepanum hatten wir so viele Frauen, daß wir sie unsere Ställe fegen ließen. Mitten im Angriff habe ich sie besessen, unter einstürzenden Decken, und wenn das Katapult noch bebte!... Aber diese, Spendius, diese!...«

Der Sklave unterbrach ihn:

»Wenn sie nicht die Tochter Hamilkars wäre...

– Nein! rief Matho. Sie hat nichts gemein mit einer anderen Menschentochter! Hast du ihre großen Augen unter ihren großen Brauen gesehen, wie Sonnen unter Triumphbögen? Erinnere dich: als sie erschien, verblaßten alle Fackeln. Zwischen den Diamanten ihrer Halskette schimmerte an manchen Stellen ihre nackte Brust hervor; der Duft der Tempel schien ihr zu folgen, und ihrem ganzen Wesen entströmte etwas, das noch lieblicher war als Wein und schrecklicher als der

Tod. Sie schritt immer weiter, doch dann blieb sie stehen.«

Mit offenem Mund hielt er inne, den Kopf gesenkt, die Pupillen starr.

»Aber ich will sie! ich brauche sie! ich sterbe noch daran! Bei dem Gedanken, sie in meine Arme zu schließen, werde ich von unbändiger Freude fortgerissen, und dennoch hasse ich sie, Spendius! ich möchte sie schlagen! Was soll ich nur tun? Mich gelüstet es danach, mich zu verkaufen, um ihr Sklave zu werden. Und du, du bist es schon gewesen! Du konntest sie sehen: erzähl mir von ihr! Jede Nacht steigt sie zur Terrasse ihres Palastes empor, nicht wahr? Ach! Die Steine müssen erbeben unter ihren Sandalen und die Sterne sich neigen, um sie zu sehen!«

Tobend fiel er zurück und röchelte wie ein verwundeter Stier.

Dann begann Matho zu singen: »Er verfolgte im Wald das weibliche Untier, dessen Schweif sich über die abgestorbenen Blätter wand wie ein silberner Bach.« Und mit schleppender Stimme imitierte er die Stimme Salambos, während seine ausgestreckten Hände es zwei zarten Händen auf den Saiten einer Lyra gleichtaten.

Allen Tröstungen von Spendius hielt er immer wieder die gleiche Rede entgegen; ihre Nächte vergingen mit diesen Klagen und diesen Ermahnungen.

Matho wollte sich mit Wein betäuben. Nach der Trunkenheit war er noch trauriger als zuvor. Er versuchte sich beim Knöchelspiel zu zerstreuen, und er verlor nach und nach die goldenen Plaketten seiner Halskette. Er ließ sich zu den Dienerinnen der Göttin führen; aber schluchzend lief er den Hügel wieder herunter, als käme er von einer Beerdigung zurück.

Spendius dagegen wurde kühner und fröhlicher. Man sah ihn in den Schenken aus Laubwerk mit den Soldaten schwatzen. Er flickte die alten Kürasse. Er jonglierte mit

Dolchen, er sammelte auf den Feldern Kräuter für die Kranken. Stets war er zu Späßen aufgelegt, feinsinnig, beredt und voller Erfindungsgeist; die Barbaren gewöhnten sich an seine Dienste; er machte sich dadurch beliebt.

Indessen warteten sie auf einen Botschafter aus Karthago, der ihnen mit Gold beladene Körbe auf Maultieren bringen sollte; und immer wieder begannen sie mit derselben Rechnung und schrieben dabei mit den Fingern Zahlen in den Sand. Jeder richtete sich schon mal im voraus sein Leben ein; Konkubinen würden sie haben und Sklaven, Ländereien; andere wollten ihren Schatz vergraben oder ihr Glück mit einem Schiff versuchen. Doch der Müßiggang erhitzte die Gemüter: endlose Streitereien herrschten zwischen den Reitern und den Fußsoldaten, zwischen Barbaren und Griechen, und man war stets wie benommen von den schrillen Stimmen der Frauen.

Tag für Tag tauchten unvermutet Trupps halbnackter Männer auf, mit Blattwerk auf dem Kopf, um sich vor der Sonne zu schützen; es waren die Schuldner der reichen Karthager, die man zur Feldarbeit gezwungen hatte und die geflohen waren. Libyer strömten herbei, durch die Steuerabgaben in den Ruin getriebene Bauern, Verbannte, Verbrecher. Dann die Horde der Kaufleute, sämtlich Wein- und Ölhändler, wütend darüber, daß man sie nicht bezahlt hatte, sie alle gaben der Republik die Schuld; Spendius deklamierte gegen sie. Bald verringerten sich die Lebensmittelvorräte. Man sprach davon, in Scharen über Karthago herzufallen und die Römer um Hilfe zu rufen.

Eines Abends, zur Essenszeit, hörte man schwere, klirrende Töne, die allmählich näher kamen, und in der Ferne zwischen den Bodenwellen tauchte etwas Rotes auf.

Es war eine große purpurne Sänfte, an den Ecken mit Straußenfederbuschen verziert. Kristallene Ketten und Perlengirlanden schlugen gegen die geschlossenen Behänge. Kamele folgten ihr und ließen dabei die großen Glocken erklingen, die um ihre Brust geschlungen waren, und um sie herum erblickte man Reiter in Rüstungen aus goldenen Schuppenplättchen, die ihnen von den Fersen bis zu den Schultern reichten.

Dreihundert Schritt vom Lager enfernt machten sie halt, um aus den Futteralen, die auf die Kruppe gepackt waren, ihre runden Schilde, ihre breiten Schwerter und ihre böotischen Helme hervorzuholen. Einige blieben bei den Kamelen; die anderen setzten sich wieder in Bewegung. Schließlich waren die Feldzeichen der Republik zu erkennen, blaue Holzstangen, die in einem Pferdekopf oder einem Pinienzapfen endeten. Die Barbaren erhoben sich alle und klatschten; die Frauen stürzten auf die Gardisten der Legion zu und küßten ihnen die Füße.

Die Sänfte schwebte auf den Schultern von zwölf Negern heran, die mit kleinen schnellen Schritten im Einklang marschierten. Sie eilten aufs Geratewohl nach rechts und nach links, behindert von Zeltschnüren, umherirrenden Tieren und Dreifüßen, auf welchen das Fleisch kochte. Von Zeit zu Zeit wurde die Sänfte von einer fetten, beringten Hand leicht geöffnet; eine rauhe Stimme stieß lauthals Beschimpfungen hervor; dann hielten die Träger inne und schlugen einen anderen Weg quer durch das Lager ein.

Schließlich hoben sich die purpurnen Vorhänge; und man entdeckte auf einem breiten Kopfkissen einen völlig regungslosen und aufgedunsenen menschlichen Kopf; die Augenbrauen waren wie zwei Bögen aus Ebenholz geformt, die sich an ihren Enden vereinigten; goldene Plättchen glitzerten in seinem Kraushaar, und das Gesicht war so bleich, daß es mit Marmorstaub gepudert schien. Der Rest des Körpers verschwand unter Schaffellen, welche die Sänfte ausfüllten.

Die Soldaten erkannten in dem derart gebetteten Mann den Suffeten Hanno, der durch seine Langsamkeit dazu beigetragen hatte, daß die Schlacht um die Ägatischen Inseln verloren ging; und was seinen Sieg bei Hekatompylos über die Libyer anging, bei dem er Milde hatte walten lassen, so war dies, glaubten die Barbaren, aus reiner Habgier geschehen, denn er hatte alle Gefangenen zu seinen Gunsten verkauft, obwohl er sie gegenüber der Republik für tot erklärt hatte.

Nachdem er eine Zeitlang einen geeigneten Platz gesucht hatte, von dem aus er seine Rede an die Soldaten halten konnte, gab er ein Zeichen: die Sänfte stand still, und Hanno, von zwei Sklaven gestützt, setzte schwankend seine Füße auf den Boden.

Er trug Stiefeletten aus schwarzem Filz, die mit silbernen Monden übersät waren. Binden, wie bei einer Mumie, waren um seine Beine gerollt, und das Fleisch trat zwischen den gekreuzten Bändern hervor. Sein Bauch quoll aus einer scharlachroten Weste, die seine Oberschenkel bedeckte; die Falten seines Halses fielen bis auf seine Brust hinab, wie die Wamme eines Ochsen, seine Tunika, die mit Blumen bemalt war, platzte in den Achselhöhlen; er trug einen Schal, einen Gürtel und einen weiten schwarzen Mantel mit geschnürten Doppelärmeln. Die Üppigkeit seiner Kleidung, seine riesige Halskette aus blauen Steinen, die goldenen Agraffen und die schweren Ohrgehänge ließen seine Unförmigkeit noch abscheulicher erscheinen. Er glich einem massigen Götzenbild, das nur grob aus einem Fels gehauen ist; denn eine blasse Lepra, die seinen ganzen Körper bedeckte, verlieh ihm den Anschein der Leblosigkeit. Doch blähten sich die Flügel seiner wie ein Geierschnabel gebogenen Nase heftig, um die Luft einzuatmen, und seine kleinen

Augen mit angeklebten Wimpern funkelten mit hartem, metallischem Glanz. In der Hand hielt er eine Spatel aus Aloeholz, um sich zu kratzen.

Endlich stießen zwei Heralde in ihre silbernen Hörner; der Tumult legte sich, und Hanno hob an zu sprechen.

Er begann mit einer Lobrede auf die Götter und die Republik; die Barbaren müßten sich glücklich schätzen, ihr gedient zu haben. Doch man müsse mehr Vernunft an den Tag legen, die Zeiten waren hart – »und wenn ein Herr nur drei Oliven besitzt, hat er nicht recht, zwei davon für sich zu behalten?«

So ließ der alte Suffet Sprichwörter und Apologien in seine Rede einfließen und machte dabei stets um Zustimmung heischende Bewegungen mit dem Kopf.

Er sprach Punisch und die, die ihn umringten (die flinkesten waren ohne Waffen herbeigeeilt) waren Kampaner, Gallier und Griechen, so daß ihn keiner aus dieser Menge verstand. Hanno bemerkte dies und hielt inne, und er schwankte schwer von einem Bein auf das andere und überlegte.

Da kam ihm der Gedanke, die Hauptleute zu sich zu befehlen; also riefen seine Heralde die entsprechende Order auf Griechisch, – jener Sprache, die seit Xanthippus als Befehlssprache im karthagischen Heer diente.

Mit Peitschenhieben trieben die Gardisten die Meute der Soldaten auseinander; und bald kamen die Hauptleute der spartanischen Phalanxen und die Anführer der Barbarenkohorten mit ihren Rangabzeichen und in der Rüstung des jeweiligen Landes herbei. Die Nacht war hereingebrochen, und eine große Unruhe erfüllte die Ebene; hier und dort brannten Feuer; man ging von einem zum anderen und fragte sich: »Was geht da vor?«, und warum verteilte der Suffet nicht das Geld?

Er breitete vor den Hauptleuten die unendlichen Belastungen der Republik aus. Ihre Schatzkammer war leer. Der Tribut der Römer lastete schwer auf ihr. »Wir wissen nicht mehr, was wir tun sollen!... Sie ist wirklich zu bedauern!«

Von Zeit zu Zeit kratzte er seine Glieder mit der Aloespatel oder unterbrach sich, um aus einem silbernen Kelch, den ihm ein Sklave reichte, einen Aufguß aus Wieselasche und in Essig gekochtem Spargel zu trinken; dann tupfte er sich mit einer scharlachroten Serviette die Lippen ab und fuhr fort:

»Was früher einen Silbersekel wert war, kostet heute drei Goldsekel, und die während des Krieges verwahrlosten Felder bringen nichts ein! Unsere Fanggründe für Purpurschnecken sind so gut wie verloren, selbst die Perlen werden horrend teuer; gerade, daß wir noch genug Salben für den Dienst der Götter haben! Ganz zu schweigen von den Speisen, es ist ein Elend! Da es an Galeeren mangelt, fehlen uns Gewürze, und wegen der Aufstände an den Grenzen zur Kyrenaika ist Silphium mittlerweile sehr schwer zu bekommen. Sizilien, wo es so viele Sklaven gab, ist uns nunmehr verschlossen! Erst gestern habe ich für einen Badesklaven und vier Küchendiener mehr bezahlt, als früher für ein Elefantenpaar!«

Er entrollte einen langen Papyrusstreifen; und er las, ohne eine einzige Zahl auszulassen, alle Ausgaben, die die Regierung getätigt hatte: sei es für die Wiederherstellung der Tempel, das Straßenpflaster, den Bau von Schiffen, die Korallenfischerei, die Erweiterung der Syssitien und die Geräte in den Bergwerken im Land der Kantabrer.

Doch die Hauptleute verstanden das Punische nicht besser als die Soldaten, auch wenn die Söldner sich in dieser Sprache grüßten. Üblicherweise wurden in den Armeen der Barbaren einige karthagische Offiziere eingesetzt, die als Übersetzer dienten; nach dem Krieg hatten sie sich aus Furcht vor Racheakten versteckt, und Hanno hatte nicht daran gedacht, sie mitzubringen; außerdem verlor sich seine allzu dumpfe Stimme im Wind.

Die in ihr eisernes Wehrgehenk geschnürten Griechen spitzten die Ohren und mühten sich, die Worte zu verstehen, während die Männer aus den Bergen, mit Fellen bedeckt wie Bären, ihn mißtrauisch beäugten oder gestützt auf ihre mit Eisennägeln gespickten Keulen gähnten. Die unaufmerksamen Gallier schüttelten höhnisch lachend ihre hohen Haarschöpfe, und die Männer der Wüste lauschten regungslos, alle eingemummt in ihre Gewänder aus grauer Wolle: andere rückten von hinten heran; die Gardisten, die von der Menschenmenge bedrängt wurden, gerieten auf ihren Pferden ins Wanken, die Neger hielten am ausgestreckten Arm brennende Tannenzweige, und der massige Karthager setzte seine Ansprache von einem kleinen Rasenhügel aus fort.

Indessen wurden die Barbaren ungeduldig, das Gemurmel wurde lauter, jeder herrschte ihn an. Hanno fuchtelte mit seiner Spatel umher; diejenigen, die die anderen zum Schweigen bringen wollten, schrien noch lauter und verstärkten so den Lärm.

Plötzlich sprang ein schmächtig aussehender Mann vor Hannos Füße, entriß einem der Heralde die Trompete, bließ hinein, und Spendius (denn er war es) verkündete, daß er etwas Wichtiges sagen werde. Auf diese Ankündigung hin, die er rasch in fünf verschiedenen Sprachen, Griechisch, Latein, Gallisch, Libysch und Balearisch vorbrachte, entgegneten die Hauptleute halb lachend, halb überrascht:

»Rede! Rede!«

Spendius zögerte; er zitterte; schließlich wandte er sich an die Libyer, die in der Mehrzahl waren, und sprach:

»Ihr habt alle die schrecklichen Drohungen dieses Mannes gehört!«

Da kein lautstarker Protest von Hanno kam, verstand er also das Libysche nicht; und um die Probe fortzusetzen, wiederholte Spendius denselben Satz in den anderen Sprachen der Barbaren.

Sie blickten sich erstaunt an; dann, in stillschweigendem Einverständnis und vielleicht weil sie nun glaubten, begriffen zu haben, senkten sie alle zum Zeichen der Zustimmung den Kopf.

Daraufhin begann Spendius mit hitziger Stimme:

»Zuerst hat er gesagt, daß all die Götter der anderen Völker nur Hirngespinste seien neben den Göttern Karthagos! er hat euch Feiglinge, Diebe, Lügner, Hunde und Hundesöhne genannt! Ohne euch (so waren seine Worte!) wäre die Republik nicht gezwungen, den Römern Tribut zu zahlen; und durch eure Exzesse habt ihr sie ihrer Düfte, Gewürze, Sklaven und des Silphiums beraubt, denn ihr handelt im Einvernehmen mit den Nomaden an der Grenze zur Kyrenaika! Doch die Schuldigen werden bestraft werden! Er hat die Auflistung ihrer Qualen vorgelesen; sie werden zur Pflasterung der Straßen herangezogen, zur Ausrüstung der Schiffe, zur Verschönerung der Syssitien und die übrigen wird man im Land der Kantabrer in den Bergwerken in der Erde scharren lassen.«

Spendius sagte dasselbe zu den Galliern, den Griechen, den Kampanern und den Balearen. Da sie mehrere der Eigennamen, die ihren Ohren nicht entgangen waren, wiedererkannten, waren die Söldner überzeugt, daß er die Rede des Suffeten genauestens wiedergab. Einige riefen ihm zu: »Du lügst!« Ihre Stimmen verloren sich im Tumult der anderen; Spendius fügte hinzu:

»Habt ihr nicht gesehen, daß er vor dem Lager einen Teil seiner Reiter zurückgelassen hat? Auf ein Zeichen von ihm werden sie über euch herfallen und euch allen die Kehle durchschneiden.«

Die Barbaren wandten sich in jene Richtung und, da die Menge sich daraufhin teilte, tauchte in ihrer Mitte eine menschliche Gestalt auf, die sich langsam wie ein Trugbild auf sie zu bewegte, tief gebeugt, mager, vollkommen nackt und bis zu den Seiten von langen Haaren bedeckt, voller trockener Blätter, Staub und Dornen. Strohlehm und Leinenfetzen bedeckten seine Lenden und Knie; seine schlaffe, erdfahle Haut hing von seinen abgezehrten Gliedern herab, wie Lumpen an dürren Zweigen; ein unablässiges Zittern schüttelte seine Hände, und er stützte sich beim Gehen auf einen Stock aus Olivenholz.

Er gelangte in die Nähe der Neger, die die Fackeln trugen. Ein schwachsinniges Grinsen entblößte sein blasses Zahnfleisch; seine großen verwirrten Augen betrachteten die Menge der Barbaren, die ihn umgab.

Doch mit einem Schrei des Entsetzens warf er sich hinter sie und suchte hinter ihren Körpern Schutz; er stammelte: »Da sind sie! Da sind sie!« und zeigte dabei auf die Gardisten des Suffeten, unbeweglich in ihren schimmernden Rüstungen. Geblendet vom Schein der Fackeln scharrten ihre Pferde ungeduldig mit den Hufen; nervös tänzelten sie in der Dunkelheit; das menschliche Schreckgespenst schlug um sich und brüllte:

»Sie haben sie getötet!«

Bei diesen Worten, die er auf Balearisch schrie, eilten die Balearen hinzu und erkannten ihn wieder; ohne ihnen etwas zu entgegnen, wiederholte er:

»Ja, getötet, alle, alle! zerquetscht wie Trauben! Die schönen jungen Männer! die Schleuderer! meine Gefährten, die euren!«

Man gab ihm Wein zu trinken, und er weinte; dann ergoß er sich in einen Wortschwall.

Spendius hatte Mühe, seine Freude zurückzuhalten, – währenddessen er den Griechen und Libyern die schrecklichen Dinge erklärte, die Zarxas berichtete; er konnte es kaum glauben, so gelegen kam dessen unvermutetes Erscheinen. Die Balearen erbleichten, als sie erfuhren, wie ihre Kameraden zu Tode gekommen waren.

Es handelte sich um eine Truppe von dreihundert Schleuderern, die erst am Vorabend gelandet waren und die an jenem Tag zu lange geschlafen hatten. Als sie am Platz des Khamon eintrafen, waren die Barbaren bereits fort, und sie fanden sich ohne Waffen, da ihre irdenen Kugeln mit dem übrigen Gepäck auf die Kamele verladen worden waren. Man ließ sie in die Straße von Satheb einbiegen, bis zu dem mit ehernen Platten verstärkten Tor aus Eichenholz; dann hatte sich das Volk wie ein Mann auf sie geworfen.

Tatsächlich erinnerten sich die Soldaten an einen lauten Aufschrei; Spendius, der an der Spitze der Kolonnen geflohen war, hatte ihn nicht gehört.

Dann waren die Leichen in die Arme der Patäkengottheiten gelegt worden, die den Tempel des Khamon säumten. Man warf ihnen alle Verbrechen der Söldner vor: ihre Schlemmerei, ihre Diebstähle, ihre Freveltaten, ihre Geringschätzung und den Mord an den Fischen im Garten Salambos. Ihre Körper wurden auf das Schändlichste verstümmelt; die Priester zündeten ihnen die Haare an, um ihre Seelen zu quälen; man hing sie in Stücken bei den Fleischhändlern aus; einige Karthager schlugen sogar ihre Zähne hinein, und am Abend, um sie endgültig zu vernichten, entfachte man Scheiterhaufen an den Kreuzungen.

Dies waren die Flammen, die von weitem über den See herüber geleuchtet hatten. Doch nachdem einige Häuser Feuer fingen, warf man die Überreste der Leichen und der Sterbenden rasch über die Mauern. Zarxas hielt sich bis zum nächsten Tag im Schilf, am Ufer des Sees auf; dann war er durch die Ebene geirrt, immer auf der Suche nach der Armee anhand ihrer Spuren im Staub. Morgens versteckte er sich in den Höhlen; abends setzte er den Weg fort, mit seinen blutenden Wunden, ausgehungert, krank, ernährte er sich von Wurzeln und Aas; eines Tages schließlich erspähte er Lanzen am Horizont und war ihnen gefolgt, denn sein Verstand war von all dem Grauen und Elend verwirrt.

Die Empörung der Soldaten, die sie nur zurückgehalten hatten, solange er sprach, entlud sich wie ein Gewitter; sie wollten die Gardisten samt dem Suffeten massakrieren. Einige traten dazwischen und sprachen, daß man ihn anhören und zumindest in Erfahrung bringen müsse, ob man sie bezahle. Also schrien alle: »Unser Geld!« Hanno entgegnete, er habe es mitgebracht.

Man lief zu den Vorposten, und, angetrieben von den Barbaren, gelangte das Gepäck des Suffeten mitten unter die Zelte. Ohne die Sklaven abzuwarten, knüpften sie eilends die Körbe auf; sie fanden darin hyazinthrote Gewänder, Schwämme, Schaber, Bürsten, Duftwässer und Pfrieme aus Antimon, um sich die Augen anzumalen; – all dies gehörte den Gardisten, reichen Männern, die derartige Finessen gewöhnt waren. Dann entdeckten sie auf einem Kamel eine große Wanne aus Bronze: sie gehörte dem Suffeten, der sie mitgebracht hatte, um auf der Reise ein Bad nehmen zu können; denn er hatte allerlei Vorkehrungen getroffen und sogar Wiesel aus Hekatompylos in Käfigen dabei, die man bei lebendigem Leib verbrannte, um seinen Aufguß zuzubereiten. Da ihm seine Krankheit außerdem reichlich Appetit verursachte, fanden sie auch noch zahlreiche Eßwaren und viele Weine, Salzlake, Fleisch und Fische in Honig mit kleinen Töpfen aus der Kommagene, ausgelassenes Gänseschmalz, das mit Schnee und Häcksel bedeckt war. Die Vorräte waren beträchtlich; je mehr Körbe sie öffneten, desto mehr kam zum Vorschein, und Gelächter wogte durch die Menge wie Wellen, die aufeinanderprallen.

Was den Sold der Söldner anbelangte, füllte er etwa zwei flache Sparteriekörbe; in einem sah man sogar jene ledernen Scheiben, deren sich die Republik bediente, um ihre Münzen einzusparen; und als die Barbaren sich höchst erstaunt zeigten, erklärte ihnen Hanno, daß die Ältesten, da die Berechnungen zu schwierig gewesen seien, keine Muße gehabt hätten, sie zu prüfen. Man schicke ihnen einstweilen dies.

Daraufhin wurde alles umgestoßen, durcheinandergeworfen: die Maultiere, die Diener, die Sänfte, die Vorräte, das Gepäck. Die Soldaten nahmen das Geld aus den Säcken, um Hanno damit zu steinigen. Mit Mühe konnte er einen Esel besteigen; er entfloh, indem er sich an dessen Fell festklammerte, brüllend, weinend, durchgeschüttelt, grün und blau geschlagen, wobei er auf die Armee den Fluch sämtlicher Götter herabrief. Sein üppiges Gehänge aus Edelsteinen wippte bis zu seinen Ohren. Er hielt mit den Zähnen seinen zu langen Mantel fest, der herunterhing, und von weitem riefen ihm die Barbaren nach: »Verschwinde, du Feigling! Schwein! Kloake Molochs! schwitz' es aus, dein Gold und deine Pest! schneller! schneller!« Die in die Flucht geschlagene Eskorte galoppierte an seiner Seite.

Doch die Wut der Barbaren legte sich nicht. Sie erinnerten sich, daß mehrere von ihnen, die sich nach Karthago begeben hatten, nicht zurückgekehrt waren; gewiß hatte man sie umgebracht. Das Ausmaß dieser Ungerechtigkeit ließ sie rasend werden, und sie machten sich sogleich daran, die Stangen der Zelte herauszureißen, ihre Mäntel zusammenzurollen und ihre Pferde zu zäumen; jeder ergriff seinen Helm und sein Schwert, in wenigen Minuten war alles bereit. Jene, die keine Waffen hatten, stürzten in die Wälder, um sich Stöcke zu schneiden.

Der Tag brach an; die erwachenden Einwohner Sikkas regten sich in den Straßen. »Sie ziehen nach Karthago!« hieß es, und dieses Gerücht verbreitete sich bald in der ganzen Gegend.

Von jedem Pfad, aus jeder Schlucht tauchten Menschen auf. Man sah Schäfer die Berge herabeilen.

Dann, als die Barbaren fort waren, machte Spendius auf einem punischen Hengst eine Runde durch die Ebene zusammen mit seinem Sklaven, der ein drittes Pferd am Zügel führte.

Nur ein Zelt stand noch. Spendius trat ein.

»Auf Herr! erheb dich! wir brechen auf!

– Wohin geht ihr? fragte Matho.

– Nach Karthago!« rief Spendius.

Matho sprang auf das Pferd, das der Sklave am Eingang bereithielt.

III

Salambo

Der Mond erhob sich allmählich aus dem Meer, und über der noch im Dunkel liegenden Stadt, leuchteten glänzende Punkte, weißschimmernde Tupfer auf: die Deichsel eines Karrens in einem Hof, ein aufgehängtes Stück Leinen, die Ecke einer Hauswand, die goldene Halskette auf der Brust einer Gottheit. Gläserne Kugeln strahlten hier und dort auf den Dächern der Tempel wie mächtige Diamanten. Dagegen bildeten schemenhafte Ruinen, schwarze Erdhaufen und Gärten in der Finsternis noch dunklere Massen, und unterhalb von Malqua waren Fischernetze von einem Haus zum nächsten gespannt, wie riesige Fledermäuse, die ihre Flügel ausbreiten. Das Knarren der Wasserräder, die das Wasser bis zu den höchsten Stockwerken der Paläste emportrugen, war verstummt; und in der Mitte der Terrassen ruhten still die Kamele, auf dem Bauch liegend wie Strauße. Die Pförtner schliefen in den Straßen auf den Schwellen der Häuser. Der Schatten der gewaltigen Standbilder verlängerte sich auf den verlassenen Plätzen; in der Ferne kroch bisweilen der Rauch eines noch brennenden Opfers durch die bronzenen Dachziegel, und die schwere Brise trug mit den Düften des Räucherwerks die Gerüche der See und die Ausdünstungen der von der Sonne aufgeheizten Mauern herüber. Rund um Karthago glänzten die unbewegten Fluten, denn der Mond ergoß seinen Schein zugleich über den von Bergen umgebenen Golf und den See von Tunis, in dem Flamingos zwischen den Sandbänken langgestreckte rosa Linien formten, während gegenüber, unterhalb der Katakomben, die weite salzige Lagune wie ein Silberstück funkelte. Das blaue Himmelsgewölbe versank am Horizont auf der einen Seite im Flimmern der Ebenen, auf der anderen in den Nebeln des Meeres, und auf dem Gipfel der Akropolis wiegten sich die pyramidenförmigen Zypressen, welche den Tempel des Eschmun säumten, und rauschten wie die gleichmäßigen Wogen, die langsam gegen die Mole am Fuße der Wehranlagen brandeten.

Salambo stieg zur Terrasse ihres Palastes hinauf, gestützt von einer Sklavin, die eine eiserne Schale mit glühenden Kohlen trug.

In der Mitte der Terrasse befand sich eine kleine Liegestatt aus Elfenbein, bedeckt mit Luchsfellen und Kissen, die mit Federn von Papageien, weissagenden, göttergeweihten Tieren, gefüllt waren, und an den vier Ecken des Lagers erhoben sich vier längliche Räuchergefäße, gefüllt mit Narde, Weihrauch, Zimt und Myrrhe. Die Sklavin entzündete das Räucherwerk. Salambo blickte zum Polarstern empor; sie grüßte langsam alle vier Himmelsrichtungen und kniete sich dann auf den Boden, auf den mit goldenen Sternen übersäten azurblauen Puder, als Abbild des Firmaments. Dann, die Ellenbogen an die Seiten gelegt, die Unterarme nach vorn gestreckt und mit geöffneten Händen, beugte sie den Kopf unter den Strahlen des Mondes zurück und sprach:

»O Rabbetna! ... Baalet! ... Tanit! und ihre Stimme schleppte sich klagend, als ob sie jemanden anriefe.

»Anahita! Astarte! Derketo! Aschtoret! Mylitta! Athara! Elissa! Tiratha! ... Bei den verborgenen Symbolen, – bei meinen klingenden Klappern, – bei den irdischen Gefilden, – bei der ewigen Stille und der ewigen Fruchtbarkeit, – Herrscherin der finsteren See und der azurenen Gestade, o Königin des feuchten Elements, sei gegrüßt!«

Sie wiegte zwei, dreimal den ganzen Körper, dann stürzte sie, die Arme ausgebreitet, mit ihrer Stirn in den Staub.

Behende hob ihre Sklavin sie auf, denn, den Riten zufolge, mußte jemand den Flehenden aus der Demutshaltung herausreißen; dies besagte, daß die Götter sie erhörten, und Salambos Amme versäumte niemals, diese gottesfürchtige Aufgabe zu erfüllen.

Händler aus Daritisch-Gätulien hatten sie als kleines Mädchen nach Karthago gebracht, und nach ihrer Freilassung hatte sie ihre Herren nicht verlassen wollen, wie ein großes Loch in ihrem rechten Ohr bewies. Ein bunt gestreifter Rock, der ihre Hüften eng umgürtete, reichte ihr bis zu den Knöcheln, an welchen zwei Zinnreifen klirrten. Ihr etwas flaches Gesicht war gelb wie ihre Tunika. Sehr lange, silberne Nadeln formten eine Sonne auf ihrem Hinterkopf. Ein Korallenknopf zierte einen Nasenflügel, und sie stand nahe der Lagerstatt aufrechter noch als eine Hermesfigur und mit gesenkten Lidern.

Salambo ging bis an den Rand der Terasse. Für einen Moment streifte ihr Blick über den Horizont, dann senkte er sich auf die inzwischen schlafende Stadt, und der Seufzer, den sie hervorstieß, hob ihre Brüste und ließ das lange weiße Gewand, das sie ohne Agraffe, ohne Gürtel umhüllte, von oben bis unten wogen. Ihre Sandalen, mit den nach oben gebogenen Spitzen, verschwanden unter einer Vielzahl von Smaragden, und ihr offenes Haar füllte ein Netz aus purpurnen Fäden.

Dann hob sie den Kopf wieder, um den Mond zu betrachten, und murmelte, wobei sie unter ihre Worte Fragmente eines Lobgesangs mischte:

»Wie leichtfüßig du dich drehst, getragen vom unfaßbaren Äther! Um dich herum reibt er sich blank, und die Bewegung deines Laufes spendet die Winde und den fruchtbaren Tau. So wie du zunimmst und abnimmst, weiten oder verengen sich die Augen der Katzen und die Flecken der Leoparden. Die Gemahlinnen brüllen deinen Namen im Geburtsschmerz! Du läßt die Muscheln schwellen! Du bringst die Weine zum gären! Du läßt die Leichen verwesen! Du formst die Perlen am Grunde des Meeres!

»Und alle Keime, o Göttin! gehen auf in den unergründlichen Tiefen deiner Feuchtigkeit.

»Wenn du erscheinst, legt sich Stille über die Erde; die Blumen schließen sich, die Wogen glätten sich, die müden Menschen strecken sich aus, die Brust zu dir gewandt, und die Welt mit ihren Ozeanen und Bergen, betrachtet sich in deinem Antlitz wie in einem Spiegel. Du bist weiß, sanft, leuchtend, makellos, hilfreich, läuternd und friedvoll.«

Die Sichel des Mondes stand nun über dem Berg der Heißen Wasser, im Einschnitt zwischen seinen beiden Gipfeln, an der gegenüberliegenden Seite des Golfes. Unter ihr stand ein kleiner Stern, und ein blasser Kreis umgab sie. Salambo fuhr fort:

»Doch du bist schrecklich, Herrin!... Durch dich entstehen die Ungeheuer, die Schreckgespenster, die lügnerischen Träume; deine Augen verschlingen die Steine der Gebäude, und jedesmal, wenn du dich verjüngst, erkranken die Affen.

»Wohin gehst du nur? Warum veränderst du stets deine Gestalt? Einmal schlank und gekrümmt, gleitest du durch den Raum, wie eine Galeere ohne Mast, oder gleichst inmitten der Sterne einem Schäfer, der seine Herde hütet. Leuchtend und rund streifst du die Spitzen der Gebirge wie das Rad eines Wagens.

»O Tanit! du liebst mich, nicht wahr? Ich habe dich so oft angeschaut! Aber nein! du nimmst deinen Lauf im Azur, und ich bleibe auf der unbeweglichen Erde.

»Taanach, nimm deinen Nebal und spiel leise auf der silbernen Saite, denn mein Herz ist traurig!«

Die Sklavin nahm eine Art Harfe aus Ebenholz zur Hand, die höher war als sie selbst und dreieckig, wie ein Delta; sie befestigte die Spitze in einer Kristallkugel und begann, mit beiden Händen zu spielen.

Die Töne folgten einander, dumpf und eilig, wie das Summen der Bienen und immer klangvoller wurden sie fortgetragen in die Nacht mit dem Klagen der Wellen und dem Rauschen der mächtigen Bäume am Gipfel der Akropolis.

»Still! rief Salambo.

– Was fehlt dir Herrin? Der Hauch der Brise, eine vorüberziehende Wolke, alles beunruhigt und erregt dich jetzt.

– Ich weiß es nicht, sagte sie.

– Du bist erschöpft von zu langen Gebeten!

– Oh! Taanach, ich wünschte, ich könnte darin vergehen, wie eine Blume im Wein!

– Vielleicht liegt es am Rauch deiner Düfte?

Nein! sprach Salambo; der Geist der Götter wohnt in den Wohlgerüchen.«

Dann erzählte die Sklavin von ihrem Vater. Man glaubte, er sei fort, über die Säulen des Melkarth hinaus in das Land des Bernsteins.

»Aber wenn er nicht wiederkommt, sagte sie, dann müßtest du dir dennoch, denn dies war sein Wille, einen Gatten unter den Söhnen der Ältesten wählen, und dann würde dein Kummer in den Armen eines Mannes schwinden.

– Wieso?« fragte das junge Mädchen. Alle, die sie gesehen hatte, erregten ihren Abscheu mit ihrem Gelächter gleich dem wilder Tiere und ihren grobschlächtigen Gliedern.

»Manchmal, Taanach, strömen aus meinem tiefsten

Innern heiße Schwaden, schwerer als der Dampf eines Vulkans. Stimmen rufen nach mir, in meiner Brust rollt ein Feuerball und steigt auf, er erstickt mich, ich werde sterben; und dann strömt etwas Süßes von meiner Stirn hinab bis zu meinen Füßen und durchdringt mein Fleisch,... es ist eine Liebkosung, die mich umhüllt und ich fühle mich zermalmt, als ob ein Gott sich auf mich legte. Oh! Ich wünschte, ich könnte mich verlieren in den Nebeln der Nacht, in den Fluten der Brunnen, im Saft der Bäume, meinen Leib verlassen, nur noch ein Atemhauch sein, ein Strahl, und dahingleiten, aufsteigen bis zu dir, o Mutter!«

Sie streckte die Arme so weit sie konnte in die Höhe und reckte dabei ihre Taille, bleich und leicht wie der Mond in ihrem langen Gewand. Dann sank sie nach Atem ringend auf das elfenbeinerne Lager zurück; Taanach schlang ihr eine Kette aus Bernstein mit Delphinzähnen um den Hals, um die Schrecken zu bannen, und Salambo sprach mit beinahe tonloser Stimme:

»Laß Schahabarim zu mir kommen.«

Ihr Vater hatte nicht gewollt, daß sie in das Kollegium der Priesterinnen eintrat, nicht einmal, daß sie etwas über die volkstümliche Tanit erfuhr. Er hatte sie für eine seiner Politik dienliche Verbindung bestimmt, so daß Salambo ganz allein in diesem Palast lebte; ihre Mutter war seit langem tot.

Sie war in Enthaltsamkeit, unter Fasten und Purifikationen aufgewachsen, stets umgeben von auserlesenen und würdevollen Dingen, den Körper durchtränkt mit Wohlgerüchen, die Seele voller Gebete. Niemals hatte sie Wein gekostet oder Fleisch gegessen, noch jemals ein unreines Tier berührt oder ihren Fuß in das Haus eines Toten gesetzt.

Sie wußte nichts von den unzüchtigen Götterbildern, denn, da sich jede Gottheit auf verschiedene Weise offenbarte, ließen widersprüchliche Kulte oft den gleichen Ursprung erkennen, und Salambo betete zur Göttin in ihrer Darstellung als Himmelskörper. Der Mond übte auf die Jungfrau einen Einfluß aus; wenn das Gestirn abnahm, fühlte sich Salambo schwächer. Den ganzen Tag über war sie kraftlos und belebte sich erst am Abend wieder. Während einer Mondfinsternis wäre sie einmal beinahe gestorben.

Doch die eifersüchtige Rabbet rächte sich für diese Jungfräulichkeit, die ihrem Opferdienst entzogen war, und sie quälte Salambo mit Anfechtungen, die um so stärker waren, als sie schemenhaft blieben und die in diesem Glauben verbreitet und neu belebt wurden.

Stets kreisten Salambos Gedanken um Tanit. Sie hatte von ihren Abenteuern erfahren, ihren Reisen und all ihren Namen, die sie wiederholte, ohne daß sie eine bestimmte Bedeutung für sie hatten. Um die Tiefen ihrer Lehre zu ergründen, wollte sie im Allerheiligsten des Tempels das alte Standbild mit seinem wundersamen Mantel kennenlernen, von dem die Geschicke Karthagos abhingen, – denn die Vorstellung von einer Gottheit löste sich nicht klar von ihrer Darstellung, und ihr Abbild zu besitzen oder auch nur anzusehen, hieß, ihr einen Teil ihrer Macht zu nehmen, ja sie in gewisser Weise zu beherrschen.

Salambo wandte sich um. Sie hatte das Geräusch der goldenen Glöckchen, die Schahabarim unten an seinem Gewand trug, erkannt.

Er stieg die Stufen hinauf; dann, kaum hatte er die Schwelle zur Terrasse erreicht, hielt er inne und verschränkte die Arme.

Seine tiefliegenden Augen leuchteten wie die Lampen in einem Grabmal; sein hochaufragender magerer Körper glitt in seinem Gewand aus Leinen dahin, beschwert von Schellen, die abwechselnd mit den smaragdenen Äpfeln auf seinen Absätzen hervorschimmerten. Seine Glieder waren schwach, sein Schädel schief, das Kinn spitz; seine Haut schien sich kalt anzufühlen, und sein gelbliches Gesicht, das von tiefen Falten durchfurcht wurde, war wie von unstillbarem Verlangen, von ewigem Leid verzerrt.

Er war der Hohepriester der Tanit, er hatte Salambo erzogen.

»Rede! sprach er. Was willst du?

– Ich hatte gehofft... Du hast es mir so gut wie versprochen...«

Sie stammelte, war verwirrt: dann plötzlich:

»Warum verachtest du mich? was habe ich bei den Riten versäumt? Du bist mein Lehrer, du hast gesagt, niemand verstünde die Geheimnisse der Göttin so gut wie ich; doch du verheimlichst mir etwas. Stimmt das, o Vater?«

Eingedenk der Befehle Hamilkars entgegnete Schahabarim:

»Nein, ich habe dich nichts mehr zu lehren!

– Ein Genius, fuhr sie fort, treibt mich zu dieser Liebe. Ich habe die Stufen Eschmuns, des Gottes der Planeten und der Geisteskräfte erklommen; ich habe unter dem goldenen Ölbaum Melkarths, des Schutzgottes der tyrischen Kolonien geruht; ich habe die Tore von Baal-Khamon, des Erleuchters und Fruchtbarmachers, aufgestoßen; ich habe den unterirdischen Kabiren geopfert, den Göttern der Wälder, Winde, Flüsse und Berge: doch sie alle sind zu weit, zu hoch, zu gefühllos, verstehst du? bei ihr dagegen spüre ich, wie sie mit meinem Leben verwirkt ist; sie erfüllt meine Seele, und ich erbebe von inneren Schmerzen, als bäumte sie sich auf, um zu entweichen. Es scheint mir, als werde ich gleich ihre Stimme hören, ihr Antlitz erblicken, Blitze blenden mich, dann falle ich wieder zurück in die Dunkelheit.«

Schahabarim schwieg. Sie bat ihn mit flehenden Blikken.

Schließlich gab er der Sklavin, die nicht dem Volk der Kanaaniter angehörte, ein Zeichen, sich zu entfernen. Taanach verschwand, und Schahabarim hob den Arm empor und begann:

»Vor den Göttern gab es nur Dunkelheit, und ein Hauch schwebte dahin, schwer und unbestimmbar wie das Gewissen eines Menschen in einem Traum. Er ballte sich zusammen, schuf das Verlangen und die Wolke, und aus dem Verlangen und der Wolke entstand die Urmaterie. Es war ein schlammiges Gewässer, schwarz, eiskalt und tief. Es barg gefühllose Monster, unzusammenhängende Teile von Gebilden, die noch geboren werden sollten, wie sie auf den Wänden der Heiligtümer dargestellt sind.

»Dann verdichtete sich die Materie. Sie wurde zu einem Ei. Es zerbrach. Die eine Hälfte formte die Erde, die andere das Firmament. Die Sonne, der Mond, die Winde, die Wolken erschienen; und mit dem Getöse des Blitzes erwachten die intelligenten Wesen. Sodann beschrieb Eschmun seine Bahn in der gestirnten Sphäre; Khamon erstrahlte in der Sonne; Melkarth stieß ihn mit seinen Armen hinter Gades; die Kabyrim stiegen unter die Vulkane hinab, und Rabbetna, einer Amme gleich, beugte sich über die Welt und verströmte ihr Licht wie Milch und ihre Nacht wie einen Mantel.

– Und weiter?« sagte sie.

Er hatte ihr vom Geheimnis des Ursprungs erzählt, um sie durch höhere Ausblicke abzulenken; doch das Verlangen der Jungfrau entflammte bei seinen letzten Worten erneut, und Schahabarim, halb nachgebend, sagte:

»Sie bewirkt und beherrscht die Liebe der Menschen.

– Die Liebe der Menschen! wiederholte Salambo verträumt.

– Sie ist die Seele Karthagos, fuhr der Priester fort; und wenn sie auch überall ist, so wohnt sie doch hier unter dem heiligen Schleier.

– O Vater! rief Salambo, ich werde sie sehen, nicht wahr? du wirst mich zu ihr geleiten! Schon so lange habe ich gezögert; die Neugier über ihre Gestalt verzehrt mich. Erbarmen! Rette mich! Laß uns gehen!«

Er stieß sie heftig und voll Hochmut zurück.

»Niemals! Weißt du denn nicht, daß dies den Tod bringt? Die zweigeschlechtlichen Baals enthüllen sich nur uns allein, die wir Männer sind im Geist und Frauen durch unsere Schwäche. Dein Wunsch ist ein Sakrileg; begnüge dich mit dem Wissen, das du besitzt!«

Sie fiel auf die Knie und legte die beiden Finger auf die Ohren zum Zeichen ihrer Reue; und sie schluchzte, zermalmt von der Rede des Priesters, zugleich erfüllt von Wut auf ihn, von Furcht und Erniedrigung. Schahabarim stand da, gefühlloser noch als die Steine der Terrasse. Er blickte von oben auf sie herab, wie sie zu seinen Füßen zitterte, und empfand so etwas wie Freude dabei, sie so für ihre Gottheit leiden zu sehen, die auch er nicht ganz umarmen konnte. Schon sangen die Vögel, ein kalter Wind bließ, kleine Wölkchen eilten über den blasseren Himmel dahin.

Plötzlich erspähte er am Horizont hinter Tunis etwas wie leichte Nebelschwaden, die sich über den Boden schleppten; dann wurden sie zu einem gewaltigen senkrecht ausgebreiteten Vorhang aus grauem Staub, und in den Wirbeln dieser gewaltigen Menge tauchten die Köpfe von Dromedaren, Lanzen und Schilde auf. Die Armee der Barbaren näherte sich Karthago.

IV

Unter den Mauern Karthagos

Die Leute vom Land erreichten die Stadt, bleich, atemlos und verrückt vor Angst ritten sie auf Eseln oder eilten zu Fuß herbei. Sie flohen vor der Armee. In drei Tagen hatte sie den Weg von Sikka zurückgelegt, um nach Karthago zu gelangen und alles zu vernichten.

Man schloß die Tore. Fast unmittelbar darauf erschienen die Barbaren; doch in der Mitte des Isthmus, am Ufer des Sees, machten sie halt.

Zunächst zeigten sie sich keineswegs feindselig. Mehrere näherten sich mit Palmenzweigen in den Händen. Mit Pfeilen drängte man sie zurück, so groß war die Furcht.

Am Morgen und bei Einbruch der Dunkelheit streiften zuweilen einige Späher die Mauern entlang. Dabei fiel besonders ein kleingewachsener Mann auf, der sorgfältig in einen Mantel gehüllt war und sein Gesicht hinter einem tief herabgezogenen Visier verbarg. Stundenlang betrachtete er das Aquädukt, so unverwandt, daß er die Karthager über seine wahren Absichten gewiß hinwegtäuschen wollte. Ein weiterer Mann, ein Riese fast und ohne Kopfbedeckung, begleitete ihn.

Doch Karthago war über die gesamte, dem Isthmus zugewandte Länge befestigt: zuerst mit einem Graben, dahinter mit einem rasenbegrünten Wall und schließlich mit einer zweistöckigen, dreißig Ellen hohen Mauer aus Quadersteinen. Sie beherbergte die Stallungen für dreihundert Elefanten nebst Rüstkammern für ihre Harnische, Fußfesseln und das Futter, daneben weitere Ställe für viertausend Pferde samt Vorrat an Gerste, Sattel- und Zaumzeug sowie die Kasernen für zwanzigtausend Soldaten mit Waffen und allem Kriegsgerät. Über dem zweiten Stockwerk erhoben sich mit Zinnen bekrönte Türme, deren Außenseite mit bronzenen Schilden versehen war, die an Krampen hingen.

Diese erste gemauerte Verteidigungslinie schützte insbesondere Malqua, das Viertel der Matrosen und Färber. Man sah die Masten, an welchen purpurne Segel trockneten und auf den obersten Terrassen tönerne Öfen zum Sieden der Salzlake.

Dahinter türmte sich wie ein Amphitheater die Stadt mit ihren hohen würfelförmigen Häusern, erbaut aus Steinen, Brettern, Kieseln, Schilfrohr, Muschelschalen und Lehmerde. Die Tempelhaine glichen Seen grünen Laubwerks in diesem Gebirge verschiedenfarbiger Blöcke. Die öffentlichen Plätze entfalteten in unregelmäßigen Abständen ihre Ebenen; zahllose Gäßchen kreuzten sich, zerschnitten sie von oben bis unten. Man konnte noch die Umfassungsmauern von drei alten Stadtvierteln erkennen, die inzwischen miteinander verschmolzen waren; sie ragten wie Klippen hier und dort empor oder zogen sich als gewaltige Wandflächen dahin, – halb mit Blumen überwuchert, geschwärzt, mit breiten Streifen weggeworfenen Unrats überzogen, und Straßen bahnten sich ihren Weg durch die gähnenden Toröffnungen hindurch wie Flüsse unter Brücken.

Im Zentrum von Byrsa verschwand die Anhöhe der Akropolis unter einem Gewirr von Bauwerken. Tempel mit gewundenen Säulen, Kapitellen aus Bronze und metallenen Ketten waren darunter, azurblau bebänderte Bruchsteinkegel, kupferne Kuppeln, Architrave aus Marmor, babylonische Strebepfeiler, Obelisken, die auf der Spitze ruhten wie auf den Kopf gestellte Fackeln. Die Säulenhallen strebten zu den Frontgiebeln empor; die Voluten entfalteten sich zwischen den Kolonnaden; Mauern aus Granit stützten Wände aus Ziegeln; all dies türmte sich auf wundersame unbegreifliche Weise übereinander und überlagerte sich zugleich. Man spürte den Wandel der Zeiten und fühlte sich an vergessene Heimatländer erinnert.

Hinter der Akropolis, zwischen rotem Erdreich, erstreckte sich die von Grabmalen gesäumte Mapalienstraße geradewegs von der Küste bis zu den Katakomben; mächtige Wohnhäuser mit Gärten schlossen sich in immer größeren Abständen an, und dieses dritte Stadtviertel, Megara, die neue Stadt, reichte bis an den Rand der Klippen, auf welchen sich ein gewaltiger Leuchtturm erhob, der jede Nacht hell erstrahlte.

So entfaltete sich Karthago vor den in der Ebene lagernden Soldaten.

Von weitem erkannten sie die Marktplätze, die Straßenkreuzungen; sie stritten sich über die Lage der Tempel. Das Heiligtum Khamons, den Syssitien gegenüber, hatte goldene Dachziegeln; Melkarth, links von Eschmun, trug Korallenzweige auf seiner Bedachung; darüber wölbte Tanit ihre kupferne Kuppel zwischen den Palmen; der finstere Moloch lag am Fuße der Zisternen neben dem Leuchtturm. In den Giebeldreiecken, hoch oben auf den Mauern, in den Winkeln der Plätze, überall sah man Gottheiten mit grauenerregenden Köpfen, von riesenhafter oder gedrungener Gestalt, mit mächtigen oder übertrieben flachen Bäuchen, die Mäuler aufgesperrt und die Arme ausgebreitet hielten sie Gabeln, Ketten oder Speere in den Händen; und das Blau des Meeres erstreckte sich hinter den Straßen, die durch die Perspektive noch abschüssiger wirkten.

Lärmendes Volk erfüllte sie von morgens bis abends; junge Burschen riefen an den Eingangstoren zu den Bädern und schwenkten Glocken: Qualm stieg aus den

Buden, die heiße Getränke feilboten, die Luft hallte wider vom Klang der Ambosse, auf den Terrassen krähten die der Sonne geweihten weißen Hähne, in den Tempeln brüllten die Stiere, denen man die Kehle durchschnitt, Sklaven mit Körben auf den Köpfen eilten umher; und aus den Tiefen der Portiken erschien von Zeit zu Zeit ein in einen dunklen Mantel gehüllter Priester, barfuß und mit einer Spitzkappe.

Dieser Anblick Karthagos reizte die Barbaren. Sie bewunderten es, sie verabscheuten es, am liebsten hätten sie es vernichtet und bewohnt zugleich. Doch was war dort im Hafen der Kriegsmarine, im Schutz einer dreifachen Mauer? Und dann, hinter der Stadt, am Ende von Megara, höher noch als die Akropolis, erhob sich der Palast Hamilkars.

Stets schweifte Mathos Blick dorthin. Er kletterte die Olivenbäume empor und lehnte sich, die Hand an die Augenbrauen gelegt, nach vorn. Die Gärten waren verlassen, und das rote Tor mit seinem schwarzen Kreuz blieb stets verschlossen.

Mehr als zwanzigmal schritt er die Stadtmauern entlang auf der Suche nach einer Lücke, durch die er eindringen könnte. Eines nachts stürzte er sich in den Golf und schwamm drei Stunden in einem Zug. Er gelangte zum Fuß der Mapalien, er wollte die Klippe erklimmen. Er riß sich die Knie blutig, brach sich die Fingernägel ab, fiel schließlich zurück in die Fluten und kehrte um.

Seine Ohnmacht machte ihn rasend. Er war eifersüchtig auf dieses Karthago, das Salambo einschloß, wie auf jemanden, der sie besessen hätte. Seine Erschöpfung wich, ihr folgte wilder, anhaltender Tatendrang. Mit glühenden Wangen, flammendem Blick und rauher Stimme durchquerte er schnellen Schritts das Lager; oder aber er saß am Ufer und putzte sein großes Schwert mit Sand. Er schleuderte Pfeile auf die vorüberziehenden Geier. Aus seinem Herzen quollen wütende Worte.

»Laß deinem Zorn freien Lauf wie einem dahinstürmenden Streitwagen, sagte Spendius. Schrei, schmähe die Götter, zerstöre und töte. Blut lindert den Schmerz, und da du deine Liebe nicht befriedigen kannst, sättige deinen Haß; er wird dir Kraft geben!«

Matho übernahm wieder den Befehl über seine Soldaten. Er ließ sie schonungslos exerzieren. Man respektierte ihn wegen seines Mutes und vor allem wegen seiner Kraft. Im übrigen flößte er ihnen eine Art mystische Furcht ein; man glaubte, daß er des nachts mit Geistern sprach. Die anderen Offiziere ließen sich von seinem Beispiel mitreißen. Schon bald herrschte Disziplin in der Armee. Die Karthager hörten in ihren Häusern die Fanfaren der Buccinas, die das Exerzieren regelten. Schließlich rückten die Barbaren näher.

Um sie im Isthmus zu zermalmen, hätte es zweier Armeen bedurft, die sie gleichzeitig von hinten angriffen, wobei die eine am Ende des Golfs von Utica, die zweite am Berg der Heißen Wasser hätte landen müssen. Doch was konnte man mit der heiligen Legion allein schon ausrichten, die bestenfalls sechstausend Mann stark war? Wandten die Barbaren sich nach Osten, würden sie sich mit den Nomaden verbinden, den Weg nach Kyrene und den Handel mit der Wüste abschneiden. Wandten sie sich aber wieder nach Westen, würde sich Numidien erheben. Schließlich würde der Mangel an Lebensmitteln sie dazu zwingen, wie Heuschrecken das umliegende Ackerland zu verwüsten; die Reichen zitterten um ihre prächtigen Paläste, um ihre Weinberge, um ihre Äcker.

Hanno schlug abscheuliche und undurchführbare Maßnahmen vor, wie etwa für den Kopf jedes Barbaren eine stattliche Summe zu versprechen, oder mit Hilfe von Schiffen und Kriegsmaschinen ihr Lager in Brand zu setzen. Sein Kampfgefährte Giskon dagegen wollte, daß man sie bezahle. Doch die Ältesten haßten ihn, da er beim Volk so beliebt war; denn sie fürchteten in ihm einen möglichen Herrscher, und aus Angst vor der Monarchie mühten sie sich, alles zu schwächen, was von ihr übrig war oder sie wiederherstellen könnte.

Außerhalb der Befestigungsanlagen lebten Menschen einer anderen Rasse und von unbekannter Herkunft, – sie jagten Stachelschweine, verzehrten Weichtiere und Schlangen. Zuweilen fingen sie lebende Hyänen in Höhlen, die sie abends aus purem Vergnügen zwischen den Stelen der Gräber hindurch über die Sandwüste von Megara hetzten. Ihre Hütten aus Schlamm und Tang klammerten sich wie Schwalbennester an die Steilküste. Sie lebten dort ohne Regierung und ohne Götter, bunt durcheinander, vollkommen nackt, schwächlich und zäh zugleich, und wegen ihrer unreinen Nahrung seit Jahrhunderten vom Volk verabscheut. Die Schildwachen bemerkten eines Morgens, daß sie allesamt verschwunden waren.

Schließlich faßten die Mitglieder des Großen Rates einen Entschluß. Ohne Halskette und ohne Gürtel, mit offenen Sandalen, gingen sie ins Lager wie Nachbarn. Sie näherten sich gemessenen Schritts und grüßten die Hauptleute von Ferne oder blieben stehen, um mit den Soldaten zu sprechen und ihnen mitzuteilen, daß alles nun ein Ende habe und man ihren Ansprüchen Gerechtigkeit widerfahren ließe.

Viele von ihnen sahen zum ersten Mal ein Söldnerlager. Anstelle des Durcheinanders, das sie erwartet hatten, herrschte überall eine beängstigende Ordnung und Ruhe. Wie eine hohe Mauer umschloß ein grasbewachsener Schutzwall das Heer, der dem Aufprall der Wurfgeschosse jederzeit standhalten würde. Der Boden der Straßen war mit frischem Wasser besprengt; durch die

Löcher in den Zelten erblickten sie fahlgelbe Pupillen, die im Schatten leuchteten. Die Pyramiden der Piken und die aufgehängten Rüstungen blendeten sie wie Spiegel. Sie sprachen leise miteinander. Sie fürchteten, mit ihren langen Gewändern etwas umzustoßen.

Die Soldaten verlangten Lebensmittel und versprachen, mit dem Geld zu bezahlen, das man ihnen schuldete.

Man schickte ihnen Rinder, Schafe, Perlhühner, Trokkenfrüchte und Lupinen, dazu geräucherte Makrelen, jene hervorragenden Makrelen, die Karthago in alle Häfen verschiffte. Doch sie umkreisten die prächtigen Tiere abfällig; und sie verunglimpften, was sie begehrten. Sie boten für einen Widder den Wert einer Taube, für drei Ziegen den Preis eines Granatapfels. Die Esser der unreinen Dinge betätigten sich als Mittler und versicherten ihnen, daß man sie prelle. Da zogen sie ihre Schwerter und drohten sie umzubringen.

Die Kommissare des Großen Rates schrieben die Anzahl der Jahre, die man jedem Soldaten schuldete, nieder. Doch mittlerweile war es unmöglich festzustellen, wie viele Söldner man angeheuert hatte, und die Ältesten erschraken über die ungeheure Summe, die sie zu zahlen hätten. Man würde die Silphiumvorräte verkaufen müssen, die Handelsstädte mit Steuern belegen; die Söldner würden ungeduldig werden, schon stand Tunis auf ihrer Seite: und die Reichen, der Wutausbrüche Hannos und der Vorwürfe seines Amtskollegen müde, empfahlen allen Bürgern, die einen Barbaren kannten, sich sogleich auf den Weg zu machen und seine Freundschaft zurückzuerobern, ihm gut zuzureden. Dieses Vertrauen werde sie beruhigen.

Händler, Schreiber und Arbeiter aus dem Waffenarsenal, ganze Familien begaben sich zu den Barbaren.

Die Soldaten gewährten allen Karthagern Einlaß, doch

durch einen derart schmalen Zugang, daß vier Menschen nebeneinander sich bereits mit den Ellenbogen berührten. Spendius stand gegen die Barriere gelehnt und ließ sie gründlich durchsuchen; Matho, ihm gegenüber, musterte die Menge und versuchte jemanden zu entdecken, den er bei Salambo gesehen haben könnte.

Das Lager glich einer Stadt, so erfüllt war es von Menschen und Treiben. Die beiden verschiedenen Gruppen vermengten sich, ohne miteinander zu verschmelzen, die einen in Leinen oder Wolle gekleidet mit Filzhüten, die Pinienzapfen ähnelten, die anderen in Eisen gehüllt und Helme auf dem Kopf. Zwischen den Knechten und fahrenden Händlern streiften Frauen aus aller Herren Länder umher, braun wie reife Datteln, grünlich wie Oliven, gelb wie Orangen, von Matrosen verkauft, in Spelunken aufgelesen, von Karawanen geraubt, bei der Plünderung einer Stadt entführt, Frauen, die man mit Liebe erschöpfte solange sie jung waren und mit Schlägen überhäufte, wenn sie alt wurden, und die im Falle einer wilden Flucht am Wegesrand starben zwischen dem Gepäck und den zurückgelassenen Lasttieren. Die Gemahlinnen der Nomaden schwenkten ihre weiten, knöchellangen Gewänder aus Kamelhaar, karriert und fahlgelb. Musikerinnen aus der Kyrenaika kauerten in violette Gaze gehüllt mit bemalten Augenbrauen mit ihren Instrumenten auf Matten und sangen: alte Negerinnen mit Hängebrüsten sammelten den Mist der Tiere, den man in der Sonne trocknete, um damit Feuer zu machen. die Syrakuserinnen trugen Goldplättchen im Haar, die Frauen der Lusitaner Muschelketten, die Gallierinnen Wolfsfelle über ihrer weißen Brust; und kräftige Kinder voller Ungeziefer, nackt und unbeschnitten stießen den Passanten mit dem Kopf in den Bauch oder kamen von hinten heran, wie junge Tiger und bissen sie in die Hände.

Die Karthager spazierten durch das Lager, überrascht

von der Vielzahl der Dinge, die es enthielt. Die Ärmsten waren traurig, und die anderen verbargen ihre Besorgnis.

Die Soldaten klopften ihnen auf die Schulter und versuchten sie aufzuheitern. Sobald sie einen Karthager erblickten, luden sie ihn ein, an ihren Vergnügungen teilzunehmen. Beim Diskuswerfen richteten sie es so ein, daß man ihm die Füße brach, und beim Faustkampf zerschmetterten sie ihm bereits mit dem ersten Schlag den Kiefer. Die Schleuderer erschreckten die Karthager mit ihren Schleudern, die Schlangenbeschwörer mit ihren Vipern, die Reiter mit ihren Pferden. Die an friedliche Beschäftigungen gewöhnten Leute senkten vor allen Schmähungen den Kopf und bemühten sich zu lächeln. Um ihren Mut zu zeigen, bedeuteten einige, sie wollten Soldaten werden. Man ließ sie Holz hacken und die Maultiere striegeln. Man schnallte sie in eine Rüstung und rollte sie wie Fässer durch die Straßen des Lagers. Dann, als sie sich anschickten, wieder zu gehen, rauften sich die Söldner unter grotesken Verrenkungen die Haare.

Doch viele, aus Dummheit oder Voreingenommenheit, glaubten naiv, daß alle Karthager sehr reich wären, und sie liefen hinter ihnen her und flehten sie an, ihnen etwas zu schenken. Sie baten um alles, was ihnen schön erschien: einen Ring, einen Gürtel, Sandalen, die Franse eines Gewands, und, wenn der beraubte Karthager ausrief: »Aber ich habe doch nichts mehr. Was willst du noch?« so antworteten sie: »Deine Frau!«. Andere sagten: »Dein Leben!«

Die Soldabrechnungen wurden den Hauptleuten übergeben, den Soldaten vorgelesen und endgültig gebilligt. So forderten sie nun Zelte: man gab ihnen Zelte. Anschließend verlangten die Polemarchen der Griechen einige jener schönen Rüstungen, wie man sie in Karthago herstellte; der Große Rat bewilligte die Summe für diese Anschaffung. Doch die Berittenen behaupteten, daß es nur Recht sei, daß die Republik ihnen Schadenersatz für ihre Pferde gewährte; einer beteuerte drei während jener Belagerung verloren zu haben, ein anderer fünf auf jenem Marsch, ein weiterer vierzehn in den Schluchten. Man bot ihnen Hengste aus Hekatompylos an; sie zogen das Geld vor.

Daraufhin verlangten sie, daß man ihnen alles Getreide, das man ihnen schuldete, bezahle (in Silbermünzen und nicht in Geldstücken aus Leder), und zwar zum höchsten Preis, zu dem es während des Krieges gehandelt worden war, so daß sie für jedes Maß Mehl das Vierhundertfache dessen forderten, was sie für einen Sack Korn bezahlt hatten. Eine derartige Ungerechtigkeit erboste; dennoch mußte man nachgeben.

Schließlich söhnten sich die Abgesandten der Soldaten und jene des Großen Rates aus und schworen beim Schutzgeist Karthagos und den Göttern der Barbaren. Mit dem für den Orient typischen Gebärdenspiel und Wortreichtum tauschten sie Entschuldigungen und Schmeicheleien aus. Dann verlangten die Soldaten als Beweis der Freundschaft die Bestrafung der Verräter, die sie gegen die Republik aufgewiegelt hatten.

Man gab vor, sie nicht zu verstehen. So erklärten sie unmißverständlich, daß sie den Kopf Hannos wollten.

Mehrmals am Tage verließen sie das Lager. Sie streiften am Fuße der Befestigungsmauern entlang. Sie schrien, man solle ihnen den Kopf des Suffeten herabwerfen, und breiteten ihre Gewänder aus, um ihn aufzufangen.

Vielleicht hätte der Große Rat sogar nachgegeben, wäre da nicht eine letzte Forderung gewesen, beleidigender als alle anderen: sie begehrten Jungfrauen, ausgewählt aus den vornehmsten Familien, als Gattinnen für ihre Anführer. Dies war ein Einfall von Spendius, den viele für ganz natürlich und auch leicht durchführbar befanden. Doch diese Anmaßung, sich mit dem punischen Blut mischen zu wollen, erregte den Zorn des Volkes; man gab ihnen ohne Umschweife zu verstehen, daß sie nichts mehr zu erwarten hätten. Da schrien sie, man habe sie betrogen; und wenn ihr Sold nicht binnen drei Tagen einträfe, kämen sie selbst nach Karthago, ihn sich zu holen.

Die Söldner waren jedoch keineswegs so böswillig, wie ihre Feinde glaubten. Hamilkar hatte ihnen Unermeßliches versprochen, vage gewiß, doch feierlich und wiederholt. Als sie in Karthago landeten, hatten sie daher annehmen können, man werde ihnen die Stadt überlassen, und sie dürften sich deren Schätze teilen; und als sie nun sahen, daß sie kaum ihren Sold bezahlt bekämen, fühlten sie sich in ihrem Stolz und ihrer Gier gleichermaßen enttäuscht.

Dionysios, Pyrrhus, Agathokles und die Heerführer Alexanders – hatten sie nicht genügend Beispiele gegeben von wunderbaren Reichtümern? Das Idealbild des Herkules, den die Kanaaniter mit der Sonne gleichsetzten, erschien den Armeen strahlend am Horizont. Man wußte von einfachen Soldaten, die Diademe getragen hatten, und der Nachhall einstürzender Reiche ließ den Gallier in seinem Eichenwald träumen, den Äthiopier in seiner Sandwüste. Doch es gab ein Volk, stets bereit, sich den Heldenmut anderer zu Nutze zu machen; und der von seinem Stamm ausgestoßene Dieb, der umherirrende Vatermörder, der von den Göttern verfolgte Frevler, all die Ausgehungerten und Verzweifelten versuchten den Hafen zu erreichen, in dem der Unterhändler Karthagos seine Soldaten rekrutierte. Normalerweise hielt es seine Versprechen. Doch dieses Mal hatte es sich von der Glut seines Geizes zu einer gefährlichen Schändlichkeit hinreißen lassen. Die Numider, die Libyer, ganz Afrika war bereit, über Karthago herzufallen. Nur das Meer war noch frei. Doch dort würde es auf die Römer treffen; und wie ein Mensch, der von Meuchelmördern angegriffen wird, spürte es den Tod überall.

Man mußte wohl oder übel auf Giskon zurückgreifen; die Barbaren akzeptierten ihn als Vermittler. Eines Morgens sahen sie, wie sich die Ketten des Hafens senkten und drei flache Schiffe über den Kanal der Taenia in den See einfuhren.

Am Bug des ersten erspähte man Giskon. Hinter ihm, höher noch als ein Katafalk, erhob sich eine mächtige Geldkiste, mit Ringen versehen, die herabhängenden Kronen glichen. Dann erschien die Legion der Dolmetscher, mit einem Kopfputz wie Sphinxe und einem eintätowierten Papagei auf der Brust. Es folgten Freunde und Sklaven, alle unbewaffnet und in so großer Zahl, daß sie einander mit den Schultern berührten. Die drei langen Barken, voll beladen, daß sie zu sinken drohten, näherten sich unter dem Jubel der Armee, die sie beobachtete.

Sobald Giskon an Land gegangen war, eilten ihm die Soldaten entgegen. Aus Säcken ließ er eine Art Tribüne errichten und erklärte, daß er nicht weichen würde, ehe sie nicht allesamt in vollem Maße entlohnt worden wären.

Beifall brandete auf; lange konnte er nicht zu Wort kommen.

Dann tadelte er das Unrecht der Republik und das der Barbaren; die Schuld läge bei einigen Aufrührern, die durch ihre Gewalttätigkeit Karthago in Angst versetzt hätten. Der beste Beweis ihrer guten Absichten sei, daß man ihn zu ihnen geschickt habe, ihn, den ewigen Widersacher des Suffeten Hanno. Sie dürften vom Volk weder glauben, daß es so dumm sei, die Tapferen erzürnen zu wollen, noch so undankbar, ihren Dienst nicht zu schätzen zu wissen; und Giskon begann die Soldaten zu besolden und machte den Anfang bei den Libyern. Da sie die Listen als unwahr bezeichnet hatten, bediente er sich ihrer nicht.

Nach Völkerstämmen geordnet traten sie einzeln vor ihn hin und zeigten mit gespreizten Fingern die Zahl ihrer Dienstjahre an; der Reihe nach malte man ihnen mit grüner Farbe ein Zeichen auf den linken Arm; die Schreiber schöpften aus der offenstehenden Truhe, und andere bohrten mit einem Stilett Löcher in eine Platte aus Blei.

Ein Mann kam vorbei, schwerfälligen Schritts wie ein Ochse.

»Steig herauf zu mir, sagte der Suffet, der einen Betrug vermutete; wie viele Jahre hast du gedient?

– Zwölf Jahre«, antwortete der Libyer.

Giskon strich ihm mit den Fingern unter den Kiefer, denn die Kinnstücke des Helmes verursachten dort mit der Zeit zwei Schwielen; man nannte sie Karuben, und *Karuben haben* bedeutete, Veteran zu sein.

»Du Dieb! schrie der Suffet, was dir im Gesicht fehlt, hast du gewiß auf den Schultern!« und er riß ihm die Tunika vom Leib und entblößte seinen Rücken, der mit blutiger Krätze überzogen war; es war ein Landarbeiter aus Hippo Diarrhytus. Hohngelächter erschallte; er wurde enthauptet.

Als die Nacht anbrach, weckte Spendius die Libyer. Er sprach zu ihnen:

»Wenn die Ligurer, die Griechen, die Balearen und die Männer aus Italien entlohnt worden sind, werden sie nach Hause zurückkehren. Doch ihr anderen, ihr werdet in Afrika bleiben, verstreut auf eure Stämme ohne jegliche Verteidigung! Dann wird sich die Republik an euch rächen! Seid bei der Reise auf eurer Hut! Glaubt ihr denn alles, was man euch sagt? Die beiden Suffeten stecken unter einer Decke! Giskon täuscht euch nur! Erinnert euch an die Insel der Gebeine und an Xanthippus, den sie auf einer morschen Galeere nach Sparta heimsandten.«

– Wie sollen wir uns schützen? fragten sie.

– Laßt euch etwas einfallen!« erwiderte Spendius.

Die beiden folgenden Tage vergingen mit der Besoldung der Soldaten aus Magdala, Leptis und Hekatompylos; Spendius mischte sich unter die Gallier.

»Jetzt zahlt man die Libyer aus, dann wird man die Griechen entlohnen, dann die Balearen, die Asiaten und all die anderen! Doch euch, da ihr nicht viele seid, euch wird man nichts geben! Ihr werdet eure Heimat nicht wiedersehen! Ihr werdet keine Schiffe haben! Töten werden sie euch, um Nahrungsmittel zu sparen.«

Die Gallier suchten den Suffeten auf. Autharit, jener, den Giskon im Garten Hamilkars verletzt hatte, stellte ihn zur Rede. Doch die Sklaven stießen ihn zurück, und er verschwand mit dem Schwur, sich zu rächen.

Die Beschwerden, die Klagen wurden immer zahlreicher. Die Hartnäckigsten drangen bis in das Zelt des Suffeten vor; um sein Mitleid zu erregen, ergriffen sie seine Hände, ließen ihn ihre zahnlosen Münder betasten, ihre abgezehrten Arme und die Narben von ihren Verwundungen. Jene, die man noch nicht bezahlt hatte, waren ungehalten, und jene, die ihren Sold bereits bekommen hatten, verlangten noch mehr für ihre Pferde; und die Vagabunden, die Verbannten nahmen die Waffen der Soldaten und behaupteten, daß man sie vergesse. Unablässig wirbelte es weitere Männer herbei wie Staubwolken; die Zelte barsten, fielen in sich zusammen; eingepfercht zwischen den Schutzwällen des Lagers wogte die Menschenmenge mit lautem Geschrei von den Toren bis in die Mitte hinein. Wenn der Tumult zu laut wurde, stützte sich Giskon mit dem Ellenbogen auf sein elfenbeinernes Zepter und blickte aufs Meer hinaus; er verharrte unbeweglich, die Finger in seinem Bart vergraben.

Matho trat häufig beiseite, um sich mit Spendius zu besprechen; dann baute er sich wieder gegenüber dem Suffeten auf, und Giskon spürte stets, wie Mathos Pupillen ihn gleich zwei flammenden Brandpfeilen durchbohrten. Mehrfach schleuderten sie sich über die Menge hinweg Beleidigungen zu, jedoch ohne sie zu verstehen. Indessen wurde die Verteilung fortgesetzt, und der Suffet fand für alle Widrigkeiten einen Ausweg.

Die Griechen wollten wegen der unterschiedlichen Währungen einen Streit beginnen. Er aber führte so plausible Erklärungen an, daß sie sich ohne Murren zurückzogen. Die Neger forderten weiße Muscheln, wie sie zum Handel im Innern Afrikas gebräuchlich sind. Er bot ihnen an, nach Karthago zu entsenden, um sie holen zu lassen; da akzeptierten sie Geld wie die anderen.

Doch den Balearen hatte man etwas Besseres versprochen, nämlich Frauen. Der Suffet entgegnete, daß man für sie eine ganze Karawane mit Jungfrauen erwarte: der Weg war weit, es würde noch sechs Monde dauern. Wenn sie fett und gut mit Asant eingerieben wären, würde man sie auf Schiffen in die Häfen der Balearen senden.

Plötzlich sprang Zarxas – jetzt wieder schön und stark – wie ein Gaukler auf die Schultern seiner Freunde und rief:

»Hast du auch welche für die Leichen aufgespart?« während er auf das Tor des Khamon in Karthago zeigte.

Im letzten feurigen Schein der Sonne erstrahlten die ehernen Platten, mit denen es von oben bis unten verkleidet war; die Barbaren glaubten, eine Blutspur darauf zu erkennen. Jedesmal wenn Giskon sprechen wollte, begann das Geschrei aufs neue. Schließlich stieg er gemessenen Schrittes herab und schloß sich in seinem Zelt ein.

Als er bei Sonnenaufgang heraustrat, rührten sich

seine Dolmetscher, die draußen schliefen, nicht. Sie lagen auf dem Rücken, die Augen starr, die Zunge zwischen den Zähnen und das Gesicht bläulich verfärbt. Weißer Schleim lief aus ihren Nasenlöchern, und ihre Glieder waren steif, als ob die Kälte der Nacht sie durch und durch gefroren hätte. Jeder von ihnen trug um den Hals ein dünnes Band aus Binsen.

Von da an nahm der Aufruhr kein Ende mehr. Der Mord an den Balearen, den Zarxas erneut in Erinnerung gerufen hatte, bestätigte den von Spendius gesäten Argwohn. Sie bildeten sich ein, die Republik versuche noch immer, sie zu betrügen. Damit mußte Schluß sein! Man kam auch ohne Dolmetscher aus! Zarxas, eine Schleuder um den Kopf geschlungen, sang Schlachtengesänge; Autharit schwenkte sein mächtiges Schwert; Spendius flüsterte einem ein Wort ins Ohr, einem anderen verschaffte er einen Dolch. Die Stärksten versuchten, sich selbst auszuzahlen, die weniger Aufgebrachten verlangten, daß die Verteilung fortgesetzt würde. Niemand mehr war nun unbewaffnet, und in ihrem tobenden Haß richtete sich all ihre Wut gegen Giskon.

Einige stiegen ganz nah zu ihm hinauf. Solange sie nur Beleidigungen brüllten, hörte man sie geduldig an; doch sobald sie das geringste Wort für ihn einlegten, steinigte man sie auf der Stelle oder schlug ihnen von hinten mit einem Säbelhieb den Kopf ab. Der Berg aus Säcken war roter noch als ein Altar.

Nach den Mahlzeiten, wenn sie Wein getrunken hatten, wurden sie fürchterlich! Dies war ein Genuß, der in der punischen Armee bei Todesstrafe verboten war, und zum Hohn auf deren Disziplin hoben sie ihre Becher in Richtung Karthago. Dann kehrten sie zu den Sklaven des Schatzamts zurück und begannen wieder zu morden. Die Worte *schlag zu,* in allen Sprachen verschieden, wurden von jedermann verstanden.

Giskon wußte wohl, daß die Heimat ihn im Stich ließ; doch trotz ihrer Undankbarkeit wollte er ihr keine Schande bereiten. Als sie ihn daran erinnerten, daß man ihnen Schiffe versprochen habe, schwor er bei Moloch, ihnen auf seine Kosten welche zu beschaffen, er riß sich seine Kette aus blauen Steinen vom Hals und warf sie als Pfand für seinen Eid in die Menge.

Sodann forderten die Afrikaner das Getreide, gemäß der Zusage des Großen Rates. Giskon breitete die Berechnungen der Syssitien aus, die in violetter Farbe auf Ziegenhäuten verzeichnet waren; er las vor, was alles nach Karthago gebracht worden war, Monat für Monat und Tag für Tag.

Plötzlich hielt er mit weit aufgerissenen Augen inne, als habe er zwischen den Zahlen sein Todesurteil entdeckt.

In der Tat hatten die Ältesten sie auf betrügerische Weise herabgesetzt, und für das Getreide, das man in Zeiten größter Not während des Krieges verkauft hatte, war ein derart niedriger Preis verzeichnet, daß man mit Blindheit geschlagen sein mußte, um dies zu glauben.

»Rede! schrien sie, lauter! Ah! Er versucht uns zu belügen, der Feigling! laßt uns auf der Hut sein.«

Er zögerte einen Moment. Schließlich nahm er seine Aufgabe wieder auf.

Ohne den Betrug zu ahnen, akzeptierten die Soldaten die Berechnungen der Syssitien als wahr. Der Überfluß, in dem Karthago gelebt hatte, versetzte sie in wütende Eifersucht. Sie brachen die Truhe aus Sykomorenholz auf; sie war zu drei Viertel leer. Sie hatten gesehen, wie ihr derartige Summen entnommen wurden, daß sie sie für unerschöpflich hielten; gewiß hatte Giskon etwas davon beiseite in sein Zelt geschafft. Sie erklommen die Säcke. Matho führte sie an, und als sie schrien: »Das Geld! Das Geld!« erwiderte Giskon schließlich:

»Laßt es euch doch von eurem General geben!«

Ohne ein Wort, sein längliches Gesicht bleicher noch als sein Bart, blickte er ihnen mit seinen großen gelben Augen ins Gesicht. Ein Pfeil, abgefangen vom Federschmuck, verfing sich in seinem großen goldenen Ohrring, und ein dünner Blutstrahl rann von seiner Tiara auf seine Schulter hinab.

Auf einen Wink Mathos kamen sie alle näher. Giskon streckte die Arme aus; mit einer Schlinge band Spendius sie ihm zusammen; ein anderer riß ihn zu Boden, und er verschwand im Gewühl der Menge, die über den Säcken zusammenstürzte.

Sie plünderten sein Zelt. Man fand dort nichts weiter als lebensnotwendige Dinge; dann, als sie gründlicher suchten, drei Statuen der Tanit und, eingewickelt in eine Affenhaut, einen schwarzen Stein, der vom Mond herabgefallen war. Viele Karthager hatten Giskon begleiten wollen; es waren einflußreiche Männer und alle von der Kriegspartei.

Sie wurden aus ihren Zelten gezerrt und in die Grube voll Unrat gestoßen. Mit eisernen Ketten um den Bauch band man sie an stabile Pfähle und man reichte ihnen die Nahrung an der Spitze eines Wurfspießes.

Während Autharit sie bewachte, überschüttete er sie mit Beschimpfungen, doch da sie seine Sprache nicht verstanden, erwiderten sie nichts; der Gallier warf ihnen von Zeit zu Zeit Kieselsteine ins Gesicht, um sie zum Schreien zu bringen.

Vom nächsten Tag an legte sich eine lähmende Schwäche über das Heer. Jetzt, da ihre Wut verraucht war, ergriff sie Besorgnis. Matho litt unter einer unbestimmten Traurigkeit. Es schien ihm, als habe er indirekt Salambo gekränkt. Diese Reichen waren wie ein Teil von ihr. Nachts setzte er sich an den Rand ihrer Grube und fand in ihrem

Stöhnen etwas von jener Stimme wieder, die sein Herz erfüllte.

Indessen klagten alle die Libyer an, denn nur diese hatten ihren Sold erhalten. Doch während die Feindseligkeiten zwischen den verschiedenen Völkern und der Haß einzelner wieder auflebten, spürten sie zugleich die Gefahr, sich davon fortreißen zu lassen. Die Vergeltungsmaßnahmen nach einem derartigen Attentat wären fürchterlich. Es galt also, die Rache Karthagos zu verhindern. Die geheimen Zusammenkünfte, die Ansprachen nahmen kein Ende. Jeder ergriff das Wort, keiner hörte zu, und der ansonsten so redselige Spendius schüttelte zu allen Vorschlägen nur den Kopf.

Eines Abends fragte er Matho beiläufig, ob es im Inneren der Stadt nicht irgendwelche Quellen gäbe.

»Nicht eine einzige!« antwortete Matho.

Am nächsten Tag führte Spendius ihn ans Ufer des Sees.

»Herr! sprach der ehemalige Sklave, wenn dein Herz furchtlos ist, werde ich dich nach Karthago führen.

– Aber wie? wiederholte der andere keuchend.

– Schwöre, alle meine Befehle auszuführen, mir zu folgen wie ein Schatten!«

Sodann, den Arm in Richtung des Planeten Chabar erhoben, rief Matho:

»Bei Tanit, ich schwöre es!«

Spendius fuhr fort:

»Morgen, nach Sonnenuntergang wirst du mich am Fuß des Aquädukts, zwischen dem neunten und zehnten Bogen, erwarten. Bring eine eiserne Spitzhacke mit, einen Helm ohne Federbusch und lederne Sandlen.«

Der Aquädukt, von dem er sprach, verlief schräg durch den gesamten Isthmus, – ein Bauwerk, das später von den Römern erheblich vergrößert wurde. Trotz seiner Verachtung anderen Völkern gegenüber hatte sich Karthago unbeholfen diese neue Erfindung zu Nutze gemacht, wie Rom es seinerseits mit der punischen Galeere getan hatte; fünf Arkadenreihen übereinander, von wuchtiger Architektur, mit Strebepfeilern am Fuße und Löwenköpfen am Scheitel, mündeten an der Westseite der Akropolis, um dort in die Stadt einzutauchen, und ergossen gleichsam einen ganzen Strom in die Zisternen von Megara.

Zur vereinbarten Stunde traf Spendius dort auf Matho. Er befestigte eine Art Harpune an einem Seil, schwang sie schnell wie eine Schleuder, das Eisen fand Halt; und sie begannen einer hinter dem anderen, die Mauer empor zu klettern.

Doch als sie das erste Bogenstockwerk erstiegen hatten, fiel der Haken nach jedem Wurf wieder herab; um einen geeigneten Riß zu finden, mußten sie auf dem Rand des Kranzgesims entlanggehen; dieser verschmälerte sich von Bogenreihe zu Bogenreihe. Dann erschlaffte das Seil. Mehrere Male wäre es beinahe gerissen.

Schließlich erreichten sie die oberste Plattform. Von Zeit zu Zeit bückte sich Spendius, um die Steine mit seinen Händen abzutasten.

»Hier ist es, sagte er. Fangen wir an!«

Und indem sie den Speer, den Matho mitgebracht hatte, kräftig einstemmten, gelang es ihnen, eine der Steinplatten zu lösen.

In der Ferne sahen sie eine Gruppe von Reitern, die auf Pferden ohne Zaumzeug dahinjagten. Ihre goldenen Armreifen wippten im weiten Faltenwurf ihrer Mäntel. An der Spitze erkannte man einen Mann mit einer Krone aus Straußenfedern, der mit einer Lanze in jeder Hand im Galopp ritt.

»Naravas! stieß Matho hervor.

– Was kümmert er uns?« entgegnete Spendius; und er sprang in das Loch hinab, das sie gerade durch das Entfernen der Steinplatte geschaffen hatten.

Auf seinen Befehl hin versuchte Matho, einen der Blöcke zurückzuschieben. Doch aufgrund der Enge konnte er die Ellenbogen kaum bewegen.

»Wir kommen wieder zurück, sagte Spendius; geh du voraus.« So wagten sie sich in die Wasserleitung.

Das Wasser reichte ihnen bis zum Bauch. Bald schwankten sie und mußten schwimmen. Ihre Glieder stießen gegen die Wände des zu schmalen Kanals. Das Wasser floß ganz dicht unterhalb der obersten Steinplatte entlang: sie schürften sich das Gesicht auf. Dann riß die Strömung sie mit sich fort. Luft, drückender als in einem Grabmal, lastete schwer auf ihrer Brust, und den Kopf im Schutz der Arme, die Knie eins gegen das andere gepreßt, so langgestreckt wie möglich, schossen sie Pfeilen gleich durch die Dunkelheit, nach Atem ringend, röchelnd, halbtot. Plötzlich wurde es schwarz um sie, und der Sog des Wassers verstärkte sich. Sie stürzten.

Als sie wieder an die Oberfläche gelangten, trieben sie einige Minuten auf dem Rücken schwimmend, tief und genußvoll atmend. Arkaden, eine hinter der anderen, öffneten sich in der Mitte von mächtigen Mauern, welche die einzelnen Becken abtrennten. Alle waren gefüllt, und das Wasser breitete sich wie eine einzige große, glatte Fläche über sämtliche Zisternen. Durch die Oberlichter der Deckenkuppeln fiel ein fahler Schein herab, der kreisförmige Lichtscheiben auf die Fluten warf, während die Finsternis rundum, die den Wänden zu noch undurchdringlicher wurde, diese ins Unendliche zurückweichen ließ. Das geringste Geräusch verursachte ein gewaltiges Echo.

Spendius und Matho begannen wieder zu schwimmen, passierten die Bogenöffnungen und durchquerten mehrere aufeinanderfolgende Räume. Zwei weitere, ein wenig kleinere Beckenreihen erstreckten sich parallel zu beiden Seiten. Sie verirrten sich, wendeten, kehrten zurück. Schließlich spürten sie festen Grund unter den Füßen. Es war das Pflaster der Galerie, die entlang den Zisternen verlief.

Mit äußerster Vorsicht gingen sie weiter, sie tasteten die Wand ab, um einen Ausgang zu finden. Doch ihre Füße rutschten ab; sie stürzten in die tiefen Brunnenschalen. Wieder mußten sie herausklettern und fielen abermals zurück; es überkam sie eine schreckliche Müdigkeit, als ob sich ihre Glieder während des Schwimmens im Wasser aufgelöst hätten. Ihre Augen schlossen sich: sie rangen mit dem Tode.

Da stieß Spendius mit der Hand gegen die Stäbe eines Gitters. Sie rüttelten daran, es gab nach, und sie fanden sich auf den Stufen einer Treppe. An ihrem oberen Ende war sie von einer bronzenen Tür verschlossen. Mit der Spitze eines Dolchs schoben sie den Riegel, der nur von außen zu öffnen war, beiseite; plötzlich umfing sie die reine, frische Luft.

Stille erfüllte die Nacht, und der Himmel war von unermeßlicher Höhe. Baumgruppen überragten die langen Mauerreihen. Die ganze Stadt schlief. Die Feuer der Vorposten strahlten wie verlorene Sterne.

Spendius, der drei Jahre im Verlies verbracht hatte, kannte die Stadtviertel nur vage. Matho vermutete, daß sie sich links halten und die Mapalien überqueren mußten, um zum Palast Hamilkars zu gelangen.

»Nein, sagte Spendius; führ mich zum Tempel der Tanit.«

Matho wollte etwas erwidern.

»Erinnere dich!« sagte der ehemalige Sklave; und er hob den Arm und zeigte auf den schimmernden Planeten des Chabar.

Daraufhin wandte sich Matho schweigend in Richtung der Akropolis.

Sie schlichen entlang der Einfriedungen aus Cochenillekakteen, welche die Pfade säumten. Das Wasser rann an ihren Gliedern hinab in den Staub. Ihre feuchten Sandalen verursachten keinerlei Geräusch; mit Augen flammender noch als Fackeln, erforschte Spendius das Strauchwerk bei jedem Schritt – und er ging hinter Matho, seine Hände auf die beiden Dolche gelegt, die mit einem Lederriemen unterhalb der Achselhöhle an seinen Armen befestigt waren.

V

Tanit

Als sie die Gärten verlassen hatten, versperrte ihnen die Umfassungsmauer von Megara den Weg. Doch sie entdeckten eine Bresche in dem gewaltigen Wall und schlüpften hindurch.

Das abfallende Gelände bildete eine Art breite Talmulde. Es war ein weiter, offener Platz.

»Hör zu, sagte Spendius, und vor allem fürchte nichts!... ich werde mein Versprechen erfüllen...«

Er brach ab; er schien nachzudenken, als suche er nach den richtigen Worten.

»Erinnerst du dich noch, wie ich dir damals bei Sonnenaufgang auf Salambos Terrasse Karthago gezeigt habe? Wir waren stark an jenem Tag, doch du wolltest nichts davon hören!« Dann mit ernster Stimme: »Herr, im Heiligtum der Tanit liegt ein geheimnisvoller Schleier, der vom Himmel gefallen ist und die Göttin bedeckt.«

– Ich weiß«, entgegnete Matho.

Spendius fuhr fort:

»Dieser selbst ist göttlich, denn er ist ein Teil von ihr. Die Götter weilen dort, wo sich ihre Sinnbilder befinden. Karthago verdankt seine Macht nur dem Besitz dieses Schleiers.« Dann neigte er sich ganz nah zum Ohr des Libyers: »Ich habe dich mitgenommen, um ihn zu rauben!«

Entsetzt wich Matho zurück.

»Verschwinde! Such dir einen anderen! Bei dieser abscheulichen Schandtat will ich dir nicht helfen.

– Aber Tanit ist deine Feindin, erwiderte Spendius:

sie verfolgt dich, ihr Zorn richtet dich zugrunde. Dafür wirst du Rache nehmen. Sie wird dir gehorchen. Du wirst fast unsterblich und unbesiegbar sein.«

Matho senkte den Kopf. Der andere fuhr fort:

»Wir würden unterliegen; die Armee würde sich selbst vernichten. Wir haben weder Flucht, noch Rettung, noch Gnade zu erwarten! Welche Züchtigung der Götter könntest du fürchten, wenn du selbst ihre Macht in Händen halten wirst? Willst du lieber am Abend einer Niederlage elend unter einem Busch umkommen oder unter den Schmähungen des Pöbels in den Flammen eines Scheiterhaufens? Herr, eines Tages wirst du in Karthago einziehen, inmitten der Kollegien der Pontifizes, die dir die Sandalen küssen; und wenn der Schleier der Tanit dann noch auf dir lastet, kannst du ihn ja wieder in den Tempel zurückbringen. Folge mir! Laß ihn uns holen.«

Ein brennendes Verlangen verschlang Matho. Gern hätte er den Schleier besessen, ohne dieses Sakrileg begehen zu müssen. Er sagte sich, daß man ihn vielleicht gar nicht mitnehmen müsse, um seine Macht auf sich zu ziehen. Er dachte seinen Gedanken nicht zu Ende, sondern brach an dem Punkt ab, an dem er ihm Furcht einflößte.

»Gehn wir!« sagte er; und sie entfernten sich schnellen Schritts, Seite an Seite, schweigend.

Das Gelände stieg wieder an, und die Häuser rückten näher zusammen. In völliger Dunkelheit bogen sie in enge Straßen ein. Die geflochtenen Matten, mit welchen man die Türen verschloß, schlugen gegen die Wände. Auf einem Platz käuten Kamele wider vor Haufen gemähten Grases. Dann gingen sie weiter im Schutz einer Galerie, die mit Blattwerk überwuchert war. Ein Rudel Hunde bellte. Doch plötzlich weitete sich der Raum, und sie erkannten die westliche Seite der Akropolis. Am Fuß der Byrsa erstreckte sich etwas Langes, Dunkles, Unförmiges: dies war der Tempel der Tanit, ein Komplex aus Bauwerken und Gärten, aus Höfen und Vorhöfen, eingefaßt von einer niedrigen Bruchsteinmauer. Spendius und Matho kletterten hinüber.

Diese erste Einfriedung umschloß ein Platanengehölz, das vor Pest und verseuchter Luft schützen sollte. Hier und dort standen vereinzelte Zelte, in welchen tagsüber Enthaarungspasten, Duftwässer, Kleidung, mondförmige Kuchen sowie in einen Alabasterblock eingemeißelte Darstellungen der Göttin und Nachbildungen ihres Tempels verkauft wurden.

Sie hatten nichts zu befürchten, denn in Nächten, in welchen das Gestirn nicht schien, ruhten alle rituellen Handlungen: dennoch verlangsamte Matho seinen Schritt; er blieb vor den drei Stufen aus Ebenholz, die zur zweiten Umfassungsmauer hinaufführten, stehen.

»Weiter!« sagte Spendius.

Granatapfelbäume, Mandelbäume, Zypressen und Myrten, unbeweglich wie Blattwerk aus Bronze, wechselten einander in regelmäßigen Abständen ab; der mit blauen Kieseln ausgestreute Weg knirschte unter ihren Schritten, und auf der ganzen Länge der Allee bogen sich blühende Rosen zu einem Laubengang herab. Sie gelangten zu einer ovalen Öffnung im Boden, die mit einem Gitter gesichert war. Da sagte Matho, den diese Stille ängstigte, zu Spendius:

»Hier werden die süßen und die salzigen Wasser miteinander vermischt.«

– Das habe ich alles schon gesehen, erwiderte der ehemalige Sklave, in Syrien, in der Stadt Maphug.«

Und über eine Treppe aus sechs silbernen Stufen stiegen sie in die dritte Einfriedung.

Eine gewaltige Zeder beherrschte deren Mitte. Ihre untersten Zweige verschwanden unter Stoffbändern und Halsketten, welche die Gläubigen daran befestigt hatten.

Nach einigen Schritten breitete sich die Fassade des Tempels vor ihnen aus.

Zwei lange Portiken, deren Architrave auf wuchtigen Säulen ruhten, flankierten einen viereckigen Turm, dessen Plattform eine Mondsichel zierte. Auf den Giebeln der Säulenhallen und an den vier Ecken des Turmes erhoben sich Vasen, gefüllt mit brennendem Weihrauch. Die Kapitelle trugen schwer an ihrer Last aus Granatäpfeln und Koloquinten. Flechtwerk, Rautenfriese und Perlenreihen wechselten an den Wänden, und eine Umzäunung aus Silberfiligran bildete vor der eisernen Treppe, die von der Vorhalle herabführte, einen weiten Halbkreis.

Am Eingang stand zwischen einer goldenen und einer smaragdenen Stele ein Kegel aus Stein; als Matho seitlich daran vorbeiging, küßte er sich die rechte Hand.

Der erste Raum war sehr hoch; unzählige Öffnungen durchbrachen das Gewölbe; wenn man den Kopf hob, konnte man die Sterne sehen. Ringsum an der Wand häuften sich Bärte und Haarschöpfe in Weidenkörben, die Erstlingsopfer junger Menschen; und in der Mitte des runden Gemachs stieg aus einer mit Brüsten bedeckten Herme ein Frauenkörper empor. Dick, bärtig und mit gesenkten Lidern, schien sie zu lächeln, sie verschränkte ihre Hände um ihren mächtigen Leib, der von den Küssen der Menge ganz blank gerieben war.

Dann gelangten sie wieder ins Freie, in einen Quergang, in dem ein winziger Altar bei einer elfenbeinernen Tür stand. Es war ausgeschlossen, weiter als bis hierher vorzudringen: die Priester allein konnten sie öffnen; denn ein Tempel war nicht Ort der Zusammenkunft für die Menge, sondern die besondere Wohnstatt einer Gottheit.

»Das Unternehmen ist undurchführbar, sprach Matho. Das hast du nicht bedacht! Laß uns umkehren!« Spendius untersuchte die Wände.

Er wollte den Schleier, nicht daß er auf dessen Macht vertraute (Spendius glaubte nur an das Orakel), aber er war überzeugt, daß die Karthager, wenn sie sich seiner beraubt sähen, in große Niedergeschlagenheit verfallen würden. Um irgendeine Öffnung zu finden, schlichen sie zur Rückseite des Tempels.

Unter Balsambäumen sah man kleine, verschieden geformte Gebäude. Hier und dort erhob sich ein steinerner Phallus, große Hirsche streiften gemächlich umher, während sie mit ihren gespaltenen Hufen die herabgefallenen Pinienzapfen vor sich herstießen.

Sie kehrten um, zwischen zwei langen, parallel verlaufenden Galerien hindurch. Kleine Zellen öffneten sich an deren Seiten. An ihren Säulen aus Zedernholz waren von oben bis unten Tamburine und Zimbeln befestigt. Frauen schliefen vor den Zellen, auf Matten ausgestreckt. Ihre Körper, fettschimmernd vor Salben, verströmten einen Duft von Gewürzen und erloschenen Räuchergefäßen; sie waren derart mit Tätowierungen, Halsketten, Ringen, sowie mit Zinnober und Antimon bedeckt, daß man sie für auf dem Boden liegende Statuen gehalten hätte, wäre da nicht das Heben und Senken ihrer Brust gewesen. Lotosblüten umgaben einen Springbrunnen, in welchem Fische ähnlich denen Salambos schwammen; dann weiter im Hintergrund, an der Wand des Tempels, breitete sich ein Weinstock aus, mit gläsernen Reben und smaragdenen Trauben: die Strahlen der Edelsteine zauberten Lichtspiele zwischen die bemalten Säulen auf die schlafenden Gesichter.

Die heiße Atmosphäre, die die Zedernholzwände auf Matho zurückwarfen, raubte ihm den Atem. All die Fruchtbarkeitssymbole, die Düfte, das Funkeln, die Atemzüge beklemmten ihn. Bei all diesen mystischen Blendungen dachte er an Salambo. Sie verschmolz mit der Göttin selbst, und seine Liebe offenbarte sich um so deutlicher, wie prächtige Lotosblüten, die über den Tiefen der Gewässer erblühen.

Spendius errechnete, welche Geldsumme er früher beim Verkauf dieser Frauen erzielt hätte; und mit schnellem Blick schätzte er im Vorübergehen die goldenen Halsketten.

Der Tempel war von dieser ebenso wie von der anderen Seite unzugänglich. Sie kehrten hinter den ersten Raum zurück. Während Spendius weitersuchte, alle Winkel durchstöberte, hatte sich Matho vor der Tür niedergeworfen und beschwor Tanit. Er flehte sie an, dieses Sakrileg nicht zuzulassen. Mit zärtlichen Worten, wie man sie an einen aufgebrachten Menschen richtet, versuchte er, sie milde zu stimmen.

Spendius entdeckte über der Tür eine schmale Öffnung.

»Steh auf!« sagte er zu Matho und hieß ihn, sich aufrecht mit dem Rücken gegen die Wand zu lehnen. Dann, indem er einen Fuß in Mathos Hände setzte, den anderen auf seinen Kopf, gelangte er auf die Höhe des Oberlichts, zwängte sich hinein und verschwand. Kurz darauf fühlte Matho ein geknotetes Seil auf seine Schulter herabfallen, jenes, das Spendius um seinen Körper geschlungen hatte, bevor sie in die Zisternen vorgedrungen waren; und nachdem er sich mit beiden Händen daran emporgezogen hatte, fand er sich bald neben dem Griechen in einem großen Saal voller Schatten.

Derartige Übergriffe waren etwas ganz Außergewöhnliches. Allein die Unzulänglichkeit der Schutzvorkehrungen zeigte, daß man sie für unmöglich hielt. Die Furcht, mehr noch als Mauern, schützte die Heiligtümer. Matho erwartete den Tod bei jedem Schritt.

Indessen flackerte ein schwacher Schein in der Tiefe der Finsternis; sie gingen darauf zu. In einer Muschel auf dem Piedestal einer Statue, die mit einer Kappe der Kabiren bekrönt war, brannte eine Lampe. Das lange blaue Kleid des Standbilds war mit Diamantscheiben übersät, und Ketten, die unter den Fliesen verschwanden, befestigten sie mit den Füßen am Boden. Matho unterdrückte einen Schrei. Er stotterte: »Ach! Da ist sie! Da ist sie!...« Spendius nahm die Lampe, um ihnen zu leuchten.

»Was bist du für ein gottloser Mensch!« murmelte Matho und folgte ihm dennoch.

Das Gemach, das sie betraten, zeigte nur ein schwarzes Gemälde, das eine andere Frau darstellte. Ihre Beine waren so hoch wie die Wand. Ihr Körper bedeckte die gesammte Decke. Von ihrem Nabel hing an einem Faden ein riesiges Ei herab, und auf der anderen Wandseite reichte sie, den Kopf voraus, hinab bis zu den Steinplatten, die sie mit ihren spitzen Fingern berührte.

Um weiter vorzudringen, schoben sie einen Wandbehang beiseite; doch ein plötzlicher Windstoß wehte herein, und das Licht erlosch.

So irrten sie, verloren in der verwirrenden Struktur der Architektur umher. Plötzlich fühlten sie unter ihren Füßen etwas seltsam Weiches. Funken knisterten, sprühten auf; sie liefen durch Feuer. Spendius betastete den Boden und erkannte, daß er sorgfältig mit Luchsfellen ausgelegt war; dann schien es ihnen, als ob ein dickes feuchtes Seil, kalt und schleimig zwischen ihren Beinen hindurchglitt. In die Wand eingelassene Spalten ließen winzige weiße Lichtstrahlen einfallen. Bei diesem unsicheren Schein bewegten sie sich vorwärts. Schließlich entdeckten sie eine große schwarze Schlange. Sie eilte rasch davon und verschwand.

»Laß uns fliehen! rief Matho. Das ist sie! Ich spüre sie; sie kommt.

– Aber nein! erwiderte Spendius, der Tempel ist leer.«

Ein blendender Lichtschein ließ sie den Blick senken. Dann sahen sie ringsum eine Unzahl von Tieren, ausgemergelt, keuchend, mit ausgefahrenen Klauen und in einem mysteriösen, furchteinflößenden Chaos wild miteinander vermischt. Die Schlangen hatten Füße, die Stiere Flügel, die menschenköpfigen Fische verschlangen Früchte, Blumen erblühten in den Kiefern der Krokodile, und Elefanten mit erhobenem Rüssel schwebten mitten im Blau, stolz wie Adler. Eine schreckliche Anstrengung verzerrte ihre unvollständigen oder überzähligen Gliedmaßen. So wie sie ihre Zungen herausstreckten, schienen sie ihre Seele ausspeien zu wollen; und alle Formen befanden sich darunter, als ob das Sammelbekken der Urkeime in einer unvermittelten Geburt geborsten wäre und sich über die Wände des Saales entleert hätte.

Zwölf Kugeln aus blauem Kristall standen am Rand entlang im Kreis, getragen von Ungeheuern, die Tigern ähnelten. Ihre Pupillen sprangen weit vor wie die Augen von Schnecken, und indem sie ihre massigen Lenden krümmten, wandten sie sich dem Hintergrund zu, wo auf einem zweirädrigen Wagen aus Elfenbein die höchste Rabbet strahlte, die Allfruchtbare, die zuletzt Erdachte.

Fischschuppen, Federn, Blumen und Vögel reichten ihr von den Füßen bis zum Leib. Als Ohrgehänge trug sie silberne Zimbeln, die an ihre Wangen schlugen. Ihre großen starren Augen blickten den Eintretenden an und ein leuchtender Stein auf ihrer Stirn, in ein obszönes Symbol gefaßt, erhellte den ganzen Saal, während die Spiegel aus rotem Kupfer oberhalb der Tür seinen Schein zurückwarfen.

Matho tat einen Schritt; eine Steinplatte unter seinen Füßen gab nach, und schon begannen die Kugeln zu kreisen, die Ungeheuer zu brüllen; Musik hob an, melodisch und brausend wie die Harmonie der Planeten; die stürmische Seele der Tanit ergoß sich ringsum. Mit ausgebreiteten Armen schien sie sich zu erheben, so hoch wie der Saal. Plötzlich schlossen die Ungeheuer ihre Mäuler, und die Globen aus Kristall standen still.

Für einige Zeit klang eine düstere Modulation nach und verstummte schließlich.

»Und der Schleier?« fragte Spendius.

Nirgends war er zu sehen. Wo konnte er nur sein? Wie sollte man ihn entdecken? Und wenn die Priester ihn nun versteckt hätten? Matho fühlte sein Herz zerreißen und sich in seinem Glauben enttäuscht.

»Hier entlang!« flüsterte Spendius.

Eine Inspiration leitete ihn. Er zerrte Matho hinter den Wagen der Tanit, wo ein Spalt, etwa eine Elle breit, die Wand von oben bis unten durchschnitt.

Sie drangen in einen kleinen, kreisrunden Raum ein, der so hoch war, daß er dem Inneren einer Säule glich. In der Mitte stand ein mächtiger schwarzer Stein halbkugelig wie ein Tamburin; Flammen loderten darüber; ein ebenhölzerner Kegel erhob sich dahinter, der einen Kopf und zwei Arme trug.

Darüber jedoch schwebte etwas gleich einer Wolke, in der Sterne funkelten; Gestalten tauchten in den Tiefen seiner Falten auf: Eschmun mit den Kabiren, einige der bereits zuvor gesehenen Ungeheuer, die heiligen Tiere der Babylonier und andere, die ihnen unbekannt waren. Wie ein Mantel umschlang er das Standbild unterhalb des Gesichts und stieg ausgebreitet die Wand empor, an seinen Ecken daran befestigt, zugleich blau wie die Nacht, gelb wie der Morgen, purpur wie die Sonne, vielgestaltig, durchscheinend, funkelnd, leicht. Dies war der Mantel der Göttin, der heilige Zaïmph, dessen Anblick verboten war.

Sie erbleichten, beide.

»Nimm ihn!« sagte Matho schließlich.

Spendius zögerte nicht; und indem er sich auf das Standbild stützte, löste er den Schleier, der zu Boden sank. Matho legte die Hand darauf; dann steckte er den Kopf durch die Öffnung, hüllte seinen Körper darin ein und breitete die Arme aus, um ihn besser betrachten zu können.

»Laß uns gehen!« sagte Spendius.

Matho verharrte keuchend, den Blick starr auf die Steinplatten gerichtet.

Plötzlich rief er:

»Und wenn ich zu ihr ginge? Ich habe keine Angst mehr vor ihrer Schönheit. Was könnte sie schon gegen mich ausrichten? Jetzt bin ich mehr als ein Mensch. Flammen würde ich durchschreiten, im Meer spazieren! Ein Feuer reißt mich fort! Salambo! Salambo! Ich bin dein Gebieter!«

Seine Stimme donnerte. Spendius schien er von größerer Gestalt zu sein und wie verwandelt.

Ein Geräusch von Schritten kam näher, eine Tür öffnete sich, und ein Mann erschien, ein Priester mit seiner hohen Haube und weit aufgerissenen Augen. Noch bevor er eine Handbewegung machen konnte, war Spendius hinzugestürzt, hatte ihn mit beiden Armen umschlungen und ihm seine Dolche in die Seiten gerammt. Dumpf schlug der Kopf auf die Steinplatten.

Dann, regungslos wie der Leichnam standen sie einige Zeit still und lauschten. Man hörte nur das Säuseln des Windes durch die halboffene Tür.

Sie führte in einen schmalen Gang. Spendius wagte sich hinein, Matho folgte ihm, und sie befanden sich sogleich in der dritten Einfriedung zwischen den seitlichen Portiken, in welchen sich die Wohnungen der Priester befanden.

Hinter den Zellen mußte es einen kürzeren Weg aus dem Tempel geben. Sie beeilten sich.

Spendius kauerte sich am Rand des Zierbrunnens nieder, wusch seine blutigen Hände. Die Frauen schliefen. Der Weinstock aus Smaragden glänzte. Sie gingen weiter.

Doch unter den Bäumen lief jemand hinter ihnen her; und Matho, der den Schleier trug, spürte mehrere Male, wie jemand diesen ganz sanft am Saum zupfte. Es war ein großer Hundskopfaffe, einer von jenen, die frei innerhalb der Einfriedung der Göttin lebten. Als ob ihm der Diebstahl bewußt wäre, klammerte er sich an den Mantel. Dennoch wagten sie nicht ihn zu schlagen, aus Furcht, er würde noch lauter schreien; plötzlich legte sich seine Wut, und er trabte seinen Körper wiegend neben ihnen her, Seite an Seite, mit seinen langen, herabhängenden Armen. Dann, am Schutzwall schwang er sich mit einem Sprung in eine Palme.

Als sie die letzte Einfriedung verlassen hatten, wandten sie sich zum Palast Hamilkars, denn Spendius sah, daß es nutzlos wäre, Matho davon abbringen zu wollen.

Sie nahmen den Weg über die Straße der Gerber, den Platz des Muthumbal, den Gewürz- und Kräutermarkt und die Kreuzung von Cynasyn. An einer Mauerecke wich ein Mann zurück, erschrocken über dieses funkelnde Etwas, das durch die Dunkelheit eilte.

»Versteck den Zaïmph!« sagte Spendius.

Andere Leute kreuzten ihren Weg; doch sie blieben unentdeckt.

Endlich erkannten sie die Häuser von Megara wieder.

Der dahinter auf dem höchsten Punkt der Klippe errichtete Leuchtturm, erhellte den Himmel mit weitem roten Schein, und der Schatten des Palastes mit seinen übereinandergetürmten Terrassen fiel auf die Gärten wie eine ungeheure Pyramide. Sie drangen durch die Hecke aus Jujuben ein, deren Zweige sie mit Dolchhieben abhackten.

Überall waren noch die Spuren vom Gelage der Söldner zu sehen. Die Parkanlagen waren verwüstet, die Rigolen versiegt, die Tore zum Kerker geöffnet. Niemand befand sich in der Nähe der Küchen oder Keller. Sie wunderten sich über diese Stille, die gelegentlich vom rauhen Schnauben der Elefanten, die sich in ihren Fußfesseln bewegten, und dem Prasseln des Leuchtturms, auf dem ein Scheiterhaufen aus Aloen loderte, unterbrochen wurde.

Matho indessen wiederholte in einem fort:

»Wo ist sie? Ich will sie sehen! Führe mich!

– Das ist Wahnsinn! entgegnete Spendius. Sie wird um Hilfe rufen, die Sklaven werden herbeieilen, und du wirst sterben trotz deiner Stärke!«

So erreichten sie die Treppe der Galeeren. Matho hob den Kopf und glaubte ganz oben einen undeutlichen Schein zu erkennen, strahlend und sanft. Spendius wollte ihn zurückhalten. Er stürzte die Stufen hinauf.

Wie er sich nun an jenem Ort befand, an dem er sie schon einmal gesehen hatte, löschten sich die in der Zwischenzeit vergangenen Tage aus seinem Gedächtnis. Gerade eben noch sang sie zwischen den Tischen; sie war verschwunden, und seitdem stieg er unaufhörlich diese Treppe empor. Der Himmel über seinem Kopf war mit Feuer überzogen; das Meer erfüllte den Horizont; mit jedem Schritt umgab ihn eine stets unendlichere Weite, und er kletterte immer höher hinauf mit jener seltsamen Leichtigkeit, wie man sie in Träumen verspürt.

Das Rascheln des Schleiers, der über die Steine strich, erinnerte ihn an seine neue Macht; doch in der Maßlosigkeit seiner Erwartung wußte er plötzlich nicht mehr, was er tun sollte; diese Unsicherheit flößte ihm Furcht ein.

Von Zeit zu Zeit presste er sein Gesicht an die viereckigen Öffnungen der versperrten Zimmer und glaubte, in mehreren schlafende Menschen zu sehen.

Das oberste schmalere Stockwerk bildete gleichsam

einen Würfel am höchsten Punkt der Terrassen. Matho umrundete ihn langsam.

Ein milchiges Licht füllte die Talkumblätter, welche die kleinen Öffnungen in der Wand verschlossen; und in ihrer symmetrischen Anordnung glichen sie in der Finsternis Reihen aus edlen Perlen. Er erkannte die rote Tür mit dem schwarzen Kreuz. Sein Herzschlag beschleunigte sich. Er hätte fliehen mögen. Er stieß gegen die Tür; sie öffnete sich.

Eine Hängelampe in Form einer Galeere brannte im Hintergrund des Gemachs; und drei Strahlen, die aus ihrem silbernen Kiel austraten, zuckten über die hohe Wandverkleidung, deren rote Bemalung schwarze Streifen zierten. Die Decke bestand aus einem Gefüge kleiner Balken, die inmitten ihrer Vergoldung an den Astlöchern Amethysten und Topase trugen. An den beiden Längsseiten des Raumes erstreckte sich jeweils ein sehr niedriges Lager aus weißen Riemen; und darüber öffneten sich tief in die Wand eingelassene, muschelförmige Bögen, aus welchen hier und dort ein Gewand hervorquoll, das bis zum Boden reichte.

Eine Stufe aus Onyx umgab ein ovales Becken, zierliche Pantoffeln aus Schlangenhaut und ein Krug aus Alabaster waren am Rand liegengeblieben. Daneben sah man die Spur feuchter Schritte. Köstliche Wohlgerüche stiegen auf.

Matho strich über die mit Gold, Perlmutt und Glas eingelegten Fliesen; und trotz der Glätte des Bodens schien es ihm, daß seine Füße einsänken, als ob er auf Sand liefe.

Hinter der silbernen Lampe hatte er ein großes azurblaues Viereck entdeckt, das an vier emporstrebenden Seilen frei schwebte, und nach vorne geneigt, den Mund geöffnet trat er hinzu.

Flamingoflügel mit Griffen aus schwarzen Korallenzweigen, lagen zwischen purpurnen Kissen und Kämmen aus Schildpatt, Schatullen aus Zedernholz und Spateln aus Elfenbein. Auf Antilopenhörnern waren Fingerringe und Armreifen aufgereiht; und in der Wandspalte auf einem Schilfrohrgeflecht kühlten tönerne Vasen im Wind. Mehrmals stieß Matho mit den Füßen an, denn der Boden war von unterschiedlich hohem Niveau, so daß der Raum in eine Art Abfolge von Gemächern gegliedert wurde. Im Hintergrund umgaben silberne Geländer einen mit aufgemalten Blumen übersäten Teppich. Schließlich erreichte er das hängende Bett, gleich neben einem Schemel aus Ebenholz, der dazu diente, hineinzusteigen.

Doch der Lichtschein endete an dessen Rand; – und der Schatten, gleich einem großen Vorhang, ließ nur eine Ecke der roten Matratze mit der Spitze eines kleinen nackten Fußes, der auf dem Knöchel ruhte, erkennen. Dann zog Matho ganz sacht die Lampe herab.

Sie schlief, die Wange auf einer Hand, den anderen Arm ausgestreckt. Die Locken ihres Haars umgaben sie in solch üppiger Fülle, daß sie auf schwarze Daunen gebettet schien, und ihre weite weiße Tunika wölbte sich in weichem Faltenwurf bis zu ihren Füßen, entlang den Rundungen ihrer Gestalt. Durch ihre halbgeschlossenen Lider konnte man ein wenig ihre Augen erkennen. Die im rechten Winkel gerafften Bettvorhänge umhüllten sie mit einem Hauch von Blau, das Heben und Senken ihres Atmens übertrug sich auf die Seile und schien sie sanft in der Luft zu wiegen. Eine große Stechmücke schwirrte umher.

Matho, unbeweglich, hielt an seinem ausgestreckten Arm die silberne Galeere. Da entzündete sich mit einem Schlag das Moskitonetz, verlohte, und Salambo erwachte.

Das Feuer war von selbst erloschen. Sie sprach nicht.

Die Lampe ließ große leuchtende Moirémuster über die Wandverkleidung flackern.

»Was ist das?« fragte sie.

Er antwortete:

»Das ist der Schleier der Göttin!

– Der Schleier der Göttin!« rief Salambo. Und aufgestützt auf beide Fäuste lehnte sie sich am ganzen Leib bebend aus dem Bett. Er fuhr fort:

»Ich habe ihn für dich aus den Tiefen des Heiligtums geholt! Sieh nur!« Der Zaïmph funkelte über und über strahlend.

»Erinnerst du dich? fragte Matho. Des Nachts, erschienst du mir in meinen Träumen; doch ich erriet den stummen Befehl deiner Augen nicht. – Sie setzte einen Fuß auf den ebenhölzernen Schemel. – Wenn ich ihn verstanden hätte, wäre ich herbeigeeilt; ich hätte die Armee zurückgelassen; ich wäre nicht aus Karthago fortgegangen. Um dir zu gehorchen, würde ich durch die Höhle von Hadrumetum in das Schattenreich hinabsteigen … Verzeih! Es war, als ob Berge auf meinen Tagen lasteten; und dennoch drängte mich etwas! Ich versuchte, bis zu dir vorzudringen! Ohne die Götter, hätte ich es denn jemals gewagt … Laß uns gehen! Du mußt mit mir kommen! Oder, wenn du nicht willst, werde ich bleiben. Was bedeutet es schon … Benetze meine Seele mit deinem Atemhauch! Mögen meine Lippen zerbersten, wenn sie dir die Hände küssen«

– Laß mich sehen! sagte sie. Näher! Näher!«

Das Morgengrauen stieg herauf und die Talkumblätter in den Wänden wurden in Weinrot getaucht. Einer Ohnmacht nahe stützte sich Salambo auf die Kissen des Bettes.

»Ich liebe dich!« rief Matho.

Sie stammelte: »Gib ihn mir!« Und sie näherten einander. Sie ging immer weiter, in ihr weißes schleppendes

Gewand gehüllt, ihre großen Augen auf den Schleier geheftet. Matho betrachtete sie, geblendet von der Pracht ihres Hauptes, er hielt ihr den Zaïmph entgegen und wollte sie mit seiner Umarmung darin einhüllen. Sie breitete die Arme aus. Plötzlich hielt sie inne, und mit offenem Mund schauten sie einander an.

Ohne zu begreifen, was er begehrte, wurde sie von Entsetzen erfaßt. Ihre schmalen Augenbrauen hoben sich, ihre Lippen öffneten sich; sie zitterte. Schließlich schlug sie in eine der ehernen Opferschalen, die an den Ecken der roten Matratze hingen und schrie:

»Hilfe! Hilfe! Zurück, Sakrileg! Frevler! Verfluchter! Zu mir, Taanach, Kroum, Ewa, Micipsa, Schaul!«

Und Spendius, dessen fassungsloses Gesicht zwischen den bauchigen Tonkrügen an der Wand auftauchte, stieß die Worte hervor:

»So flieh doch! Sie eilen herbei!«

Ein großer Tumult kam herauf, daß die Treppe bebte, und eine Menschenflut, Frauen, Diener und Sklaven mit Spießen, Keulen, Säbeln und Dolchen stürmte in das Gemach. Beim Anblick eines Mannes waren sie wie gelähmt vor Empörung; die Dienerinnen stießen Trauergeheul hervor, und die Eunuchen erbleichten unter ihrer schwarzen Haut.

Matho blieb hinter den Geländern. Der ihn umhüllende Zaïmph verlieh ihm das Aussehen eines Sternengottes inmitten des Firmaments. Die Sklaven wollten sich auf ihn stürzen. Sie hielt sie zurück.

»Berührt ihn nicht! Das ist der Mantel der Göttin!«

Sie war in eine Ecke zurückgewichen; doch nun trat sie einen Schritt auf ihn zu und, den nackten Arm auf ihn gerichtet, rief sie:

»Verflucht seist du, der Tanit beraubt hat! Haß, Rache, Blutbad und Qual! Möge dich Gurzil, der Gott der Schlachten, zerreißen! möge Matisman, der Totengott, dich erwürgen! und möge der Andere, – jener, dessen Namen man nicht nennen darf – dich verbrennen!«

Matho schrie auf, als ob ihn ein Schwerthieb getroffen hätte. Einige Male noch wiederholte sie: »Fort! Fort!«

Die Dienerschar wich zur Seite, und mit gesenktem Kopf schritt Matho langsam zwischen ihnen hindurch; doch an der Tür hielt er inne, denn der Fransensaum des Zaïmphs hatte sich an einem der goldenen Sterne verfangen, die in die Fliesen eingelegt waren. Mit einem Ruck seiner Schulter riß er ihn los und stieg die Stufen hinab.

Spendius war von Terrasse zu Terrasse gesprungen, über die Hecken, die Gräben gehüpft und so aus den Gärten entkommen. Er erreichte den Fuß des Leuchtturms. Die Mauer war an dieser Stelle unbewacht, so unzugänglich waren die Klippen dort. Er ging vor bis zum Rand, legte sich auf den Rücken und mit den Füßen voraus ließ er sich der Länge nach hinabgleiten; schwimmend gelangte er schließlich zum Kap der Grabmale, machte einen weiten Bogen um die Salzlagune und kehrte am Abend ins Lager der Barbaren zurück.

Die Sonne war indes aufgegangen, und wie ein Löwe, der sich zurückzieht, schritt Matho die Wege hinunter und warf furchterregende Blicke um sich.

Ein unbestimmtes Raunen kam ihm zu Ohren. Es war vom Palast ausgegangen und begann von neuem in der Ferne, in Richtung der Akropolis. Die einen sagten, man habe den Schatz der Republik aus dem Tempel des Moloch gestohlen; andere sprachen von einem ermordeten Priester. Anderswo bildete man sich ein, die Barbaren seien in die Stadt eingedrungen.

Matho, der nicht wußte, wie er aus den Umfassungsmauern herausfinden sollte, ging weiter geradeaus. Man entdeckte ihn, Geschrei hob an. Alle hatten verstanden; der allgemeinen Bestürzung folgte eine schreckliche Wut.

Weither von den Mapalien, von den Höhen der Akropolis, aus den Katakomben, vom Ufer des Sees eilte die Menge herbei. Die Patrizier kamen aus ihren Palästen, die Händler aus ihren Läden; die Frauen ließen ihre Kinder zurück; man griff nach Schwertern, Beilen, Stöcken; doch dasselbe Hemmnis, das Salambo gehindert hatte, hielt auch sie zurück. Wie sollte man den Schleier wieder erlangen? Schon sein Anblick war ein Verbrechen: er war von göttlicher Natur, und ihn zu berühren brachte den Tod.

In den Säulenhallen der Tempel rangen die Priester verzweifelt die Hände. Die Garden der Legion galoppierten ziellos umher: man stieg auf die Häuser, auf die Terrassen, auf die Schultern der Kolosse und in das Mastwerk der Schiffe. Indessen ging er weiter, und mit jedem seiner Schritte wuchsen Zorn und Entsetzen. Bei seiner Annäherung leerten sich die Straßen, und dieser Strom fliehender Menschen brandete zu beiden Seiten bis zum höchsten Punkt der Mauern empor. Überall sah er nur weit aufgerissene Augen, als ob sie ihn verschlingen wollten, knirschende Zähne, geballte Fäuste, und die Verwünschungen Salambos hallten tausendfach wider.

Plötzlich zischte ein langer Pfeil, dann ein weiterer, Steine sausten durch die Luft: doch die schlecht gezielten Geschosse (denn man fürchtete den Zaïmph zu treffen), flogen über seinen Kopf hinweg. Dabei benutzte er den Schleier wie einen Schild, er hielt ihn nach rechts, nach links, vor sich und hinter sich; und sie wußten sich nicht zu helfen. Er ging immer schneller und bog in die offenen Straßen ein. Sie waren versperrt mit Tauen, Fuhrwerken, Fallen; nach jeder Biegung mußte er wieder umkehren. Schließlich erreichte er den Platz des Khamon, auf dem die Balearen ihr Ende gefunden hatten; Matho blieb stehen und erbleichte, als sei er dem Tode nahe. Diesmal war es wohl um ihn geschehen; die Menge klatschte in die Hände.

Er rannte bis zu dem großen verschlossenen Tor. Es war sehr hoch, ganz aus Eichenkernholz mit eisernen Nägeln und ehernen Platten verstärkt. Matho warf sich dagegen. Das Volk stampfte vor Freude mit den Füßen, als es die Ohnmacht seiner Wut erkannte; da nahm er seine Sandale, spuckte darauf und schlug damit gegen die ungeweglichen Türfelder. Die ganze Stadt brüllte. Auf einmal war der Schleier vergessen, sie würden ihn zermalmen. Mathos weit aufgerissene Augen streiften ziellos über die Menge. Seine Schläfen pochten betäubend; Benommenheit gleich der eines Betrunkenen drohte ihn zu überwältigen. Plötzlich erblickte er die lange Kette, mit der man den Ziehbaum des Tores bewegen konnte. Mit einem Satz klammerte er sich daran fest, spannte die Arme an, stemmte die Beine fest gegen den Boden; und schließlich öffneten sich die mächtigen Flügel des Tores.

Als er draußen war, löste er den weiten Zaïmph von seinem Hals und hielt ihn so hoch wie möglich über seinen Kopf. In der Sonne schimmerte der vom Wind des Meeres getragene Stoff in all seinen Farben, mit seinen Edelsteinen und den Gestalten seiner Götter. In dieser Haltung überquerte Matho die ganze Ebene bis zu den Zelten der Soldaten, und das Volk auf den Stadtmauern sah mit an, wie das Glück Karthagos entschwand.

VI

Hanno

»*Ich* hätte sie entführen sollen! sagte er am Abend zu Spendius. Ergreifen hätte ich sie müssen, aus ihrem Haus herausreißen! Niemand hätte gewagt, etwas gegen mich zu unternehmen!«

Spendius hörte nicht zu. Wohlig auf dem Rücken liegend, erholte er sich gleich neben einem großen Tonkrug voll honiggesüßten Wassers, in den er von Zeit zu Zeit den Kopf tauchte, um ausgiebig davon zu trinken.

Matho fuhr fort:

»Was soll ich nur tun?... Wie nach Karthago zurückkehren?

Ich weiß es nicht«, entgegnete ihm Spendius.

Diese Gleichgültigkeit erregte seinen Zorn; er schrie:

»Ach! Es ist dein Fehler! Erst zerrst du mich dorthin, dann läßt du mich im Stich, Feigling, der du bist! Warum sollte ich auf dich hören? Glaubst du vielleicht, du seist mein Gebieter? Ach! Du Kuppler, Sklave, Sklavensohn!«

Er knirschte mit den Zähnen und erhob seine kräftige Hand gegen Spendius.

Der Grieche erwiderte nichts. Eine tönerne Lampe brannte sanft am Zeltmast, an dem der Zaïmph in der aufgehängten Rüstung strahlte.

Plötzlich schlüpfte Matho in seine Kothurne, schnallte die eherne Schuppenweste um und nahm seinen Helm.

»Wo willst du hin? fragte Spendius.

Wieder zurück! Laß mich! Ich werde sie holen! Und wenn sich mir jemand in den Weg stellt, werde ich ihn zermalmen wie eine Viper! Ich bringe sie um, Spendius!«

Er wiederholte: »Ja! Ich werde sie töten! Du wirst sehen, ich werde sie töten!«

Aber Spendius, der plötzlich aufhorchte, riß hastig den Zaïmph herab, warf ihn in eine Ecke und bedeckte ihn mit Schaffellen. Man hörte Stimmengemurmel, Fakkeln schienen auf, und Naravas trat ein, gefolgt von etwa zwanzig Männern.

Sie trugen Mäntel aus weißer Wolle, lange Dolche, Halsketten aus Leder, hölzerne Ohrgehänge und Schuhe aus Hyänenfell; und auf der Schwelle hielten sie inne und stützten sich auf ihre Lanzen wie ausruhende Schäfer auf ihre Hirtenstäbe. Naravas war der Schönste von allen; perlenbestickte Riemen umschlangen seine schlanken Arme; ein goldener Reif, mit dem sein weites Gewand an seinem Haupt befestigt war, hielt eine Straußenfeder, die ihm nach hinten über die Schulter fiel: ein unablässiges Lächeln ließ seine Zähne aufblitzen; seine Augen schienen scharf wie Pfeile, und sein ganzes Wesen strahlte Wachsamkeit und Unbeschwertheit zugleich aus.

Er erklärte, daß er sich den Söldnern anschließen wolle, da die Republik schon seit langem sein Königreich bedrohe. Es läge also in seinem Interesse, die Barbaren zu unterstützen, und er könne ihnen auch von Nutzen sein.

»Ich werde euch mit Elefanten versorgen (meine Wälder sind voll davon), mit Wein, Öl, Gerste, Datteln, mit Pech und Schwefel für die Belagerung, zwanzigtausend Fußsoldaten und zehntausend Pferden. Wenn ich mich an dich wende, Matho, so deshalb, weil dich der Besitz des Zaïmph zum Anführer der Armee gemacht hat.« Er fügte hinzu: »Im übrigen sind wir alte Freunde.«

Indessen blickte Matho zu Spendius, der auf den Schaffellen sitzend zuhörte und mit dem Kopf unmerklich Zeichen der Zustimmung gab. Naravas sprach weiter. Er rief die Götter als Zeugen an, er verfluchte Karthago. Während er seine Verwünschungen ausstieß, zerbrach er einen Wurfspieß. Alle seine Männer hoben zu einem lauten Geheul an, und Matho, mitgerissen von diesem Wutausbruch, rief, daß er mit dem Bund einverstanden sei.

Man holte sodann einen weißen Stier und ein schwarzes Schaf herbei, Symbol des Tages und Symbol der Nacht. Am Rand einer Grube schnitt man ihnen die Kehle durch. Als sie voller Blut war, tauchten sie ihre Arme hinein. Dann legte Naravas seine gespreizte Hand auf die Brust Mathos und Matho die seine auf die Brust Naravas'. Sie wiederholten dieses Zeichen auf der Leinwand ihrer Zelte. Anschließend verbrachten sie die Nacht bei einem Mahl, und man verbrannte das übrige Fleisch, die Haut, die Gebeine, die Hörner und Hufe.

Mit gewaltigem Jubel hatte man Matho willkommen geheißen, als er mit dem Schleier der Göttin zurückkehrte; selbst jene, die nicht kanaanitischen Glaubens waren, spürten in ihrer unerklärlichen Begeisterung, daß ihnen unvermutet ein Genius erschienen war. Niemandem wäre es in den Sinn gekommen, sich des Zaïmph bemächtigen zu wollen; allein die mysteriöse Art und Weise, in der Matho ihn an sich gebracht hatte, genügte im Bewußtsein der Barbaren, seinen Besitz zu legitimieren. So dachten auch die Soldaten afrikanischer Abkunft. Die anderen, deren Haß weniger alt war, wußten nicht so recht, wozu sie sich entschließen sollten. Hätten sie Schiffe gehabt, sie wären unverzüglich auf und davon gesegelt.

Spendius, Naravas und Matho sandten Männer zu allen Stämmen auf punischem Gebiet.

Karthago sog diese Völker aus. Es belegte sie mit horrenden Steuern; und die Ketten, das Beil oder das Kreuz bestraften die Säumigen, ja sogar die Murrenden. Man mußte anpflanzen, was der Republik gefiel, liefern, was sie verlangte; niemand hatte das Recht, eine Waffe zu besitzen; wenn die Dörfer sich erhoben, verkaufte man ihre Bewohner; gleich Kelterpressen wurden die Statthalter daran gemessen, wieviel sie eintrieben. Jenseits der Regionen, die Karthago direkt unterstellt waren, erstreckte sich das Land der Verbündeten, die nur einen dürftigen Tribut entrichteten; außerhalb dieses Gebiets zogen die Nomaden umher, die man gegebenenfalls auf sie hetzen konnte. Durch dieses System waren die Ernten stets reichlich, die Gestüte klug geleitet, die Anpflanzungen hervorragend. Noch zweiundneunzig Jahre später war Cato der Ältere – ein Meister was die Bestellung von Feldern und die Haltung von Sklaven anbelangte – darüber verblüfft, und der Schrei nach Vernichtung, den er in Rom so oft wiederholte, war nichts anderes als der Ausruf habgieriger Eifersucht.

Während des letzten Krieges waren die übermäßigen Eintreibungen verdoppelt worden, so daß beinahe alle Städte Libyens Regulus die Tore geöffnet hatten. Als Strafe hatte man von ihnen tausend Talente, zwanzigtausend Rinder, dreihundert Säcke Goldstaub sowie beträchtliche Vorauszahlungen an Korn gefordert und ihre Stammesoberhäupter ans Kreuz geschlagen oder den Löwen vorgeworfen.

Besonders Tunis verabscheute Karthago! Älter als die Metropole, verzieh es der Republik ihre Größe nicht; so stand es ihren Mauern gegenüber, im Schlamm des Seeufers kauernd wie ein giftiges Tier, das Karthago beobachtete. Weder Deportationen, noch Blutbäder oder Epidemien schwächten es. Es hatte Archagatos, den Sohn des Agathokles unterstützt. Die Esser der unreinen Dinge erhielten hier sogleich Waffen.

Die Boten waren noch nicht fort, da brach in den Provinzen einhelliger Jubel aus. Ohne das leiseste Zögern erdrosselte man die Aufseher der Gehöfte und die Beamten der Republik in den Bädern; man holte die alten

Waffen, die man versteckt hatte, aus den Höhlen hervor; aus dem Eisen der Pflugscharen schmiedete man Schwerter; die Kinder vor den Türen wetzten die Wurfspieße, und die Frauen gaben ihre Halsketten, ihre Ringe und Ohrgehänge, alles was der Zerstörung Karthagos dienen könnte. Jeder wollte dazu beitragen. In den Marktflecken häuften sich Lanzenbündel wie Maisgarben. Man sandte Tiere und Geld. Matho bezahlte den Söldnern rasch den ausstehenden Lohn, und dank dieses Einfalls, der von Spendius kam, wurde er zum Oberbefehlshaber ernannt, zum Schalischim der Barbaren.

Zur gleichen Zeit strömten Männer zur Verstärkung herbei. Erst erschienen die Ureinwohner des Landes, dann die Sklaven von den Feldern. Karawanen von Negern wurden aufgegriffen, man bewaffnete sie, und Händler auf dem Weg nach Karthago mischten sich unter die Barbaren in der Hoffnung auf einen sichereren Profit. Unaufhörlich stießen zahlreiche Horden hinzu. Von der Höhe der Akropolis aus sah man wie das Heer anwuchs.

Auf der Plattform des Aquädukts waren Gardisten der Legion als Wachen postiert; und in ihrer Nähe standen in einigen Abständen eiserne Zuber, in welchen Fluten von Asphalt brodelten. Unten in der Ebene tummelte sich die lärmende Menge. Sie waren verunsichert, spürten jene Befangenheit, die Barbaren stets überkommt, wenn sie auf Festungsmauern stoßen.

Utica und Hippo Diarrhytus schlossen sich dem Bündnis nicht an. Phönizische Kolonien wie Karthago, standen sie unter Selbstverwaltung, und in den Verträgen, welche die Republik mit ihnen schloß, ließen sie stets Klauseln einbringen, die ihre Unabhängigkeit unterstrichen. Dennoch respektierten sie diese stärkere Schwester, die sie beschützte, und sie glaubten keineswegs, daß ein Haufen Barbaren in der Lage wäre, Karthago zu besiegen; im Gegenteil, man würde die Barbaren vernichten. Sie wünschten, neutral zu bleiben und in Frieden zu leben.

Doch ihre Lage machte sie unentbehrlich. Von Utica aus, das an einem Meerbusen lag, konnte man bequem Hilfe von außen nach Karthago bringen. Würde jedoch nur Utica erobert, könnte das nur sechs Stunden weiter an der Küste gelegene Hippo Diarrhytus Utica ersetzen, und die auf diese Weise mit Nachschub versorgte Metropole wäre uneinnehmbar.

Spendius drang auf eine sofortige Belagerung, Naravas war dagegen; man müsse zuerst zur Grenze ziehen. Dies war auch die Meinung der Veteranen und die Mathos, und so wurde beschlossen, daß Spendius Utica angreifen solle, Matho Hippo Diarrhytus; das dritte Armeekorps würde mit der Unterstützung von Tunis die Ebene Karthagos besetzen; diese Aufgabe übernahm Autharit. Was Naravas anbelangte, so sollte er in sein Königreich zurückkehren, um dort Elefanten zu holen, und mit seiner Reiterei die Landstraßen abstreifen.

Die Frauen schrien laut auf angesichts dieser Entscheidung; es gelüstete sie nach dem Schmuck der punischen Damen. Auch die Libyer widersprachen. Man hatte sie zum Kampf gegen Karthago aufgerufen, und nun zog man ab! So machten sich fast ausschließlich die Söldner auf den Weg. Matho befehligte seine eigenen Kampfgefährten sowie die Iberer, die Lusitaner, die Männer aus dem Westen und die von den Inseln, und all jene, die Griechisch sprachen, hatten Spendius seines scharfen Verstandes wegen zu ihrem Befehlshaber gewählt.

Das Erstaunen war groß, als man sah, wie sich die Armee plötzlich in Bewegung setzte; auf ihrem Weg nach Utica zog sie sich entlang der dem Meer zugewandten Seite unterhalb des Gebirges von Ariana. Ein Teil blieb vor Tunis, die übrigen verschwanden, tauchten erst wieder am Waldsaum des gegenüberliegenden Golfufers auf und drangen in das Gehölz vor.

Es waren an die achtzigtausend Mann. Die beiden tyrischen Städte würden ihnen keinen Widerstand entgegensetzen; sie würden nach Karthago zurückkehren. Schon jetzt wurde die Stadt von einer großen Armee in die Zange genommen, die den Isthmus als Ausgangspunkt besetzt hielt; und bald würde sie Hungers sterben, denn ohne den Beistand der Provinzen konnte sie nicht überleben, da ihre Bürger, wie in Rom, keine Abgaben zahlten. Karthago mangelte es an politischem Geschick. Seine ewige Profitsucht hinderte es daran jene Weitsicht walten zu lassen, die dem Streben nach Höherem innewohnt. Gleich einer Galeere, die auf libyschem Sand vor Anker ging, behauptete es sich nur durch unermüdliche Arbeit. Die Völker umtosten es wie Meeresfluten, und der kleinste Sturm ließ diese gewaltige Maschinerie erzittern.

Durch den Krieg mit Rom und durch all das, was man beim Feilschen mit den Barbaren verschwendet, eingebüßt hatte, war die Schatzkasse erschöpft. Indessen benötigte man Soldaten, und keine einzige Regierung schenkte der Republik Vertrauen. Erst unlängst hatte Ptolemäus ihr zweitausend Talente verweigert. Im übrigen entmutigte sie der Raub des Schleiers. Dies hatte Spendius ganz richtig vorhergesehen.

Doch dieses Volk, daß sich gehaßt fühlte, drückte sein Geld und seine Götter an sein Herz; und sein Patriotismus wurde durch die Beschaffenheit der Regierung unterstützt.

Zunächst ruhte die Macht auf allen, ohne daß einer allein stark genug wäre, sie an sich zu reißen. Die Schulden des einzelnen wurden wie Schulden der Allgemeinheit behandelt, das Handelsmonopol lag bei den Bürgern kanaanitischer Abstammung; indem man die Erträge der

Piraterie durch Wuchergewinne noch vervielfachte und den Boden, die Sklaven und die Armen rücksichtslos ausbeutete, gelangte man zuweilen zu Reichtum. Nur dieser eröffnete Zugang zu allen Ämtern; und obwohl Macht und Vermögen stets denselben Familien erhalten blieben, tolerierte man die Oligarchie, in der Hoffnung, ihr einmal selbst anzugehören.

Die Händlergesellschaften, in welchen die Gesetze erarbeitet wurden, wählten die Schatzmeister, die am Ende ihrer Amtszeit die einhundert Mitglieder des Ältestenrates ernannten; diese wiederum waren von der Großen Volksversammlung, der Vereinigung aller Reichen, abhängig. Was die beiden Suffeten betraf, diese Überbleibsel der Verfassung, unbedeutender noch als Konsuln, sie wurden an ein und demselben Tag aus zwei verschiedenen Familien gewählt. Man schürte alle erdenklichen Haßgefühle zwischen ihnen, damit sie sich gegenseitig schwächten. Über den Krieg durften sie nicht mitberaten: und wenn sie besiegt wurden, ließ der Große Rat sie kreuzigen.

Die Macht Karthagos ging also von den Syssitien aus, das heißt von einem großen Hof im Zentrum der Malqua, an jenem Ort, so sagte man, an dem die erste Barke mit phönizischen Matrosen gelandet war, das Meer hatte sich seitdem weit zurückgezogen. Sie bestanden aus einem Komplex von archaischer Architektur erbaut aus Palmenstämmen mit gemauerten Eckpfeilern, in kleinere Gemache unterteilt, um die verschiedenen Gesellschaften jeweils getrennt aufnehmen zu können. Die Reichen drängten sich dort den ganzen Tag über, um über eigene und Regierungsinteressen zu debattieren, von der Suche nach Pfeffer bis zur Vernichtung Roms. Dreimal im Monat ließen sie ihre Liegestätten auf die hochgelegene Dachterrasse, welche die Außenmauer des Hofes säumte, hinauftragen; und von unten sah man sie dann in luftiger

Höhe bei Tisch, ohne Kothurne und ohne Mäntel, mit Diamanten an ihren Fingern, die über die Fleischgerichte glitten und mit ihren großen Ohrringen, die zwischen den bauchigen Krügen baumelten, alle stark und fett, halbnackt, glücklich, lachend und unter freiem Himmel speisend, wie mächtige Haie, die sich im Meer tummeln.

Doch nun konnten sie ihre Besorgnis nicht verheimlichen, zu bleich waren sie; die Menge, die sie an den Eingangstoren erwartete, begleitete sie bis zu ihren Palästen, um ihnen Neuigkeiten zu entlocken. Wie zu Zeiten der Pest waren alle Häuser verschlossen; die Straßen füllten und leerten sich urplötzlich; man stieg auf die Akropolis hinauf; man lief zum Hafen hinab; jede Nacht beriet der Große Rat. Schließlich wurde das Volk auf den Platz des Khamon zusammengerufen, und man beschloß, sich an Hanno, den Sieger von Hekatompylos zu wenden.

Er war ein gottesfürchtiger Mann, verschlagen, unbarmherzig gegen die Afrikaner, ein wahrer Karthager. Seine Einkünfte waren denen der Barkiden ebenbürtig. Niemand verfügte über eine vergleichbare Erfahrung in Angelegenheiten der Verwaltung.

Er veranlaßte die Einberufung aller gesunden Bürger, ließ Katapulte auf den Türmen errichten, forderte ungeheure Waffenlieferungen, er befahl sogar den Bau von vierzehn Galeeren, die man nicht benötigte; und er wollte, daß man alles aufzeichnete, sorgfältig niederschrieb. Er ließ sich ins Arsenal tragen, zum Leuchtturm, in die Schatzkammern der Tempel; überall gewahrte man seine große Sänfte, wie sie von Stufe zu Stufe schwankend die Treppen zur Akropolis erklomm. In seinem Palast des Nachts, da er nicht schlafen konnte, und um sich auf die Schlacht vorzubereiten, brüllte er mit furchterregender Stimme Manöverbefehle.

Aus übermäßiger Furcht zeigten sich alle tapfer. Schon beim Hahnenschrei traten die Reichen in Reih und

Glied entlang der Mapalien an und übten sich mit geschürzten Gewändern darin, die Pike zu führen. Doch da es an Ausbildern mangelte, gerieten sie in Streit. Außer Atem ließen sie sich auf den Gräbern nieder und begannen wenig später von neuem. Viele veränderten gar ihre Eßgewohnheiten. Die einen, im Glauben, daß man viel zu sich nehmen müsse, um Kraft zu sammeln, fraßen sich voll, während die anderen behindert durch ihre Körperfülle bis zur Erschöpfung fasteten, um schlanker zu werden.

Utica hatte Karthago schon mehrfach eindringlich um Hilfe gebeten. Doch Hanno wollte die Stadt keinesfalls verlassen, solange an den Kriegsmaschinen auch nur eine Mutter fehlte. Weitere drei Monde verlor er mit der Ausrüstung der einhundertzwölf Elefanten, die in den Stadtmauern untergebracht waren; es waren die Besieger des Regulus; das Volk liebte sie; diesen alten Freunden konnte man nicht genug Gutes tun. Hanno ließ die eisernen Platten, mit denen man ihr Brustblatt verstärkte umschmelzen, ihre Stoßzähne vergolden, ihre Türme erweitern und Harnische aus schönstem Purpur gesäumt mit besonders schweren Fransen anfertigen. Schließlich ordnete er an, da man ihre Treiber Inder nannte (zweifellos nach den ersten, die aus Indien stammten) , daß alle nach indischer Sitte gekleidet wurden, d. h. mit einem weißen Wulst um die Schläfen und knappen Beinkleidern aus Byssus, die sich wegen der miteinander verschränkten Falten gleich zwei Muschelhälften um die Hüften legten.

Das Heer Autharits lagerte noch immer vor Tunis. Es verbarg sich hinter einem aus Seeschlamm aufgeworfenen Wall, der am Scheitel mit Dornengestrüpp versehen war. Neger hatten hier und da auf lange Stangen abscheuliche Gesichter, Masken mit menschlichen Zügen aus Vogelfedern, Köpfe von Schakalen oder Schlangen aufgerichtet, die dem Feind mit aufgesperrtem Maul entgegenstarrten, um ihm Furcht einzuflößen; – und, da sie sich dadurch unbesiegbar fühlten, tanzten die Barbaren, rauften und jonglierten, in der Überzeugung, daß der Untergang Karthagos nicht mehr fern sei. Ein anderer als Hanno hätte dieses von Viehherden und Frauen behinderte Menschengetümmel mit Leichtigkeit zermalmt. Überdies begriffen sie kein einziges Manöver, und der entmutigte Autharit forderte nichts mehr von ihnen.

Sie wichen ihm aus, wenn er, seine großen blauen Augen rollend, vorüberschritt. Am Ufer des Sees angelangt, nahm er seinen Soldatenmantel aus Robbenfell ab, löste das Band, das seine langen roten Haare zusammenfaßte und tauchte sie ins Wasser. Er bedauerte, zusammen mit den zweitausend Galliern aus dem Tempel von Eryx nicht zu den Römern übergelaufen zu sein.

Mitten am Tag verlor die Sonne oft ganz plötzlich ihre Strahlen. Dann lagen der Golf und das offene Meer unbeweglich wie geschmolzenes Blei. Eine braune Staubwolke, senkrecht nach oben gerichtet, wirbelte herbei; die Palmen bogen sich, der Himmel verschwand, man hörte Steine auf den Kruppen der Tiere abprallen; und der Gallier, die Lippen an die Löcher seines Zeltes gepresst, röchelte vor Erschöpfung und Melancholie. Er dachte an den Duft der Weiden an einem Herbstmorgen, an Schneeflocken, an das Brüllen der Auerochsen verloren im Nebel, und wenn er die Lider schloß, glaubte er die Feuer der langen, strohgedeckten Hütten zu sehen, wie sie tief im Wald über den Sümpfen flackern.

Auch andere vermißten die Heimat schmerzlich, obwohl sie nicht so weit entfernt lag. Tatsächlich konnten die gefangenen Karthager jenseits des Golfes an den Abhängen der Byrsa die über den Hof gespannten Sonnensegel ihrer Häuser erkennen. Doch die Wachen drehten unablässig ihre Runden. Man hatte sie alle gemeinsam an eine Kette gelegt. Jeder trug ein Halseisen, und die Menge wurde nicht müde, herbeizukommen und sie zu begaffen. Die Frauen zeigten ihren kleinen Kindern die schönen Gewänder, die in Fetzen an den ausgemergelten Gliedern herabhingen.

Jedesmal wenn Autharit Giskon erblickte, machte ihn die Erinnerung an seine Beleidigung rasend; wäre da nicht der Schwur, den er Naravas geleistet hatte, hätte er ihn getötet. Also kehrte er in sein Zelt zurück, trank ein Gemisch aus Gerste und Kümmel, bis er vor Trunkenheit die Besinnung verlor – wenn er wieder erwachte, stand die Sonne schon hoch, und er wurde von schrecklichem Durst gepeinigt.

Matho indessen belagerte Hippo Diarrhytus.

Doch die Stadt lag im Schutz eines Sees, der mit dem Meer verbunden war. Sie verfügte über drei Umfassungswälle, und auf den sie beherrschenden Anhöhen zog sich eine mit Türmen befestigte Stadtmauer hin. Nie zuvor hatte er ein vergleichbares Unterfangen geleitet. Auch mußte er immerzu an Salambo denken, und er träumte von den Wonnen ihrer Schönheit, wie von der Köstlichkeit einer Rache, die ihn in hochmütigen Taumel versetzte. Beißend, rasend, unablässig war das Verlangen sie wiederzusehen. Er dachte sogar daran, sich als Unterhändler anzubieten, in der Hoffnung, wenn er erst einmal in Karthago wäre, bis zu ihr vordringen zu können. Häufig ließ er zum Angriff läuten und stürmte, ohne sich etwas davon zu versprechen, auf den Hafendamm, den man im Meer zu errichten suchte. Mit bloßen Händen riß er die Steine heraus, stiftete Verwirrung, schlug zu, stieß wahllos mit seinem Schwert um sich. In wildem Durcheinander eilten die Barbaren ihm nach zur Attacke; die Leitern brachen mit gewaltigem Lärm zusammen, und unzählige Männer stürzten ins Wasser, das in roten Wogen an die Mauern zurückbrandete. Schließlich legte sich der Tumult wieder, und die Soldaten entfernten sich, um alsbald von neuem zu beginnen.

Matho ließ sich vor den Zelten nieder; er fuhr sich mit dem Arm über sein blutbespritztes Gesicht, um es zu reinigen, und nach Karthago gewendet betrachtete er den Horizont.

Vor ihm, zwischen Oliven, Palmen, Myrten und Platanen, erstreckten sich zwei weite Teiche, die sich wiederum mit einem See vereinigten, dessen Umrisse man nicht erkennen konnte. Hinter einem Berg tauchten weitere Gebirge auf, und in der Mitte des riesigen Gewässers erhob sich eine vollkommen schwarze Insel in der Form einer Pyramide. Links, am Ausläufer des Golfs, glichen die Sanddünen mächtigen flachsfarbenen Wellen, die erstarrt schienen, während das Meer, glatt, als sei es mit Lapislazuli gepflastert, unmerklich bis zum Himmelsrand emporstieg. Hier und dort verschwand das Grün des Umlands unter länglichen gelben Flecken; Karuben funkelten wie Korallenknospen; Weinreben hingen aus den Wipfeln der Sykomoren herab; man hörte das Murmeln des Wassers; Haubenlerchen hüpften umher, und die letzten feurigen Strahlen der Sonne vergoldeten die Panzer der Schildkröten, die zwischen den Binsen hervorkrochen, um die kühle Seebrise einzuatmen.

Matho seufzte schwer. Er legte sich flach auf den Bauch; er grub die Nägel in den Boden und weinte; er fühlte sich elend, schwächlich, verlassen. Niemals würde er sie besitzen, er konnte noch nicht einmal eine Stadt einnehmen.

Nachts, allein in seinem Zelt, betrachtete er den Zaïmph. Was nützte ihm dieses Ding der Götter? und Zweifel befielen die Gedanken des Barbaren. Dann jedoch schien ihm im Gegenteil das Gewand der Göttin mit Salambo selbst verknüpft zu sein, und daß ein Teil ihrer Seele flüchtiger noch als ein Atemhauch darin schwebte; und er betastete ihn, sog seinen Duft ein, vergrub sein Gesicht darin und küßte ihn schluchzend. Er bedeckte seine Schultern damit, um sich der Illusion hinzugeben, sich ihr nahe zu wähnen.

Manchmal verschwand er plötzlich; beim Schein der Sterne stieg er über die eingerollt in ihre Mäntel schlafenden Soldaten hinweg; dann, vor den Toren des Lagers, warf er sich auf ein Pferd und befand sich zwei Stunden später in Utica, in Spendius' Zelt.

Zunächst berichtete er von der Belagerung; doch er war nur gekommen um über Salambo zu sprechen und seinen Schmerz zu lindern: Spendius mahnte ihn zur Besonnenheit.

»Verbanne aus deiner Seele dieses Elend, das sie erniedrigt! Einst hast du gehorcht; jetzt befehligst du eine Armee, und sollte Karthago nicht besiegt werden, wird man uns wenigstens Provinzen zugestehen. Wir werden Könige sein!«

Aber warum verhalf ihnen der Besitz des Zaïmph nicht zum Sieg? Man müsse noch warten, meinte Spendius.

Matho glaubte, daß der Schleier nur für Menschen kanaanitischer Abstammung von Bedeutung sei, und mit der Subtilität eines Barbaren sagte er sich: »Also wird mir der Schleier nichts nützen; aber da sie ihn verloren haben, wird er auch ihnen nichts nützen.«

Dann plagten ihn Skrupel. Er fürchtete, Moloch zu beleidigen, wenn er Aptuknos, den Gott der Libyer, anbetete; und er fragte Spendius schüchtern, welchem der Götter man ein Menschopfer bringen solle.

»Nur zu, opfere!« sagte Spendius lachend.

Matho, der diese Gleichgültigkeit nicht verstand, vermutete, daß der Grieche einen Schutzgeist hatte, von dem er nicht reden wollte.

Alle Glaubensformen sowie alle Völker trafen in diesen Armeen der Barbaren zusammen, und man achtete die Götter der anderen, denn auch sie waren furchteinflößend. Viele vermischten fremde Bräuche mit der Religion ihres Heimatlandes. Selbst wenn man die Sterne nicht anbetete, brachte man ihnen dennoch Opfer dar, wenn die Konstellation düster oder hilfreich erschien; ein unbekanntes Amulett, das man zufällig in großer Gefahr fand, wurde zur Gottheit; oder vielleicht war es ein Name, nichts weiter als ein Name, den man wiederholte, ohne daß man versuchte, seine eigentliche Bedeutung zu ergründen. Doch nachdem sie Tempel geplündert, zahlreiche Länder und durchgeschnittene Kehlen gesehen hatten, glaubten viele schließlich nur noch an das Schicksal und an den Tod; und jeden Abend schliefen sie mit der inneren Ruhe der wilden Tiere ein. Spendius hätte auf die Standbilder des olympischen Jupiters gespuckt; dennoch fürchtete er sich, in der Dunkelheit laut zu sprechen, und er versäumte nie, jeden Tag den rechten Schuh zuerst anzuziehen.

Gegenüber von Utica errichtete er eine lange viereckige Terrasse. Doch im selben Maß, wie sie emporwuchs, erhöhten sich auch die Stadtmauern; das, was die einen niederrissen, wurde von den anderen beinahe sogleich wieder aufgerichtet. Spendius schonte seine Männer, ersann Pläne; er versuchte sich der Kriegslisten zu erinnern, von welchen er auf seinen Reisen gehört hatte. Warum nur kehrte Naravas nicht zurück? Man war voller Sorge.

Hanno hatte seine Vorbereitungen abgeschlossen. In einer mondlosen Nacht ließ er seine Elefanten und Soldaten auf Flößen über den Golf von Karthago setzen. Dann umgingen sie den Berg der Heißen Wasser, um Autharit auszuweichen, – und marschierten so langsam weiter, daß sie am dritten Tag, anstatt die Barbaren am Morgen zu überraschen, wie der Suffet es berechnet hatte, erst eintrafen, als die Sonne schon hoch stand.

Auf der östlichen Seite Uticas erstreckte sich eine Ebene bis zur großen Lagune von Karthago; dahinter öffnete sich im rechten Winkel ein Tal, umrahmt von zwei kleineren Höhenzügen, die an dieser Stelle abrupt abbrachen; die Barbaren hatten etwas weiter links ihr Lager aufgeschlagen, so daß sie den Hafen versperrten; und sie schliefen in ihren Zelten (denn, zu erschöpft um zu kämpfen, erholten sich die beiden Parteien an diesem Tag), als in der Biegung der Hügel das karthagische Heer erschien.

An den Flügeln waren die mit Schleudern bewaffneten Troßknechte eingeteilt. Die Garden der Legion in ihren Rüstungen aus Goldschuppen bildeten die vorderste Linie auf ihren mächtigen Pferden ohne Mähne, ohne Schweif und ohne Ohren, die in der Mitte ihrer Stirn ein silbernes Horn trugen, damit sie Rhinozerossen glichen. Zwischen diesen Schwadronen hielten junge Männer mit kleinen Helmen auf dem Kopf in jeder Hand einen Wurfspieß aus Eschenholz; die langen Lanzen der schwergerüsteten Fußsoldaten rückten von hinten heran. Die Kaufleute hatten ihre Körper mit so vielen Waffen wie nur möglich bedeckt: Einige trugen außer einer Lanze, noch eine Streitaxt, eine Keule und zwei Schwerter; andere waren gespickt mit Dolchen wie Stachelschweine, und ihre Kürasse aus Hornlamellen und Eisenplatten spreizten ihnen die Arme ab. Schließlich erschienen die Gestelle der hohen Kriegsmaschinen: Karroballisten, Onager, Katapulte und Skorpione schwankten auf den von Maultieren und Ochsenquadrigen gezogenen Karren; und während die Armee aufmarschierte, liefen die Hauptleute keuchend von links nach rechts, um Befehle zu erteilen, die Reihen zusammenzuhalten und die Abstände zu wahren. Die kommandierenden Mitglieder des Ältestenrates waren in purpurnen Helmen gekommen, deren herrliche Fransen sich in den Riemen ihrer Kothurne verfingen. Ihre Gesichter, ganz mit Zinnoberrot beschmiert, leuchteten unter den riesigen mit Göttern bekrönten Helmen; und da sie Schilde mit edelsteinbestückten Elfenbeinrändern trugen, hätte man sie mit Sonnen vergleichen können, die über ehernen Mauern dahinziehen.

Die Karthager manövrierten so schwerfällig, daß die Soldaten sie aus Spott dazu aufforderten, sich hinzusetzen. Sie schrien, daß sie ihnen gleich ihre fetten Bäuche leeren würden, die Vergoldung von der Haut abklopfen und ihnen Eisen zu schlucken gäben.

An der Spitze des Mastes, der vor Spendius Zelt errichtet war, erschien ein Fetzen aus grünem Stoff: Das war das Signal. Die karthagische Armee antwortete darauf mit mächtigem Getöse der Trompeten, Zimbeln, Flöten aus Eselsknochen und Tympanons. Schon hatten die Barbaren die Palisaden übersprungen. Sie standen sich gegenüber, einen Speerwurf voneinander entfernt.

Ein balearischer Schleuderer trat einen Schritt vor, legte eine seiner tönernen Kugeln in den Riemen und schwang den Arm; ein elfenbeinerner Schild zerbarst und die beiden Armeen vermengten sich.

Mit den Lanzenspitzen stachen die Griechen den Pferden in die Nüstern, so daß diese sich überschlugen und auf ihre Reiter stürzten. Die Sklaven, die Steine werfen sollten, hatten diese zu groß gewählt; sie fielen ganz in ihrer Nähe zu Boden. Während die punischen Fußsoldaten mit ihren langen Schwertern um sich hieben, entblößten sie ihre rechte Flanke. Die Barbaren durchbrachen ihre Linien, metzelten sie mit blankem Schwert scharenweise nieder; sie stolperten über die Sterbenden und die Leichen, ganz blind vom Blut, das ihnen ins Gesicht spritzte. Diese Unmenge an Speeren, Helmen, Kürassen, Schwertern und Gliedern wand sich um die eigene Achse, dehnte sich und schrumpfte geschmeidig wieder zusammen. Immer mehr Breschen brachen in den karthagischen Kohorten auf, da ihre Maschinen im Sand feststeckten. Schließlich verschwand plötzlich die Sänfte des Suffeten (seine mächtige Sänfte mit Behängen aus Kristall), die man von Anfang an inmitten der Soldaten schwanken sah, wie eine Barke auf den Wogen. Gewiß war er tot? Die Barbaren sahen sich allein.

Der Staub um sie herum legte sich, und sie begannen zu singen, als Hanno selbst auf einem Elefanten erschien. Er war ohne Kopfbedeckung unter einem Sonnenschirm aus Byssus, den ein Neger hinter ihm hielt. Seine Kette aus blauen Plättchen schlug auf die Blumen seiner schwarzen Tunika; diamantenbesetzte Reifen schnitten in seine gewaltigen Arme, und mit offenem Mund schwang er einen überlangen Speer, der an einem Ende wie eine Lotosblume geformt war und heller glänzte als ein Spiegel. Sogleich erbebte die Erde, – und die Barbaren sahen alle Elefanten Karthagos in einer geschlossenen Reihe heranstürmen, mit ihren vergoldeten Stoßzähnen, den blaubemalten Ohren, ganz in Bronze gehüllt; über ihren scharlachroten Harnischen schaukelten die ledernen Türme, in welchen drei Bogenschützen mit einem mächtigen gespannten Bogen standen.

Die Soldaten hatten kaum Zeit zu den Waffen zu greifen; ihre Formation war rein zufällig. Entsetzen versteinerte sie; sie verharrten unentschlossen.

Schon nahm man sie von den Türmen aus mit Spießen, Pfeilen, Brandpfeilen und Bleiklumpen unter Beschuß; einige klammerten sich an die Fransen der Harnische, um hinaufzuklettern. Mit Stutzsäbeln hieb man ihnen die Hände ab, und sie stürzten rückwärts in die gezückten Dolche. Die Piken waren zu schwach und barsten, die Elefanten durchbrachen die Phalanxen wie Keiler ein Gebüsch. Sie rissen die Pfähle des Lagers mit ihren Rüsseln heraus, durchquerten es von einem Ende zum anderen, wobei sie die Zelte mit ihrem Brustblatt umwarfen; alle Barbaren waren geflohen. Sie verbargen sich in den Hügeln, die das Tal begrenzten, durch das die Karthager gekommen waren.

Hanno zog als Sieger vor die Tore Uticas. Er ließ die Trompete erklingen. Die drei Richter der Stadt erschienen hoch oben auf einem Turm in der Scharte zwischen den Zinnen.

Die Bewohner Uticas wollten derart gut bewaffnete Gäste nicht aufnehmen. Hanno ereiferte sich. Schließlich gewährten sie ihm mit einer kleinen Eskorte Zutritt.

Die Straßen erwiesen sich als zu eng für die Elefanten. Man mußte sie draußen zurücklassen.

Sobald der Suffet in der Stadt war, kamen die Mächtigen zu seiner Begrüßung herbei. Er ließ sich in die Bäder führen und rief nach seinen Köchen.

Drei Stunden später saß er noch immer in Zimtöl getaucht, mit dem man die Brunnenschale gefüllt hatte; und während er badete, aß er von einer ausgebreiteten Rindshaut mit Honig abgeschmeckte Flamingozungen in Mohn. In seiner Nähe stand sein Arzt, unbeweglich in seinem langen gelben Gewand, und ließ von Zeit zu Zeit das Schwitzbad anheizen und zwei junge Burschen, massierten ihm über die Stufen des Beckens gebeugt die Beine. Doch die Pflege seines Körpers behinderte nicht seine Vorliebe für die öffentliche Sache, und er diktierte einen Brief an den Großen Rat, und da man Gefangene gemacht hatte, fragte er sich, welch schreckliche Strafe man ersinnen könne.

»Halt!« sagte er zu einem Sklaven, der stehend in seine hohle Hand schrieb. »Man führe einige zu mir! Ich will sie sehen!«

Und vom anderen Ende des Saals, der von weißlichem Dampf erfüllt war, in dem die Fackeln rote Flecken warfen, stieß man drei Barbaren herein: einen Samniter, einen Spartaner und einen Kappadozier.

»Fahre fort! gebot Hanno.

– Freut euch, Erleuchtete der Baals! Euer Suffet hat die gierigen Hunde vernichtet! Gesegnet sei die Republik! Ordnet Gebete an!« Er erblickte die Gefangenen und brach in Gelächter aus: »Ah! Ah! Meine Helden von Sikka! Heute schreit ihr nicht mehr so laut, wie? Ich bin es! Erkennt ihr mich wieder? Wo sind denn eure Schwerter? Was für fürchterliche Männer, fürwahr! – Und er tat so, als wolle er sich aus Angst vor ihnen verstecken. – Ihr habt Pferde, Frauen, Land, Ämter, ja und gewiß auch Priesterwürden verlangt! Warum nicht? Na gut, ich werde euch mit Land versorgen, das ihr niemals mehr verlassen werdet! Ganz neuen Galgen wird man euch anvermählen! Euer Sold? den wird man euch in Form von geschmolzenen Bleibarren auf der Zunge zergehen lassen! und ich werde euch schöne Plätze verschaffen, recht hochgelegen, mitten in den Wolken, damit ihr näher bei den Adlern seid!«

Die drei Barbaren mit dichtem Haarschopf und zerfetzten Kleidern sahen ihn an, ohne zu verstehen, was er sagte. An den Knien verwundet hatte man sie mit Seilen eingefangen, und die Enden der mächtigen Handketten schleiften über die Steinplatten. Hanno war empört über ihre Gefaßtheit.

»Auf die Knie! Auf die Knie! Schakale! Staub! Gewürm! Exkremente! Und sie antworten nicht! Genug! Schweigt! Man soll ihnen bei lebendigem Leib die Haut abziehen! Sogleich! Auf der Stelle!«

Er schnaufte wie ein Nilpferd und rollte dabei die Augen. Das Duftöl schwappte unter der Fülle seines Körpers über, haftete an den Schuppen seiner Haut und ließ sie beim Licht der Fackeln rosig erscheinen.

Er fuhr fort:

»Vier Tage lang litten wir schwer unter der Sonne. Auf der Überfahrt des Makar verloren wir Maultiere. Trotz ihrer Lage ließ der außergewöhnliche Mut… Ach! Demonades! Wie ich leide! Man möge die Backsteine wieder aufheizen, bis sie rot glühen!«

Man hörte das Geräusch von Rechen und Öfen. In den großen Räucherpfannen begann der Weihrauch stärker zu qualmen, und die vollkommen nackten Badeknechte, die wie Schwämme schwitzten, rieben seine Gelenke mit einer Paste aus Weizen, Schwefel, schwarzem Wein, Hündinnenmilch, Myrrhe, Galban und Styrax ein. Unablässig plagte ihn der Durst; doch der in Gelb gekleidete Mann, gab dieser Lust nicht nach und, während er ihm einen goldenen Becher reichte, in dem eine Vipernsuppe dampfte, sprach er:

»Trink! Damit die Kraft der sonnengeborenen Schlangen ins Mark deiner Knochen eindringt und sei unverzagt, o Abbild der Götter! Wie du weißt, beobachtet ein Priester Eschmuns die grausamen Sterne rund um den Sirius, von welchen deine Krankheit herrührt. Sie verblassen wie die Flecken auf deiner Haut, und du wirst nicht daran sterben.«

– Oh, ja! Nicht wahr? wiederholte der Suffet, ich werde nicht daran sterben!« Und zwischen seinen bläulichroten Lippen strömte ein Atem hervor übelriechender als die Ausdünstung eines Leichnams. Zwei Kohlen schienen an Stelle seiner Augen zu glühen, die keine Augenbrauen mehr hatten; ein Klumpen runzliger Haut hing ihm über die Stirn herab; seine beiden vom Kopf abstehenden Ohren begannen sich zu vergrößern, und die tiefen Furchen, die zwei Halbkreise um seine Nasenflügel bildeten, verliehen ihm ein seltsames, erschreckendes Aussehen, die Miene eines wilden Tieres. Seine entstellte Stimme glich einem Gebrüll; er sagte:

»Vielleicht hast du recht. Demonades? Tatsächlich,

einige Geschwüre haben sich geschlossen. Ich fühle mich kräftig. Da! Sieh nur, wie ich esse!«

Und weniger aus Eßlust als aus Angabe und um sich selbst zu beweisen, daß es ihm gut ging, biß er in die Füllungen aus Käse und Oregano, die entgräteten Fische, Kürbisse, Austern, die Eier, den Meerrettich, die Trüffel und Bratspießchen mit kleinen Vögeln. Währenddessen betrachtete er unablässig die Gefangenen und ergötzte sich in Gedanken an ihrer Marter. Doch dann erinnerte er sich wieder an Sikka, und die Wut über all seine Schmerzen entlud sich in Beleidigungen dieser drei Männer.

»Ah! Verräter! Ah! Elende! Ehrlose! Verfluchte! Ihr wagtet es, mich zu beleidigen! Mich! den Suffeten! Ihre Dienste, den Preis für ihr Blut, so sagten sie doch! Ah! Ja! Ihr Blut! Ihr Blut! Dann zu sich selbst: Alle werden sie sterben! Nicht einen einzigen werden wir verkaufen! Besser wäre es wohl, sie nach Karthago zu führen! Man würde mich sehen ... aber ich habe gewiß nicht genug Ketten mitgebracht. Schreib: Schickt mir ... Wie viele sind es? man möge zu Muthumbal gehen und ihn fragen! Geh! keine Gnade! und man soll mir all ihre abgeschlagenen Hände in Körben bringen!«

Doch absonderliche Schreie, heiser und spitz zugleich drangen in den Saal und übertönten die Stimme Hannos und das Lärmen der Schüsseln, die man um ihn bereitstellte. Sie wurden immer lauter, und plötzlich erschallte das wütende Trompeten der Elefanten, als ob die Schlacht von neuem begänne. Wildes Getöse umgab die Stadt.

Die Karthager hatten nicht einmal versucht die Barbaren zu verfolgen. Mit ihrem Gepäck, ihren Dienern und ihrem ganzen Zug aus Satrapen hatten sie sich am Fuß der Mauern niedergelassen und vergnügten sich in ihren schönen, mit Perlenkanten verzierten Zelten, während das Lager der Söldner in der Ebene nur noch ein Trümmerhaufen war. Spendius hatte wieder Mut gefaßt. Er sandte Zarxas zu Matho, durchstreifte die Wälder und sammelte seine Männer wieder (die Verluste waren nicht beträchtlich), und zornig darüber, kampflos besiegt worden zu sein, formierten sie sich neu, als sie einen Zuber mit Steinöl entdeckten, den gewiß die Karthager zurückgelassen hatten. Daraufhin ließ Spendius Schweine von den Pachthöfen holen, strich sie mit dem Öl ein, entzündete es und jagte sie auf Utica zu.

Erschreckt von diesen Flammen, flohen die Elefanten. Dort, wo das Gelände anstieg, schleuderte man ihnen Speere entgegen, sie wichen zurück; – und mit kräftigen Stößen aus Elfenbein schlitzten sie die Karthager auf oder erdrückten und zermalmten sie unter ihren Füßen. Hinter ihnen kamen die Barbaren den Hügel hinab; das punische Lager ohne Verschanzung wurde schon beim ersten Angriff verwüstet, und die Karthager wurden gegen die Tore gedrückt, da man sie aus Furcht vor den Söldnern nicht öffnen wollte.

Der Tag brach an; man sah von Westen her die Fußtruppen Mathos nahen. Zur gleichen Zeit erschienen Reiter; es war Naravas mit seinen Numidern. Über Gräben und Buschwerk hinwegspringend hetzten sie die Fliehenden wie Windhunde bei der Hasenjagd. Diese Schicksalswendung unterbrach den Suffeten. Er schrie, daß man ihm helfe, aus dem Schwitzbad zu steigen.

Die drei Gefangenen knieten noch immer vor ihm. Da beugte sich ein Neger (derselbe, der während der Schlacht seinen Sonnenschirm hielt) zu seinem Ohr herab:

»Was gibt es? ... entgegnete der Suffet langsam. Ach ja! Töte sie!« fügte er kurz hinzu.

Der Äthiopier zog einen langen Dolch aus seinem Gürtel, und die drei Köpfe fielen. Einer von ihnen rollte zwischen den Schüsseln des Festmahls hindurch und sprang in die Brunnenschale, in der er einige Zeit mit offenem Mund und starrem Blick dahintrieb. Durch die Spalten der Mauer drang das morgendliche Licht herein; die drei auf dem Bauch liegenden Körper ergossen sich sprudelnd, wie drei Fontänen, und eine Lache aus Blut rann über die mit blauem Puder gesandeten Mosaiken. Der Suffet tauchte seine Hand in diesen noch warmen Schlamm und rieb sich damit die Knie ein: das war ein Heilmittel.

Als der Abend gekommen war, floh er mit seiner Eskorte aus der Stadt und machte sich dann in die Berge auf, um seine Armee wieder zusammenzuführen.

Es gelang ihm, Reste davon aufzuspüren.

Vier Tage später erreichte er Gorza oberhalb eines Engpasses, als sich die Truppen von Spendius unten zeigten. Zwanzig gute Lanzenwürfe, die die Vorhut ihrer Kolonne attackierten, hätten sie leicht zum Stillstand gezwungen. Doch die Karthager sahen verdutzt zu, wie sie vorüberzogen. Hanno erkannte in der Nachhut den König der Numider; Naravas neigte den Kopf zum Gruß und machte ein Zeichen, das er nicht begriff.

Von allerlei Schrecken verfolgt kehrte man nach Karthago zurück. Sie marschierten nur nachts; tagsüber verbargen sie sich in den Olivenhainen. Bei jeder Etappe starben einige; mehrere Male glaubten sie sich verloren. Schließlich erreichten sie das Kap Hermaeum, wo Schiffe kamen, um sie aufzunehmen.

Hanno war so erschöpft, so verzweifelt – besonders der Verlust der Elefanten lastete schwer auf ihm – , daß er von Demonades Gift verlangte, um seinem Leben ein Ende zu setzen. Im übrigen fühlte er sich schon ans Kreuz geschlagen.

Karthago hatte nicht die Kraft, sich über ihn zu entrüsten. Man hatte vierhunderttausendneunhundertzweiundsiebzig Sekel Silber, fünfzehntausendsechshundertdreiundzwanzig Sekel Gold, achtzehn Elefanten, vierzehn Mitglieder des Großen Rates, dreihundert Reiche, achttausend Bürger, Weizen für drei Monate, eine beträchtliche Menge an Gepäck und alle Kriegsmaschinen verloren! Die Abkehr von Naravas stand außer Zweifel, die beiden Belagerungen begannen von neuem. Die Armee von Autharit erstreckte sich inzwischen von Tunis bis nach Rhades. Von der Höhe der Akropolis aus sah man in der Ebene lange Rauchsäulen bis zum Himmel emporsteigen; die Paläste der Reichen brannten.

Nur ein Mann hätte die Republik retten können. Man bereute, ihn verkannt zu haben, und selbst die Friedenspartei stimmte zu, den Göttern Brandopfer für die Rückkehr Hamilkars darzubringen.

Der Anblick des Zaïmph hatte Salambo bis ins Innerste aufgewühlt. Nachts glaubte sie die Schritte der Göttin zu hören, und sie erwachte entsetzt und schreiend. Jeden Tag ließ sie Speisen in die Tempel tragen. Taanach erschöpfte sich bei der Ausführung ihrer Befehle, und Schahabarim ließ sie nicht mehr allein.

VII

Hamilkar Barkas

Der Verkünder der Monde, der jede Nacht hoch oben auf dem Tempel des Eschmun wachte, um mit seiner Trompete den Lauf des Gestirns zu verlautbaren, gewahrte eines Morgens gen Westen etwas, das gleich einem Vogel mit ausladenden Schwingen über die Oberfläche des Meeres strich.

Es war ein Schiff mit drei Ruderreihen und einer Pferdeskulptur am Bug. Die Sonne ging auf; der Verkünder der Monde legte die Hand über die Augen; dann ergriff er mit beiden Armen seine Trompete und schmetterte einen gewaltigen ehernen Schrei über Karthago.

Aus allen Häusern kamen die Menschen hervor; man wollte den Worten nicht glauben, man stritt, die Mole verschwand unter dem zahlreichen Volk. Endlich war die Trireme Hamilkars zu erkennen.

Stolz und unnahbar näherte sie sich, die Antenna hoch aufgerichtet, das Segel über die gesamte Mastlänge gebläht, teilte sie die Gischt rundum; ihre gewaltigen Riemen tauchten rhythmisch ins Wasser; zuweilen erschien die Spitze ihres Kiels, der wie eine Pflugschar geformt war, und unterhalb des Rammsporns, in dem ihr Bug endete, schien das Pferd mit seinem Kopf aus Elfenbein und seinen erhobenen Vorderhufen über die Meeresebene dahinzujagen.

Da der Wind am Vorgebirge nachgelassen hatte, fiel das Segel, und man gewahrte gleich neben dem Steuermann einen barhäuptigen Mann; er war es, der Suffet Hamilkar! Sein Leib war in funkelnde eiserne Lamellen gehüllt; ein roter Mantel, der an seinen Schultern befestigt war, ließ seine Arme unbedeckt; zwei lange Perlen hingen von seinen Ohren herab, und ein dichter schwarzer Bart reichte ihm bis auf die Brust.

Indessen fuhr die Galeere, hin- und hergeworfen zwischen den Felsen, an der Mole entlang, während die Menge auf den Steinplatten neben ihr hereilte und dabei rief:

»Sei gegrüßt! heil dir! Auge des Khamon! ach! rette uns! Es ist die Schuld der Reichen! sie wollen dich sterben sehen! Hüte dich, Barkas!«

Er entgegnete nichts, als ob das Tosen der Ozeane und der Schlachten ihn gänzlich taub gemacht hätte. Doch als er unterhalb der Treppe, die zur Akropolis hinaufführte, vorüberfuhr, hob Hamilkar den Kopf und sah mit verschränkten Armen zum Tempel des Eschmun. Sein Blick stieg noch weiter empor, zum weiten, klaren Himmel hinauf; mit rauher Stimme schrie er seinen Matrosen einen Befehl zu; die Trireme machte einen Satz; sie streifte das Götterstandbild, das an der Spitze der Mole errichtet war, um Stürme abzuhalten; und im Handelshafen, voller Unrat, Holzsplitter und Obstschalen verdrängte sie, zermalmte sie die anderen an Pfählen befestigten Schiffe, die in Krokodilrachen endeten. Das Volk eilte herbei, einige stürzten schwimmend hinzu. Schon war sie am gegenüberliegenden Ende angelangt, vor dem mit Nägeln beschlagenen Tor. Das Tor hob sich, und die Trireme verschwand unter seinem mächtigen Bogen.

Der Kriegshafen war vollständig von der Stadt abgeschlossen; wenn Abgesandte hier eintrafen, mußten sie zwischen zwei Umfassungswällen hindurch einen Gang passieren, der linker Hand direkt vor dem Tempel des Khamon mündete. Dieser weite Wasserplatz, rund wie eine Schale, war rings von Kais umgeben, über welchen zum Schutz der Schiffe Loggien errichtet waren. Vor jeder ragten zwei Säulen empor, deren Kapitelle von Ammonhörnern bekrönt waren, so daß sie entlang des Bekkenrandes eine ununterbrochene Reihe von Portiken bildeten. Auf einer Insel in der Mitte erhob sich ein Haus für den Meeressuffeten.

Das Wasser war so klar, daß man den mit weißen Kieseln gepflasterten Grund sehen konnte. Der Lärm der Straßen drang nicht bis hierher, und als Hamilkar vorübersegelte, erkannte er die Triremen wieder, die er einst befehligt hatte.

Höchstens zwanzig waren noch übrig, auf dem Trokkenen im Schutz der Loggien, lagen sie auf der Seite oder waren aufgerichtet auf dem Kiel, mit überhohem Heck und bauchigem Bug, bedeckt mit Vergoldungen und mystischen Symbolen. Die Chimären hatten ihre Flügel verloren, die Patäkengötter ihre Arme, die Stiere ihre silbernen Hörner; – und alle mit abblätterndem Anstrich, reglos und morsch, jedoch voller Geschichten verströmten sie noch den Duft ihrer Reisen, wie verstümmelte Soldaten, die ihren Gebieter wiedersehen, und schienen ihm zu sagen: »Wir sind es! wir sind es! und auch du bist besiegt!«

Außer dem Meeressuffeten durfte niemand das Admiralitätsgebäude betreten. Solange man keinen Beweis für seinen Tod hatte, wurde er als noch lebend angesehen. Die Ältesten hatten so einen Gebieter weniger, und auch bei Hamilkar hatten sie nicht versäumt, diesen Brauch zu befolgen.

Der Suffet ging durch die verlassenen Gemächer. Bei jedem Schritt traf er auf Rüstungen, Möbelstücke, Dinge, die ihm bekannt waren, ihn aber dennoch überraschten, und unter dem Vestibül befand sich in einer Räucherpfanne sogar noch die Asche des Räucherwerks, das bei seiner Abfahrt entzündet worden war, um den Beistand Melkarths zu erflehen. Er hatte gewiß nicht auf diese Art der Heimkehr gehofft! Alles was er getan hatte, alles was er gesehen hatte, zog in seiner Erinnerung vorüber: die Angriffe, die Brände, die Legionen, die Stürme, Drepanum, Syrakus, Lilibaeum, der Berg Ätna, die Hochebene des Eryx, fünf Jahre Schlachten, – bis zu jenem unheilvollen Tag, an dem sie die Waffen niederlegten, und Sizilien verloren war. Dann hatte er wieder die Zitronenbaumhaine vor Augen, die Hirten mit ihren Ziegen hoch oben in den grauen Bergen; und sein Herz tat einen Sprung bei dem Gedanken an ein neues, dort errichtetes Karthago. Seine Pläne, seine Erinnerungen dröhnten in seinem Kopf, der noch ganz betäubt war vom Stampfen des Schiffes; Angst übermannte ihn, er fühlte sich plötzlich schwach und empfand das Bedürfnis, sich den Göttern zu nähern.

So stieg er zur obersten Etage seines Hauses hinauf; dann entnahm er einer goldenen Muschel, die an seinem Arm hing, eine mit Nägeln besetzte Spatel und öffnete ein kleines ovales Gemach.

Hauchdünne schwarze Scheiben, durchsichtig wie Glas, waren in die Wand eingelassen und erhellten es sanft. Zwischen diesen Reihen aus gleichmäßigen Kreisen waren Nischen in die Wand eingelassen, ähnlich denen für Urnen in einem Kolumbarium. Jede von ihnen enthielt einen runden Stein, dunkel und unscheinbar, der sehr schwer zu sein schien. Nur Menschen höheren Geistes verehrten diese vom Mond herabgefallenen Abaddirs. Durch ihren Sturz versinnbildlichten sie die Sterne, den Himmel, das Feuer; durch ihre Farbe die dunkle Nacht und durch ihre Dichte den Zusammenhalt alles Irdischen. Eine erstickende Atmosphäre erfüllte diesen geheimnisvollen Ort. Meeressand, den der Wind offenbar unter der Tür hindurch hereingeweht hatte, überzog die runden Steine in den Nischen mit zartem Weiß. Mit der Fingerspitze zählte Hamilkar sie, einen nach dem anderen; dann verbarg er sein Antlitz unter einem safranfarbigen Schleier, fiel auf die Knie und legte sich mit ausgebreiteten Armen auf den Boden.

Von draußen drang das Tageslicht durch die schwarzen Scheiben aus Schlackenstein. In ihrer durchscheinenden Dunkelheit zeichneten sich baumartige Gebilde, Hügel, Wirbel und schemenhafte Tiergestalten ab; und das Licht fiel herein, furchteinflößend und friedlich zugleich, wie es wohl jenseits der Sonne sein muß im öden Raum zukünftiger Schöpfungen. Hamilkar versuchte alle Formen, alle Symbole und Anrufungen der Götter aus seinen Gedanken zu verbannen, um den unwandelbaren Geist besser zu begreifen, den die äußeren Erscheinungsformen verhüllten. Etwas von der Lebenskraft der Planeten durchdrang ihn, während er gegenüber dem Tod und allen Wendungen des Schicksals eine weisere und tiefere Verachtung empfand. Als er sich wieder erhob, war er von heiterer Unerschrockenheit erfüllt, weder Mitleid noch Furcht konnten ihn treffen, und da seine Brust nach Atem rang, stieg er auf die Spitze des Turmes empor, der Karthago überragte.

Die Stadt mit ihren Kuppeln, Tempeln, goldenen Dächern, Häusern, ihren Palmengruppen hier und da, ihren Glaskugeln, aus welchen feurige Strahlen aufsprühten, zog sich in langgestrecktem hohlem Bogen hinab, und die Befestigungsmauern bildeten gleichsam die gewaltige Umrandung dieses Füllhorns, das sich ihm zugewandt ergoß. Dort unten erblickte er die Häfen, die Plätze, die Innenhöfe, das Straßennetz, die Menschen, so klein, daß sie sich kaum vom Pflaster abzuheben schienen. Ach! Wenn Hanno an jenem Morgen bei den Ägatischen Inseln nicht zu spät gekommen wäre? Sein Blick schweifte bis zum Horizont, und bebend streckte er seine beiden Arme in Richtung Rom.

Die Menge füllte die Stufen der Akropolis. Auf dem

Platz des Khamon drängte man sich, um den Suffeten heraustreten zu sehen, allmählich strömten die Menschen auf die Terrassen; einige erkannten ihn wieder und grüßten ihn, er zog sich zurück, um die Ungeduld des Volkes noch mehr zu reizen.

Unten im Saal traf Hamilkar auf die bedeutendsten Männer seiner Partei: Istatten, Subeldia, Hictamon, Yeoubas und andere. Sie erzählten ihm alles, was seit dem Friedensabkommen geschehen war: vom Geiz der Ältesten, dem Abzug der Soldaten, ihrer Rückkehr, ihren Forderungen, der Gefangennahme Giskons, dem Raub des Zaïmph, der Befreiung und letztlich Aufgabe Uticas; doch niemand wagte ihm von den Ereignissen zu berichten, die ihn persönlich betrafen. Schließlich trennte man sich, um sich in der Nacht bei der Versammlung der Ältesten im Tempel des Moloch wiederzutreffen.

Kaum waren sie gegangen, als vor der Tür ein Tumult anhob. Gegen den Widerstand der Diener verlangte jemand Zutritt; und da der Lärm sich noch verstärkte, befahl Hamilkar den Unbekannten hereinzuführen.

Daraufhin erschien eine alte Negerin, gebeugt, zerfurcht, zitternd, blöde wirkend und bis zu den Zehen in weite, blaue Schleier gehüllt. Sie trat vor den Suffeten, für eine Weile betrachteten sie sich gegenseitig; plötzlich durchzuckte es Hamilkar; auf einen Wink von ihm zogen sich die Sklaven zurück. Er gab ihr ein Zeichen, ihm vorsichtig zu folgen, er führte sie am Arm in ein abgelegenes Gemach.

Die Negerin warf sich zu Boden, zu seinen Füßen, um sie zu küssen; er riß sie heftig empor.

»Wo hast du ihn gelassen, Iddibal?

– Dort, Herr.«

Und während sie sich ihrer Schleier entledigte, rieb sie sich mit dem Ärmel das Gesicht ab; die schwarze Farbe, das altersschwache Zittern, der gekrümmte Rücken, alles verschwand. Da stand ein kräftiger alter Mann, dessen Haut von Wüstensand, von Wind und Meer gegerbt war. Ein weißer Haarschopf krönte seinen Schädel wie der Federbuschen eines Vogels; und mit einem flüchtigen ironischen Blick deutete er auf die zu Boden gefallene Verkleidung.

»Gut gemacht, Iddibal! Ausgezeichnet!« Dann, als wolle er ihn mit seinen scharfen Augen durchbohren: »Es hat doch niemand Verdacht geschöpft?...«

Der Alte schwor bei den Kabiren, daß das Geheimnis gewahrt sei. Nie verließen sie ihre Hütte drei Tagesreisen von Hadrumetum entfernt, an einem nur mit Schildkröten bevölkerten Uferabschnitt mit Palmen auf der Düne. – »Und gemäß eurem Befehl, o Herr, lehre ich ihn Wurfspieße werfen und Gespanne lenken!

– Er ist stark, nicht wahr?

– Ja, Herr, und mutig! Er fürchtet weder Schlangen, noch Donner, noch Geister. Barfüßig wie ein Hirt rennt er am Rand der Klippen herum.

– Rede weiter, weiter!

– Er erfindet Fallen für die wilden Tiere. Letzten Mond, man glaubt es kaum, hat er einen Adler gejagt; er schleppte ihn hinter sich her, und das Blut des Vogels und das Blut des Kindes spritzten in großen Tropfen durch die Luft wie abgeschlagene Rosen. Wütend umschlang das Tier ihn mit seinen Schwingen; er drückte es gegen seine Brust, und während es mit dem Tode rang, erschallte sein Lachen immer lauter, durchdringend und kraftvoll – wie Schwerthiebe.«

Überwältigt von diesen Vorzeichen der Größe senkte Hamilkar sein Haupt.

»Doch seit einiger Zeit quält ihn eine Unruhe. Er blickt den Segeln nach, die in der Ferne übers Meer ziehen; er ist traurig, verweigert das Brot, fragt nach den Göttern und möchte Karthago kennenlernen.

– Nein, nein! noch nicht!« schrie der Suffet.

Der alte Sklave schien um die Gefahr zu wissen, die Hamilkar schreckte, und er fuhr fort:

»Wie soll ich ihn zurückhalten? Schon jetzt muß ich ihm Versprechungen machen, und ich bin nur nach Karthago gekommen, um ihm einen Dolch mit einem perlenbesetzten Griff aus Silber zu kaufen.«

Dann erzählte er, wie er den Suffeten auf der Terrasse erblickt und sich bei den Hafenwächtern als eine der Frauen Salambos ausgegeben hatte, um zu ihm vorzudringen.

Lange verharrte Hamilkar wie versunken in seinen Gedanken; schließlich sagte er:

»Morgen bei Sonnenuntergang wirst du dich in Megara hinter den Purpurfabriken einfinden und dreimal den Schrei eines Schakals nachahmen. Wenn du mich nicht siehst, kehre am ersten Tag jeden Mondes nach Karthago zurück. Versäume nichts! Liebe ihn! Von nun an kannst du ihm von Hamilkar erzählen.«

Der Sklave legte seine Verkleidung wieder an, und gemeinsam verließen sie das Haus und den Hafen.

Hamilkar setzte seinen Weg allein zu Fuß fort, ohne Eskorte, denn die Versammlungen der Ältesten waren im Fall von außergewöhnlichen Umständen stets geheim, und man begab sich im verborgenen dorthin.

Zuerst ging er an der östlichen Fassade der Akropolis entlang, überquerte anschließend den Gewürzmarkt, schritt weiter durch die Galerien von Kinsido, das Viertel der Duftwasserhersteller. Die vereinzelten Lichter verloschen, die breiten Straßen wurden still, dann huschten Schatten durch die Dunkelheit. Sie folgten ihm, andere kamen hinzu, und alle wandten sich wie er in Richtung der Mapalien.

Der Tempel des Moloch war am Fuße einer schroffen Schlucht, an einem düsteren Ort erbaut. Von dort unten sah man nur endlos in die Höhe ragende Mauern, wie die Wände eines gewaltigen Grabmals. Die Nacht war finster, ein grauer Nebel schien auf dem Meer zu lasten, das röchelnd und schluchzend an die Steilküste brandete; und die Schatten verschwanden nach und nach, als ob sie durch die Mauern hindurchgegangen wären.

Doch sobald man das Tor durchschritten hatte, befand man sich in einem weiten, viereckigen Hof, der von Arkaden gesäumt wurde. In der Mitte erhob sich ein achtseitiges kolossales Bauwerk. Kuppeln krönten es und türmten sich rund um ein zweites Stockwerk, das eine Art Rotunde trug; darüber thronte ein nach innen gekrümmter Kegel mit einer Kugel auf der Spitze.

Männer trugen an Stangen befestigte Zylinder aus Filigran, in welchen Feuer brannten. Durch die jähen Windstöße flackerte ihr Schein und ließ die goldenen Kämme, die ihre geflochtenen Haarschöpfe im Nacken zusammenhielten, rot aufschimmern. Sie eilten hin und her und riefen einander, um die Ältesten in Empfang zu nehmen.

Hier und dort auf den Steinplatten kauerten sphinxengleich mächtige Löwen, lebende Symbole der allesverschlingenden Sonne. Sie schlummerten mit halbgeschlossenen Lidern. Geweckt vom Lärm der Schritte und Stimmen erhoben sie sich gemächlich, gingen den Ältesten, die sie an ihren Gewändern erkannten, entgegen und rieben sich unter geräuschvollem Gähnen mit hochgebäumten Rücken an deren Schenkeln; der Dunst ihres Atems zog über den Schein der Fackeln hinweg. Immer heftiger wurde das Treiben, die Tore schlossen sich, alle Priester zogen sich zurück, und die Ältesten verschwanden unter den Säulen, die rund um den Tempel eine tiefe Vorhalle bildeten.

Sie waren derart angeordnet, daß ihre kreisförmigen, ineinander geschachtelten Reihen die Umlaufbahn des Saturns darstellten; die darin beschriebenen Jahre umschlossen die Monate, die Monate die Tage, bis sie schließlich an die Außenwand des Heiligtums stießen.

Dort ließen die Ältesten ihre Stäbe aus Narwalhorn zurück, denn ein stets beachtetes Gesetz bestrafte denjenigen mit dem Tode, der mit irgendeiner Waffe an der Sitzung teilnahm. Als weithin sichtbares Zeichen, daß sie aus Trauer um ihre verstorbenen Angehörigen ihre Kleidung nicht geschont hatten, trugen mehrere von ihnen am Saum ihres Gewandes einen Riß, der von einer purpurnen Galone gehalten wurde, und dieser Beweis ihres Schmerzes hinderte den Schlitz daran, sich weiter zu vergrößern. Andere hatten ihren Bart in einem kleinen Säckchen aus violettem Leder verborgen, das mit zwei Bändern an den Ohren befestigt war. Zur Begrüßung drückten sie sich alle gegenseitig an die Brust. Sie umringten Hamilkar und beglückwünschten ihn, wie Brüder beim Wiedersehen mit ihrem Bruder.

Diese Männer waren allesamt von gedrungener Gestalt, die Nasen gebogen wie jene der assyrischen Kolosse. Einige jedoch verrieten durch ihre stärker hervorstehenden Wangenknochen, ihre Größe und ihre schmaleren Füße den afrikanischen Ursprung, nomadische Vorfahren. Jene, die stets in den Tiefen ihrer Geschäftsstuben lebten, waren blaß im Gesicht; andere hatten sich die Härte der Wüste bewahrt, und seltsame Kleinodien funkelten an jedem Finger ihrer von unbekannten Sonnen gebräunten Hände. Man konnte die Seeleute an ihrem schwankenden Gang erkennen, während die Männer des Landbaus nach der Kelter, nach Heu und Maultierschweiß rochen. Diese ehemaligen Piraten ließen nun Felder bestellen, diese Geldraffer rüsteten Schiffe aus, diese Plantagenbesitzer hielten sich Sklaven, die verschiedenen Handwerken nachgingen. Alle waren sie bewandert in den frommen Bräuchen, Meister des Ränkeschmiedens, unbarmherzig und reich. Sie sahen erschöpft aus von lang lastenden Sorgen. Ihre flammenden Augen blickten voll Argwohn um sich, und die Gewohnheit des Reisens und des Lügens, des Handelns und des Befehlens verlieh ihrer ganzen Persönlichkeit den Anschein von Durchtriebenheit und Gewalttätigkeit, eine Art verstohlene, krampfhaft bezähmte Roheit. Überdies ließ sie der Einfluß des Gottes noch finsterer wirken.

Erst durchschritten sie einen überwölbten, eiförmigen Saal. Sieben Türen, den sieben Planeten entsprechend, bildeten sieben verschiedenfarbige Vierecke an seinen Wänden. Nach einem langgestreckten Raum betraten sie einen weiteren ähnlichen Saal.

Im Hintergrund brannte ein über und über mit ziselierten Blumen verzierter Kandelaber, und jeder seiner acht goldenen Arme trug einen Docht aus Byssus in einem diamantenen Kelch. Er stand auf der obersten der breiten Stufen, die zu einem mächtigen Altar hinaufführten, dessen Ecken mit ehernen Hörnern verziert waren. Seitlich liefen zwei Treppen zur oberen Altarfläche empor; seine Steine waren nicht erkennbar; er glich einem aus Asche aufgehäuften Berg, auf dessen Spitze etwas Unbestimmbares sanft vor sich hin rauchte. Darüber, höher als der Kandelaber und viel höher noch als der Altar erhob sich der Moloch, ganz aus Eisen, mit seiner Menschenbrust mit ihren gähnenden Öffnungen. Seine ausgebreiteten Schwingen bedeckten die Wand, seine überlangen Arme reichten bis zum Boden; drei schwarze, von einem gelben Ring begrenzte Steine stellten drei Pupillen auf seiner Stirn dar, und unter einer gewaltigen Kraftanstrengung hob er seinen furchterregenden Stierkopf, als wolle er brüllen.

Ringsum an den Wänden des Raumes waren Schemel aus Ebenholz aufgereiht. Hinter jedem trug ein auf drei Klauen ruhender Schaft aus Bronze eine Fackel. All diese

Lichter spiegelten sich in den Rauten aus Perlmutt, mit welchen der Saal ausgelegt war. Dieser war so hoch, daß das Rot seiner Mauern zum Gewölbe hin in Schwarz überging, und die drei Augen des Götterstandbildes erschienen ganz oben wie halb verlorene Sterne in der Nacht.

Die Ältesten ließen sich auf den Schemeln aus Ebenholz nieder, nachdem sie die Schleppe ihres Gewandes über den Kopf gelegt hatten. Sie verharrten unbeweglich, die Hände in ihren weiten Ärmeln verschränkt, und die Fliesen aus Perlmutt glichen einem schimmernden Fluß, der vom Altar zur Tür rieselnd unter ihren nackten Füßen dahinfloß.

Die vier Oberpriester saßen in der Mitte, Rücken an Rücken auf vier Stühlen aus Elfenbein, die ein Kreuz bildeten, der Oberpriester Eschmuns in einem hyazinthfarbenen Gewand, der Oberpriester der Tanit in einem Gewand aus weißem Leinen, der Oberpriester des Khamon in einem Gewand aus falbfarbener Wolle und der Oberpriester des Moloch in einem purpurnen Gewand.

Hamilkar näherte sich dem Kandelaber. Er umrundete ihn und betrachtete die brennenden Dochte, dann warf er einen duftenden Puder über sie; violette Flammen loderten an der Spitze der Arme auf.

Eine durchdringende Stimme hob an, eine andere antwortete ihr; und die einhundert Ältesten, die vier Pontifizes und Hamilkar im Stehen, gemeinsam stimmten sie alle einen Hymnus an, und wie sie stets dieselben Silben wiederholten und die Töne immer lauter sangen, schwangen sich ihre Stimmen empor, erschallten, wurden furchteinflößend, bis sie mit einem Schlag wieder verstummten.

Man wartete eine Weile. Schließlich holte Hamilkar von seiner Brust eine kleine Statuette hervor, dreiköpfig und blau wie ein Saphir, und stellte sie vor sich auf. Es war das Abbild der Wahrheit, eben jener Genius seiner Worte. Dann verbarg er sie wieder unter seinem Gewand, und alle, wie von einer plötzlichen Wut ergriffen, schrien:

»Sind die Barbaren nicht deine guten Freunde? Verräter! Ehrloser! Du bist wiedergekommen, um unseren Untergang mitanzusehen, nicht wahr? So laßt ihn doch sprechen! – Nein! Nein!«

Sie rächten sich für den Zwang, den ihnen das politische Zeremoniell bis dahin auferlegt hatte; und obwohl sie die Rückkehr Hamilkars ersehnt hatten, waren sie nun erbost darüber, daß er ihrem Unheil nicht vorgebeugt hatte, oder vielmehr, es nicht erlitten hatte wie sie.

Als der Tumult sich gelegt hatte, erhob sich der Pontifex des Moloch.

»Wir fragen dich, warum du nicht nach Karthago zurückgekehrt bist?

– Was geht das euch an!« entgegnete der Suffet verächtlich.

Das Geschrei wurde wieder lauter.

»Was werft ihr mir vor? Habe ich den Krieg vielleicht schlecht geführt? Ihr habt die Ordonnanzen meiner Schlachten gesehen, ihr, die ihr den Barbaren in aller Bequemlichkeit...

– Genug! genug!«

Mit leiser Stimme, damit man ihm besser zuhörte, fuhr er fort:

»Oh! Das ist wahr! Ich irre mich, Licht der Baals: es gibt auch Unerschrockene unter euch! Giskon erhebe dich!«

Und während er mit halbgeschlossenen Lidern die oberste Stufe des Altars entlangschritt, so als ob er jemanden suche, wiederholte er: »Erhebe dich, Giskon! du darfst mich anklagen, sie werden dich verteidigen! Aber wo ist er nur?« Dann, als ob er sich wieder besänne:

»Ach! Gewiß zu Hause? umgeben von seinen Söhnen erteilt er glücklich seinen Sklaven Befehle und zählt die Ehrenketten an der Wand, die ihm die Heimat verliehen hat?«

Sie zuckten mit den Achseln, wie von Riemen gegeißelt.

»Ihr wißt noch nicht einmal ob er noch lebt oder tot ist!«

Und ohne ihr Protestgeschrei zu beachten, warf er ihnen vor, sie hätten mit der Preisgabe des Suffeten zugleich die Republik aufgegeben. Auch der römische Friede, so vorteilhaft er ihnen erscheine, sei verhängnisvoller als zwanzig Schlachten. Einige klatschten Beifall, die Ärmeren des Rates, die man stets der Zuneigung zum Volk oder zur Tyrannei verdächtigte. Ihre Gegner, die Oberhäupter der Syssitien und Statthalter, waren in der Überzahl; die Einflußreichsten hatten sich um Hanno geschart, der am gegenüberliegenden Ende des Saales saß, vor der hohen Tür, die mit einem hyazinthfarbenen Wandbehang verschlossenen war.

Er hatte die Geschwüre seines Gesichts mit Schminke überdeckt. Doch der Goldstaub aus seinen Haaren war auf seine Schultern herabgefallen, wo er zwei glänzende Flecken bildete, so daß sein Schopf weißlich, dünn und kraus schien wie Wolle. Binden, durchtränkt mit fettigen Duftsalben, die auf die Bodenplatten herabtropften, umhüllten seine Hände, und seine Krankheit hatte sich zweifellos beträchtlich verschlimmert, denn seine Augen verschwanden unter den Falten seiner Lider. Um etwas sehen zu können, mußte er den Kopf zurückwerfen. Seine Anhänger forderten ihn auf, das Wort zu ergreifen. Schließlich sprach er mit heiserer, gräßlicher Stimme:

»Etwas weniger Anmaßung, Barkas! Wir alle sind besiegt worden! Jeder trägt sein Leid! füge dich in das deine!

– Erkläre uns lieber, erwiderte Hamilkar lächelnd, wie du deine Galeeren in die römische Flotte führtest?

– Ich wurde vom Wind abgetrieben, entgegnete Hanno.

– Du bist wie ein Rhinozeros, das in seinem Mist herumtrampelt: du trittst deine eigene Torheit breit! Schweig!«

Und sie begannen sich gegenseitig wegen der Schlacht bei den Ägatischen Inseln zu beschuldigen.

Hanno warf Hamilkar vor, ihm nicht entgegengekommen zu sein.

»Aber das hätte bedeutet, Eryx schutzlos zu lassen. Du hättest die offene See gewinnen müssen; wer hinderte dich daran? Ach ja! Ich vergaß! alle Elefanten fürchten das Meer!«

Die Anhänger Hamilkars fanden den Scherz so gut, daß sie lauthals auflachten. Das Gewölbe hallte wider, als ob man Tympanons geschlagen hätte.

Hanno prangerte die Schändlichkeit einer derartigen Kränkung an; seine Krankheit hatte er sich durch eine Erkältung während der Belagerung von Hekatompylos zugezogen, und die Tränen rannen ihm übers Gesicht wie Winterregen über eine zerfallene Mauer.

Hamilkar fuhr fort:

»Hättet ihr mich so geliebt wie ihn, so herrschte nun große Freude in Karthago! Wie viele Male habe ich nicht nach euch gerufen! und stets habt ihr mir das Geld verweigert!«

– Wir brauchten es selbst, erwiderten die Oberhäupter der Syssitien.

– Und als meine Lage verzweifelt war – den Urin unserer Maultiere haben wir getrunken und die Riemen unserer Sandalen gegessen –, als ich mir wünschte, daß die Grashalme Soldaten wären, und ich aus der Fäulnis unserer Toten Bataillone formen wollte, da habt ihr alle

Schiffe, die mir noch geblieben waren, zu euch zurückgerufen!

– Wir konnten doch nicht alles aufs Spiel setzen, entgegenete Baat-Baal, Besitzer von Goldminen in darytisch Gätulien.

– Was habt ihr indessen gemacht, hier, in Karthago, in euren Häusern, hinter euren Mauern? Die Gallier stehen am Eridanos, man müßte sie nur drängen, die Kanaaniter aus Kyrene wären gekommen, und während die Römer Abgesandte zu Ptolemäus senden...

– Jetzt preist er uns schon die Römer!«

Jemand schrie ihn an:

»Wieviel haben sie dir gezahlt, daß du sie verteidigst?

– Frag dies die Ebenen von Bruttium, die Ruinen von Locri, von Metapontum und Heraklea! Ich habe alle ihre Bäume niedergebrannt, jeden ihrer Tempel geplündert, und bis zum Enkel ihrer Enkel...«

– Ach! Du deklamierst wie ein Rhetor! stieß Kapuras, ein weithin berühmter Händler hervor. Was willst du eigentlich?

– Ich sage euch, ihr müßt entweder einfallsreicher oder schrecklicher sein als bisher! Wenn ganz Afrika euer Joch abwirft, dann nur deshalb, weil ihr, schwache Gebieter, nicht wißt, es an seinen Schultern festzumachen! Agathokles, Regulus, Coepio, all die kühnen Männer müssen lediglich landen, um es zu erobern; und wenn sich die Libyer im Osten mit den Numidern aus dem Westen vereinigen, und die Nomaden von Süden und die Römer von Norden kommen...«

Ein Schrei des Entsetzens erschallte.

»Oh! Da werdet ihr euch auf die Brust schlagen, im Staub werdet ihr euch wälzen und eure Mäntel zerreißen! Was hilft's! ihr werdet dennoch fort müssen, um in Subura den Mühlstein zu drehen und auf den Hügeln von Latium Wein zu lesen.«

Um ihrer Entrüstung Ausdruck zu verleihen, schlugen sie sich auf den rechten Oberschenkel, und die Ärmel ihrer Gewänder hoben sich wie die großen Schwingen aufgeschreckter Vögel. Von einem Geist beflügelt fuhr Hamilkar hoch oben auf der höchsten Stufe des Altars fort, zitternd, furchteinflößend; er hob die Arme, und die Strahlen des Kandelabers, der hinter ihm brannte, drangen zwischen seinen Fingern hindurch wie goldene Wurfspieße.

»Ihr werdet eure Schiffe verlieren, eure Felder, eure Wagen, eure Hängebetten und eure Sklaven, die euch die Füße massieren! Schakale werden in euren Palästen schlafen, der Pflug wird eure Gräber umgraben. Nichts wird mehr sein als der Schrei des Adlers und ein Ruinenberg. Du wirst fallen, Karthago!«

Die vier Oberpriester streckten ihre Arme aus, um den Fluch zu bannen. Alle hatten sich erhoben. Doch der Meeressuffet, priesterlicher Magistrat unter dem Schutz des Sonnengottes, war unantastbar, solange ihn die Versammlung der Reichen nicht verurteilt hatte. Grauen verband sich mit dem Altar. Sie wichen zurück.

Hamilkar schwieg. Mit starrem Blick und das Gesicht so bleich wie die Perlen seiner Tiara rang er nach Atem, beinahe von sich selbst entsetzt und den Geist in düsteren Visionen versunken. Von dort oben, wo er stand, schienen ihm alle Fackeln auf ihren bronzenen Schäften wie eine gewaltige Feuerkrone am Rande der Fliesen; schwarze Rauchwolken wirbelten auf, stiegen bis ins Dunkel des Gewölbes empor; und für einige Minuten war die Stille so vollkommen, daß man in der Ferne die Brandung des Meeres vernahm.

Dann begannen die Ältesten sich zu befragen. Ihre Interessen, ihre Existenz wurde von den Barbaren bedroht. Doch ohne die Hilfe des Suffeten konnte man sie nicht besiegen, und diese Überlegung ließ sie trotz ihres Hochmuts alle anderen vergessen. Man nahm seine Freunde beiseite. Eigennützige Aussöhnungen, geheime Abmachungen und Versprechen wurden ausgetauscht. Hamilkar wollte sich an keiner Regierung mehr beteiligen. Alle beschworen ihn. Sie flehten ihn an; und da das Wort Verrat wieder zur Sprache kam, geriet er in Zorn. Der einzige Verräter sei der Große Rat, denn da die Verpflichtung von Soldaten mit dem Krieg endete, wurden sie frei, sobald der Krieg zu Ende war; er rühmte sogar ihre Tapferkeit und all die Vorteile, die sich daraus ergeben könnten, wenn man sie durch Geschenke und Privilegien für die Sache der Republik einnähme.

Da sprach Magdassan, ein ehemaliger Gouverneur der Provinzen, und rollte dabei seine gelben Augen:

»Fürwahr, Barkas, durch das Reisen bist du ein Grieche oder Lateiner geworden, was weiß ich! Was redest du da von Belohnungen für diese Männer? Ist es nicht besser, es sterben zehntausend Barbaren, als einer von uns?«

Die Ältesten stimmten kopfnickend zu und murmelten:

»Richtig, wozu soviel Umstände? Man findet doch immer wieder neue!

– Und man wird sie bequem wieder los, nicht wahr? Man gibt sie einfach preis, wie ihr es auf Sardinien getan habt. Man läßt den Feind wissen, welchen Weg sie einschlagen müssen, wie bei den Galliern auf Sizilien, oder man schickt sie mitten auf See von Bord. Bei meiner Rückkehr habe ich den Felsen ganz weiß von ihren Knochen gesehen!

– Was für ein Unglück! rief Kapouras schamlos.

– Sind sie nicht hundertfach zum Feind übergelaufen?« schrien die anderen.

Hamilkar stieß hervor:

»Warum habt ihr sie dann, entgegen euren Gesetzen, nach Karthago zurückgerufen? Und als sie in eurer Stadt sind, arm und zahlreich inmitten eurer Reichtümer, da kommt ihr nicht auf den Gedanken, sie durch die kleinste Spaltung zu schwächen! Schließlich laßt ihr sie mit samt ihren Frauen und ihren Kindern ziehen, ohne auch nur eine einzige Geisel zurückzubehalten! Habt ihr geglaubt, sie würden sich gegenseitig töten, um euch den Schmerz zu ersparen, eure Schwüre halten zu müssen? Ihr haßt sie, weil sie stark sind! Und mich, ihren Gebieter, haßt ihr noch mehr! Oh! Ich habe es vorhin gespürt, als ihr mir die Hände küßtet, und euch zurückhalten mußtet, nicht zuzubeißen!«

Wenn die Löwen, die im Hof schliefen, brüllend hereingekommen wären, das Protestgeschrei hätte nicht schrecklicher sein können. Da erhob sich der Pontifex Eschmuns und mit geschlossenen Knien, die Ellenbogen an den Körper gelegt, kerzengerade mit halbgeöffneten Händen, sprach er:

»Barkas, Karthago bedarf deiner, damit du den Oberbefehl über alle punischen Streitkräfte gegen die Söldner führst!

– Ich weigere mich, entgegnete Hamilkar.

– Wir erteilen dir vollkommene Befehlsgewalt! riefen die Anführer der Syssitien.

– Nein!

– Ohne jegliche Oberaufsicht, ohne Teilhaber, alles Geld, was du willst, alle Gefangenen, die gesamte Kriegsbeute, fünfzig Zereth Boden für jeden feindlichen Kadaver.

– Nein! Nein! Weil es unmöglich ist, mit euch zu gewinnen!

– Er fürchtet sie!

– Weil ihr feige seid, geizig, undankbar, kleinmütig und töricht!

– Er schont sie!

– Um sich an ihre Spitze zu setzen! rief einer.

– Und über uns herzufallen«, sprach ein anderer, und aus dem Hintergrund des Saales brüllte Hanno:

»Er will sich zum König machen!«

Da sprangen sie auf und stießen dabei die Sitze und Fackeln um: die Menge stürzte zum Altar; sie schwangen Dolche. Doch Hamilkar wühlte in seinen Ärmeln und zog zwei lange Stutzsäbel hervor; und leicht nach vorne gebeugt, den linken Fuß vorgesetzt, mit flammenden Augen und aufeinandergepreßten Zähnen, bot er ihnen die Stirn, unbeweglich unter dem goldenen Kandelaber.

Also hatten sie zur Vorsicht Waffen mitgebracht; das war ein Verbrechen; erschrocken sahen sie einander an. Da sich jedoch alle schuldig gemacht hatten, beruhigten sie sich schnell wieder; und allmählich, wütend über diese Demütigung, wandten sie dem Suffeten den Rükken zu und stiegen wieder hinab. Zum zweiten Mal wichen sie vor ihm zurück. Für eine Weile blieben sie stehen. Einige, die sich die Finger verletzt hatten, führten sie zum Mund oder wickelten sie sanft in den Saum ihres Mantels, und sie wollten gerade gehen, als Hamilkar folgende Worte hörte:

»Ach! Gewiß tut er dies aus Taktgefühl, um seine Tochter nicht zu bekümmern!«

Und eine lautere Stimme hob an:

»Zweifellos, da sie sich ihre Liebhaber unter den Söldnern sucht!«

Zuerst wankte er, dann suchten seine Augen rasch nach Schahabarim. Doch nur der Priester der Tanit war an seinem Platz geblieben; und Hamilkar konnte von weitem lediglich die Spitze seiner Kappe sehen. Alle grinsten ihm ins Gesicht. In dem Maße wie seine Angst zunahm, wuchs ihre Freude, und inmitten des Hohngelächters, schrien einige von hinten:

»Man hat ihn aus ihrem Gemach kommen sehen!

– An einem Morgen des Monats Tammus!
– Er ist der Dieb des Zaïmph!
– Ein sehr schöner Mann!
– Größer als du!«

Mit beiden Händen riß er sich seine Tiara vom Kopf, das Abzeichen seiner Würde, – seine Tiara aus acht mystischen Reihen, deren Mitte eine smaragdene Muschel zierte – und mit zwei Händen schmetterte er sie mit aller Macht zu Boden; die goldenen Ringe zerbrachen, sprangen hoch, und die Perlen prasselten klingend auf die Steinplatten. Da sahen sie auf seiner weißen Stirn eine lange Narbe; wie eine Schlange wand sie sich zwischen seinen Augenbrauen; alle seine Glieder zitterten. Er stieg eine der seitlichen Treppen empor, die auf den Altar führten, und betrat ihn! Dies bedeutete, daß er sich dem Gott weihte, sich ihm als Opfer darbot. Sein wehender Mantel ließ den Schein des unterhalb seiner Sandalen stehenden Kandelabers aufflackern, und der feine Puder, den er mit seinen Schritten aufwirbelte, umhüllte ihn bis zum Leib wie eine Wolke. Zwischen den Beinen des ehernen Kolosses hielt er inne. Er nahm zwei Handvoll von dem Staub, dessen Anblick allein alle Karthager vor Entsetzen erschaudern ließ, und sprach:

»Bei den einhundert Fackeln eurer Geister! bei den acht Feuern der Kabiren! bei den Sternen, Meteoren und Vulkanen! bei allem was brennt! beim Durst der Wüste und beim Salz des Ozeans! bei der Höhle von Hadrumetum und dem Reich der Seelen! bei der Vernichtung! bei der Asche eurer Söhne und der Asche der Brüder eurer Urahnen, mit welchen ich nun die meine verschmelze! ihr, die Einhundert des Rates von Karthago, habt gelogen, als ihr meine Tochter beschuldigt habt! Und ich, Hamilkar Barkas, Meeressuffet, Anführer der Reichen und Herrscher des Volkes, vor dem stierköpfigen Moloch, ich schwöre…«

Alle erwarteten etwas Entsetzliches, doch er fuhr mit lauterer und ruhigerer Stimme fort:

»Daß ich nicht einmal mit ihr darüber reden werde!«

Die heiligen Diener mit ihren goldenen Kämmen kamen herein, – die einen trugen purpurne Schwämme, die anderen Palmzweige. Sie hoben den hyazinthfarbenen Vorhang, der vor der Tür ausgebreitet war; und durch die entstandene Öffnung in Form eines Dreiecks erblickte man im Freien, am Ende der anderen Säle den weiten rosigen Himmel, der das Gewölbe fortzuführen schien und am Horizont auf dem vollkommen blauen Meer ruhte. Die Sonne erhob sich aus den Fluten und stieg empor. Plötzlich traf sie die Brust des ehernen Kolosses, die in sieben, mit Gittern verschlossene Fächer unterteilt war. Sein Maul mit den roten Zähnen öffnete sich zu einem grauenhaften Gähnen; seine gewaltigen Nüstern blähten sich, der helle Tag belebte ihn, verlieh ihm etwas Schreckliches und Ungeduldiges, als ob er hinausspringen wollte, um sich mit dem Gestirn, dem Gott, zu vereinen, und gemeinsam mit ihm die Unendlichkeiten zu durchstreifen.

Indessen brannten die auf dem Boden verstreuten Fackeln noch immer und schienen hier und dort die perlmutternen Fliesen mit Blutflecken zu überziehen. Die Ältesten schwankten erschöpft; in vollen Zügen atmeten sie die kühle, frische Luft; Schweiß rann ihnen über die aschfahlen Gesichter; da sie so geschrien hatten, hörten sie einander nicht mehr. Doch ihre Wut auf den Suffeten hatte sich keineswegs gelegt; zum Abschied schleuderten sie ihm Drohungen zu, und Hamilkar erwiderte sie:

»Bis morgen Nacht, Barkas, im Tempel des Eschmun!

– Ich werde dort sein!

– Wir werden dich durch die Reichen verurteilen lassen!

– Und ich euch durch das Volk!

– Hüte dich, damit du nicht am Kreuz endest!

– Und ihr, daß ihr nicht auf der Straße zerfetzt werdet!«

Sobald sie die Schwelle zum Hof erreicht hatten, nahmen sie eine ruhige Haltung ein.

Ihre Läufer und Wagenlenker erwarteten sie am Tor. Die meisten ritten auf weißen Maultieren davon. Der Suffet sprang in seinen Wagen, ergriff die Zügel; die beiden Tiere eilten mit gebogenem Hals und unter rhythmischen Hufschlägen auf die hochspringenden Kiesel in gestrecktem Galopp die Straße der Mapalien hinauf, und so schnell fuhr der Wagen dahin, daß der silberne Geier an der Spitze der Deichsel zu fliegen schien.

Die Straße führte durch ein Feld, übersät mit großen, hohen Grabsteinen, die am oberen Ende spitz zuliefen wie Pyramiden. In ihrer Mitte war eine geöffnete Hand herausgemeißelt, als ob der darunter ruhende Tote sie in flehender Bitte zum Himmel streckte. Dahinter folgten vereinzelte Hütten aus Lehm, Zweigen und Rohrgeflecht, allesamt kegelförmig. Niedrige Mauern aus Kieseln, Gräben voll sprudelnden Wassers, Seile aus Bast geflochten, Hecken aus Feigenkakteen trennten in unregelmäßigen Abständen diese Wohngebäude voneinander, die immer dichter und höher standen, je näher man den Gärten des Suffeten kam. Doch Hamilkar blickte unverwandt auf einen mächtigen Turm, dessen drei Stockwerke drei gewaltige Zylinder bildeten, das erste aus Bruchsteinen erbaut, das zweite aus Ziegeln und das dritte ganz aus Zedernholz, – darüber, auf vierundzwanzig Säulen aus Wacholderholz thronte eine kupferne Kuppel, von welcher ineinander verschlungene Eisenketten girlandenartig herabhingen. Dieses hohe Bauwerk überragte alle anderen Gebäude, die sich rechter Hand erstreckten, die Speicher, das Handelshaus, während sich im Hintergrund der Zypressen, deren Reihen zwei Mauern aus Bronze glichen, der Palast der Frauen erhob.

Nachdem der Wagen rasselnd durch das schmale Tor gefahren war, hielt er unter einem ausladenden Unterstand, wo mit Fußfesseln angebundene Pferde von Haufen geschnittenen Grases fraßen.

Alle Diener eilten herbei. Da auch jene, die auf dem Land arbeiteten aus Furcht vor den Soldaten nach Karthago zurückgeholt worden waren, bildeten sie eine zahlreiche Schar. Die in Tierhäute gehüllten Pflüger schleppten Ketten hinter sich her, die um ihre Knöchel geschlagen waren; die Arbeiter aus den Purpurfabriken hatten Arme so rot wie Henker; die Matrosen grüne Mützen; die Fischer Halsketten aus Korallen; die Jäger ein Netz über der Schulter; und die Leute aus Megara weiße oder schwarze Tuniken, lederne Beinkleider und Kappen aus Stroh, Filz oder Leinen, je nach ihrem jeweiligen Dienst oder Gewerbe.

Im Hintergrund drängte sich in Lumpen gekleideter Pöbel. Ohne Arbeit, lebten diese abseits der Wohnungen, schliefen des Nachts in den Gärten, verschlangen die Reste aus den Küchen, – menschliche Schimmelpilze, die im Schatten des Palastes dahinvegetierten. Hamilkar ließ sie gewähren, mehr aus kluger Weitsicht, denn aus Verachtung. Zum Zeichen der Freude hatten sich alle eine Blume hinter das Ohr gesteckt, und viele hatten ihn noch niemals gesehen.

Doch Männer frisiert wie Sphinxe und mit mächtigen Stöcken bewaffnet stürzten sich auf die Menge und schlugen nach rechts und links. Dies geschah, um die auf ihren Gebieter neugierigen Sklaven zurückzutreiben, so daß er durch ihre große Zahl nicht erdrückt würde, und von ihrem Gestank nicht belästigt.

Da warfen sich alle flach auf den Boden und schrien: »Auge des Baal, möge dein Haus blühen!« Und zwischen diesen in der Zypressenallee auf der Erde liegenden Menschen hindurch trat der Oberverwalter-der-Oberverwalter Abdalonim, bekrönt mit einer weißen Mitra und einem Räuchergefäß in der Hand, Hamilkar entgegen.

Auch Salambo stieg nun die Treppe der Galeeren hinab. Hinter ihr folgten alle ihre Frauen; und mit jedem ihrer Schritte, stiegen auch sie hinab. Die Häupter der Negerinnen nahmen sich wie große schwarze Punkte in den Reihen der mit Goldplättchen versehenen Bänder aus, welche um die Stirn der Römerinnen geschlungen waren. Andere trugen silberne Pfeile im Haar, smaragdene Schmetterlinge oder sonnenförmig aufgefächerte lange Nadeln. In diesem Gewirr aus weißen, gelben und blauen Gewändern funkelten Ringe, Agraffen, Halsgeschmeide, Fransen und Armreife; das Rauschen der leichten Stoffe war zu hören; und das Klappern der Sandalen ertönte mit dem dumpfen Geräusch der nackten Füße auf dem Holz – und hier und da lächelte ein großer Eunuch, dessen Schultern sie überragten, mit erhobenem Haupt. Nachdem der Jubel der Männer sich gelegt hatte, verbargen die Frauen ihr Gesicht unter ihrem Ärmel und stießen gemeinsam einen seltsamen Schrei hervor, ähnlich dem Heulen der Wölfin; und er war so wütend und so gellend, daß er die mächtige, mit Frauen bedeckte Treppe aus Ebenholz von oben bis unten wie eine Lyra in Schwingungen versetzte.

Der Wind lüftete ihre Schleier, und die dünnen Papyrusstauden wiegten sich sanft. Man war im Monat Schebat, mitten im Winter. Die blühenden Granatapfelbäume wölbten sich im Azur des Himmels, durch die Zweige hindurch schimmerte das Meer und in der Ferne eine Insel, die sich halb im Nebel verlor.

Hamilkar blieb stehen, als er Salambo erblickte. Sie war ihm nach dem Tod mehrerer Knaben geboren worden. Überdies galt die Geburt einer Tochter bei den Sonnenreligionen als Unglück. Die Götter hatten ihm später noch einen Sohn geschenkt; doch das Gefühl einer verratenen Hoffnung war ihm geblieben sowie seine Erschütterung über den Fluch, den er gegen sie ausgesprochen hatte. Salambo indessen schritt weiter.

Verschiedenfarbige Perlen hingen in langen Trauben von ihren Ohren über ihre Schultern bis zu den Ellenbogen herab. Ihr Haar war toupiert, damit es einer Wolke ähnelte. Um den Hals trug sie kleine rechteckige Goldplättchen, die eine Frau zwischen zwei sich aufbäumenden Löwen darstellten; und ihr Kleid glich ganz und gar dem Prachtgewand der Göttin. Ihre hyazinthfarbene Robe mit den weiten Ärmeln schnürte ihre Taille und fiel weit nach unten. Das Zinnoberrot ihrer Lippen ließ ihre Zähne noch weißer erscheinen und der Antimon auf ihren Lidern ihre Augen noch länglicher. Ihre Sandalen, aus dem Gefieder eines Vogels, hatten sehr hohe Absätze, und sie war außergewöhnlich bleich, zweifellos wegen der Kälte.

Schließlich gelangte sie zu Hamilkar und, ohne ihn anzusehen, ohne den Kopf zu heben, sagte sie zu ihm:

»Sei gegrüßt, Auge der Baalim, ewiger Ruhm! Triumph! Muße! Zufriedenheit! Reichtum! Lange Zeit war mein Herz traurig, und das Haus schmachtete. Doch der Herr, der zurückkommt, ist wie der wiedererweckte Tammus; und unter deinem Blick, o Vater, wird überall Freude, ein neues Leben erblühen!«

Aus Taanachs Händen empfing sie ein kleines längliches Gefäß, in welchem ein Gemisch aus Mehl, Butter, Kardamon und Wein dampfte:

»Trink in vollen Zügen, sprach sie, den Willkommenstrank, den deine Dienerin dir bereitet hat.«

Er erwiderte: »Gesegnet seist du!« und er nahm mechanisch das goldene Gefäß, das sie ihm reichte.

Indessen betrachtete er sie mit solch schneidender Schärfe, daß Salambo verstört stammelte:

»Man hat dir gesagt, o Herr!...

– Ja, ich weiß!« sagte Hamilkar leise.

War dies ein Geständnis? oder sprach sie von den Barbaren? Und er fügte einige vage Bemerkungen zu den öffentlichen Schwierigkeiten hinzu, die er hoffte, ganz allein zerstreuen zu können.

»O Vater! rief Salambo aus. Du wirst nicht ungeschehen machen können, was unwiederbringlich verloren ist!«

Da wich er zurück, und Salambo war überrascht von seiner Verwunderung; denn sie dachte keineswegs an Karthago, sondern an das Sakrileg, an dem sie sich mitschuldig fühlte. Dieser Mann, vor dem die Legionen erzitterten und den sie kaum kannte, flößte ihr Furcht ein wie ein Gott; er hatte es erraten, er wußte alles, etwas Furchtbares würde geschehen. Sie rief aus: »Gnade!«

Hamilkar senkte langsam den Kopf.

Obwohl sie sich anklagen wollte, wagte sie nicht die Lippen zu öffnen; und dennoch erstickte sie an dem Bedürfnis, zu wehklagen und getröstet zu werden. Hamilkar rang die Versuchung nieder, seinen Schwur zu brechen. Er hielt ihn, aus Stolz oder aus Furcht vor der Gewißheit; und mit all seiner Kraft sah er ihr ins Antlitz, um zu begreifen, was sie in der Tiefe ihres Herzens vor ihm verbarg.

Allmählich ließ Salambo schwer atmend den Kopf zwischen die Schultern sinken, zermalmt von diesem gewichtigen Blick. Nun war er sich sicher, daß sie in der Umarmung eines Barbaren schwach geworden war; er bebte, er hob seine beiden Fäuste. Sie stieß einen Schrei aus und fiel zwischen ihre Frauen, die sich sogleich um sie bemühten.

Hamilkar machte auf dem Absatz kehrt. Alle Verwalter folgten ihm.

Man öffnete das Tor zu den Speichern, und er betrat einen weiten runden Saal, in den – wie die Speichen eines

Rades in die Nabe – lange Gänge mündeten, die wiederum zu anderen Sälen führten. Eine steinere Scheibe erhob sich in der Mitte mit Geländern rundum, welche die über den Teppichen aufgetürmten Kissen stützten.

Zuerst ging der Suffet mit großen schnellen Schritten auf und ab; er atmete geräuschvoll, schlug kräftig mit dem Absatz auf, er fuhr sich mit der Hand über die Stirn, wie ein Mensch, der von Fliegen geplagt wird. Dann schüttelte er den Kopf und beruhigte sich angesichts seiner angehäuften Reichtümer; seine Gedanken schweiften, vom Blick entlang der Korridore angezogen, durch weitere, mit noch kostbareren Schätzen gefüllte Säle. Bronzeplatten, Barren aus Silber und Eisen wechselten mit Zinnblöcken, die man von den Kassiteriden über die Finstere See hierher gebracht hatte; Harze aus den Ländern der Neger quollen aus den Säcken aus Palmrinde hervor; und der Goldstaub, in Schläuche gefüllt, rann unmerklich durch die betagten Nähte. Hauchdünne Fasern, aus Meerespflanzen gewonnen, hingen zwischen Flachsen aus Ägypten, Griechenland, Taprobane und Judäa; am Fuß der Mauern wucherten Löcherkorallen stachelig wie üppige Büsche; und darüber schwebte ein undefinierbarer Geruch, die Ausdünstungen von Duftwässern, von Leder, Gewürzen und Straußenfedern, die ganz oben im Gewölbe zu mächtigen Buschen zusammengebunden waren. Vor jedem Gang bildeten aufgerichtete Elefantenstoßzähne mit ihren sich vereinigenden Spitzen einen Bogen über der Türöffnung.

Schließlich stieg er auf die Scheibe aus Stein. Alle Verwalter standen mit verschränkten Armen, den Kopf gesenkt, während Abdalonim mit stolzer Mine seine spitzzulaufende Mitra abnahm.

Hamilkar befragte den Vorsteher der Schiffe. Er war ein alter Kapitän, dessen Lider vom Wind nach außen gestülpt waren, und Flocken weißen Haars reichten bis zu seinen Hüften, als ob die Gischt der Stürme, in seinem Bart hängengeblieben wäre.

Er antwortete, daß er eine Flotte von Gades und Thymiatherion ausgesandt hatte, um nach Umschiffung des Horns des Südens und des Kaps der Gewürze nach Eziongeber zu gelangen.

Andere waren vier Monde lang nach Westen gesegelt, ohne auf Land zu treffen; doch der Bug der Schiffe habe sich in Seegras verfangen, der Horizont hallte wider vom Tosen der Katarakte, blutrote Nebel verdunkelten die Sonne, eine mit Wohlgerüchen geschwängerte Brise ließ die Besatzungen in Schlaf fallen; und bis heute könnten sie nichts erzählen, so verwirrt sei ihr Erinnerungsvermögen. Indessen war man die Flüsse der Skythen hinaufgefahren, nach Kolchis vorgedrungen, zu den Ingrianern, zu den Esten, hatte auf dem Archipel fünfzehnhundert Jungfrauen geraubt, und alle fremden Schiffe, die über das Kap der Oestrymiden hinausgesegelt waren, seien versenkt worden, um das Geheimnis der Handelsrouten zu bewahren. König Ptolemäus hielt den Weihrauch aus Schesbar zurück; Syrakus, Elath, Korsika und die Inseln hatten nichts geliefert, und der alte Kapitän senkte die Stimme, als er meldete, daß eine Trireme bei Rusicada von den Numidern erobert worden war, – »denn sie haben sich mit ihnen verbündet, Herr.«

Hamilkar runzelte die Stirn; dann gab er ein Zeichen, daß er den Vorsteher der Landreisen sprechen wollte. Dieser war in ein braunes Gewand ohne Gürtel gekleidet, den Kopf in einen langen Schal aus weißem Stoff gehüllt, der ihm bis an die Lippen reichte und nach hinten über die Schulter fiel.

Die Karawanen waren regelmäßig zur Wintersonnwende aufgebrochen. Doch von den fünfzehnhundert Männern, die sich ins entlegene Äthiopien mit hervorragenden Kamelen, neuen Schläuchen und Vorräten an bemaltem Leintuch aufgemacht hatten, war nur ein einziger nach Karthago zurückgekehrt, – die anderen waren vor Erschöpfung gestorben oder hatten durch die Schrekken der Wüste den Verstand verloren; – und der eine erzählte, daß er weit jenseits des Schwarzen Harousch, hinter den Ataranten und dem Land der großen Affen, riesige Königreiche gesehen habe, in welchen die kleinsten Gebrauchsgegenstände aus purem Gold seien, einen milchfarbenen Fluß, so breit wie ein Meer; Wälder mit blauen Bäumen, Berge von Gewürzen, Ungeheuer mit menschlichem Antlitz, die auf den Felsen hausten und deren Pupillen, beim Anblick von Eindringlingen, aufblühten wie Blumen; sodann, hinter Seen, in welchen sich dicht an dicht die Drachen drängten, ruhte die Sonne auf kristallenen Bergen. Andere waren aus Indien zurückgekehrt mit Pfauen, Pfeffer und neuartigen Stoffen. Was jene anbelangte, die auf der Route nach den Syrten und zum Tempel des Ammon aufbrachen, um Chalzedone einzukaufen, so waren sie gewiß in den Sanddünen zugrunde gegangen. Die Karawanen aus Gätulien und Phazania hatten die üblichen Waren geliefert; doch er, als Vorsteher der Karawanen wagte derzeit nicht, eine einzige auszustatten.

Hamilkar verstand; die Söldner hielten das Land besetzt. Mit einem dumpfen Stöhnen stützte er sich auf den anderen Ellenbogen; und der Oberverwalter der Pachthöfe hatte solche Angst zu sprechen, daß er trotz seiner gedrungenen Schultern und seiner mächtigen, blutunterlaufenen Pupillen erbärmlich zitterte. Sein Gesicht, sattelnasig wie bei einer Dogge, wurde von einem Netz aus Rindenfasern überragt; er trug einen breiten Ledergürtel aus dichtem Leopardenfell, in welchem zwei mächtige Säbel steckten.

Sobald Hamilkar sich abwandte, begann er schreiend alle Baals anzurufen. Es sei nicht seine Schuld! er könne nichts dafür! er habe die Witterung, den Boden, die Sterne beachtet, die Pflanzungen zur Wintersonnwende getätigt, das Auslichten bei abnehmendem Mond vorgenommen, die Sklaven beaufsichtigt, ihre Kleidung geschont.

Doch Hamilkar erboste dieser Wortschwall. Er schnalzte mit der Zunge, und der Mann mit den Säbeln fügte hastig hinzu:

»Ach! Herr! Sie haben alles gestohlen! alles geplündert! alles verwüstet! Dreitausend Fuß Bäume sind in Maschala gefällt, und in Ubada sind die Speicher aufgebrochen, die Zisternen zugeschüttet! In Tedes haben sie fünfzehnhundert Gomor Mehl fortgenommen; in Marazzana die Hirten getötet, die Herden aufgegessen, dein Haus niedergebrannt, dein schönes Haus mit den Zedernholzbalken, das du im Sommer besuchtest! Die Sklaven von Tuburdo, welche die Gerste schnitten, sind in die Berge geflohen; und die Esel, die Maulesel, die Maultiere, die Rinder von Taormina und die oringischen Pferde, nicht ein einziges Tier ist übrig! alle haben sie mitgenommen! Es ist ein Fluch! ich werde es nicht überleben!« Unter Tränen fuhr er fort: »Ach! Wenn du wüßtest, wie voll die Vorratsräume gewesen sind und wie die Pflugscharen glänzten! Ach! die schönen Widder! ach! die schönen Stiere!...«

Die Wut raubte Hamilkar den Atem. Schließlich brach sie los:

»Schweig! Bin ich nun also ein Bettler? Keine Lügen! sprich die Wahrheit! Ich will genau wissen, was ich alles verloren habe, bis auf den letzten Sekel, bis auf den letzten Kab! Abdalonim, bring mir die Abrechnungen der Schiffe, die der Karawanen; die Pachthöfe, die des Hauses! Und wenn euer Gewissen nicht rein ist, Unglück über eure Häupter! – Hinaus!«

Alle Verwalter verließen rückwärts den Saal, die Hände fast bis zum Boden gesenkt.

Abdalonim entnahm aus der Mitte eines Faches in der Wand einige geknotete Schnüre, Streifen aus Leintuch oder Papyrus, sowie über und über mit zierlicher Schrift bedeckte Schafschulterblätter. Er legte sie Hamilkar zu Füßen und reichte ihm einen hölzernen Rahmen, der mit drei Fäden bespannt war, auf welchen jeweils Kugeln aus Gold, Silber und Horn aufgefädelt waren, und er begann:

»Einhundertzweiundneunzig Häuser an den Mapalien, vermietet an die neuen Karthager zu einem Beka per Mond.

– Nein! Das ist zuviel! schone die Armen! und schreib die Namen derer auf, die dir am tapfersten erscheinen, und versuche herauszufinden, ob sie der Republik zugetan sind! Was noch?«

Abdalonim zögerte, überrascht von dieser Großzügigkeit.

Hamilkar riß ihm die Leintuchbänder aus den Händen.

»Was ist denn das? drei Paläste am Platz des Khamon zu zwölf Kesitah im Monat! Schreib zwanzig! Ich will mich nicht von den Reichen ausbeuten lassen.«

Nach einer tiefen Verbeugung fuhr der Oberverwalter-der-Oberverwalter fort:

»An Tigillas geliehen, bis zum Ende der Erntezeit, zwei Kikar zum dritten Teil von Hundert, Seefahrerzins; an Bar-Malkarth fünfzehnhundert Sekel als Pfandleihe für dreißig Sklaven. Doch zwölf sind in den Salzsümpfen gestorben.«

– Weil sie nicht kräftig waren, sagte der Suffet lachend. Wen kümmert's! wenn er Geld braucht, gib ihm! Man muß stets verleihen, und zwar zu unterschiedlich hohen Zinsen, je nach dem Vermögen der Personen.«

Sodann beeilte sich der Diener all das vorzulesen, was die Eisenerzminen von Annaba eingebracht hatten, die

Korallenfischereien, die Purpurfabriken, der Pachtvertrag über die den ansässigen Griechen auferlegte Steuer, die Ausfuhr des Silbers nach Arabien, wo es den zehnfachen Goldwert erzielte, den Ertrag aus den Beutezügen der Schiffe, abzüglich des Zehnten für den Tempel der Göttin. »Jedesmal habe ich ein Viertel weniger angegeben, Herr!«

Hamilkar rechnete mit Hilfe der Kugeln; sie klapperten unter seinen Fingern.

»Genug! Nun zu den Ausgaben!

– An Stratonikles aus Korinth und an drei Händler aus Alexandrien auf diese Wechsel hier (sie sind eingegangen) zehntausend athenische Drachmen und zwölf syrische Goldtalente. Da sich die Verpflegungskosten für die Besatzungen auf zwanzig Minen im Monat für eine Trireme belaufen,...

– Ich weiß! Wie viele sind verloren?

– Die Zusammenstellung steht auf diesen Bleiplättchen, entgegnete der Verwalter. Was die gemeinsam gemieteten Schiffe anbelangt, so mußten sie oft die Ladung über Bord werfen, man hat die ungleichen Verluste pro Kopf auf alle Teilhaber umgelegt. Für das aus den Arsenalen entliehene Tauwerk, das nicht wieder zurückerstattet werden konnte, verlangten die Syssitien vor dem Aufbruch nach Utica achthundert Kesitah.

– Immer wieder sie! stieß Hamilkar hervor und ließ den Kopf sinken. So verharrte er einige Zeit wie zermalmt unter der Last all des Hasses, den er gegen sich verspürte:

– Aber wo sind die Ausgaben für Megara?«

Abdalonim, erbleichend, war dabei, ihm aus einem anderen Fach Brettchen aus Sykomorenholz zu reichen, die bündelweise mit Lederbändern zusammengeschnürt waren.

Hamilkar lauschte ihm, gespannt auf die hauswirtschaftlichen Einzelheiten und beruhigte sich beim eintönigen Klang dieser Stimme, welche die Zahlen herunterlas; Abdalonim wurde langsamer. Plötzlich ließ er die hölzernen Blätter zu Boden fallen und warf sich selbst flach auf den Bauch, die Arme ausgestreckt, in der Haltung eines Verurteilten. Ungerührt hob Hamilkar die Tafeln auf; der Mund blieb ihm offen stehen, und seine Augen weiteten sich, als er die Ausgaben für einen einzigen Tag erblickte, den gewaltigen Verzehr an Fleisch, Fischen, Geflügel, Wein und Gewürzen, dazu zerbrochene Gefäße, tote Sklaven und verschwundene Wandbehänge.

Abdalonim, noch immer zu seinen Füßen, berichtete ihm vom Gelage der Barbaren. Er hatte sich dem Befehl der Ältesten nicht verweigern können, – und im übrigen wollte Salambo, daß man nicht geizen solle, um die Soldaten besser empfangen zu können.

Beim Namen seiner Tochter erhob sich Hamilkar mit einem Satz. Dann biß er sich auf die Lippen, kauerte sich wieder auf die Kissen; nach Atem ringend, die Augen starr, zerriß er die Fransen mit seinen Nägeln.

»Erhebe dich!« sprach er und schritt hinab.

Abdalonim folgte ihm; seine Knie zitterten. Doch er ergriff eine Eisenstange und begann wie tobsüchtig die Steinplatten zu lösen. Eine hölzerne Scheibe sprang hoch, und bald erschienen über die Länge des Ganges mehrere dieser großen Deckel, welche die Gruben verschlossen, in denen man das Getreide aufbewahrte.

»Sieh nur, Auge des Baal, sagte der Diener zitternd, sie haben noch nicht alles genommen! und sie sind tief, jede von ihnen fünfzig Ellen und gefüllt bis zum Rand! Während deiner Reise habe ich welche in den Arsenalen, in den Gärten, überall ausheben lassen! dein Haus ist so voll mit Korn, wie dein Herz voll Weisheit.«

Ein Lächeln huschte über Hamilkars Gesicht.

»Sehr gut, Abdalomin! Dann beugte er sich zu dessen Ohr: Laß Korn aus Etrurien kommen, aus Bruttium oder woher immer es dir gefällt und gleichgültig zu welchem Preis! Häufe an und verwahre es! Ich allein muß das gesamte Getreide Karthagos besitzen.«

Als sie am Ende des Ganges angelangt waren, öffnete Abdalonim mit einem der Schlüssel, die an seinem Gürtel hingen, einen großen rechteckigen Raum, der in der Mitte von Pfeilern aus Zedernholz unterteilt wurde. Goldene, silberne und eherne Geldstücke, ordentlich auf Tischen aufgehäuft oder in Nischen eingebracht, reichten an allen vier Wänden bis zu den Balken des Daches empor. Gewaltige flache Truhen aus Nilpferdleder in den Ecken bargen ganze Reihen kleinerer Säcke; Haufen von Billons türmten sich zu kleinen Hügeln auf den Fliesen; und hier und dort glich ein aufgrund seiner Höhe eingestürzter Stapel einer zerbrochenen Säule. Die großen Münzen Karthagos, die Tanit mit einem Pferd unter einer Palme zeigten, mischten sich mit jenen der Kolonien, die einen Stier, einen Stern, einen Erdball oder eine Mondsichel trugen. Dann sah man zu ungleichen Beträgen aufgehäufte Geldstücke von verschiedenstem Wert, verschiedenster Größe, aus verschiedensten Zeiten, – von den alten assyrischen Münzen, dünn wie ein Fingernagel, bis zu den alten latinischen, die dicker waren als eine Hand, von den knopfförmigen von Ägina, den Täfelchen Baktriens, bis zu den kurzen Barren des alten Lakedämoniens; viele waren mit Rost überzogen, verschmutzt, grünspanig vom Wasser oder geschwärzt vom Feuer, da man sie aus Netzen gefischt oder nach Belagerungen in den Ruinen der Städte gefunden hatte. Rasch überschlug der Suffet, ob die vorhandenen Summen mit den Einnahmen und Verlusten übereinstimmten, von denen man ihm berichtet hatte; und er wollte gerade gehen, als sein Blick auf drei vollkommen leere, eherne Krüge fiel. Entsetzt wandte Abdalonim den Kopf zur Seite, und Hamilkar schwieg schicksalsergeben.

Sie durchschritten weitere Gänge, weitere Säle und gelangten schließlich zu einer Tür, wo man zur besseren Bewachung einen Mann an einer langen, um seinen Leib geschlungenen Kette an der Wand angeschmiedet hatte, ein römischer Brauch, der erst vor kurzem in Karthago eingeführt worden war. Sein Bart und seine Nägel waren unmäßig gewachsen, und er wiegte sich von rechts nach links mit dem steten Schwanken eines gefangenen Tieres. Sobald er Hamilkar erkannte, stürzte er ihm entgegen und rief ihm zu:

»Gnade, Auge des Baal! Mitleid! töte mich! Schon zehn Jahre habe ich die Sonne nicht mehr gesehen! Im Namen deines Vaters, Gnade!«

Ohne etwas zu erwidern klatschte Hamilkar in die Hände, drei Männer erschienen; und alle vier auf einmal spannten ihre Arme an und zogen die gewaltige Stange, welche die Tür verriegelte, an ihren Ringen zurück. Hamilkar ergriff eine Fackel und verschwand in der Dunkelheit.

Man glaubte, daß dies der Ort der Familiengräber sei; doch man hätte nur einen tiefen Brunnenschacht vorgefunden. Dieser war nur ausgehoben worden, um Diebe abzulenken und enthielt nichts. Hamilkar schritt daran vorüber; dann bückte er sich und ließ einen überaus schweren Mühlstein über seine Walzen rollen und betrat durch die entstandene Öffnung einen Raum, der in der Form eines Kegels erbaut war.

Eherne Schuppen bedeckten die Wände; in der Mitte erhob sich auf einem granitenen Piedestal die Statue eines Kabiren mit dem Namen Alete, Entdecker der Minen in Keltiberien. Um den Sockel am Boden waren mächtige goldene Schilde kreuzförmig aufgestellt sowie riesige silberne Vasen, mit verschlossenem Hals und von ungewöhnlicher Form, so daß man sie nicht benutzen konnte; denn es war Brauch, größere Metallmengen in diese Formen zu gießen, die eine Verschwendung ja sogar ein Fortbewegen nahezu unmöglich machten.

Mit seiner Fackel entzündete er eine Bergwerkslampe, die auf der Kappe des Götterstandbilds befestigt war; grüne, gelbe, blaue, violette, weinfarbene, blutrote Feuer erhellten plötzlich den Saal. Er war mit Edelsteinen gefüllt, die in goldenen Kalebassen lagen, welche wie Leuchter an den ehernen Schuppen befestigt waren, oder noch in ihrem Muttergestein gefaßt am Fuß der Wand aufgereiht waren. Mittels Schleuderschlägen aus den Bergen gehauene Callaïs waren darunter, Karfunkel aus dem Urin von Luchsen, vom Mond herabgefallene Glossopetra, Tyanos, Diamanten, Sandastrums, Berylle, die drei Arten von Rubinen, die vier Arten von Saphiren und die zwölf Arten von Smaragden. Sie funkelten wie Milchtropfen, wie blaue Eiswürfel, wie Silberstaub und warfen ihr Licht in Strömen, Strahlen und Sternen. Ceraunia, vom Donner erzeugte Steine, gleißten neben Chalzedonen, die Vergiftungen heilen. Topase vom Berg Zabarca, welche die Schrecken bannen, lagen neben Opalen aus Baktrien, die vor Frühgeburten schützen, und Ammonshörnern, die man unter die Betten legt, um Träume anzulocken.

Das Feuer der Steine und die Flammen der Lampe spiegelten sich in den großen goldenen Schilden wider. Hamilkar stand lächelnd mit verschränkten Armen da; – und mehr noch als das Schauspiel selbst ergötzte ihn das Bewußtsein seines Reichtums. Dieser war unerreichbar, unerschöpflich, unendlich. Seine Vorfahren, die unter seinen Füßen schliefen, entsandten einen Teil ihrer Ewigkeit in sein Herz. Ganz nahe fühlte er sich den unterirdischen Genien. Dies war vergleichbar mit der Freude eines Kabiren; und die mächtigen leuchtenden Strahlen, die auf sein Gesicht fielen, schienen ihm die Endpunkte eines unsichtbaren Netzes, das ihn über die Abgründe hinweg mit dem Mittelpunkt der Welt verband.

Ein Gedanke ließ ihn erbeben, und nachdem er hinter das Götterstandbild gegangen war, schritt er geradewegs auf die Mauer zu. Dann blickte er forschend unter den Tätowierungen seines Armes auf eine waagrechte Linie mit zwei weiteren senkrechten, was in kanaanitischen Ziffern die Zahl dreizehn bedeutete. Also zählte er bis zur dreizehnten ehernen Platte, hob noch einmal seinen weiten Ärmel; und die rechte Hand ausgestreckt, las er an einer anderen Stelle seines Armes kompliziertere Linien, während er seine Finger vorsichtig dahingleiten ließ, als spiele er eine Lyra. Schließlich klopfte er mit seinem Daumen siebenmal; und ein ganzer Wandabschnitt drehte sich in einem einzigen Stück.

Eine Art Höhle war dahinter verborgen, in welcher geheimnisvolle Dinge eingeschlossen waren, unbenennbar und von unschätzbarem Wert. Hamilkar stieg die drei Stufen hinab; er entnahm einer silbernen Schale ein Lamafell, das auf einer schwarzen Flüssigkeit schwamm, dann stieg er wieder hinauf.

Abdalonim schritt schließlich wieder vor ihm her. Mit seinem langen, am Griff mit Glocken versehenen Stock schlug er auf die Pflastersteine und rief vor jedem Raum unter Lobpreisungen und Segenswünschen den Namen Hamilkars.

In der runden Galerie, in die alle Gänge mündeten, hatte man an der Wand entlang kleine Balken aus Algumholz, Säcke mit Lausonia, Kuchen aus Erde von Lemnos und Schildkrötenpanzer randvoll mit Perlen aufgehäuft. Der Suffet streifte sie beim Vorübergehen mit seinem Gewand, ohne auch nur einen Blick auf die gewaltigen Bernsteinstücke zu werfen, ein beinahe göttliches Material, das von den Strahlen der Sonne geformt wurde.

Eine Wolke wohlriechenden Dunstes stieg auf.

»Öffne die Tür!«

Sie traten ein.

Nackte Männer kneteten Teigmassen, zerstießen Kräuter, rührten in Kohlen, gossen Öl in große Tonkrüge, öffneten und schlossen kleine eiförmige Zellen, die ringsum in der Wand eingelassen waren und so zahlreich waren, daß der Raum dem Innern eines Bienenstocks glich. Myrobalan, Bdellium, Safran und Veilchen quollen aus ihnen hervor. Überall verstreut lagen Harze, Puder, Wurzeln, gläserne Phiolen, Wiesenspierstrauchblätter, Rosenblütenblätter; und man erstickte fast in Gerüchen, trotz des wirbelnden Styrax', der in der Mitte auf einem ehernen Dreifuß knisterte.

Der Meister der lieblichen Düfte, blaß und lang wie eine Wachskerze, ging auf Hamilkar zu, um in dessen Händen eine Rolle Metopion zu zerdrücken, während ihm zwei andere die Absätze mit Baccaris einrieben. Er stieß sie zurück; es waren Kyrener mit schändlichen Sitten, die man lediglich um ihres geheimen Wissens willen schätzte.

Um seine Aufmerksamkeit unter Beweis zu stellen, bot der Meister der Düfte dem Suffeten auf einem Löffel aus Elektron ein wenig Malobathron zum Kosten an; dann stach er mit einer Ahle in drei indische Besoare. Der Hausherr, der alle Kunstgriffe kannte, nahm ein Horn voll Balsam und, nachdem er es über die Kohlen gehalten hatte, neigte er es über sein Gewand; ein brauner Fleck erschien, es war eine Fälschung. Starr sah er den Meister der Düfte an und warf ihm dann ohne ein Wort das Gazellenhorn mitten ins Gesicht.

So aufgebracht er über Betrügereien war, die zu seinem Nachteil geschahen, als er die Nardenbündel erblickte, die man für die überseeischen Länder verpackte, befahl er Spießglanz darunterzumischen, so daß sie schwerer wären.

Dann fragte er, wo sich drei Schachteln Psagas befänden, die für seinen Gebrauch bestimmt waren.

Der Meister der Düfte gestand, daß er nichts davon wüßte; Soldaten seien schreiend und mit Messern gekommen; er habe ihnen die Kästen geöffnet.

»Du fürchtest sie also mehr als mich!« schrie der Suffet. Und durch den Rauch hindurch funkelten seine Pupillen wie zwei Fackeln auf den großen bleichen Mann nieder, der zu begreifen begann.

»Abdalonim! Noch vor Sonnenuntergang wirst du ihn Spießruten laufen lassen: zerreiß ihn!«

Dieser Schaden, geringer als die anderen, hatte seine Wut aufs äußerste gereizt; denn trotz seiner Bemühungen, die Barbaren aus seinen Gedanken zu verbannen, stieß er überall auf sie. Ihre Exzesse verschmolzen mit der Schande seiner Tochter, und er nahm seinem ganzen Haus übel davon zu wissen, und ihm nicht mitzuteilen. Doch irgend etwas trieb ihn, noch tiefer in sein Unglück einzutauchen; und von inquisitorischer Raserei getrieben, durchsuchte er selbst unter den Schuppen, hinter dem Handelshaus die Bestände an Erdpech, Holz, Ankern und Tauwerk, an Honig und Wachs, das Stofflager, die Speisevorräte, die Marmorreserven, den Silphiumspeicher.

Er ging auf die andere Seite der Gärten, um die Handwerkersklaven, deren Produkte man verkaufte, in ihren Hütten zu inspizieren. Schneider bestickten Mäntel, andere knüpften Netze, wieder andere bemalten Kissen, schnitten Sandalen zu, ägyptische Arbeiter glätteten Papyrus mit einer Muschel, die Schiffchen der Weber klapperten, die Ambosse der Waffenschmiede erklangen.

Hamilkar sagte zu ihnen:

»Schmiedet Schwerter! schmiedet, nur zu! Ich werde sie brauchen.«

Und er holte unter seinem Gewand die in Giften eingelegte Antilopenhaut hervor, auf daß man ihm daraus einen Küraß schneidere, der noch robuster wäre als ein eherner und der sowohl dem Eisen als auch dem Feuer Widerstand böte.

Um seine Wut abzulenken, versuchte Abdalonim, sobald Hamilkar sich den Handwerkern näherte, ihn gegen sie aufzubringen, indem er ihre Arbeiten unter stetem Gemurmel schlecht machte. »Was für eine Arbeit! eine Schande ist das! Fürwahr, der Herr ist zu gut.« Hamilkar entfernte sich, ohne auf ihn zu hören.

Er verlangsamte seinen Schritt, denn große Bäume, von oben bis unten verkohlt, wie man sie in Wäldern findet, in welchen Hirten kampiert haben, versperrten ihm den Weg; und die Palisaden waren zerbrochen, das Wasser der Rigolen verlor sich, Glasscherben und Affenskelette tauchten inmitten von schlammigen Pfützen auf. An den Büschen hing hier und dort ein Stoffetzen; unter den Zitronenbäumen bildeten die verwelkten Blüten einen gelben Haufen. Tatsächlich hatten die Diener alles vernachlässigt, in dem Glauben, der Herr käme nicht wieder.

Bei jedem Schritt stieß er auf weiteres Unheil, als Beweis jener Sache, von der er sich selbst verboten hatte zu erfahren. Da war er nun und beschmutzte seine purpurnen Schnürstiefel, während er den Unrat zertrat; und er hatte diese Männer nicht alle vor sich, einem Katapult gegenüber, um sie zu zerschmettern! Er fühlte sich gedemütigt, sie verteidigt zu haben; es war eine Täuschung, ein Verrat; und da er sich weder an den Soldaten noch an den Ältesten, noch an Salambo, noch an irgend jemandem rächen konnte, seine Wut aber ein Opfer suchte, verurteilte er auf einen Schlag sämtliche Gartensklaven zur Minenarbeit.

Abdalonim zitterte jedesmal, wenn er sah, daß sich Hamilkar den Gartenanlagen näherte. Doch Hamilkar nahm den Pfad zur Mühle, von wo aus man einen düsteren Gesang vernahm.

Inmitten des Staubes drehten sich die schweren Mühlsteine, das heißt zwei übereinandergestellte Kegel aus Porphyr, von welchen der obere einen Trichter trug und über dem zweiten mit Hilfe von mächtigen Balken im Kreise bewegt wurde. Männer schoben mit ihrer Brust und ihren Armen, während andere, die angeschirrt waren, zogen. Durch die Reibung der Riemen hatte sich rings um ihre Achseln eitriger Schorf gebildet, wie man ihn bei Eseln am Widerrist sieht, und das herabhängende Ende des schwarzen, schlaffen Fetzens, der kaum ihre Lenden bedeckte, schlug ihnen um die Kniekehlen wie ein langer Schwanz. Ihre Augen waren gerötet, die Eisen an ihren Füßen rasselten, ihre Brustkörbe keuchten alle in einem Atemzug. Mit zwei bronzenen Kettchen war ein Maulkorb an ihrem Mund befestigt, so daß es ihnen unmöglich war, das Mehl zu essen, und Handschuhe ohne Fingerlinge umschlossen ihre Hände, um sie daran zu hindern etwas davon zu nehmen.

Beim Eintritt des Herrn knarrten die hölzernen Stangen lauter. Das Korn knirschte während des Mahlens. Mehrere fielen auf die Knie; die anderen stiegen, ohne innezuhalten, über sie hinweg.

Er fragte nach Giddenem, dem Aufseher der Sklaven; und dieser erschien, wobei er seine Würde durch die Üppigkeit seines Gewandes zur Schau stellte; denn seine an den Seiten geschlitzte Tunika war aus feinem Purpur, schwere Ringe hingen an seinen Ohren, und um die Stoffbahnen zusammenzuhalten, die seine Beine umhüllten, schlang sich von seinen Knöcheln hinauf bis zur Hüfte ein goldenes Band wie eine Schlange um einen Baum. Zwischen seinen über und über mit Ringen bedeckten Fingern hielt er eine Kette aus Gagatenkügelchen, um jene herauszukennen, die an der heiligen Krankheit litten.

Hamilkar gab ihm ein Zeichen, die Maulkörbe zu lösen. Da stürzten sich alle mit dem Schrei hungriger Tiere auf das Mehl und verschlangen es, indem sie das Gesicht in den Haufen vergruben.

»Du erschöpfst sie!« sagte der Suffet.

Giddenem erwiderte, dies sei notwendig, um sie zu zähmen.

»Dann war es kaum der Mühe wert, dich auf die Sklavenschule in Syrakus zu schicken! Laß die anderen kommen!«

Und die Köche, die Kellermeister, die Stallknechte, die Laufburschen, die Sänftenträger, die Badesklaven und die Frauen mit ihren Kindern, alle stellten sich im Garten in einer einzigen langen Reihe auf, die vom Handelshaus bis zum Gehege der wilden Tiere reichte. Sie hielten den Atem an. Eine ungeheure Stille erfüllte Megara. Die Sonne stand schräg über der Lagune am Fuß der Katakomben. Die Pfauen schrien. Hamilkar ging Schritt für Schritt die Reihe entlang.

»Was soll ich mit diesen Alten? fragte er; verkauf sie! Da sind zu viele Gallier, sie neigen zur Trunksucht! und zu viele Kreter, sie sind verlogen! Kauf mir Kappadozier, Asiaten und Neger.«

Er war überrascht über die geringe Anzahl von Kindern.

»Jedes Jahr, Giddenem, muß es im Haus Geburten geben! Laß in der Nacht stets die Hütten offen, so daß sie sich frei untereinander mischen können.«

Dann ließ er sich die Diebe, die Faulen und die Aufrührerischen zeigen. Unter Vorwürfen an Giddenem verteilte er Strafen; und Giddenem neigte wie ein Stier tief die Stirn, auf der sich zwei dicke Augenbrauen kreuzten.

»Sieh her, Auge des Baal, sagte er und deutete dabei auf einen kräftigen Libyer, hier haben wir einen, den man mit einem Strick um den Hals überrascht hat.

– Ach! Du willst sterben?« fragte der Suffet verächtlich.

Und der Sklave, mit unerschrockener Stimme:

»Ja!«

Sodann, ohne sich um das Beispiel oder den finanziellen Schaden zu bekümmern, befahl Hamilkar den Dienern:

»Bringt ihn fort!«

Vielleicht dachte er bei sich an die Möglichkeit eines Opfers. Ein Unglück, das er sich selbst zufügte, um schlimmere zu verhüten.

Giddenem hatte die Verstümmelten hinter den übrigen versteckt. Hamilkar entdeckte sie:

»Du da, wer hat dir den Arm abgetrennt?

– Die Soldaten, Auge des Baal.«

Dann, zu einem Samniter, der schwankte wie ein verletzter Reiher:

»Und dir, wer hat dir das zugefügt?«

Der Aufseher war es gewesen, als er ihm mit einer Eisenstange das Bein gebrochen hatte.

Diese dumme Greueltat erzürnte den Suffeten; und während er Giddenem seine Kette aus Gagaten aus den Händen riß, herrschte er ihn an:

»Fluch über den Hund, der seine Herde verletzt. Die Sklaven zum Krüppel machen, bei Tanit! Ach! du schadest deinem Herrn! Im Misthaufen soll man ihn erstikken. Und jene, die fehlen? Wo sind sie? Hast du sie gemeinsam mit den Soldaten umgebracht?«

Sein Gesicht war so furchterregend, daß alle Frauen flüchteten. Die Sklaven zogen sich zurück und bildeten um beide einen weiten Kreis; Giddenem küßte wie wild seine Sandalen; Hamilkar verharrte im Stehen, die Arme über ihn erhoben.

Dank seines scharfen Verstandes, der ihn auch während der tobenden Schlacht nicht verließ, erinnerte er sich nun tausend abscheulicher Dinge, Schändlichkeiten, von denen er den Blick abgewendet hatte; und im Licht seiner Wut, wie beim Wetterleuchten eines Sturms, sah er mit einem Schlage all sein Unglück auf einmal vor sich. Die Verwalter der Landgüter waren aus Furcht vor den Soldaten geflohen, vielleicht auch in heimlichem Einverständnis, alle betrogen ihn, schon zu lange hielt er sich zurück.

»Man soll sie herbringen! schrie er, zeichnet sie auf der Stirn mit roten Eisen, wie Feiglinge!«

Also brachte man Fesseln, Halseisen, Messer, Ketten für die zur Minenarbeit Verurteilten in den Garten und verteilte sie in seiner Mitte: Pfähle, welche die Beine schnürten, Numellas, welche, die Schultern umschlossen und Skorpione, Peitschen mit dreifachen Riemen, die in ehernen Klauen endeten.

Alle wurden mit dem Gesicht zur Sonne, in Richtung des allesverschlingenden Moloch am Boden auf dem Bauch oder auf dem Rücken ausgestreckt, die zur Geißelung Verurteilten stehend an Bäumen festgebunden, mit zwei Männern neben ihnen, einen, um die Schläge zu zählen, einen anderen, um zu peitschen.

Er peitschte mit beiden Armen; die zischenden Riemen ließen die Rinde der Platanen auffliegen. Das Blut regnete weithin über das Blattwerk nieder, und rote Massen wanden sich brüllend am Fuße der Bäume. Jene, die man in Eisen schlug, zerrißen sich das Gesicht mit den Fingernägeln. Man hörte die Holzschrauben knarren; dumpfe Aufschläge erschallten; von Zeit zu Zeit durchschnitt jäh ein schriller Schrei die Luft. Neben den Küchen, zwischen den zerfetzten Kleidern und den abgetrennten Haarschöpfen fachten Männer mit Fächern die Kohlen an, und ein Geruch von brennendem Fleisch flog vorüber. Die Gegeißelten, der Ohnmacht nahe, doch von den Fesseln an ihren Armen hochgehalten, rollten den

Kopf zwischen ihren Schultern und schlossen die Augen. Die anderen, die zusahen, begannen vor Entsetzen zu schreien, und die Löwen, vielleicht in Erinnerung des Gelages, streckten sich gähnend am Rand ihrer Grube.

Dann sah man Salambo hoch oben auf ihrer Terasse. Vollkommen fassungslos ging sie schnellen Schritts immer wieder von rechts nach links. Hamilkar erblickte sie. Es schien ihm, als hebe sie die Arme in seine Richtung, um seine Gnade zu erflehen; mit einer Geste des Grauens stürzte er zum Elefantengehege davon.

Diese Tiere waren der Stolz der vornehmen punischen Geschlechter. Sie hatten die Ahnen getragen, in Kriegen gesiegt, und man verehrte sie als Lieblinge der Sonne.

Jene aus Megara waren die stärksten von ganz Karthago. Vor seiner Abreise hatte Hamilkar Abdalonim den Schwur abgenommen, über sie zu wachen. Doch sie waren an ihren Verstümmelungen gestorben; nur drei waren noch übrig und lagen mitten im Hof im Staub vor den Ruinen ihrer Futtertröge.

Sie erkannten ihn und kamen auf ihn zu.

Der eine hatte schrecklich zerfetzte Ohren, der andere eine große Wunde am Knie und der dritte einen abgeschlagenen Rüssel.

Dennoch sahen sie ihn traurig an wie verständige Wesen; und jener, der keinen Rüssel mehr hatte, senkte seinen gewaltigen Schädel, und indem er in die Knie ging, versuchte er ihn sanft mit dem furchtbaren Ende seines Rüsselstumpfes zu streicheln.

Bei dieser Liebkosung des Tieres sprangen dem Suffeten zwei Tränen in die Augen. Er stürzte auf Abdalonim zu.

»Ach! Elender! ans Kreuz! ans Kreuz!«

Abdalonim verlor das Bewußtsein und fiel rücklings zu Boden.

Hinter den Purpurfabriken, deren langsame blaue

Rauchschwaden in den Himmel stiegen, erschallte das Gebell eines Schakals; Hamilkar hielt inne.

Der Gedanke an seinen Sohn hatte ihn mit einem Schlag beruhigt, als ob ein Gott ihn berührt hätte. Er ahnte in ihm eine Verlängerung seiner Macht, eine unendliche Fortführung seiner Selbst, und seine Sklaven verstanden nicht, woher diese plötzliche Besänftigung rührte.

Als er sich in Richtung der Purpurfabriken wandte, kam er vor dem Verließ vorbei, einem langgestreckten Gebäude aus schwarzem Stein, erbaut in einer viereckigen Grube mit einem schmalen Pfad rundum und vier Treppen an den Ecken.

Gewiß würde Iddibal warten, bis es Nacht war, um sein Signal zu Ende zu bringen. Noch eilt nichts, dachte Hamilkar; und er stieg ins Gefängnis hinab. Einige riefen ihm zu: »Kehre um!«, die Tapfersten folgten ihm.

Die offene Tür schlug im Wind. Durch die schmalen Schießscharten drang die Dämmerung herein, und im Inneren konnte man zerbrochene Ketten ausmachen, die an den Wänden hingen.

Dies war alles, was von den Kriegsgefangenen übrig war.

Da erbleichte Hamilkar zutiefst, und jene, die sich draußen über die Grube beugten, sahen, wie er sich mit der Hand an der Wand abstützte, um nicht umzusinken.

Doch da ertönte dreimal der Schrei des Schakals. Hamilkar hob den Kopf; er sprach nicht ein Wort, machte nicht eine Geste. Als die Sonne gänzlich untergegangen war, verschwand er hinter der Hecke aus Feigenkakteen, und am Abend bei der Versammlung der Reichen im Tempel des Eschmun sagte er bei seinem Eintreten:

»Lichter der Baalim, ich nehme den Oberbefehl über die punischen Streitkräfte gegen die Armee der Barbaren an!«

VIII

Die Schlacht am Makar

Bereits am nächsten Tag zog er den Syssitien zweihundertdreiundzwanzigtausend Goldkikar ab und erließ eine Steuer von vierzehn Sekel für die Reichen. Sogar die Frauen trugen ihren Anteil bei; man mußte Abgaben für die Kinder entrichten, und auch die Priesterkollegien zwang er, Geld abzuliefern – eine Ungeheuerlichkeit für karthagische Gepflogenheiten.

Er forderte alle Pferde, alle Maultiere und alle Waffen ein. Einige wollten ihren Reichtum verheimlichen; da verkaufte man ihre Habe; und um den Geiz der übrigen einzuschüchtern, gab er sechzig Rüstungen und fünfzehnhundert Gomor Mehl, ebensoviel wie die Elfenbeinhandelsgesellschaft im ganzen.

Er sandte nach Ligurien, um Soldaten anzuwerben, dreitausend Bergbewohner, die gewohnt waren, gegen Bären zu kämpfen; man bezahlte ihnen den Sold für sechs Monde im voraus zu fünfzehn Minen pro Tag.

Indessen benötigte man eine Armee. Doch anders als Hanno nahm Hamilkar nicht alle Bürger auf. Zunächst wies er all jene ab, die einer sitzenden Beschäftigung nachgingen, dann Leute, die einen zu großen Bauch hatten oder ängstlich wirkten; und er ließ alle Entehrten zu, das Gesindel von Malqua, Söhne der Barbaren, Freigelassene. Den Neu-Karthagern versprach er als Belohnung das volle Bürgerrecht.

Seine erste Sorge galt einer Reform der Legion. Diese schönen jungen Männer, die sich für die militärische Majestät der Republik hielten, standen unter Selbstverwaltung. Er degradierte ihre Offiziere; behandelte alle grob, ließ sie laufen, springen, die Steigung der Byrsa in einem Atemzug hinaufsteigen, Wurfspieße werfen, Mann gegen Mann kämpfen, des nachts auf den Plätzen schlafen. Ihre Familien besuchten sie dort und bedauerten sie.

Er bestellte kürzere Schwerter, stärkere Schnürstiefel. Er legte die Zahl der Knechte fest und verringerte das Gepäck; und da man im Tempel des Moloch dreihundert römische Speere aufbewahrte, nahm er sie trotz des Protestes des Pontifex.

Mit den Elefanten, die aus Utica zurückgekehrt waren, und anderen aus Privatbesitz stellte er eine Phalanx von zweiundsiebzig Elefanten zusammen und machte sie zu einer fürchterlichen Waffe. Er rüstete ihre Treiber mit einem Holzhammer und einem Meißel aus, so daß sie den Tieren den Schädel einschlagen konnten, sollten sie im Kampfgetümmel durchgehen.

Er gestattete nicht, daß seine Generäle vom Großen Rat ernannt wurden. Die Ältesten versuchten ihm die Gesetze entgegenzuhalten, er setzte sich darüber hinweg; man wagte nicht mehr zu murren, alles beugte sich unter der Gewalt seines Genius.

Ganz allein übernahm er die Verantwortung für Krieg, Regierung und Finanzen; und um Beschuldigungen vorzubeugen, erbat er sich den Suffeten Hanno zur Überwachung seiner Rechnungen.

Er ließ an den Befestigungsmauern arbeiten und um der Steine willen alte innere Wälle abreißen, die derzeit unnütz waren. Doch die Unterschiede in den Vermögensverhältnissen, welche die Hierarchie der Völkerschaften ersetzt hatten, hielten die Trennung zwischen den Söhnen der Besiegten und jenen der Eroberer aufrecht; daher sahen die Patrizier die Zerstörung dieser Ruinen voller Verärgerung, während sich der Pöbel darüber freute, ohne so recht zu wissen warum.

Die bewaffneten Truppen marschierten von morgens bis abends durch die Straßen; immer wieder hörte man das Schmettern der Trompeten; auf Karren zogen Schilde, Zelte und Piken vorüber: die Höfe waren voller Frauen, die Leinwand in Fetzen rissen; der Feuereifer übertrug sich von einem auf den anderen; die Seele Hamilkars erfüllte die Republik.

Er hatte die Soldaten in geradzahlige Glieder eingeteilt, wobei er darauf achtete, daß sich in den Längsreihen jeweils ein starker und ein schwacher Mann abwechselten, so daß der weniger Kräftigere oder Feigere von einem Soldaten vor ihm geführt und zugleich von einem hinter ihm angetrieben wurde. Doch mit seinen dreitausend Ligurern und den besten Karthagern konnte er lediglich eine einfache Phalanx aus viertausendundsechsundneunzig Hopliten bilden, die mit bronzenen Helmen ausgerüstet waren und vierzehn Ellen lange Lanzen aus Eschenholz führten.

Zweitausend junge Männer trugen Schleudern, einen Dolch und Sandalen. Er verstärkte sie mit achthundert weiteren, die mit einem Rundschild und einem Schwert nach Römerart bewaffnet waren.

Die schwere Reiterei bestand aus neunzehnhundert Gardisten, die aus der Legion verblieben, bedeckt mit feuervergoldeten bronzenen Schuppenpanzern wie assyrische Klinabaren. Darüber hinaus verfügte er über vierhundert berittene Bogenschützen, jene, die man Tarentiner nannte, mit Mützen aus Wieselfell, einer zweischneidigen Streitaxt und einer ledernen Tunika. Schließlich zwölfhundert Neger aus dem Karawanenviertel, die man unter die Klinabaren mischte. Sie sollten neben den Hengsten einherlaufen und sich mit einer Hand an deren Mähne festhalten. Alles war bereit, und dennoch zog Hamilkar nicht los.

Des Nachts verließ er Karthago häufig allein und

drang bis weit über die Lagune hinaus vor, in Richtung der Mündung des Makar. Wollte er sich etwa mit den Söldnern verbünden? Sein Haus war von den auf den Mapalien lagernden Ligurern umgeben.

Die Befürchtungen der Reichen schienen berechtigt, als sie eines Tages sahen, wie sich dreihundert Barbaren den Stadtmauern näherten. Der Suffet öffnete ihnen die Tore; es waren Überläufer; von Furcht oder Treue getrieben eilten sie zu ihrem Herrn.

Die Rückkehr Hamilkars hatte die Söldner keineswegs überrascht; in ihrer Vorstellung konnte dieser Mann nicht sterben. Er war heimgekehrt, um seine Versprechen einzulösen: eine Hoffnung, die angesichts der tiefen Kluft, die zwischen der Stadt und der Armee herrschte, keineswegs absurd war. Im übrigen waren sie sich keiner Schuld bewußt; man hatte das Gelage vergessen.

Die Spione, die sie aufgriffen, belehrten sie eines Besseren. Dies war ein Triumph für die Erbitterten; sogar die Lauen wurden wütend. Auch erdrückten sie die beiden Belagerungen mit Langeweile; nichts ging voran; besser wäre eine Schlacht! Viele Männer lösten sich zudem aus dem Verband, streiften über das Land. Als sie die Nachricht von der Bewaffnung hörten, kehrten sie zurück. Matho tat einen Freudensprung. »Endlich! endlich!« rief er.

Der Groll, den er gegen Salambo hegte, wandte sich nun gegen Hamilkar. Sein Haß richtete sich jetzt auf ein ganz bestimmtes Opfer; und da seine Rache nun leichter erreichbar schien, glaubte er schon, sie erlangt zu haben und ergötzte sich daran. Gleichzeitig wurde er von innigerer Zärtlichkeit erfüllt, von beißenderem Verlangen verschlungen. In stetem Wechsel sah er sich inmitten der Soldaten, wie er das Haupt des Suffeten auf einer Pike schwang, dann wieder in dem Gemach mit der purpurnen Bettstatt, wie er die Jungfrau in seine Arme schloß, ihr Gesicht mit Küssen bedeckte, seine Hände über ihr üppiges schwarzes Haar gleiten ließ; und diese Vorstellung, von der er wußte, daß sie unerfüllbar war, marterte ihn. Er schwor, da ihn seine Gefährten zum Schalischim ernannt hatten, den Krieg zu führen; die Gewißheit, daß er nicht zurückkehren werde, machte ihn erbarmungslos.

Er kam zu Spendius und sagte zu ihm:

»Nimm deine Männer! Ich werde die meinen herbeiführen. Benachrichtige Autharit! Wenn Hamilkar uns angreift, sind wir verloren! Hörst du? Steh auf!«

Spendius verharrte verblüfft angesichts dieses befehlenden Tons. Im allgemeinen ließ Matho sich leiten, die Wutausbrüche, die ihn zuweilen überkamen, hatten sich stets schnell wieder gelegt. Doch diesmal schien er ruhiger und furchterregender zugleich zu sein; eine herrliche Willenskraft funkelte in seinen Augen wie die Flammen eines Brandopfers.

Der Grieche schenkte seinen Argumenten kein Gehör. Er bewohnte eines jener karthagischen Zelte mit Perlenbordüre, schlürfte kühle Getränke aus silbernen Schalen, spielte Cottabus, ließ seine Haare wachsen und führte die Belagerung mit Muße. Zudem hatte er geheime Verbindungen in die Stadt geknüpft und wollte keineswegs abziehen, in der Überzeugung, daß man ihnen in nur wenigen Tagen die Tore öffnen werde.

Naravas, der zwischen den drei Armeen umherzog, befand sich gerade bei ihm. Er unterstützte seine Meinung und warf dem Libyer vor, durch übertriebenen Mut ihr gemeinsames Unterfangen aufzugeben.

»Verschwinde doch, wenn du Angst hast! schrie Matho; du hast uns Pech, Schwefel, Elefanten, Fußvolk, Pferde versprochen! Wo sind sie?«

Naravas erinnerte ihn daran, daß er die letzten Kohorten Hannos ausgemerzt hatte; – was die Elefanten anbelangte, so jage man in den Wäldern nach ihnen, seine

Soldaten würden bewaffnet, die Pferde seien unterwegs; und während der Numider seine Straußenfeder streichelte, die ihm auf die Schulter fiel, rollte er seine Augen wie eine Frau und lächelte auf aufreizende Art. Matho, ihm gegenüber, wußte nicht, was er erwidern sollte.

In diesem Moment trat ein unbekannter Mann ein, schweißgebadet, verstört, mit blutenden Füßen, den Gürtel gelöst; sein Atem ließ seine mageren Flanken flattern, daß sie zu bersten schienen, und indes er in einem unverständlichen Dialekt sprach, öffnete er die Augen weit, als ob er von einer Schlacht erzählte. Der König sprang nach draußen und rief seine Reiter zu sich.

Sie formierten sich in der Ebene, so daß sie vor ihm einen Kreis bildeten. Naravas zu Pferde senkte den Kopf und biß sich auf die Lippen. Schließlich teilte er seine Männer in zwei Hälften, befahl der einen zu warten; dann, auf einen gebieterischen Wink hin, entschwand er im Galopp mit den anderen in Richtung der Berge am Horizont.

»Herr! murmelte Spendius, ich mag diese außergewöhnlichen Zufälle nicht, der Suffet kehrt zurück, Naravas geht fort...

– Ach! Was soll's?« entgegnete Matho verächtlich.

Ein Grund mehr, sich mit Autharit zu vereinigen, um Hamilkar zuvorzukommen. Doch wenn man die Belagerung der Städte aufgab, so würden ihre Bewohner ausfallen, sie von hinten angreifen, und die Karthager kämen von vorne heran. Nach vielem Hin und Her wurden die folgenden Maßnahmen beschlossen und sogleich ausgeführt.

Mit fünfzehntausend Männern zog Spendius bis zur über den Makar errichteten Brücke, etwa drei Meilen vor Utica; man verstärkte ihre Eckpfeiler mit vier gewaltigen katapultbewehrten Türmen. Mit Baumstämmen, Felsblöcken, dornigem Flechtwerk und Bruchsteinmauern versperrte man in den Bergen alle Pfade, alle Schluchten; auf ihren Gipfeln schichtete man Heu auf, das man als Signalfeuer entzünden könnte, und Schäfer mit besonders scharfen Augen wurden hier und dort in der Nähe postiert.

Gewiß würde sich Hamilkar nicht wie Hanno in Richtung des Bergs der Heißen Wasser wenden. Er mußte glauben, daß ihm Autharit, Gebieter über das Landesinnere, den Weg versperrte. Zudem würde ihn eine Niederlage zu Beginn des Feldzugs ins Verderben stürzen, während der Sieg bald wiederzugewinnen wäre, wenn die Söldner weiter entfernt ständen. Allerdings konnte er am Kap der Weintrauben landen und von dort zu einer der beiden Städte ziehen. Doch dann befände er sich zwischen zwei Söldnerarmeen, eine Unvorsichtigkeit, derer er mit seinen zahlenmäßig schwachen Streitkräften nicht fähig war. Folglich mußte er am Fuß des Berges von Ariana entlangkommen, sich links wenden, um die Mündung des Makar zu umgehen, und dann geradewegs auf die Brücke zu. Dort erwartete ihn Matho.

Nachts beim Schein der Fackeln überwachte er die Schanzsoldaten. Er eilte nach Hippo Diarrhytus, zu den Arbeiten in den Bergen, kehrte wieder zurück, gönnte sich keine Ruhe. Spendius beneidete ihn um seine Kraft; doch was die Führung der Spione anbelangte, die Wahl der Schildwachen, die Kunst der Kriegsmaschinen und all die Verteidigungsmaßnahmen, hörte Matho fügsam auf seinen Gefährten; und sie sprachen nicht mehr über Salambo, – der eine, weil er nicht an sie dachte, und der andere hielt sich aus Scham zurück.

Häufig brach er in Richtung Karthago auf, um Hamilkars Truppen zu erspähen. Er durchbohrte den Horizont mit seinen Augen; er legte sich flach auf den Bauch, und im Rauschen seiner Arterien glaubte er eine Armee zu hören.

Zu Spendius sagte er, wenn Hamilkar nicht binnen drei Tagen käme, daß er ihm mit all seinen Männern entgegenginge und ihm die Schlacht anböte. Noch zwei weitere Tage vergingen. Spendius hielt ihn zurück; am Morgen des sechsten zog er ab.

Die Karthager waren nicht weniger ungeduldig auf den Krieg als die Barbaren. In den Zelten und in den Häusern herrschte das gleiche Verlangen, die gleiche Furcht; alle fragten sich, was Hamilkar abhalte.

Von Zeit zu Zeit stieg er zur Kuppel des Eschmuntempels empor, gleich neben den Verkünder der Monde, und er beobachtete den Wind.

Eines Tages, am dritten Tage des Monats Tibby sah man ihn raschen Schrittes von der Akropolis hinabeilen. In den Mapalien hob großes Geschrei an. Bald belebten sich die Straßen, und überall begannen Soldaten inmitten tränenüberströmter Frauen, die sich ihnen an die Brust warfen, zu den Waffen zu greifen; dann liefen sie schnell zum Platz des Khamon, um ihre Reihen einzunehmen. Man durfte ihnen nicht folgen, nicht einmal mit ihnen sprechen, noch sich den Festungsmauern nähern; für einige Minuten war die ganze Stadt so still wie ein großes Grabmal. Aufgestützt auf ihre Lanzen hingen die Soldaten ihren Gedanken nach, und die in den Häusern Zurückgebliebenen seufzten.

Bei Sonnenuntergang zog das Heer zum westlichen Tor hinaus; doch anstatt den Weg nach Tunis zu nehmen, oder die Berge in Richtung Utica anzustreben, marschierte es weiter am Meer entlang; kurz darauf erreichten sie die Lagune, auf welcher runde Flächen schimmerten, ganz weiß von Salz, wie riesige silberne Platten, die man am Ufer vergessen hat.

Dann wurden die Wasserlachen häufiger. Der Boden wurde allmählich weicher, die Füße versanken. Hamilkar kehrte nicht um. Er ritt immer vorneweg; und sein Pferd, gelbgefleckt wie ein Drache, warf den Schaum rund um sich auf und bewegte sich im Schlamm unter kräftigen Rucken vorwärts. Die Nacht brach herein, eine Nacht ohne Mondenschein. Einige schrien auf, sie würden alle sterben; er entriß ihnen die Waffen und gab sie statt dessen den Knechten. Der Morast wurde tiefer und tiefer. Man mußte auf die Lasttiere steigen; andere klammerten sich an die Schweife der Pferde; die Starken zogen die Schwachen, und das Korps der Ligurer trieb die Fußsoldaten mit der Spitze der Piken voran. Die Dunkelheit nahm zu. Man hattte den Weg verloren. Alle hielten an.

Nun gingen die Sklaven des Suffeten voraus, um die auf seinen Befehl in einigen Abständen gesteckten Markierungen zu suchen. Sie riefen in der Finsternis, und die Armee folgte ihnen von weitem.

Schließlich spürte man festen Boden unter den Füßen. Dann zeichnete sich undeutlich eine weißliche Biegung ab, und sie fanden sich am Ufer des Makar wieder. Trotz der Kälte entzündeten sie keine Feuer.

Mitten in der Nacht erhoben sich Windböen. Hamilkar ließ die Soldaten wecken, doch nicht eine Trompete erklang: Die Hauptleute klopften ihnen vorsichtig auf die Schulter.

Ein hochgewachsener Mann stieg ins Wasser. Es reichte ihm nicht einmal bis zum Gürtel; man konnte passieren.

Der Suffet befahl, daß zweiunddreißig Elefanten in etwa hundert Schritt Entfernung mitten im Fluß aufgestellt würden, während die anderen, weiter unten, die Reihen jener Männer aufhalten sollten, die von der Strömung mitgerissen wurden; und alle, ihre Waffen über den Kopf haltend, überquerten den Makar, als ob sie zwischen zwei Mauern hindurchschritten. Hamilkar hatte entdeckt, daß der vom Westwind herangetriebene Sand den Fluß zurückhielt, indem er über dessen gesamte Breite einen natürlichen Damm bildete.

Nun war er am linken Ufer angelangt, gegenüber von Utica in einer weiten Ebene, ein Vorteil für seine Elefanten, welche die Stärke seines Heeres ausmachten.

Dieser Geniestreich begeisterte die Soldaten. Erneut überkam sie außergewöhnliche Zuversicht. Sie wollten sich sogleich auf die Barbaren stürzen; der Suffet ließ sie für zwei Stunden ruhen. Sobald die Sonne aufging verteilte man sich auf drei Reihen in der Ebene: vorneweg die Elefanten, gefolgt von den leichtbewaffneten Fußsoldaten und der Reiterei, dahinter marschierte die Phalanx.

Die vor Utica lagernden Barbaren und die fünfzehntausend rund um die Brücke waren überrascht, in der Ferne die Erde wogen zu sehen. Der überaus heftige Wind wehte Sandwirbel vor sich her; sie erhoben sich wie dem Boden entrissen, stiegen gleich großen blonden Fetzen auf, zerstoben, bildeten sich stets aufs neue und verbargen so die punische Armee vor den Söldnern. Wegen der am Rand der Helme aufstrebenden Hörner, glaubten die einen, eine Rinderherde zu sehen; andere, getäuscht vom Flattern der Mäntel, behaupteten, Flügel ausmachen zu können, und die Vielgereisten zuckten mit den Schultern und erklärten alles mit den Vorgaukeleien einer Fata Morgana. Indessen rückte etwas Gewaltiges immer näher. Kleine Dunstschwaden, flüchtig wie Atemhauch, eilten über die Oberfläche der Wüste; die Sonne, nun schon höher, strahlte stärker herab: ein gleißendes Licht, das zu vibrieren schien, ließ die Tiefe des Himmels zurückweichen, und während es die Dinge durchdrang, machte es das Einschätzen der Entfernung unmöglich. So weit das Auge reichte erstreckte sich zu allen Seiten die unendliche Ebene; und die kaum wahrnehmbaren Bodenerhebungen setzten sich bis zum äußersten Horizont fort, begrenzt von einer langen blauen Linie, in der man das Meer erahnte. Die beiden Armeen waren aus ihren Zelten herausgetreten und starrten dorthin; die Bewohner Uticas drängten sich auf den Befestigungswällen, um besser sehen zu können.

Schließlich konnten sie mehrere querstehende Stangen erkennen, die mit gleichmäßigen Spitzen gespickt waren. Sie wurden zunehmend dichter, wuchsen; schwarze Hügel wogten heran; plötzlich tauchten viereckige Büsche auf; dies waren die Elefanten und Lanzen; ein einziger Schrei erschallte: »Die Karthager!«, und ohne Signal, ohne Befehl eilten die Soldaten vor Utica wie jene an der Brücke in wildem Durcheinander herbei, um gemeinsam über Hamilkar herzufallen.

Beim Klang dieses Namens erbebte Spendius. Keuchend wiederholte er: »Hamilkar! Hamilkar!«, und Matho war nicht da! Was tun? Keine Möglichkeit zur Flucht! Die Überraschung des Ereignisses, seine Furcht vor dem Suffeten und vor allem die Dringlichkeit einer sofortigen Entscheidung überwältigten ihn; er sah sich von tausend Schwertern durchbohrt, enthauptet, tot. Indessen rief man nach ihm; dreißigtausend Männer erwarteten seine Befehle; Wut gegen sich selbst ergriff ihn; er klammerte sich an die Hoffnung des Sieges; dieser versprach wahre Glückseligkeit, und er glaubte sich unerschrokkener als Epaminondas. Um seine Blässe zu verbergen, schmierte er sich Zinnober auf die Wangen, dann schnallte er seine griechischen Beinschienen und seinen Küraß um, trank hastig eine Opferschale reinen Weins und rannte seinen Truppen nach, die jenen von Utica entgegeneilten.

Beide Armeen vereinigten sich so rasch, daß der Suffet keine Zeit gehabt hatte, seine Männer in Schlachtenordnung zu bringen. Allmählich verlangsamte er seinen Schritt. Die Elefanten blieben stehen; sie schwenkten ihre schweren, mit Straußenfedernschmuck beladenen

Köpfe und schlugen sich dabei mit dem Rüssel auf ihre Schultern.

Zwischen ihnen konnte man im Hintergrund die Kohorten der Veliten erkennen, und noch weiter entfernt die mächtigen Helme der Klinabaren, deren Klingen in der Sonne funkelten, sowie Kürasse, Federbüsche, wehende Standarten. Die karthagische Armee hatte eine Stärke von elftausenddreihundertsechsundneunzig Männern, wirkte jedoch weniger mächtig, da sie ein langgestrecktes Viereck bildete, das an den Flanken schmal zulief und sich in der Mitte zusammenballte.

Beim Anblick dieses so schwachen Gegners erfaßte die dreifach zahlreicheren Barbaren ungezügelte Freude; Hamilkar war nicht zu entdecken. Vielleicht war er weiter hinten zurückgeblieben? Wen kümmerte das schon? Die Verachtung, die sie für diese Händler hegten, beflügelte ihren Mut; und noch bevor Spendius das Manöver befahl, hatten ihn bereits alle verstanden und führten es aus.

Sie entfalteten sich zu einer langen geraden Reihe, welche die Flügel des punischen Heeres überragte, um dieses vollständig zu umschließen. Doch als sie auf dreihundert Schritt herangekommen waren, machten die Elefanten kehrt, anstatt nach vorne zu stürmen; da drehten sich auch die Klinabaren um und folgten ihnen; und die Überraschung der Söldner vergrößerte sich noch, als sie sahen, wie alle mit Wurfwaffen ausgestatteten Männer ihnen nachliefen, um den Anschluß nicht zu verlieren. Die Karthager hatten also Angst, sie flohen! Bei den Truppen der Barbaren brach ungeheures Hohngelächter los, und von seinem Dromedar herab schrie Spendius: »Ach! Ich habe es mir gleich gedacht! Vorwärts! Vorwärts!«

Da zischten die Spieße, Pfeile, Schleudergeschosse gleichzeitig los. Die Elefanten, deren Kruppen von den

Spitzen zerstochen wurden, begannen schneller zu galoppieren; Unmengen an Staub hüllten sie ein, und sie verschwanden wie Schatten in den Wolken.

Indessen hörte man in der Ferne den Lärm von Schritten, übertönt vom durchdringenden Schmettern von Trompeten, die wütend bliesen. Dieser vor den Barbaren liegende Raum, voller Gewirbel und Getöse, zog sie an wie ein Strudel; einige stürmten hinzu. Da tauchten Infanteriekohorten vor ihnen auf; sie schlossen sich wieder zusammen; und zur gleichen Zeit sahen all die anderen die leichtbewaffneten Fußsoldaten und galoppierenden Reiter auf sich zurasen.

Tatsächlich hatte Hamilkar der Phalanx befohlen ihre Züge aufzubrechen, damit Elefanten, die leichten Truppen und die Berittenen durch diese Lücken rasch zu den Flügeln vordringen konnten, und er hatte die Entfernung zu den Barbaren so gut geschätzt, daß die gesamte karthagische Armee, in dem Augenblick als die Heere aufeinandertrafen, eine mächtige gerade Linie bildete.

In der Mitte stand die wehrhafte Phalanx, gebildet aus Syntagmen oder vollständigen Karrees mit einer Länge von sechzehn Mann an jeder Seite. Die Heerführer aller Linien erschienen zwischen langen spitzen Klingen, die sie unterschiedlich hoch überragten, denn die ersten sechs Reihen hielten ihre Lanzen gekreuzt, indem sie diese in der Mitte faßten, während die zehn inneren Reihen sie auf den Schultern ihrer Gefährten auflegten, die vor ihnen standen. Alle Gesichter verschwanden zur Hälfte unter den Helmvisieren; bronzene Beinschienen bedeckten die rechten Schenkel; gewaltige, zylinderförmig gebogene Schilde reichten bis zu den Knien; und diese furchterregende rechteckige Masse bewegte sich wie aus einem Guß, schien lebendig wie ein Tier und wie eine Maschine zu funktionieren. Zwei Elefantenkohorten deckten gleichmäßig ihre Flanken; unter Zucken befreiten sich die Tiere von den Pfeilsplittern, die in ihrer dunklen Haut steckten. Inmitten von weißen Federbüschen kauerten die Inder auf ihrem Widerrist und hielten sie mit dem Löffel der Harpune zurück, während Männer in den Türmen, bis zu den Schultern verborgen, gleich neben mächtigen gespannten Bögen, eiserne, mit entzündetem Werg umwickelte Spindeln bereithielten. Rechts und links der Elefanten wirbelten die Schleuderer umher, eine Schleuder um die Lenden geschlungen, eine zweite auf dem Kopf und die dritte in der rechten Hand. Dahinter hielten die Klinabaren, jeder von ihnen in Begleitung eines Negers, die Lanzen wurfbereit zwischen den Ohren ihrer Pferde, die wie sie selbst gänzlich mit Gold überzogen waren. Dann folgten in einigem Abstand die leicht bewaffneten Soldaten mit Schilden aus Luchsleder, überragt von den Spitzen ihrer Wurfspieße, die sie in ihrer Linken trugen; und die Tarentiner lenkten zwei zusammengekoppelte Pferde, so daß diese Mauer aus Soldaten an ihren beiden Enden höher war.

Die Armee der Barbaren dagegen hatte ihre Formation nicht beibehalten können. Über die ungeheure Länge bildeten sich Haufen und Lücken; alle keuchten, außer Atem vom Laufen.

Die Phalanx erbebte bis in die Grundfesten beim Vorstoß all der Lanzen; unter diesem gewaltigen Druck gab die zu schwache Linie der Söldner in der Mitte bald nach.

Da entfalteten sich die Flügel der Karthager, um sie zu packen: Die Elefanten folgten ihnen. Mit schräg gehaltenen Lanzen durchschnitt die Phalanx die Reihen der Barbaren; zwei riesige Teilstücke schwankten hin und her; die Flügel trieben sie mit Schleudergeschossen und Pfeilen zurück zu den Phalangisten. Um sich ihrer zu erwehren, fehlte den Barbaren Reiterei; lediglich zweihundert Numider standen ihnen zur Verfügung, die sich nun gegen die rechte Eskadron der Klinabaren wandten. Alle anderen fanden sich eingeschlossen, konnten diesen Linien nicht entrinnen. Angesichts des drohenden Unheils war eine sofortige Entscheidung dringend nötig.

Spendius befahl, die Phalanx an beiden Flanken gleichzeitig anzugreifen, um durchbrechen zu können. Doch deren schmalste Linien glitten hinter die längeren zurück, nahmen deren Platz ein, und so stellte sich die karthagische Armee an ihren Flanken ebenso schrecklich gegen die Barbaren, wie sie sich soeben noch von vorne gezeigt hatte.

Sie hieben auf die Schäfte der Lanzen ein, doch von hinten behinderte die Reiterei ihren Angriff; und im Schutz der Elefanten zog sich die Phalanx zusammen, verbreiterte sich, präsentierte sich einmal als Karree, dann wieder als Kegel, als Raute, Trapez oder Pyramide. In ihrem Inneren fand stets eine doppelte Austauschbewegung von ihrer vordersten Front bis zu ihren Ausläufern statt; denn jene am Ende der Linien eilten zu den vordersten Reihen, und diese, aus Erschöpfung oder wegen der Verwundeten, zogen sich weiter nach hinten zurück. Die Barbaren hatten sich mit der Phalanx verkeilt. Es war ihr unmöglich, vorwärts zu dringen; das ganze glich einem Ozean, in dem rote Federbuschen zwischen ehernen Schuppen auf- und abwogten, während die hellen Schilde wie silberne Gischt hochbrandeten. Zuweilen stürzten mächtige Wellen von einem Ende zum anderen hinab und türmten sich anderswo wieder auf, wobei in der Mitte eine zähe Masse unbeweglich verharrte. Die Lanzen senkten und hoben sich im Wechsel. Anderswo stießen blanke Schwerter so hitzig aufeinander, daß man nur ihre Spitzen erkennen konnte, und vor den Schwadronen der Berittenen stoben Kreise auf, die sich wirbelnd hinter ihnen wieder schlossen.

Über die Stimmen der Offiziere, das Schmettern der Signalhörner und das Kreischen der Lyren hinweg, schwirrten pfeifend Bleikugeln und irdene Mandeln durch die Luft, die Schwerter aus den Händen, Hirne aus den Schädeln springen ließen. Die Verwundeten schützten sich mit ihrem Schild, während sie mit dem anderen Arm ihr Schwert emporhielten, indem sie den Knauf auf dem Boden abstützten; und andere, inmitten von Blutlachen, wanden sich hin und her, um ihre Feinde in die Fersen zu beißen. Die Menge war so dichtgedrängt, der Staub so undurchdringlich, das Getöse so lärmend, daß es unmöglich war, das Geringste auszumachen; die Feiglinge, die sich ergeben wollten, wurden nicht einmal gehört. Hatte man nichts mehr in Händen, rang man Mann gegen Mann; die Brustkörbe prallten gegen die Kürasse, und von zwei verkrampften Armen umschlungen ließen die Leichen den Kopf in den Nacken sinken. Ein Verband aus sechzig Umbriern war darunter, die fest auf beiden Beinen stehend, die Pike in Augenhöhe, unbezwingbar und mit den Zähnen knirschend zwei Syntagmen gleichzeitig zum Rückzug zwangen. Epirotische Hirten stürmten auf die linke Schwadron der Klinabaren ein, packten die Pferde an der Mähne und schwangen gleichzeitig ihre Stäbe; die Tiere warfen ihre Reiter ab und flüchteten über die Ebene. Verblüfft blieben die punischen Schleuderer hier und dort verstreut zurück. Die Phalanx begann zu wanken, verzweifelt rannten die Hauptleute hin- und her; die am Ende der Kohorten marschierenden Soldaten drängten nach vorne, und die Barbaren hatten sich wieder formiert; erneut rückten sie vor; der Sieg war ihnen gewiß.

Doch ein Schrei, ein entsetzlicher Schrei erschallte, ein schmerz- und wuterfülltes Gebrüll: es waren die zweiundsiebzig Elefanten, die in Zweierreihen heranstürmten; denn Hamilkar hatte gewartet, bis die Söldner an einem einzigen Ort zusammengeschart waren, um die Tiere auf sie zu hetzen; die Inder hatten sie derart heftig die Pike spüren lassen, daß ihnen das Blut über die großen Ohren rann. Wie rote Schlangen ragten ihre mit Mennige beschmierten Rüssel geradewegs in die Höhe; ihre Brust war mit einem Speer bewehrt, ihr Rücken mit einem Küraß, ihre Stoßzähne mit eisernen Klingen verlängert, die gekrümmt waren wie Säbel, – und um sie noch wilder zu machen, hatte man sie mit einer Mischung aus Pfeffer, reinem Wein und Weihrauch berauscht. Sie schüttelten ihre schellenbesetzten Halsbänder, trompeteten; und die Elefantentreiber duckten sich unter dem Erguß aus Wurfgeschossen, die nun von oben aus den Türmen abgefeuert wurden.

Um ihnen besser widerstehen zu können, rückten die Barbaren in dicht geschlossenen Reihen vor; ungestüm stürzten die Elefanten mitten hinein. Der Rammsporn ihres Brustblattes trieb die Kohorten auseinander wie der Bug eines Schiffes: aufschäumend wichen sie zurück. Mit ihren Rüsseln erstickten sie die Männer oder rissen sie vom Boden hoch über ihren Kopf und lieferten sie den Soldaten in den Türmen aus; mit ihren Stoßzähnen schlitzten sie sie auf, schleuderten sie in die Luft; und lange Eingeweide hingen an ihren Gabeln aus Elfenbein wie Tauwerk an Masten. Die Barbaren versuchten, ihnen die Augen auszustechen, die Kniekehlen durchzuschneiden; andere ließen sich unter ihren Bauch gleiten, stießen ihr Schwert bis zum Heft hinein und starben zermalmt; die Kühnsten klammerten sich an ihre Gurte; inmitten der Flammen, Kugeln und Pfeile versuchten sie das Leder zu durchtrennen, bis der Turm aus Weidengeflecht in sich zusammenstürzte wie ein Turm aus Stein. Vierzehn von jenen, die sich an der äußersten rechten Seite befanden, wandten sich, gereizt durch ihre Verwundungen, zur zweiten Reihe um. Die Inder ergriffen Hammer und Meißel und setzten sie am Halswirbel an: mit weit ausholendem Schwung schlugen sie kräftig zu.

Die gewaltigen Tiere sackten in sich zusammen, stürzten übereinander. Sie bildeten gleichsam einen Hügel; und diesen Berg aus Leichen und Rüstungen überragte ein ungeheurer Elefant, den man *Zorn des Baal* nannte, dessen Bein sich in den Ketten verfangen hatte, und noch bis zum Abend brüllte er mit einem Pfeil im Auge.

Die übrigen Tiere indessen, wie Eroberer, die sich an ihrer Vernichtung ergötzen, zerstießen, zermalmten, zertrampelten, fielen verbissen selbst noch über die Kadaver her, über die Trümmer. Um die Manipel zurückzustoßen, die sie kranzförmig rundum bedrängten, tänzelten sie auf den Hinterbeinen unablässig im Kreis, wobei sie weiter vorwärtsgingen. Die Karthager fühlten ihre Kräfte erstarken, und die Schlacht begann von neuem.

Die Barbaren wurden schwächer; griechische Hopliten ließen die Waffen sinken, Entsetzen ergriff die anderen. Man sah Spendius über sein Dromedar gebeugt, das er mit Wurfspießstichen in beide Schultern antrieb. Alle stürzten über die Flügel und rannten in Richtung Utica davon.

Die Klinabaren, deren Pferde erschöpft waren, versuchten nicht, ihnen nachzujagen. Die Ligurer, entkräftet vor Durst, schrien, den Blick auf den Fluß geheftet. Doch die in der Mitte der Syntagmen aufgestellten Karthager hatten weniger gelitten und bebten vor Verlangen angesichts der Rache, die ihnen zu entkommen drohte; schon stürmten sie los in Verfolgung der Söldner; da erschien Hamilkar.

Mit silbernen Zügeln hielt er sein geflecktes, schweißgebadetes Pferd zurück. Die an den Hörnern seines Helmes befestigten Bändchen flatterten im Wind hinter ihm, und er hatte seinen ovalen Schild unterhalb des rechten Schenkels befestigt. Mit einer Bewegung seines dreizakkigen Spießes brachte er die Armee zum Stehen.

Die Tarentiner sprangen geschwind von ihrem ersten

Pferd auf das zweite und sprengten nach rechts und nach links, zum Fluß und Richtung Stadt davon.

Die Phalanx vernichtete alles, was von den Barbaren übrig war, mit Leichtigkeit. Als die Schwerter nahten, hielten sie die Gurgel hin und schlossen die Lider. Andere verteidigten sich bis zum äußersten; mit Steinen warf man sie aus der Ferne tot, wie tollwütige Hunde. Hamilkar hatte befohlen, Gefangene zu machen. Doch die Karthager gehorchten ihm nur grollend, so sehr gefiel es ihnen, ihre Klingen in die Körper der Barbaren zu stoßen. Da ihnen zu heiß wurde, machten sie sich mit bloßen Armen ans Werk, wie Schnitter; und wenn sie innehielten, um Atem zu schöpfen, folgten sie mit den Augen einem Reiter über das Land, der hinter einem rennenden Soldaten einhergaloppierte. Es gelang ihm schließlich diesen am Haarschopf zu packen, so hielt er ihn einige Zeit fest und schlug ihn dann mit einem Beilhieb nieder.

Die Nacht brach herein. Karthager und Barbaren waren verschwunden. Die geflohenen Elefanten zogen mit ihren in Brand gesetzten Türmen am Horizont entlang. Sie brannten in der Dunkelheit hier und dort wie im Nebel verlorene Leuchttürme; und nichts regte sich mehr in der Ebene, nur das Wogen des Flusses war zu sehen, den all die Kadaver, die er zum Meer trug, anschwellen ließen.

Zwei Stunden später traf Matho ein. Beim Licht der Sterne konnte er längliche am Boden liegende Haufen erahnen.

Es waren Reihen von Barbaren. Er beugte sich hinab; alle waren tot; er rief in die Ferne; nicht eine Stimme antwortete ihm.

Noch am selben Morgen hatte er Hippo Diarrhytus mit seinen Soldaten verlassen, um nach Karthago zu marschieren. Als er Utica erreichte, war die Armee von Spendius kaum abgezogen, und die Bewohner begannen, die Belagerungsmaschinen zu verbrennen. Alle hatten sich verbissen geschlagen. Doch da der Tumult unweit der Brücke auf unbegreifliche Weise erneut aufflammte, war Matho den kürzesten Weg über die Berge herbeigeeilt; und da die Barbaren in die Ebene geflohen waren, hatte er niemanden getroffen.

Vor ihm zeichneten sich kleine pyramidenförmige Anhäufungen in der Dunkelheit ab, und diesseits des Flusses, ganz in der Nähe sah man dicht über dem Boden unbewegliche Lichter. Tatsächlich hatten sich die Karthager über die Brücke zurückgezogen, und, um die Barbaren zu täuschen, hatte der Suffet am anderen Ufer zahlreiche Posten aufstellen lassen.

Während Matho weiter vorwärtsging, glaubte er, punische Feldzeichen zu erkennen, denn unbewegliche Pferdeköpfe erschienen in der Luft, befestigt an der Spitze gebündelter Lanzenschäfte, die man nicht sehen konnte; und etwas weiter entfernt hörte er großen Lärm, den Klang von Gesängen und Bechern.

Da er nicht wußte, wo er sich befand, noch wie er Spendius finden sollte, kehrte er von Furcht überwältigt, verstört, verloren in der Dunkelheit, um so ungestümer auf demselben Weg zurück, den er gekommen war. Der Morgen graute, als er von der Höhe der Berge die Stadt erblickte, mit den flammengeschwärzten Gerippen der Belagerungsmaschinen, gleich Skeletten von Riesen, die an den Mauern lehnten.

Alles ruhte in einer außergewöhnlichen Stille und Niedergeschlagenheit. Am Rand der Zelte mitten unter seinen Soldaten schliefen halbnackte Männer auf dem Rükken, oder die Stirn auf ihren Arm gelegt, dem der Küraß als Kissen diente. Einige lösten blutgetränkte Binden von ihren Beinen. Jene, die im Sterben lagen, rollten behutsam den Kopf hin und her; andere schleppten ihnen mühsam etwas zu trinken herbei. Die Wachen marschierten die schmalen Wege entlang, um sich aufzuwärmen, oder wandten ihr Gesicht zum Horizont, die Pike in wilder Haltung geschultert.

Matho traf Spendius im Schutz eines Leinwandfetzens an, der zwischen zwei in den Boden gesteckten Stangen aufgespannt war, das Knie zwischen den Händen, den Kopf gesenkt.

Lange Zeit sprachen sie nicht.

Schließlich murmelte Matho:

»Besiegt!«

Mit dumpfer Stimme wiederholte Spendius:

»Ja, besiegt!«

Und auf alle Fragen antwortete er mit verzweifelten Gesten.

Indessen drang das Stöhnen, das Röcheln bis zu ihnen. Matho öffnete die Leinwand einen Spalt breit. Der Anblick der Soldaten erinnerte ihn an eine andere Katastrophe, am selben Ort, und zähneknirschend sprach er:

»Elender! Schon einmal...«

Spendius unterbrach ihn:

»Auch da warst du nicht zur Stelle.

– Es ist ein Fluch! schrie Matho. Am Ende jedoch werde ich ihn erwarten! Ich werde ihn besiegen! Ich werde ihn töten! Ach! Wenn ich nur hier gewesen wäre...«

Mehr noch als die Niederlage, ließ ihn der Gedanke verzweifeln, die Schlacht versäumt zu haben. Er zog sein Schwert und schleuderte es zu Boden.

»Aber wie konnten die Karthager euch besiegen?«

Der ehemalige Sklave begann, von den Manövern zu berichten. Matho glaubte sie vor Augen zu haben und erzürnte sich. Die Armee von Utica, anstatt Richtung Brücke zu eilen, hätte Hamilkar von hinten angreifen sollen.

»Ach! Ich weiß schon! erwiderte Spendius.

– Du hättest deine Einbrüche verstärken sollen, die leichten Fußsoldaten nicht der Phalanx ausliefern, den Elefanten Durchlaß gewähren. Selbst im letzten Moment hättest du alles zurückgewinnen können: nichts zwang dich zur Flucht.«

Spendius entgegnete:

»Ich habe ihn vorüberziehen sehen, in seinem weiten roten Mantel mit erhobenen Armen, hoch über dem Staub, wie ein Adler, der an der Flanke seiner Kohorte segelt; und bei jedem Zeichen seines Kopfes zogen sie sich zusammen, drängten vorwärts; die Menge hat uns aufeinander zugeschoben; er hat mich angesehen; ich habe die Kälte eines Schwerts in meinem Herzen gefühlt.

– Hat er diesen Tag etwa bewußt ausgewählt?« sagte sich Matho leise.

Sie befragten einander, versuchten herauszufinden, was den Suffeten wohl genau im ungünstigsten Augenblick herbeigeführt haben könnte. Sie besprachen ihre Lage, und, um seinen Fehler zu mildern, oder um sich selbst Mut zu machen, warf Spendius ein, daß es noch Hoffnung gab.

»Selbst wenn es keine gäbe, wen kümmerte das? erwiderte Matho, ganz allein werde ich den Krieg fortführen!

– Und ich auch! rief der Grieche und sprang auf; mit großen Schritten ging er auf und ab; seine Pupillen funkelten, und ein seltsames Lächeln zog sein Schakalgesicht in Falten.

– Wir werden noch einmal von neuem beginnen, laß mich nicht mehr allein! Ich bin nicht geschaffen für Schlachten am hellichten Tag; das Blitzen der Schwerter blendet mich; es ist eine Krankheit, zu lange habe ich im Verlies gelebt. Doch gib mir Mauern, die es nachts zu erklimmen gilt, und ich werde in Zitadellen eindringen, und die Leichen werden kalt sein, noch bevor der

Hahn kräht! Zeig mir irgend jemand, irgend etwas, einen Feind, einen Schatz, eine Frau...« Er wiederholte: »Eine Frau, selbst wenn sie die Tochter eines Königs wäre, und ich werde dir dein Begehr geschwind zu Füßen legen. Du wirfst mir vor, die Schlacht gegen Hanno verloren zu haben, dennoch habe ich sie im nachhinein gewonnen. Gib es zu! meine Schweineherde hat uns mehr genützt als eine Phalanx von Spartanern.« Und dem Bedürfnis nachgebend sich zur Geltung zu bringen und seine Revanche zu ergreifen, zählte er all das auf, was er für die Sache der Söldner getan hatte. »Ich war es, der in den Gärten des Suffeten den Gallier aufstachelte! Später in Sikka habe ich sie alle rasend gemacht vor Furcht vor der Republik! Giskon hat sie zur Raison gebracht, doch ich wußte zu verhindern, daß die Dolmetscher zu Wort kamen. Ach! Wie ihnen die Zunge aus dem Mund hing! erinnerst du dich? Ich habe dich nach Karthago geführt. Ich habe den Zaïmph gestohlen. Ich habe dich zu ihr geführt; ich werde noch mehr für dich tun: du wirst schon sehen!«

Er brach in Lachen aus wie ein Verrückter.

Matho starrte ihn mit weit aufgerissenen Augen an. Angesichts dieses Mannes, der feige und schrecklich zugleich war, überkam ihn eine Art Übelkeit.

In jovialem Ton fuhr der Grieche fort und schnippte dabei mit den Fingern:

»Euhoe! Auf Regen folgt Sonnenschein! Ich habe im Steinbruch gearbeitet und unter einem goldenen Sonnensegel auf einem Schiff, das mir selbst gehörte, massischen Wein getrunken wie ein Ptolemäer. Das Unglück soll uns nur noch geschickter machen. Mit Fleiß bezwingt man Fortuna! Sie liebt die Taktiker. Sie wird nachgeben.«

Er wandte sich wieder zu Matho und packte ihn am Arm.

»Herr, im Augenblick sind sich die Karthager ihres

Sieges gewiß. Du hast eine ganze Armee, die nicht kämpfen mußte, und deine Männer werden dir, ja dir, gehorchen. Laß sie voranziehen; die meinen werden mitmarschieren, um sich zu rächen. Mir verbleiben noch dreitausend Karer, zwölfhundert Schleuderer und ganze Kohorten von Bogenschützen! Wir könnten sogar eine Phalanx bilden, laß uns zurückkehren!«

Noch ganz betäubt von ihrem Unglück hatte Matho bis jetzt noch gar nicht überlegt, wie man ihm entrinnen könnte. Er hörte mit offenem Mund zu, und die bronzenen Schuppen, die seine Seiten umschlossen, hoben sich unter den wilden Schlägen seines Herzens. Er ergriff sein Schwert und schrie:

»Folge mir! wir marschieren!«

Doch als die Aufklärer zurückgekehrt waren, berichteten sie, daß die Toten der Karthager fortgeschafft wären, die Brücke zerstört und Hamilkar verschwunden.

IX

Im Feld

Er hatte geglaubt, die Söldner würden ihn in Utica erwarten oder ihn erneut attackieren; und da seine Streitkräfte weder stark genug waren, selbst einen Angriff durchzuführen, noch einem solchen Widerstand entgegenzusetzen, war er an der rechten Flußseite entlang nach Süden ausgewichen, so daß er unmittelbar vor Überraschungen geschützt war.

Indem er den aufständischen Stämmen gegenüber zunächst beide Augen zudrückte, wollte er sie alle der Sache der Barbaren abspenstig machen; wenn die Söldner dann vollkommen isoliert inmitten der Provinzen stünden, würde er über sie herfallen und sie vernichten.

Binnen vierzehn Tagen befriedete er die Region zwischen Thukkaber und Utica, darunter auch die Städte Tignikabah, Tessurah, Vakka und weitere Orte im Westen. Das in den Bergen errichtete Zunghar, das für seinen Tempel berühmte Assuras, das an Wacholderbüschen reiche Djeraado; Thapitis und Hagur entsandten ihm Botschafter. Die Menschen vom Land kamen mit Nahrungsmitteln bepackt herbei, erflehten seinen Schutz, küßten seine Füße und die der Soldaten und klagten über die Barbaren. Einige gingen so weit, ihm Säcke voller Köpfe von Söldnern anzubieten, die sie, so sagten sie, selbst getötet hätten, in Wahrheit hatten sie sie jedoch von den Leichen abgetrennt; denn viele Barbaren hatten sich auf der Flucht verirrt, und man fand sie hier und dort tot unter den Olivenbäumen und in den Weinbergen liegen.

Um das Volk zu blenden, schickte Hamilkar schon am

ersten Tag nach seinem Sieg zweitausend Gefangene, die man auf dem Schlachtfeld gemacht hatte, nach Karthago. Sie trafen in langen Verbänden zu jeweils einhundert Mann ein, alle die Arme mit einer im Nacken befestigten Bronzestange auf den Rücken gefesselt, sogar die Verwundeten liefen blutend daneben; die Reiter hinter ihnen trieben sie mit Peitschenhieben vorwärts.

Freudentaumel erfaßte Karthago! Immer wieder sagte man sich, daß bereits sechstausend Barbaren gefallen wären; die anderen würden nicht mehr lange durchhalten, der Krieg war zu Ende; man umarmte sich auf den Straßen, rieb die Statuen der Patäkengötter mit Butter und Zimt ein, um ihnen zu danken. Mit ihren großen Augen, ihren mächtigen Bäuchen und den auf Schulterhöhe erhobenen Armen schienen sie unter ihrem frischen Anstrich aufzuleben und an der Ausgelassenheit des Volkes teilzunehmen. Die Reichen ließen ihre Türen offenstehen; die Stadt hallte wider vom Trommeln der Tamburins; die ganze Nacht über waren die Tempel hell erleuchtet, und die Dienerinnen der Göttin stiegen von Malqua herab und errichteten in den Winkeln der Kreuzungen Gerüstbühnen aus Sykomorenholz, auf denen sie sich prostituierten. Man bewilligte Ländereien für die Sieger, Brandopfer für Melkarth, dreihundert goldene Kronen für den Suffeten, und seine Parteifreunde schlugen vor, ihm besondere Vorrechte und neue Ehren zuzuerkennen.

Er hatte die Ältesten gebeten, Autharit Verhandlungsangebote zu unterbreiten und, falls nötig, alle Barbaren gegen den alten Giskon und die zusammen mit ihm gefangengehaltenen Karthager auszutauschen. Die Libyer und die Nomaden, aus welchen Autharits Armee bestand, kannten die besiegten Söldner italischer und griechischer Abstammung jedoch kaum; und wenn die Republik ihnen so viele Barbaren für so wenige Karthager bot, dann wohl nur deshalb, weil die einen keinerlei Wert hatten, die anderen dagegen einen sehr hohen. Sie fürchteten eine Falle. Autharit lehnte ab.

Daraufhin beschlossen die Ältesten die Hinrichtung der Gefangenen, obwohl der Suffet ihnen geschrieben hatte, sie nicht zu töten. Er beabsichtigte, die Besten in seine Truppen einzugliedern und so weitere zum Abfall zu bewegen. Doch der Haß riß jegliche Zurückhaltung mit sich fort.

Die zweitausend Barbaren wurden in den Mapalien an die Grabstelen gebunden; und Händler, Küchensklaven, Sticker, ja sogar Frauen, die Witwen der Gefallenen mit ihren Kinder, jeder, der wollte, kam herbei, um sie mit Pfeilschüssen zu töten. Man zielte mit allergrößter Ruhe auf sie, um ihre Marter zu erhöhen: man ließ die Waffe mehrmals sinken und hob sie dann erst allmählich wieder an; und die Menge drängte sich brüllend. Gelähmte ließen sich auf Bahren herantragen; viele brachten vorsichtshalber ihre Speisen mit und blieben bis zum Abend; andere verbrachten die ganze Nacht dort. Man hatte Zelte aufgestellt, in welchen getrunken wurde. Mehrere verdienten sich durch den Bogenverleih stattliche Summen.

Schließlich ließ man die gekreuzigten Kadaver so stehen, daß sie auf den Gräbern roten Statuen glichen, während die Überschwenglichkeit sogar die Bewohner von Malqua ergriff, die aus eingeborenen Familien stammten und im allgemeinen den Angelegenheiten des Vaterlandes gleichgültig gegenüberstanden. Doch in Anerkennung des Vergnügens, das es ihnen bereitete, hegten sie nun Interesse für sein Schicksal, fühlten sich als Punier, und die Ältesten priesen ihr Geschick, auf diese Weise die gesamte Bevölkerung mittels eines gemeinsamen Racheaktes zu einer Einheit verschmolzen zu haben.

Der Segen der Götter blieb nicht aus; denn aus allen Himmelsrichtungen fielen Raben ein. Mit lautem, rauhem Krächzen zogen sie ihre Kreise in der Luft und bildeten eine gewaltige Wolke, die sich unablässig um sich selbst drehte. Sogar von Clupea, von Rhades und vom Kap Hermaeum aus konnte man sie sehen. Zuweilen riß sie plötzlich auf und dehnte ihre schwarzen Spiralen in die Ferne, wenn ein Adler in ihre Mitte hinabstieß und wieder verschwand; auf den Terrassen, auf den Kuppeln, auf der Spitze der Obelisken und auf den Giebeln der Tempel sah man hier und dort große Vögel, die in ihrem geröteten Schnabel Fetzen von Menschenfleisch hielten.

Aufgrund des Gestankes rangen sich die Karthager schließlich dazu durch, die Kadaver loszubinden. Einige verbrannte man; die anderen warf man ins Meer, und die vom Nordwind gepeitschten Wellen spülten sie an den Strand im Inneren des Golfes, vor das Lager Autharits.

Gewiß hatte diese Züchtigung den Barbaren Furcht eingeflößt, denn von der Höhe des Eschmuntempels aus sah man, wie sie ihre Zelte abbrachen, ihre Herden zusammentrieben, ihr Gepäck auf Esel hievten, und noch am Abend des selben Tages zog die ganze Armee ab.

Indem sie sich abwechselnd zwischen dem Berg der Heißen Wasser bis nach Hippo Diarrhytus aufhielt, sollte sie dem Suffeten die Annäherung an die tyrischen Städte, aber auch die Möglichkeit einer Rückkehr nach Karthago verwehren.

Mittlerweile würden die beiden anderen Armeen versuchen, weiter südlich auf ihn zu stoßen, Spendius von Osten her, Matho von Westen, bis sie schließlich alle drei aufeinanderträfen, um Hamilkar zu überraschen und einzukesseln. Da traf ganz unverhofft Verstärkung ein: Naravas tauchte wieder auf mit dreihundert mit Erdpech beladenen Kamelen, fünfundzwanzig Elefanten und sechstausend Reitern.

Um die Söldner zu schwächen, hatte der Suffet es für weise erachtet, den Numider am äußeren Rand seines Fürstentums zu beschäftigen. Von Karthago aus hatte er sich mit Masgaba verbündet, einem gätulischen Räuber, der ein Reich gründen wollte. Mit punischem Geld gestärkt hatte dieser Abenteuerhungrige die numidischen Staaten mit dem Versprechen auf Freiheit aufgewiegelt. Doch Naravas, vom Sohn seiner Amme benachrichtigt, war in Kirta eingefallen, hatte die Sieger mit dem Wasser der Zisternen vergiftet, einige von ihnen enthaupten lassen, die Ordnung wiederhergestellt und kehrte nun zurück, erfüllt von noch größerer Wut auf den Suffeten als die Barbaren.

Die Heerführer der vier Armeen verständigten sich über die notwendigen Vorkehrungen. Es würde ein langer Krieg werden: man mußte für alles gewappnet sein.

Zunächst kam man überein, die Römer um Hilfe zu bitten, und trug Spendius diese Mission an; als Überläufer wagte er nicht, sie auf sich zu nehmen. Zwölf Männer aus den griechischen Kolonien schifften sich daraufhin in Annaba auf einer numidischen Schaluppe ein. Dann verlangten die Heerführer von allen Barbaren einen Eid auf unbedingten Gehorsam. Jeden Tag kontrollierten die Offiziere Kleidung und Schuhwerk; man verbot den Wachen sogar den Gebrauch eines Schildes, denn oftmals lehnten sie ihn an ihre Lanzen und schliefen im Stehen ein; jene, die irgendwelches Gepäck mit sich herumschleppten, zwang man, sich dessen zu entledigen; alles mußte, nach römischem Brauch, auf dem Rücken getragen werden. Zum Schutz vor den Elefanten richtete Matho ein gepanzertes Reiterkorps ein, bei dem Mann und Pferd unter einem mit Nägeln gespickten Küraß aus Nilpferdleder verschwanden; und um die Hornschuhe der Pferde zu schonen, ließ er ihnen Stiefeletten aus Sparteriegeflecht fertigen.

Es wurde verboten, die Dörfer zu plündern, die Bewohner nicht-punischer Volkszugehörigkeit zu tyrannisieren. Da aber der Landstrich bald erschöpft war, befahl Matho, die Vergabe der Lebensmittel nach der Anzahl der Soldaten zu bemessen, ohne sich um die Frauen zu kümmern. Zuerst teilten sie mit ihnen. Aus Mangel an Nahrung wurden viele schwach. Dies gab unaufhörlich Anlaß zu Streit, Beschimpfungen, da mehrere die Gefährtinnen der anderen mit einer Lockspeise oder gar dem Versprechen ihres Anteils zu verführen suchten. Matho ordnete an, sie allesamt erbarmungslos zu vertreiben. Sie flohen in Autharits Lager: doch die Gallierinnen und Libyerinnen zwangen sie unter Schmähungen wieder fortzuziehen.

Schließlich kamen sie vor die Mauern Karthagos, um den Schutz von Ceres und Proserpina zu erflehen, denn in der Byrsa gab es einen Tempel und Priester, die diesen Göttinnen geweiht waren, als Sühne für die einst bei der Belagerung von Syrakus begangenen Greueltaten. Die Syssitien beriefen sich auf ihr Bergerecht und verlangten die jüngsten unter ihnen, um sie zu verkaufen; und die Neu-Karthager wählten sich die blonden Lakedämonierinnen zu Gemahlinnen.

Einige folgten weiterhin beharrlich den Armeen. Sie liefen an der Flanke der Syntagmen entlang, neben den Hauptleuten. Sie riefen nach ihren Männern, zupften sie an ihren Mänteln, schlugen sich auf die Brust, verfluchten sie und hielten ihnen am ausgestreckten Arm ihre weinenden nackten Kleinkinder entgegen. Dieser Anblick erweichte die Barbaren; sie waren ein Hindernis, eine Gefahr. Mehrere Male trieb man sie fort, stets kamen sie wieder; Matho ließ sie von Naravas' Reitern mit Lanzenstößen davonjagen; und als die Balearen ihm zuschrien, daß sie Frauen bräuchten, erwiderte er:

»Ich habe auch keine!«

Zu dieser Zeit überwältigte ihn der Genius des Moloch. Trotz des Aufbäumens seines Gewissens, tat er entsetzliche Dinge in dem Glauben, der Stimme eines Gottes zu gehorchen. Wenn er die Felder nicht verwüsten konnte, ließ er Steine hineinwerfen, um sie unfruchtbar zu machen.

Durch wiederholte Botschaften drängte er Autharit und Spendius zur Eile. Doch die Vorgehensweise des Suffeten blieb unerklärlich. Der Reihe nach kampierte er in Eidus, Monchar und Tehent; Aufklärer glaubten ihn in der Nähe von Ischiil gesehen zu haben, unweit der Grenzen von Naravas' Reich, und man erfuhr, er habe den Fluß oberhalb von Teburba überquert, als ob er nach Karthago zurückkehren wolle. Kaum an einem Ort angelangt, zog er zum nächsten weiter. Die Wege, die er nahm, blieben stets unbekannt. Ohne sich der Schlacht zu stellen, blieb der Suffet im Vorteil; von den Barbaren verfolgt, schien er sie dennoch zu führen.

Die Märsche und Rückmärsche ermüdeten die Karthager mehr noch als die Söldner; und da die Streitkräfte Hamilkars nicht erneuert wurden, schrumpften sie von Tag zu Tag. Langsamer als zuvor brachte ihm die Landbevölkerung nun Lebensmittel heran. Überall stieß er auf Zögern, auf stummen Haß; und trotz seiner eindringlichen Bitten an den Großen Rat erhielt er keine Hilfe aus Karthago.

Man sagte sich (und glaubte es vielleicht auch), er habe sie nicht nötig. Es sei eine List oder grundloses Klagen; und die Parteifreunde Hannos übertrieben die Bedeutung von Hamilkars Sieg, um ihm zu schaden. Die Truppen, die er kommandierte, habe man gerne geopfert; doch man würde nicht ständig alle seine Forderungen erfüllen. Der Krieg sei schon schwer genug! Er habe bereits zu viel gekostet, und aus Hochmut unterstützten die Patrizier von Hamilkars Fraktion ihn nur zaghaft.

Schließlich, an der Republik verzweifelnd, nahm sich Hamilkar mit Gewalt von den Volksstämmen alles, was er für den Krieg benötigte: Getreide, Öl, Holz, Tiere und Männer. Doch die Bevölkerung floh alsbald. Die Dörfer, die sie durchquerten, waren verlassen, man durchstöberte die Hütten, ohne etwas zu finden; bald umgab eine furchterregende Einsamkeit die punische Armee.

Wütend begannen die Karthager die Provinzen zu verwüsten; sie schütteten die Zisternen zu, setzten die Häuser in Brand. Die vom Wind fortgetragenen Funken verteilten sich in der Ferne, und auf den Bergen gerieten ganze Wälder in Brand; sie umrahmten die Täler mit einer Feuerkrone; man war gezwungen zu warten, um weiterziehen zu können. Schließlich setzten sie ihren Marsch in praller Sonne über der heißen Asche fort.

Zuweilen sahen sie am Wegesrand in einem Gebüsch etwas funkeln wie die Pupillen einer Tigerkatze. Es war ein Barbar, der auf seinen Fersen kauerte und sich mit Staub bepudert hatte, damit man ihn von der Farbe des Laubes nicht unterscheiden konnte; oder auch beim Durchqueren einer kleinen Schlucht hörten jene an den Flanken plötzlich Steine rollen; und wenn sie nach oben sahen, erblickten sie im Einschnitt des Abgrunds einen barfüßigen Mann, der aufsprang und davoneilte.

Indessen waren Utica und Hippo Diarrhytus frei, denn die Söldner belagerten sie nicht mehr. Hamilkar befahl den Städten, ihm zu Hilfe zu kommen. Doch, da sie sich nicht in Gefahr bringen wollten, antworteten sie ihm mit ausweichenden Worten, mit Schmeicheleien, Entschuldigungen.

Unvermittelt wandte er sich wieder nach Norden, entschlossen, sich einer der tyrischen Städte zu bemächtigen, selbst wenn er sie belagern müßte. Er benötigte einen Stützpunkt an der Küste, um von den Inseln oder aus Kyrene Nachschub und Soldaten zu beziehen, seine

Bestrebungen galten dem Hafen von Utica, da dieser Karthago am nächsten lag.

Also brach der Suffet von Zuitin auf und zog vorsichtig um den See von Hippo Diarrhytus herum. Doch bald war er gezwungen, seine Regimenter in Kolonne marschieren zu lassen, um den Berg zu erklimmen, der die beiden Täler trennte. Bei Sonnenuntergang stiegen sie in seinen trichterförmig ausgehöhlten Gipfel hinab, als sie vor sich, dicht über dem Boden, bronzene Wölfinnen sahen, die über das Gras zu laufen schienen.

Plötzlich erhoben sich mächtige Helmbüsche, und zum Rhythmus der Flöten erschallte ein gewaltiger Gesang. Es war die Armee von Spendius; denn, um den Karthagern ihren Abscheu zu bekunden, hatten die Kampaner und Griechen die Feldzeichen Roms angenommen. Zur gleichen Zeit erschienen von links lange Piken, Schilde aus Leopardenfell, Kürasse aus Leinen, nackte Schultern. Dies waren die Iberer Mathos, die Lusitaner, Balearen und Gätuler; man hörte das Wiehern der Pferde von Naravas; sie breiteten sich rund um auf der Anhöhe aus. Schließlich traf die ungeordnete Menschenmenge unter Autharits Befehl ein: die Gallier, die Libyer, die Nomaden; und mitten unter ihnen erkannte man an den Fischgräten, die sie in den Haarschöpfen trugen, die Esser der unreinen Dinge.

So hatten sich die Barbaren, dank der präzisen Abstimmung ihrer Märsche, wieder vereinigt. Doch selbst überrascht, verharrten sie einige Augenblicke unbeweglich und berieten sich.

Der Suffet hatte seine Männer kreisförmig angeordnet, um nach allen Seiten gleichmäßig Widerstand leisten zu können. Die hohen, spitzen, dicht an dicht in den Rasen gerammten Schilde umgaben die Fußsoldaten. Die Klinabaren hielten sich in der Nähe auf, und etwas weiter entfernt, hier und dort, die Elefanten. Die Söldner waren erschöpft vor Müdigkeit; besser wäre es, bis zum Morgen zu warten; und in der Gewißheit ihres Sieges verbrachten die Barbaren die Nacht beim Mahl.

Sie hatten große helle Feuer entfacht, die sie blendeten, während die punische Armee unterhalb von ihnen weiterhin im Dunkel lag. Hamilkar befahl, rund um sein Lager einen Graben auszuheben wie bei den Römern üblich, fünfzehn Schritt breit und zehn Ellen tief; mit der Erde schüttete er an der inneren Seite eine Brustwehr auf, über der er kreuzweise spitze Pfähle errichtete, und bei Sonnenaufgang war das Erstaunen der Söldner groß, als sie die gleichsam in einer Festung verschanzten Karthager erblickten.

Inmitten der Zelte erkannten sie Hamilkar, wie er auf und abging und Befehle erteilte. Sein Körper war von einem braunen, aus kleinen Schuppen geschnittenen Küraß umschlossen; und gefolgt von seinem Pferd hielt er hin und wieder inne, um etwas mit seinem ausgestreckten rechten Arm anzuzeigen.

Da erinnerte sich so mancher an ähnliche Vormittage, als er beim Getöse der Fanfaren langsam an ihnen vorübergegangen war, und sein Blick sie gekräftigt hatte wie ein Glas Wein. Eine gewisse Rührung überkam sie. Jene dagegen, die Hamilkar nicht kannten, waren außer sich vor Freude, ihn bald in der Gewalt zu haben.

Jedoch, wenn sie alle auf einmal angriffen, würden sie sich auf dem zu engen Raum gegenseitig behindern. Die Numider könnten quer hindurchstürmen; doch die mit Kürassen bewehrten Klinabaren würden sie zermalmen; und wie sollte man die Palisaden überwinden? Was die Elefanten anbelangte, so waren sie nicht ausreichend zugeritten.

»Feiglinge seid ihr alle!« schrie Matho.

Und zusammen mit den Besten stürzte er gegen die Verschanzung. Ein Steinhagel trieb sie zurück; denn der

Suffet hatte ihre auf der Brücke zurückgelassenen Katapulte herbeigeschafft.

Dieser Mißerfolg gab dem wandelbaren Geist der Barbaren eine jähe Wendung. Ihr überschäumender Mut verschwand; sie wollten Hamilkar besiegen, aber zugleich möglichst wenig dabei aufs Spiel setzen. Glaubte man Spendius, so mußten sie nur sorgfältig ihre Stellung halten und die punische Armee aushungern. Doch die Karthager begannen Brunnen auszuheben, und da die Hügel von Bergen umgeben waren, fanden sie Wasser.

Von der Höhe ihrer Palisaden aus schleuderten sie Pfeile, Erde, Mist, aus dem Boden gerissene Steine, während die sechs Katapulte unablässig die Terrasse entlangrollten.

Doch die Quellen würden von selbst versiegen; man würde die Vorräte aufzehren, die Katapulte verschleißen; die zehnfach zahlreicheren Söldner würden letztendlich triumphieren. Um Zeit zu gewinnen zog der Suffet Verhandlungen in Erwägung, und so fanden die Barbaren eines Morgens innerhalb ihrer Reihen eine mit Schriftzeichen bedeckte Schafhaut. Er rechtfertigte sich für seinen Sieg: die Ältesten hätten ihn zum Krieg gezwungen, und um ihnen zu beweisen, daß er sein Wort hielt, bot er ihnen wahlweise die Plünderung von Utica oder Hippo Diarrhytus an. Abschließend erklärte Hamilkar, daß er sie nicht fürchte, denn er habe Verräter gewonnen und dank dieser würde er mit Leichtigkeit aller übrigen Herr werden.

Die Barbaren waren verwirrt: dieser Vorschlag von einer unmittelbaren Beute ließ sie träumen; aber sie fürchteten auch einen Verrat, und da sie hinter der Prahlerei des Suffeten keine Kriegslist vermuteten, begannen sie einander mißtrauisch zu beäugen. Man achtete auf das Gesprochene, die Bewegungen; nachts schreckten sie hoch vor Entsetzen. Viele verließen ihre bisherigen Geführten; sie wählten sich ihre Armee nach Gutdünken, und die Gallier mit Autharit schlossen sich den zisalpinen Männern an, deren Sprache sie verstanden.

Jeden Abend versammelten sich die vier Heerführer in Mathos Zelt und, rund um einen Schild gekauert, schoben sie bedächtig kleine Holzfiguren vor und zurück, die Pyrrhus erfunden hatte, um Manöver nachzustellen. Spendius wies auf die Vorräte Hamilkars hin; er flehte, die Gelegenheit nicht zu verpassen und schwor bei allen Göttern. Matho, erzürnt, ging gestikulierend auf und ab. Der Krieg gegen Karthago war seine persönliche Angelegenheit; er war empört über die anderen, die sich einmischten, ohne ihm gehorchen zu wollen. Autharit, der seine Worte in seinem Gesicht erriet, zollte ihm Beifall. Naravas hob zum Zeichen seiner Verachtung das Kinn; nicht eine Maßnahme, die er nicht für verhängnisvoll hielt; und er lächelte nicht mehr. Seufzer entrangen sich ihm, als ob er den Schmerz eines unerfüllbaren Traumes verdrängte, die Verzweiflung über ein verpaßtes Unternehmen.

Während die verunsicherten Barbaren berieten, verstärkte der Suffet seine Befestigungen: er ließ diesseits der Palisaden einen zweiten Graben ausheben, einen zweiten Wall aufschütten und an dessen Ecken Holztürme errichten; und seine Sklaven rückten bis mitten unter die Vorposten heran, um Fallgruben in den Boden zu höhlen. Doch die Elefanten, deren Rationen man verringert hatte, schlugen wild um sich in ihren Fußfesseln. Um Gras zu sparen, befahl er den Klinabaren die weniger kräftigen Hengste zu töten. Einige weigerten sich; er ließ sie enthaupten. Man aß die Pferde. Die Erinnerung an dieses frische Fleisch verbreitete an den folgenden Tagen große Trauer.

Aus der Tiefe des Amphitheaters, in welchem sie sich eingesperrt sahen, erblickten sie um sich herum auf den Anhöhen die vier Lager der Barbaren voller Leben. Frauen trugen Schläuche auf dem Kopf, blökende Ziegen irrten unter den Pikenbündeln hin und her; man zog die Wachen ab, man aß rund um Dreifüße geschart. Tatsächlich belieferten die Stämme die Söldner üppig mit Lebensmitteln, und diese ahnten nicht, wie sehr ihre Untätigkeit die punische Armee erschreckte.

Schon am zweiten Tag hatten die Karthager im Lager der Nomaden abseits der anderen einen Trupp von dreihundert Männern bemerkt. Es waren die Reichen, die seit Beginn des Krieges gefangengehalten wurden. Libyer reihten sie unmittelbar am Rand des Grabens auf und schleuderten hinter ihnen postiert Wurfspieße, indem sie sich ihrer Körper als Schutzwall bedienten. Kaum konnte man diese Unglücklichen noch erkennen, so war ihr Gesicht mit Ungeziefer und Unrat überzogen. Ihre teilweise ausgerissenen Haare entblößten die Geschwüre an ihrem Kopf, und sie waren so abgemagert und abstoßend, daß sie Mumien in löchrigen Leichentüchern glichen. Einige schluchzten zitternd mit blöder Miene; die anderen riefen ihren Freunden zu, auf die Barbaren zu zielen. Einer war unter ihnen, vollkommen unbeweglich, die Stirn gesenkt, der sprach kein Wort; sein mächtiger weißer Bart fiel bis zu seinen mit Ketten bedeckten Händen herab. Und die Karthager verspürten tief in ihrem Herzen gleichsam den Zusammenbruch der Republik, als sie Giskon wiedererkannten. Obwohl es eine gefährliche Stelle war, drängten sie sich, um ihn zu sehen. Man hatte ihn mit einer grotesken, kieselsteinbesetzten Tiara aus Nilpferdleder bekrönt. Dies war ein Einfall Autharits; doch er mißfiel Matho.

Erbittert ließ Hamilkar die Palisaden öffnen, entschlossen auf irgendeine Weise durchzubrechen; und ein wütender Zug von Karthagern stürzte halb die Flanken hinauf, für etwa dreihundert Schritt. Eine solche Flut von Barbaren stürmte herab, daß sie auf ihre eigenen Reihen zurückgedrängt wurden. Einer der Legionsgardisten blieb draußen zurück und stolperte über die Steine. Zarxas eilte hinzu, schlug ihn zu Boden und stieß ihm einen Dolch in die Gurgel; er zog ihn wieder heraus und warf sich auf die Wunde, – unter freudigem Knurren und Zuckungen, die ihn bis zu den Fersen erbeben ließen, preßte er den Mund darauf und sog mit seiner ganzen Brust das Blut heraus; dann setzte er sich ruhig auf den Leichnam, hob sein Gesicht und ließ den Kopf in den Nacken sinken, um tiefer einatmen zu können, wie eine Hirschkuh, die gerade aus einem Wildbach getrunken hat, und mit schriller Stimme sang er ein balearisches Lied, eine undeutliche Melodie voll gedehnter Laute, die sich unterbrachen, abwechselten, wie einander antwortende Echos in den Bergen; er rief nach seinen toten Brüdern und lud sie zu einem Gelage; – dann ließ er seine Hände zwischen die Beine fallen, senkte langsam den Kopf und weinte. Diese Greueltat erfüllte die Barbaren mit Abscheu, vor allem die Griechen.

Von diesem Augenblick an versuchten die Karthager keinen Ausfall mehr; – und in der Gewißheit unter Martern sterben zu müssen, dachten sie auch nicht daran, sich zu ergeben.

Indessen verringerten sich trotz der Fürsorge Hamilkars die Lebensmittel auf erschreckende Weise. Für jeden Mann verblieben nur noch zehn Chomer Weizen, drei Hin Hirse und zwölf Betza Trockenfrüchte. Kein Fleisch mehr, kein Öl, kein Gepökeltes, nicht ein Korn Gerste für die Pferde; man sah, wie sie mit abgemagertem, gekrümmtem Hals im Staub nach zertrampelten Strohhalmen suchten. Oft erspähten die Feldwachen beim Schein des Mondes einen Hund der Barbaren, der unterhalb der Verschanzung in den Unrathäufen herumstrolchte; mit einem Stein schlugen sie ihn tot und ließen sich mit Hilfe der Schildriemen an den Palisaden hinunter; dann aß man ihn ohne ein Wort. Manchmal hob schreckliches Gebell an, und der Mann kam nicht wieder herauf. In der vierten Dilochie und dem zwölften Syntagma töteten sich drei Phalangisten mit dem Messer beim Streit um eine Ratte.

Alle sehnten sich nach ihren Familien, ihren Häusern: die Armen nach ihren bienenkorbförmigen Hütten mit Muscheln auf der Türschwelle, einem aufgehängten Netz davor, und die Patrizier nach ihren weiten Gemächern voll bläulicher Schatten, wenn sie sich zur mattesten Stunde des Tages dort erholten, dem undeutlichen Lärm der Straßen vermischt mit dem Rauschen des Laubes lauschend, das sich in ihren Gärten regte; – und um tiefer in diese Vorstellung einzutauchen, sie noch mehr zu genießen, schlossen sie halb die Lider; das Toben einer Wunde riß sie aus ihren Träumen. Jeden Augenblick rief ein Gefecht, ein neuer Alarm; die Türme brannten, die Esser der unreinen Dinge sprangen auf die Palisaden; mit Streitäxten hieb man ihnen die Hände ab; andere eilten herbei; ein eiserner Hagel prasselte auf die Zelte nieder. Um sich vor den Geschossen zu schützen, errichtete man Galerien mit Rosten aus Rohr. Die Karthager verkrochen sich darunter; sie rührten sich nicht mehr.

Jeden Tag, nach den frühen Morgenstunden, zog sich die Sonne, die um den Hügel herumwanderte, vom Grund der Schlucht zurück und ließ sie im Schatten. Gegenüber und hinter ihnen stiegen die grauen Hänge an, bedeckt von Steinen, die mit einer seltenen Flechte gesprenkelt waren, und über ihren Köpfen wölbte sich der stets klare Himmel, zeigte sich dem Auge glatter und kälter noch als eine metallene Kuppel. Hamilkar war so erzürnt über Karthago, daß er Lust verspürte, zu den Barbaren zu stürzen und sie gegen die Republik zu führen. Schon begannen die Träger, die Marketender und die Sklaven zu murren, und weder das Volk, noch der Große Rat, niemand schickte ihnen auch nur einen Hoffnungsschimmer. Vor allem der Gedanke, daß sich die Situation nur noch verschlimmern konnte, machte sie so unerträglich.

Als die Nachricht von der Katastrophe eintraf, schien Karthago zu bersten vor Wut und Haß; man hätte den Suffeten weniger verabscheut, wenn er sich gleich zu Beginn hätte besiegen lassen.

Doch um weitere Söldner anzuheuern, fehlte die Zeit, fehlte das Geld. Und rekrutierte man Soldaten aus der Stadt, wie sollte man sie ausrüsten? Hamilkar hatte alle Waffen mitgenommen! und wer sollte sie befehligen? Die besten Offiziere befanden sich dort, bei ihm! Indessen erreichten die vom Suffeten gesandten Männer die Straßen und schrien ihre Klagen. Der Große Rat war darüber erschüttert und veranlaßte das Nötige, um sie verschwinden zu lassen.

Diese Vorsichtsmaßnahme war zwecklos; alle beschuldigten Barkas, unbeherzt vorgegangen zu sein. Gleich nach seinem Sieg hätte er die Söldner vernichten sollen. Warum hatte er die Stämme verwüstet? Man hatte sich doch schon genug schwere Opfer auferlegt! und die Patrizier bedauerten ihren Beitrag von vierzehn Sekel, die Syssitien ihre zweihundertdreiundzwanzigtausend Goldkikar; jene, die nichts gegeben hatten, jammerten wie die anderen. Das einfache Volk war eifersüchtig auf die Neu-Karthager, denen er das volle Bürgerrecht versprochen hatte; und selbst die Ligurer, die so unerschrocken gekämpft hatten, rechnete man nun zu den Barbaren und verfluchte sie wie diese; ihre Volkszugehörigkeit wurde zum Verbrechen, zur Komplizenschaft. Die Händler auf der Schwelle ihrer Läden, die Handwerker, die mit einem bleiernen Lineal in den Händen vorübergingen, die Salzlakeverkäufer beim Spülen ihrer Körbe, die Badenden in den Schwitzbädern und die Schankwirte für heiße Getränke, alle diskutierten sie die Feldmanöver. Mit dem Finger zeichnete man Schlachtenpläne in den Staub; und auch der geringste Sklave wußte die Fehler Hamilkars zu verbessern.

Dies, so sagten die Priester, war die Strafe für seine lange Gottlosigkeit. Nicht ein Opfer habe er dargeboten; er habe seine Truppen nicht reinigen können; er habe sogar abgelehnt, Auguren mitzunehmen; – und die Schändlichkeit des Sakrilegs verstärkte die Heftigkeit des schwelenden Hasses, die Wut der betrogenen Hoffnungen. Man erinnerte sich an die Katastrophen auf Sizilien, die ganze Last seines Hochmutes, den man solange ertragen hatte! Die Kollegien der Pontifizes vergaben ihm nicht, ihren Schatz entwendet zu haben, und sie verlangten vom Großen Rat, ihn kreuzigen zu lassen, sollte er jemals zurückkommen.

Ein weiters Unheil war die in diesem Jahr außergewöhnliche Hitze des Monats Elul. Vom Ufer des Sees stieg übelriechender Gestank auf; er zog mit den Schwaden des an den Straßenecken aufwirbelnden Räucherwerks vorüber. Unablässig erklangen Hymnen. Eine Menschenflut bedeckte die Treppen der Tempel: alle Wände waren mit schwarzen Schleiern verhangen; Wachskerzen brannten vor den Patäkengöttern, und das Blut der mit Kehlschnitt geopferten Kamele rann die Rampen hinunter und bildete rote Kaskaden auf den Stufen. Eine düstere Raserei belebte Karthago. Aus der Tiefe der kleinsten Gäßchen, aus den finstersten Spelunken kamen blasse Gesichter hervor, Männer mit schlangenartigem Profil, die mit den Zähnen knirschten. Die schrillen Schreie der Frauen erfüllten die Häuser und drangen durch die Gitter, so daß sich jene, die auf den Plätzen im Stehen schwatzten, umwandten. Zuweilen glaubte man, die Barbaren kämen; man hatte sie hinter dem Berg der Heißen Wasser erspäht; sie lagerten vor Tunis; und die Stimmen mehrten sich, schwollen an, verschmolzen zu einem einzigen Geschrei. Dann herrschte überall Stille, die einen hockten auf den Giebeln der Gebäude, die Handfläche an die Augen gelegt, während die anderen flach auf dem Bauch am Fuße der Stadtmauern die Ohren spitzten. Wenn die Furcht nachließ, kehrte die Wut zurück. Doch die Gewißheit ihrer Ohnmacht stieß sie bald wieder in dieselbe Trostlosigkeit zurück.

Sie verstärkte sich jeden Abend, wenn alle auf die Terrassen stiegen, sich verneigten und gemeinsam neunmal einen Schrei ausstießen, um die Sonne zu grüßen. Sie versank hinter der Lagune, ganz allmählich, dann plötzlich verschwand sie in den Bergen, bei den Barbaren.

Man erwartete das dreifach heilige Fest, an dem von der Spitze eines Scheiterhaufens ein Adler in den Himmel aufstieg, als Symbol der Wiederauferstehung des Jahres, Botschaft des Volkes an seinen höchsten Baal, die es als eine Art Vereinigung verstand, eine Form sich mit der Macht der Sonne zu verbinden. Im übrigen wandte es sich nun, von Haß erfüllt, naiv dem menschenverschlingenden Moloch zu, und alle kehrten Tanit den Rücken. Tatsächlich schien die ihres Schleiers beraubte Rabbetna auch einen Teil ihrer Macht verloren zu haben. Sie verweigerte die wohltuende Lebenskraft ihrer Wasser, sie hatte Karthago verlassen; eine Überläuferin war sie, eine Feindin. Um sie zu schmähen, bewarfen einige sie mit Steinen. Doch viele bedauerten sie während sie sie beschimpften; man verehrte sie noch immer und vielleicht sogar noch mehr.

Alles Unglück war also auf den Verlust des Zaïmph zurückzuführen. Daran war Salambo indirekt beteiligt; auch sie schloß der Groll mit ein; sie mußte bestraft werden. Bald machte der schemenhafte Gedanke an eine

Opferung die Runde im Volk. Um die Baalim zu besänftigen, müsse man ihnen gewiß etwas von unschätzbarem Wert anbieten, ein schönes Wesen, jung, jungfräulich, aus altem Geschlecht, göttlicher Abkunft, ein menschlicher Stern. Tag für Tag strömten unbekannte Männer in die Gärten der Megara; die Sklaven, die um sich selbst zitterten, wagten nicht, ihnen Widerstand zu leisten. Indessen betraten sie nie die Treppe der Galeeren. Sie blieben an ihrem Fuße stehen, die Augen zur höchsten Terrasse erhoben; sie warteten auf Salambo und schrien stundenlang nach ihr, wie Hunde, die den Mond anheulen.

X

Die Schlange

Das Geschrei des Pöbels flößte der Tochter Hamilkars keine Furcht ein.

Sie wurde von höheren Sorgen geplagt: ihre große Schlange, der schwarze Python, siechte dahin; und für die Karthager war diese Schlange zugleich ein nationaler als auch ein persönlicher Fetisch. Man sah den Python als einen Sohn des Schlammes der Erde an, da er aus ihren Tiefen hervorkriecht und keine Füße benötigt, um sich auf ihr zu bewegen; sein Gang erinnerte an die Wellen der Flüsse, seine Körperwärme an die schleimige Urfinsternis voller Fruchtbarkeit, und die Kreisbahn, die er beschrieb, wenn er sich vollkommen einrollte, an die Gesamtheit der Planeten, die Geistesmacht Eschmuns.

Schon mehrere Male hatte Salambos Python die vier lebenden Sperlinge verschmäht, die man ihm jeweils bei Vollmond und Neumond darbot. Seine schöne Haut, wie das Firmament mit goldenen Tupfen auf schwarzem Grund überzogen, war nun gelb, schlaff, runzelig und viel zu weit für seinen Körper; ein flockiger weißer Schimmel bedeckte seinen Kopf; und im Winkel seiner Pupillen sah man kleine rote Punkte, die sich zu bewegen schienen. Von Zeit zu Zeit näherte sich Salambo seinem Korb aus Silberdraht; sie schob die purpurnen Vorhänge beiseite, die Lotusblätter, die Federdaunen; stets war er in sich zusammengerollt, unbeweglicher noch als eine verwelkte Liane; und bei seinem Anblick fühlte sie schließlich selbst in ihrem Herzen etwas wie eine Spirale, wie eine andere Schlange, die ihr allmählich zur Kehle emporstieg und sie würgte.

Sie war verzweifelt, den Zaïmph gesehen zu haben, und dennoch empfand sie darüber eine Art Freude, einen heimlichen Stolz. In der Pracht seiner Falten verbarg sich ein Mysterium; es war der Wolkenschleier, der die Götter umhüllte, das Geheimnis der Existenz des Universums, und Salambo erschrak vor sich selbst bei dem Gedanken, daß sie bedauerte, ihn nicht gelüftet zu haben.

Fast immer kauerte sie im Hintergrund ihres Gemachs, das linke Bein angewinkelt und von ihren Armen umschlungen, mit halbgeöffnetem Mund, gesenktem Kinn, starrem Blick. Voller Entsetzen erinnerte sie sich an das Gesicht ihrer Vaters; sie wollte fortgehen, in die Berge Phöniziens, zum Tempel von Aphaka pilgern, dort, wo Tanit in der Form eines Sterns herabgestiegen war; allerlei Wahnvorstellungen lockten sie, erschreckten sie; im übrigen wuchs die Einsamkeit, die sie umgab, von Tag zu Tag. Sie wußte nicht einmal, was aus Hamilkar geworden war.

Schließlich, ihrer Gedanken müde, erhob sie sich, und während sie mit ihren kleinen Sandalen schlurfte, deren Sohlen bei jedem Schritt gegen ihre Fersen schlugen, ging sie ziellos in ihrem geräumigen stillen Gemach auf und ab. Die Amethyste und Topase der Decke ließen hier und dort einen Lichtpunkt aufschimmern, und Salambo wandte im Gehen ein wenig den Kopf, um sie zu sehen. Sie ergriff die hängenden Amphoren an deren Hals; sie erfrischte ihre Brust unter weiten Fächern oder ergötzte sich mit dem Verbrennen von Zimt in ausgehöhlten Perlen. Bei Sonnenuntergang zog Taanach die Rauten aus schwarzem Filz, welche die Wandöffnungen versperrten, beiseite; da kamen mit einem Schlag die Tauben herein, mit Moschus eingeriebene Tauben wie die der Tanit, und ihre rosigen Pfötchen glitten auf den gläsernen Fliesen zwischen den Weizenkörnern aus, die sie ihnen handvollweise zuwarf wie ein Sähmann auf dem Feld. Doch unvermittelt brach sie in Schluchzen aus und blieb ausgestreckt auf dem prächtigen, aus Rindslederriemen gefertigten Bett liegen, unbeweglich, wiederholte sie stets nur ein Wort, mit weit offenen Augen, totenblaß, empfindungslos, kalt; – indessen hörte sie das Gekreisch der Affen in den Palmengruppen und das unablässige Knarren des großen Rades, das über die Stockwerke hinweg eine Flut reinen Wassers in die porphyrene Brunnenschale ergoß.

Zuweilen verweigerte sie tagelang zu essen. Im Traum sah sie getrübte Sterne unter ihren Füßen vorüberziehen. Sie rief Schahabarim zu sich, und wenn er bei ihr war, hatte sie ihm nichts mehr zu sagen.

Ohne seine lindernde Gegenwart konnte sie nicht leben. Doch in ihrem Inneren sträubte sie sich gegen diese Herrschaft; sie fühlte für diesen Priester zugleich Furcht, Eifersucht, Haß und eine Art Liebe, in Anerkennung der sonderbaren Wollust, die sie in seiner Nähe empfand.

Gewandt darin, die von den verschiedenen Göttern gesandten Krankheiten zu unterscheiden, hatte er den Einfluß der Rabbet erkannt; und um Salambo zu heilen, ließ er ihr Gemach mit Lösungen aus Eisenkraut und Frauenhaarfarn besprengen.; jeden Morgen aß sie Mandragoren; sie schlief den Kopf auf ein Riechkissen gebettet, gefüllt mit aromatischen Kräutern, welche die Pontifizes zusammengestellt hatten; sogar Baaras hatte er angewendet, eine feuerfarbene Wurzel, welche die unheilbringenden Genien in den Norden bannt; schließlich, zum Polarstern gewandt, murmelte er dreimal den geheimnisvollen Namen der Tanit; doch Salambo litt weiterhin, und ihre Ängste vertieften sich.

Niemand in Karthago war so gelehrt wie Schahabarim. In seiner Jugend hatte er im Kollegium der Mogbeden in Borsippa nahe Babylons studiert; sodann hatte er Samothrake, Pessinus, Ephesos, Thessalien, Judäa, die im Sand verlorenen Tempel der Nabatäer besucht; und er war von den Katarakten bis zum Meer am Ufer des Nils entlang gewandert. Das Antlitz mit einem Schleier bedeckt und Fackeln schwenkend hatte er vor der Brust des Sphinx, des ›Vaters der Schrecken‹, einen schwarzen Hahn in ein Sandarakfeuer geworfen. Er war in die Höhlen Proserpinas hinabgestiegen; er hatte gesehen, wie sich die fünfhundert Säulen des Labyrinths von Lemnos drehen und wie der Kandelaber von Tarent leuchtet, der über seinem Schaft ebenso viele Lichter trägt, wie das Jahr Tage hat; des Nachts empfing er zuweilen Griechen, um Wissenswertes zu erfragen. Die Beschaffenheit der Welt beunruhigte ihn nicht weniger als das Wesen der Götter; mit Hilfe einiger im Portikus zu Alexandria justierter Armillarsphären hatte er die Tag- und Nachtgleichen beobachtet und die Bematisten des Euergetes, welche den Himmel vermaßen, indem sie ihre Schritte zählten, bis nach Kyrene begleitet; – so daß nun in seinen Gedanken eine eigentümliche Religion heranwuchs, die ohne eine klare Formel und aus diesem Grunde voller Verworrenheit und Inbrunst war. Er glaubte nicht mehr, die Erde habe die Form eines Pinienzapfens; er glaubte, sie sei rund, und stürze ewig in die Unendlichkeit hinab, mit einer so ungeheuerlichen Geschwindigkeit, daß man ihren Fall nicht bemerke.

Aus der Stellung der Sonne oberhalb des Mondes schloß er auf eine Vorherrschaft Baals, dessen Gestirn selbst nur das Spiegelbild seines Antlitzes ist; im übrigen zwang ihn alles, was er an den irdischen Dingen sah, als oberstes Prinzip das Männlich-Allvernichtende anzukennen. Auch gab er insgeheim der Rabbet die Schuld am Unglück seines Lebens. War es nicht um ihretwillen geschehen, als sich ihm damals beim Getöse der Zymbeln der Oberpriester näherte und ihn unter einer Opferschale voll kochenden Wassers seiner künftigen Manneskraft beraubte? Und so folgte er mit melancholischem Blick den Männern, die sich mit den Priesterinnen zwischen den Terebinthen verloren.

Seine Tage verbrachte er mit der Überprüfung der Räuchergefäße, der goldenen Vasen, der Pinzetten, der Rechen für die Asche des Altars und aller Roben der Statuen bis hin zu einer bronzenen Nadel, die dazu diente die Haare eines alten Tanitstandbildes in der dritten Ädikula, unweit des smaragdenen Weinstocks, zu frisieren. Stets zur selben Stunde hob er die mächtigen Wandteppiche vor denselben Türen, die hinter ihm wieder zufielen; er verharrte mit geöffneten Armen in derselben Haltung; er betete niedergeworfen auf denselben Fliesen, während rund um ihn herum ein barfüßiges Priestervolk in den in ewigem Dämmerlicht liegenden Gängen hin- und her lief.

Doch in der Dürre seines Lebens erschien Salambo wie eine Blume in der Spalte eines Grabmals. Dennoch war er unerbittlich gegen sie, ersparte ihr weder Bußübung, noch bittere Worte. Sein Zustand schuf gewissermaßen die Gleichheit eines gemeinsamen Geschlechts zwischen ihnen, und er nahm der jungen Frau weniger übel, sie nicht besitzen zu können, als sie so schön und vor allem so rein zu sehen. Oftmals bemerkte er wohl, daß sie sich darin erschöpfte, seinen Gedanken zu folgen. Dann wandte er sich um so trauriger ab; er fühlte sich noch verlassener, noch einsamer, noch leerer.

Von Zeit zu Zeit entfuhren ihm seltsame Worte, die vor Salambo niedergingen wie gewaltige, schluchtenerhellende Blitze. Dies geschah des Nachts auf der Terrasse, wenn sie beide allein waren und zu den Sternen emporblickten, während sich zu ihren Füßen Karthago erstreckte, dahinter der Golf und das offene Meer, die sich undeutlich in der Farbe der Finsternis verloren.

Er breitete vor ihr die Theorie der Seelen aus, die auf die Erde herabsteigen und dabei denselben Weg zurücklegen, wie ihn die Sonne durch die Tierkreiszeichen beschreibt. Mit ausgestrecktem Arm zeigte er ihr im Widder das Tor zum menschlichen Geschlecht, im Steinbock das zur Rückkehr zu den Göttern; und Salambo bemühte sich, sie zu erkennen, denn sie nahm diese Vorstellungen für Realitäten; sie hielt die reinen Symbole selbst für wahrhaftig bis hin zu bestimmten Ausdrucksformen, eine Unterscheidung, die auch für den Priester nicht immer ganz eindeutig war.

»Im Mond, sagte er, lösen sich die Seelen der Toten auf wie die Leichen in der Erde. Ihre Tränen verleihen ihm seine Feuchtigkeit; dies ist ein geheimnisumwitterter Ort voller Schlamm, Trümmer und Stürme.«

Sie fragte, was dort aus ihr würde.

»Zuerst entschwindest du, leicht wie ein Dunst, der über den Fluten wogt; und dann nach langanhaltenden Prüfungen und Ängsten gehst du ein in das Haus der Sonne, die Quelle aller Erkenntnis!«

Indessen erwähnte er die Rabbet nicht. Salambo glaubte, er täte dies aus Scham über die besiegte Göttin, und während sie einen allgemein üblichen Namen ausrief, der den Mond bezeichnete, erging sie sich in Segnungen des fruchtbaren und sanften Gestirns. Schließlich schrie er auf:

»Nein! Nein! Sie bezieht all ihre Fruchtbarkeit aus dem anderen! Siehst du denn nicht, wie sie um ihn herumstreicht, wie eine verliebte Frau, die einem Mann auf einem Feld nacheilt?«

Und unablässig pries er die Macht des Lichtes.

Weit davon entfernt, ihrem mystischen Verlangen die Kraft zu rauben, gab er diesem im Gegenteil neue Nahrung und schien sogar Freude daran zu empfinden, Salambo durch die Enthüllungen einer unbarmherzigen Lehre zu betrüben. Salambo stürzte sich trotz der Schmerzen ihrer Liebe begierig darauf.

Doch je stärker Schahabarim seine Zweifel an Tanit spürte, desto mehr wollte er an sie glauben. Im Grunde seines Herzens hemmte ihn ein Schuldgefühl. Er hätte eines Beweises bedurft, einer Offenbahrung der Götter, und in der Hoffnung diese zu erhalten, ersann der Priester ein Unterfangen, das zugleich sein Vaterland als auch seinen Glauben erretten konnte.

Von nun an begann er vor Salambo das Sakrileg und all das Unheil, das daher rührte und sich bis in himmlische Regionen auswirkte, zu beklagen. Dann erläuterte er ihr plötzlich die Gefahr des Suffeten, angegriffen von drei Armeen unter Mathos Befehl; denn aufgrund des Schleiers galt Matho für die Karthager gleichsam als König der Barbaren; und er fügte hinzu, daß das Heil der Republik und das ihres Vaters ganz allein von ihr abhinge.

»Von mir! rief sie aus, wie könnte ich denn...?«

Doch mit verächtlichem Lächeln erwiderte der Priester:

»Niemals würdest du zustimmen!«

Sie flehte ihn an. Schließlich sprach Schahabarim zu ihr:

»Du mußt zu den Barbaren gehen und den Schleier zurückholen!«

Sie sank auf dem ebenhölzernen Schemel zusammen; und sie verharrte mit zwischen den Knien hängenden Armen, an allen Gliedern zitternd, wie ein Opfer am Fuße des Altars, das den Keulenschlag erwartet. Ihre Schläfen tobten, sie sah feurige Ringe kreisen, und in ihrer Benommenheit begriff sie nur eines, daß sie gewiß bald sterben würde.

Doch wenn die Rabbetna triumphierte, wenn der

Zaïmph zurückgegeben wurde und Karthago befreit, was bedeutete da das Leben einer Frau! dachte Schahabarim. Im übrigen, gelänge es ihr ja vielleicht, den Schleier zu holen, und sie würde nicht sterben.

Drei Tage kehrte er nicht wieder; am Abend des vierten ließ sie ihn holen.

Um ihr Herz besser zu entflammen, trug er ihr alle Beschimpfungen zu, die man unverhohlen im Rat gegen Hamilkar brüllte; er erklärte ihr, daß sie versagt habe, daß sie ihr Vergehen wiedergutmachen müsse und daß die Rabbetna dieses Opfer befehle.

Oftmals drang lautstarkes Geschrei über die Mapalien bis nach Megara herüber. Rasch eilten Schahabarim und Salambo hinaus; und sie blickten vom oberen Ende der Treppe der Galeeren hinunter.

Leute waren auf dem Platz des Khamon und riefen nach Waffen. Die Ältesten wollten ihnen keine geben, da sie diese Anstrengung für nutzlos hielten; andere hatten sich bereits ohne Anführer fortgewagt und waren massakriert worden. Schließlich ließ man sie ziehen, und als eine Art Ehrbezeigung für Moloch oder aus einem nebelhaften Bedürfnis nach Zerstörung heraus entwurzelten sie in den Tempelhainen mächtige Zypressen, entzündeten sie an den Fackeln der Kabiren und trugen sie singend durch die Straßen. Diese gewaltigen Flammen zogen sanft schwankend dahin; sie sandten Feuerschein durch die gläsernen Kugeln am First der Tempel auf die Verzierungen der Kolosse, über die Rammsporne der Schiffe, zuckten über die Terrassen und glichen Sonnen, die durch die Stadt rollten. Sie stiegen die Akropolis hinab. Das Tor von Malqua öffnete sich.

»Bist du bereit? rief Schahabarim, oder hast du ihnen aufgetragen, deinem Vater mitzuteilen, daß du ihn im Stich läßt?«

Sie verbarg das Gesicht unter ihren Schleiern, und die

gewaltigen Feuerscheine entfernten sich, sanken allmählich am Rand der Fluten nieder.

Ein unbestimmbares Entsetzen hielt sie zurück, sie hatte Angst vor Moloch, Angst vor Matho. Dieser Mann von riesenhafter Gestalt, der Herr über den Zaïmph war, herrschte über die Rabbetna ebenso wie Baal und schien ihr vom selben Gleißen umgeben; auch suchte die Seele der Götter zuweilen menschliche Körper auf. Wenn Schahabarim von Matho sprach, sagte er nicht, daß sie Moloch besiegen müsse? Beide waren miteinander verwoben; sie waren untrennbar verschmolzen; beide verfolgten sie.

Sie wollte erfahren, was die Zukunft brächte, und näherte sich dem Python, denn aus der Haltung der Schlangen konnte man Omen lesen. Doch der Korb war leer, Salambo wurde unruhig.

Sie fand ihn nahe dem hängenden Bett, den Leib um einen der silbernen Baluster geschlungen, und er rieb sich daran, um sich aus seiner alten gelblichen Haut zu schälen, während sein Körper ganz glänzend und blank allmählich zum Vorschein kam, wie ein halb aus der Scheide gezogenes Schwert.

In den folgenden Tagen, in dem Maße wie sie sich überzeugen ließ und immer mehr dazu neigte, Tanit zu retten, gesundete der Python, nahm zu, schien wieder aufzuleben.

In ihrem Bewußtsein festigte sich daher die Gewißheit, daß Schahabarim den Willen der Götter kundtat. Eines Morgens erwachte sie entschlossen, und sie fragte, was sie tun müsse, damit Matho ihr den Schleier wiedergäbe.

»Ihn zurückverlangen, sagte Schahabarim.

– Aber wenn er sich weigert?« erwiderte sie.

Der Priester starrte sie unverwandt an und mit einem Lächeln, das sie noch nie gesehen hatte.

»Ja, was soll ich tun?« wiederholte Salambo.

Mit gesenktem Blick, unbeweglich, zwirbelte er die Enden der Bänder, die von seiner Tiara auf seine Schultern herabfielen zwischen den Fingern. Schließlich, als er sah, daß sie nicht verstand:

»Du wirst mit ihm allein sein.

– Und dann? fragte sie.

– Allein in seinem Zelt.

– Weiter?«

Schahabarim biß sich auf die Lippen. Er suchte nach einer Formulierung, einer Umschreibung.

»Wenn du sterben solltest, so erst später, sagte er, erst später! fürchte nichts! und was auch immer er tut, schrei nicht! erschrick nicht! Du wirst ergeben sein, hörst du, und dich seinem Verlangen, das ein Gebot des Himmels ist, fügen!

– Aber der Schleier?

– Die Götter werden Rat wissen«, entgegnete Schahabarim.

Sie fügte hinzu:

»Wenn du mit mir kämst, o Vater?

– Nein!«

Er ließ sie niederknien, und während er die linke Hand erhoben hielt und die rechte ausgestreckt, schwor er an ihrer Stelle, den Mantel der Tanit nach Karthago zurückzubringen. Unter schrecklichen Verwünschungen weihte sie sich den Göttern, und jedesmal, wenn Schahabarim ein Wort sprach, wiederholte sie es mit schwindenden Kräften.

Er beschrieb ihr alle Reinigungen, Fastenregeln, die sie ausführen mußte, und wie sie bis zu Matho vordringen konnte. Im übrigen würde sie ein des Weges kundiger Mann begleiten.

Sie fühlte sich wie befreit. Sie dachte an nichts anderes mehr, als an das Glück, den Zaïmph wiederzusehen, und nun segnete sie Schahabarim für seine Ermahnungen.

Es war die Jahreszeit, zu der die Tauben Karthagos nach Sizilien zogen, zum Tempel der Venus auf dem Berg Eryx. Bereits einige Tage, bevor sie fortzogen, suchten und riefen sie einander, um sich zu versammeln; schließlich flogen sie eines Abends davon; der Wind trieb sie vor sich her, und diese mächtige weiße Wolke glitt über den Himmel, hoch über dem Meer.

Der Horizont wurde in blutiges Rot getaucht. Sie schienen allmählich zu den Fluten hinabzusteigen; dann verschwanden sie wie verschlungen, als ob sie von selbst in den Schlund der Sonne gestürzt wären. Salambo, die ihnen nachsah, ließ den Kopf sinken, und Taanach, die ihren Kummer zu erraten glaubte, sagte schließlich sanft zu ihr:

»Aber, Herrin, sie kehren doch zurück.

– Ja, ich weiß!

– Und du wirst sie wiedersehen.

– Vielleicht!« seufzte sie.

Niemandem hatte sie ihren Entschluß anvertraut; und um ihn um so heimlicher in die Tat umzusetzen, sandte sie Taanach (anstatt all die Dinge, die sie benötigte von den Verwaltern zu verlangen) zum Einkauf in den Vorort Kinsido: Zinnober, duftende Essenzen, einen Gürtel aus Leinen und neue Kleider. Die alte Skalvin war erstaunt über diese Vorbereitungen, wagte jedoch nicht, ihr Fragen zu stellen; so kam der Tag, den Schahabarim für Salambos Aufbruch festgelegt hatte.

Um die zwölfte Stunde erblickte sie im Hintergrund der Sykomoren einen blinden Greis, die Hand auf die Schulter eines Kindes gestützt, das vor ihm herging, und in der anderen trug er an seiner Hüfte eine Art Kithara aus schwarzem Holz. Die Eunuchen, Sklaven, Frauen waren sämtlich fortgeschickt worden; niemand konnte wissen, welches Geheimnis bevorstand.

Taanach entzündete in den Winkeln des Gemachs vier mit Strobus und Kardamon gefüllte Dreifüße; dann breitete sie große babylonische Wandteppiche aus und spannte sie auf Seile rundum im Raum; denn Salambo wollte nicht gesehen werden, nicht einmal von den Wänden. Der Kinnorspieler kauerte hinter der Tür, und der Junge hielt im Stehen eine Flöte aus Rohr an seine Lippen. In der Ferne wurde der Lärm der Straßen allmählich schwächer, violette Schatten wurden vor den Säulenhallen der Tempel länger, und, auf der anderen Seite des Golfes wogten die niedrigen Berge ins Unendliche, die Olivenhaine und schemenhaften gelben Landstriche verloren sich in bläulichem Dunst; nicht ein Laut war zu hören, eine grenzenlose Niedergeschlagenheit lag schwer in der Luft.

Salambo hockte sich auf die Stufe aus Onyx, am Rande des Bassins; sie schob die weiten Ärmel zurück, die sie hinter den Schultern befestigte und begann systematisch, entsprechend den heiligen Vorschriften mit ihren rituellen Waschungen.

Schließlich brachte ihr Taanach in einer Phiole aus Alabaster etwas Flüssiges, Geronnenes; es war Blut von einem schwarzen Hund, dem unfruchtbare Frauen in einer Winternacht in den Ruinen eines Grabmals die Kehle durchschnitten hatten. Damit rieb sie sich die Ohren ein, die Fersen, den Daumen der rechten Hand, sogar ihr Nagel blieb ein wenig rot, als ob sie eine Frucht zerdrückt hätte.

Der Mond ging auf; da hoben die Kithara und die Flöte gleichzeitig an zu spielen.

Salambo legte ihre Ohrringe ab, ihre Halskette, ihre Armreife, ihre lange weiße Simarre; sie löste das Band aus ihren Haaren, und für einige Augenblicke schüttelte sie sie auf ihre Schultern herab, ganz sacht, um sich zu erfrischen und um sie zu entfalten. Draußen erklang weiterhin die Musik; es waren stets die drei selben Töne, hastig, wild; die Saiten sirrten, die Flöte schnarrte; Taanach schlug den Rhythmus, indem sie in die Hände klatschte; Salambo wiegte ihren ganzen Körper, während sie Gebete psalmodierte, und ihre Kleidungsstücke, eines nach dem anderen, fielen rund um sie zu Boden.

Die schweren Behänge erzitterten, und oberhalb des Seils, das diese emporhielt, erschien der Kopf des Python. Langsam glitt er herab, wie ein Wassertropfen, der an einer Wand hinunterrinnt, schlängelte sich zwischen den ausgebreiteten Stoffbahnen hindurch, dann reckte er sich auf den Schwanz gestützt kerzengerade in die Höhe; und seine Augen, leuchtender noch als Karfunkelsteine, richteten sich bohrend auf Salambo.

Das Grauen vor der Kälte, oder vielleicht auch die Scham ließen sie zuerst zögern. Doch sie erinnerte sich an die Befehle Schahabarims und näherte sich ihm; der Python senkte sich herab und legte die Mitte seines Körpers um ihren Nacken, er ließ seinen Kopf und seinen Schwanz hängen wie eine gebrochene Halskette, deren Enden bis auf den Boden schleiften. Salambo schlang ihn um ihre Hüften, unter ihren Armen hindurch, zwischen ihre Knie; dann ergriff sie seinen Kiefer, führte dieses kleine dreieckige Maul bis an den Rand ihrer Zähne heran und bog sich mit halbgeschlossenen Augen unter den Strahlen des Mondes zurück. Das weiße Licht schien sie einzuhüllen wie ein silberner Nebel, die Abdrücke ihrer feuchten Schritte glänzten auf den Fliesen, Sterne zitterten in der Tiefe des Wassers; er schmiegte seine schwarzen, mit Goldplättchen gefleckten Ringe an sie. Salambo keuchte unter dieser zu schweren Last, ihre Lenden krümmten sich, sie fühlte sich sterben; ganz sacht schlug er ihr mit dem Ende seines Schwanzes um den Schenkel; dann, als die Musik verstummte, fiel er zurück.

Taanach trat wieder zu ihr; und als sie zwei Leuchter aufgestellt hatte, deren Lichter in kristallenen, mit Wasser gefüllten Schalen brannten, färbte sie Salambos Handflächen mit Lausonia, legte ihr Zinnober auf die Wangen, Antimon an den Rand ihrer Lieder und verlängerte ihr die Augenbrauen mit einem Gemisch aus Gummi, Moschus, Ebenholz und zerstoßenen Fliegenfüßen.

Auf einem Stuhl mit elfenbeinernen Füßen sitzend gab sich Salambo der Pflege ihrer Sklavin hin. Doch die Berührungen, der Duft der Essenzen und das durchlittene Fasten, raubten ihr die Sinne. Sie erbleichte so heftig, daß Taanach innehielt.

»Mach weiter! sagte Salambo, und sich selbst trotzend belebte sie sich auf einmal. Da erfaßte sie eine Ungeduld; sie drängte Taanach, sich zu beeilen, und die alte Sklavin murmelte:

– Gut! Gut! Herrin! ... Es erwartet dich doch niemand!

– Doch! sprach Salambo, jemand erwartet mich!«

Taanach wich überrascht zurück und, um mehr zu erfahren, fuhr sie fort:

»Was befiehlst du, Herrin? denn wenn du länger fortbleiben mußt...«

Doch Salambo schluchzte; die Sklavin rief aus:

»Du leidest! was fehlt dir denn? geh nicht fort! nimm mich mit! Als du noch ganz klein warst und weintest, da habe ich dich an mein Herz gedrückt und dich mit der Spitze meiner Brüste zum Lachen gebracht; du hast sie versiegen lassen, Herrin!« Sie schlug sich auf ihre vertrocknete Brust. »Nun bin ich alt! ich kann nichts mehr für dich tun! du liebst mich nicht mehr! du verbirgst deine Schmerzen vor mir, du verachtest deine Amme!« Und aus Zärtlichkeit und Enttäuschung liefen ihr Tränen über die Wangen, in die Narben ihrer Tätowierung.

»Nein! sagte Salambo, nein, ich liebe dich! tröste dich!«

Mit einem Lächeln ähnlich der Grimasse eines alten Affen nahm Taanach ihr Tun wieder auf. Gemäß Schahabarims Empfehlungen hatte ihr Salambo befohlen, sie wunderschön herzurichten; und sie kleidete sie entsprechend barbarischem Geschmack, voller Eleganz und Natürlichkeit zugleich.

Über eine erste, zarte, weinrote Tunika warf sie eine mit Vogelfedern bestickte zweite. Goldene Schuppen hafteten an ihren Hüften, und unter diesem breiten Gürtel fielen üppig ihre blauen, mit silbernen Sternen bestickten Unterkleider herab. Dann streifte ihr Taanach eine prachtvolle Robe über, aus Tuch aus dem Land der Serer, weiß mit kräftigen grünen Streifen. Außen an ihrer Schulter befestigte sie ein purpurnes Viereck, das an der Unterseite mit Sandastrumkörnern beschwert war; und über all diese Gewänder legte sie einen schwarzen Mantel mit Schleppe; dann betrachtete sie Salambo, stolz über ihr Werk und konnte sich nicht zurückhalten zu sagen:

»Am Tag deiner Hochzeit wirst du nicht schöner sein!

– Meiner Hochzeit!« wiederholte Salambo; sie träumte, den Ellenbogen auf den elfenbeinernen Stuhl gestützt.

Da stellte Taanach einen kupfernen Spiegel vor sie hin, so breit und hoch, daß sie sich ganz darin sehen konnte. Sie erhob sich, und mit einem Finger schob sie eine Locke ihres Haares ein wenig höher, die zu weit herabsank.

Es war mit Goldstaub bedeckt, über der Stirn gekräuselt und fiel hinten über den Rücken in langen gedrehten Zöpfen herab, die in Perlen endeten. Die Helligkeit der Kandelaber belebte die Schminke ihrer Wangen, das Gold ihrer Kleidung, das Weiß ihrer Haut; um die Taille, an den Armen, Händen und Zehen trug sie eine solche

Fülle von Edelsteinen, daß der Spiegel gleich einer Sonne die Strahlen zurückwarf; – und wie Salambo so neben Taanach stand, die den Kopf neigte, um sie zu sehen, lächelte sie in diesem blendenden Glanz.

Dann ging sie auf und ab, befangen angesichts der Zeit, die ihr noch blieb.

Plötzlich erschallte ein Hahnenschrei. Hastig steckte sie einen langen gelben Schleier in ihre Haare, schlang sich einen Schal um den Hals, schlüpfte in Stiefeletten aus blauem Leder und sprach zu Taanach:

»Sieh nach, ob unter den Myrten ein Mann mit zwei Pferden steht.«

Taanach war kaum zurück, da stieg sie bereits die Treppe der Galeeren hinab.

»Herrin!« rief die Amme.

Salambo wandte sich um, einen Finger auf den Mund gelegt, damit sie schweige und ihr nicht folge.

Taanach schlich sacht entlang der Rammsporne bis zum Fuß der Terrasse hinab; und von weitem sah sie beim Schein des Mondes in der Zypressenallee einen riesigen Schatten, der schräg links von Salambo einherschritt, ein Vorzeichen des Todes.

Taanach stieg wieder in das Gemach hinauf. Sie warf sich zu Boden und riß sich das Gesicht mit den Fingernägeln wund; sie raufte sich die Haare und stieß aus voller Kehle gellende Schreie aus.

Da durchfuhr sie der Gedanke, daß man sie hören könnte; also verstummte sie. Sie schluchzte leise vor sich hin, den Kopf zwischen den Händen, das Gesicht auf den Fliesen.

XI

Im Zelt

Der Mann, der Salambo führte, ritt mit ihr bergan über den Leuchtturm hinaus in Richtung der Katakomben, dann wieder hinunter durch die langgestreckte Vorstadt Muluya mit ihren steilen Gäßchen. Der Himmel wurde allmählich in weißes Licht getaucht. Balken aus Palmholz, die aus den Mauern hervorragten, zwangen sie zuweilen, den Kopf einzuziehen. Immer wieder glitten die beiden im Schritt gehenden Pferde aus; und so erreichten sie das Tor von Theveste.

Dessen schwere Flügel standen halboffen; sie schlüpften hindurch; es schloß sich wieder hinter ihnen.

Zuerst folgten sie einige Zeit dem Fuß der Stadtmauern, dann, auf der Höhe der Zisternen, schlugen sie den Weg über die Taenia ein, dem schmalen Band gelben Erdreichs, das den Golf vom See trennt und bis nach Rhades reicht.

Niemand war in der Nähe Karthagos zu sehen, weder auf dem Meer, noch auf dem Land. Die schieferfarbenen Wellen plätscherten sanft, und die leichte Brise, die hier und dort ihren Schaum vor sich hertrieb, verlieh ihnen vereinzelte weiße Risse. Trotz all ihrer Schleier fröstelte Salambo in der morgendlichen Kühle; die Bewegung, die frische Luft betäubten sie. Dann ging die Sonne auf; sie stach sie in den Hinterkopf, und unwillkürlich schlummerte sie ein wenig ein. Die beiden Tiere, Seite an Seite, trabten im Paßgang, während ihre Hufe tief im stummen Sand einsanken.

Als sie den Berg der Heißen Wasser hinter sich gelassen hatten, beschleunigten sie ihren Ritt, da der Boden fester war.

Obwohl es die Zeit der Aussaat und der Feldarbeit war, lagen die Felder kahl wie die Wüste so weit das Auge reichte. Hier und dort lagen breit verteilte Weizenhaufen; an anderer Stelle rieselten angesengte Gerstenkörner aus den Ähren. Am klaren Horizont erschienen schwarze Dörfer mit unzusammenhängenden und zerklüffteten Formen.

Zuweilen erhob sich am Straßenrand eine halbverkohlte Wandfläche. Die Dächer der Hütten stürzten ein, und im Inneren sah man zerbrochene Tonwaren, Kleiderfetzen, allerlei Gerätschaften und bis zur Unkenntlichkeit zerborstene Gegenstände. Oftmals kroch ein in Lumpen gehülltes Wesen mit erdfahlem Gesicht und flammenden Pupillen aus diesen Ruinen hervor. Doch rasch rannte es davon oder verschwand in einem Loch. Salambo und ihr Führer hielten nicht an.

Die verlassenen Ebenen reihten sich aneinander. Über weite Flächen hellen Erdreichs zog sich in unregelmäßigen Streifen feinste Asche hin, die ihre Schritte hinter ihnen aufwirbelten. Hin und wieder stießen sie auf friedliche Stellen, einen Bach, der zwischen langem Gras hindurchfloß; und während sie am gegenüberliegenden Ufer hinaufritten, rupfte Salambo feuchte Blätter ab, um ihre Hände damit zu kühlen. An der Ecke eines Rosenlorbeerhains machte ihr Pferd einen mächtigen Satz zur Seite angesichts des Leichnams eines Mannes, der ausgestreckt am Boden lag.

Sogleich half ihr der Sklave wieder in die Kissen. Er war einer der Tempeldiener, ein Mann, den Schahabarim mit gefährlichen Missionen beauftragte.

Nunmehr übervorsichtig ging er neben ihr zu Fuß zwischen den Pferden; und er peitschte sie mit dem Ende eines Lederriemens, der um seinen Arm geschlungen war, oder er holte aus einer um seinen Hals hängenden Jagdtasche Käseklößchen, in Lotusblätter eingewickelte Datteln und Eigelbe hervor und bot sie Salambo wortlos und ohne innezuhalten an.

Um die Mittagszeit kreuzten drei in Tierhäute gekleidete Barbaren ihren Pfad. Allmählich tauchten immer mehr von ihnen auf, die in Trupps zu zehn, zwölf, fünfundzwanzig Mann umherstreiften; mehrere trieben Ziegen oder eine hinkende Kuh vor sich her. Ihre schweren Stöcke waren mit ehernen Spitzen gespickt; Dolche glänzten über ihren schmutzstrotzenden Gewändern, und bedrohlich und verblüfft zugleich rissen sie die Augen weit auf. Im Vorübergehen riefen ihnen einige einen alltäglichen Segenswunsch zu; andere obszöne Scherze; und Schahabarims Diener antwortete jedem in seiner eigenen Sprache. Er erklärte ihnen, dies sei ein kranker junger Mann, der zu seiner Heilung zu einem fernen Tempel reise.

Indessen ging der Tag zur Neige. Gebell erschallte; sie ritten darauf zu.

Dann erblickten sie im Dämmerlicht eine Einfriedung aus Bruchsteinen, die ein schemenhaftes Gebäude umschloß. Ein Hund lief auf der Mauer entlang. Der Sklave verscheuchte ihn mit Kieseln; und sie betraten einen hohen gewölbten Saal.

In der Mitte kauerte eine Frau und wärmte sich an einem Feuer aus Buschwerk, dessen Rauch durch die Löcher in der Decke abzog. Sie war halb unter ihrem weißen Haar verborgen, das bis zu ihren Knien herabfiel; und ohne sich ihnen zuzuwenden, brummte sie mit wirrer Miene Racheschwüre gegen Barbaren und Karthager.

Der Läufer stöberte rechts und links herum. Dann ging er wieder auf sie zu und verlangte etwas zu essen. Die Alte wackelte mit dem Kopf und, den Blick starr auf die Kohlen gerichtet, murmelte sie:

»Ich war die Hand. Die zehn Finger sind abgeschnitten. Der Mund ißt nicht mehr.«

Der Sklave zeigte ihr eine Handvoll Goldstücke. Sie stürzte sich darauf, doch sie nahm bald wieder ihre unbewegliche Haltung ein.

Schließlich legte er ihr einen Dolch, den er in seinem Gürtel trug, an die Kehle. Zitternd stand sie auf, hob einen großen Stein hoch und holte eine Amphore Wein hervor, dazu in Honig eingelegte Fische aus Hippo Diarrhytus.

Salambo wandte sich ab von dieser unreinen Speise und schlief auf den ausgebreiteten Pferdeharnischen in einem Winkel des Gemachs.

Bevor der Tag anbrach weckte er sie.

Der Hund heulte. Der Sklave näherte sich ihm ganz sachte; und mit einem einzigen Dolchhieb schlug er ihm den Kopf ab. Dann rieb er die Nüstern der Pferde mit dem Blut ein, um sie aufzumuntern. Die Alte sandte ihm einen Fluch nach. Salambo bemerkte es und drückte das Amulett, das sie am Herzen trug, fest an sich.

Sie setzten ihren Weg fort.

Zuweilen fragte sie, ob sie nicht bald am Ziel seien. Die Straße schlängelte sich über kleine Hügel. Nur das Zirpen der Zikaden war zu hören. Die Sonne heizte das vergilbte Gras auf. Der Boden war über und über mit Rissen zerfurcht, die ihn in unförmige Fliesen zu zerteilen schienen. Von Zeit zu Zeit glitt eine Viper vorüber, Adler zogen ihre Kreise; der Sklave lief immer weiter; Salambo träumte unter ihren Schleiern, die sie trotz der Hitze nicht lüftete, aus Furcht ihre schönen Gewänder zu beschmutzen.

In regelmäßigen Abständen erhoben sich Türme, welche die Karthager erbaut hatten, um die Völkerstämme zu überwachen. Sie traten ein, um in ihrem Schatten zu rasten, dann brachen sie wieder auf.

Tags zuvor hatten sie aus Vorsicht einen großen Umweg eingeschlagen. Doch nun trafen sie auf niemanden; die Gegend war unfruchtbar, die Barbaren hatten sie nicht durchquert.

Allmählich begannen die Verwüstungen wieder. Hier und dort lag mitten auf einem Feld ein Mosaik, letzter Rest eines verschwundenen Palastes; und die blattlosen Ölbäume glichen von weitem mächtigen Dornbüschen. Sie durchquerten ein Dorf, dessen Häuser bis auf die Grundmauern niedergebrannt waren. Entlang der Wände sah man menschliche Gebeine. Auch Dromedar- und Maultierskelette waren darunter. Halb zerfressene Kadaver versperrten die Straßen.

Die Nacht brach herein. Der Himmel hing tief und voller Wolken.

Für weitere zwei Stunden ritten sie bergan in Richtung Westen, und plötzlich erblickten sie vor sich viele kleine Feuer.

Sie leuchteten in der Tiefe eines Amphitheaters. Hier und dort blitzten goldene Platten auf, die sich bewegten. Es waren die Kürasse der Klinabaren, das punische Feldlager; dann erkannten sie im Umkreis noch zahlreichere Lichtscheine, denn die mittlerweile miteinander verschmolzenen Armeen der Söldner erstreckten sich über eine weite Fläche.

Salambo machte eine Bewegung, um weiterzureiten. Doch Schahabarims Mann führte sie ein Stück weit fort, und sie ritten die Terrasse entlang, die das Lager der Barbaren umschloß. Eine Bresche tat sich auf, der Sklave verschwand.

Hoch oben auf der Verschanzung schritt eine Schildwache auf und ab, einen Bogen in der Hand und eine Pike auf der Schulter.

Salambo kam immer näher; der Barbar kniete nieder, und ein langer Pfeil durchbohrte den Saum ihres Mantels. Dann, da sie aufschrie, doch unbeweglich innehielt, fragte er, was sie wolle.

»Mit Matho reden, erwiderte sie. Ich bin ein Überläufer aus Karthago.«

Er stieß einen Pfiff aus, der sich in der Ferne wiederholte.

Salambo wartete; ihr verängstigtes Pferd tänzelte schnaubend.

Als Matho herankam, erhob sich der Mond hinter ihr. Doch ein mit schwarzen Blumen verzierter gelber Schleier lag über ihrem Gesicht, und so viele Gewänder umhüllten ihren Körper, daß es unmöglich war zu erahnen, wer sich dahinter verbarg. Von der Terrasse herab betrachtete er diese schemenhafte Gestalt, die im abendlichen Halbdunkel wie ein Phantom vor ihm aufragte.

Schließlich sagte sie zu ihm:

»Führe mich in dein Zelt! Ich will es!«

Eine vage Erinnerung durchzuckte sein Gedächtnis. Er fühlte sein Herz schlagen. Die gebieterische Art schüchterte ihn ein.

»Folge mir!« sagte er.

Die Barriere senkte sich; unmittelbar darauf war sie im Lager der Barbaren.

Es war von großem Tumult und einer gewaltigen Menschenmenge erfüllt. Helle Feuer brannten unter hängenden Kochtöpfen, ihr purpurroter Widerschein erleuchtete vereinzelte Stellen und ließ andere in völliger Dunkelheit. Man schrie, man rief; mit Fußfesseln angebundene Pferde bildeten lange gerade Reihen inmitten der Zelte; diese waren rund, quadratisch, aus Leder oder Leintuch; Schilfhütten und Sandhöhlen, wie Hunde sie graben, waren darunter. Die Soldaten karrten Faschinen umher, stützten sich mit den Ellenbogen auf die Erde oder rollten sich in eine Matte ein und schickten sich an zu schlafen; um über sie hinweg zu gelangen, streckte Salambos Pferd zuweilen ein Bein voraus und sprang.

Sie erinnerte sich daran, diese Männer schon einmal gesehen zu haben; doch ihre Bärte waren nun länger, ihre Gesichter dunkler, ihre Stimmen rauher. Matho, der vor ihr herschritt, trieb sie mit einer Armbewegung beiseite, die seinen roten Mantel hob. Einige küßten ihm die Hände; andere verneigten sich tief und näherten sich ihm, um Befehle zu erfragen; denn er war nun der wahre, der einzige Anführer der Barbaren; Spendius, Autharit und Naravas waren entmutigt, und er hatte solche Kühnheit und Beharrlichkeit an den Tag gelegt, daß ihm alle gehorchten.

Während Salambo ihm folgte, durchquerte sie das gesamte Lager. Sein Zelt war am anderen Ende, nur dreihundert Schritt von der Verschanzung Hamilkars entfernt.

Sie bemerkte zur rechten eine große Grube, und es schien ihr, als ruhten dicht über dem Boden Gesichter an ihrem Rand, ähnlich abgeschlagenen Köpfen. Jedoch bewegten sich ihre Augen, und aus ihren halboffenen Mündern entwich Stöhnen in punischer Sprache.

Links und rechts des Eingangs standen zwei Neger mit Harzleuchten. Mit einem Ruck schob Matho die Leinwand beiseite. Sie folgte ihm.

Es war ein geräumiges Zelt, in dessen Mitte sich ein Mast erhob. Eine mächtige Laterne in Form einer Lotusblüte spendete Licht, bis zum Rand mit gelbem Öl gefüllt, auf dem einige Handvoll Werg schwammen, und im Halbdunkel sah man militärische Gerätschaften aufblitzen. Ein blankes Schwert lehnte an einem Schemel neben einem Schild; Peitschen aus Nilpferdleder, Zymbeln, Schellen, Halsketten lagen kunterbunt auf geflochtenen Körben. Schwarzbrotkrümel beschmutzten eine Filzdecke; in einer Ecke, auf einer runden Steinplatte, waren nachlässig kupferne Geldstücke aufgehäuft, und durch die Risse in der Leinwand trug der Wind den Staub von draußen herein, vermischt mit dem Geruch der Elefanten, die man fressen hörte, während sie mit ihren Ketten rasselten.

»Wer bist du?« fragte Matho.

Ohne etwas zu erwidern, blickte sie sich langsam um, dann blieb ihr Blick ganz im Hintergrund haften, wo über einem Lager aus Palmzweigen etwas Bläuliches und Funkelndes herabhing.

Geschwind trat sie näher. Unwillkürlich schrie sie auf. Matho hinter ihr stampfte mit dem Fuß.

»Wer schickt dich? weswegen bist du gekommen?«

Sie zeigte auf den Zaïmph und antwortete:

»Um ihn zu holen!« und mit der anderen Hand riß sie die Schleier von ihrem Kopf. Er wich zurück, die Ellenbogen angezogen, mit offenem Mund, beinahe entsetzt.

Sie fühlte sich gleichsam von der Macht der Götter getragen; und während sie ihm geradewegs ins Gesicht schaute, verlangte sie von ihm den Zaïmph; sie forderte ihn in reichen und großartigen Worten.

Matho hörte nicht zu; er betrachtete sie, und ihre Gewänder schienen für ihn mit ihrem Körper zu verschmelzen. Das Moirieren der Tuche glich dem Schimmer ihrer Haut, etwas Einzigartigem, das nur ihr eigen war. Ihre Augen, ihre Diamanten funkelten; der Glanz ihrer Nägel führte die Erlesenheit der schweren Edelsteine an ihren Fingern fort; die beiden Agraffen ihrer Tunika, die ihre Brüste ein wenig anhoben, drückten diese ganz leicht zusammen, und er verlor sich im Gedanken an diesen engen Spalt, durch den eine feine Schnur herabhing, an der eine Scheibe aus Smaragden befestigt war, die man weiter unten durch die violette Gaze hindurch erspähte. Als Ohrgehänge trug sie zwei kleine saphirene Waagen, die eine hohle, voll Duftwasser gefüllte Perle faßten.

Durch die Öffnungen der Perle fiel zuweilen ein Tröpfchen herab und befeuchtete ihre nackte Schulter. Matho sah es fallen.

Unbezähmbare Neugier riß ihn hinweg; und wie ein Kind, das die Hand nach einer unbekannten Frucht ausstreckt, zitternd, berührte er sie sanft mit seiner Fingerspitze oben an ihrer Brust; das leicht kühle Fleisch gab unter elastischem Widerstand nach.

Diese Berührung, die dennoch kaum spürbar war, ließ Matho in seinem Innersten erbeben. Sein ganzes Wesen bäumte sich auf, trieb ihn zu ihr hin. Er hätte sie umhüllen wollen, sie verschlingen, sie trinken. Seine Brust rang nach Atem, seine Zähne schlugen aufeinander.

Er faßte sie an beiden Handgelenken, zog sie sacht zu sich hin und setzte sich auf einen Küraß neben dem Lager aus Palmzweigen, das mit einem Löwenfell bedeckt war. Sie blieb stehen. Er betrachtete sie von Kopf bis Fuß, und so hielt er sie zwischen seinen Beinen und wiederholte immerzu:

»Wie schön du bist! wie schön du bist!«

Seine Augen, die unablässig auf die ihren gerichtet waren, quälten sie; und dieses Unwohlsein, diese Abscheu stiegen so spitz in ihr hoch, daß Salambo sich beherrschen mußte, nicht laut aufzuschreien. Sie dachte an die Worte von Schahabarim; sie fügte sich.

Matho hielt immer noch ihre kleinen Hände in den seinen; und zuweilen versuchte sie trotz der Befehle des Priesters, das Gesicht abgewendet, ihn durch Schütteln der Arme von sich zu schieben. Er öffnete die Nasenflügel, um den Wohlgeruch, den sie verströmte, besser einsaugen zu können. Es war eine unvergleichliche Ausdünstung, frisch und zugleich betäubend wie der Qualm einer Räucherpfanne. Sie duftete nach Honig, Pfeffer, Weihrauch, Rosen und anderen köstlichen Gerüchen.

Doch wie kam es, daß sie bei ihm war, in seinem Zelt,

seiner Gnade und Ungnade ausgeliefert? Gewiß hatte jemand sie getrieben? Sie war nicht wegen des Zaïmph gekommen? Seine Arme fielen herab, er neigte den Kopf, von einer plötzlichen Träumerei überwältigt.

Um ihn milde zu stimmen, fragte ihn Salambo mit klagender Stimme:

»Was habe ich denn getan, daß du meinen Tod wünschst?

– Deinen Tod!«

Sie fuhr fort:

»Eines abends sah ich dich, beim Schein meiner brennenden Gärten zwischen dampfenden Schalen und meinen abgeschlachteten Sklaven, und deine Wut war so groß, daß du in meine Richtung stürztest, so daß ich fliehen mußte! Dann hielt der Schrecken Einzug in Karthago. Man beklagte die Verwüstung der Städte, die Brandschatzung der Ländereien, das Massaker der Soldaten; du hast sie vernichtet, du hast sie getötet! Ich hasse dich! Allein dein Name nagt an mir wie ein Schuldgefühl. Man verabscheut dich mehr als die Pest und den römischen Krieg! Die Provinzen zittern vor deinem Zorn, die Feldfurchen sind voller Leichen! Ich bin deiner Spur des Feuers gefolgt, als schritte ich hinter Moloch selbst einher!«

Mit einem Satz sprang Matho auf; gewaltiger Stolz ließ sein Herz anschwellen; er fühlte sich zu göttlicher Größe erhoben.

Mit bebenden Nasenflügeln, zusammengebissenen Zähnen, sprach sie weiter:

»Als ob das Sakrileg nicht schwer genug gewesen wäre, bist du zu mir gekommen ganz eingehüllt in den Zaïmph, während ich schlief! Ich habe deine Worte nicht verstanden; doch ich habe wohl bemerkt, daß du mich zu etwas Gräßlichem fortreißen wolltest, in die Tiefe eines Abgrunds.«

Matho rang die Hände und rief aus:

»Nein! Nein! es geschah, um ihn dir zu geben! um ihn dir zu überbringen! Es schien mir, die Göttin habe ihr Gewand nur deinetwegen zurückgelassen, damit es dir gehöre! Ob in ihrem Tempel oder in deinem Haus, worin liegt der Unterschied? bist du nicht allmächtig, makellos rein, strahlend und schön wie Tanit!«

Und mit einem Blick voll unendlicher Verehrung:

»Oder bist du vielleicht gar Tanit selbst?

– Ich, Tanit?« sagte Salambo zu sich.

Sie schwiegen. In der Ferne rollte der Donner. Schafe blökten, erschreckt von dem Gewitter.

»Oh! Komm näher! fuhr er fort, komm näher! fürchte nichts! Damals war ich nur ein Soldat, der im Pöbel der Söldner aufging und doch so sanft, daß ich das Holz der anderen auf meinem Rücken trug. Was kümmert mich Karthago! Seine Menschenmenge bewegt sich wie verloren im Staub deiner Sandalen, und alle seine Schätze, samt den Provinzen, den Flotten und den Inseln, erregen mich nicht so wie die Frische deiner Lippen und der Schwung deiner Schultern. Doch ich wollte ihre Stadtmauern niederreißen, um bis zu dir zu gelangen, um dich zu besitzen! In der Zwischenzeit jedoch rächte ich mich! Nun zermalme ich die Menschen wie Muscheln, werfe mich auf die Phalanxen, teile die Lanzen mit bloßen Händen, halte Hengste an den Nüstern zurück; ein Katapult könnte mich nicht töten! Ach, wenn du wüßtest, wie ich mitten im Krieg an dich denke! Manchmal ergreift mich plötzlich die Erinnerung an eine deiner Gesten, an eine Falte deines Gewands, und ich verstricke mich wie in einem Netz! in den Flammen der Brandpfeile und auf der Vergoldung der Schilde erblicke ich deine Augen! im Klang der Zymbeln höre ich deine Stimme! Ich drehe mich um, du bist nicht da! Und so stürze ich mich wieder in die Schlacht!«

Er hob seine Arme, auf welchen die Venen untereinander verschlungen waren wie Efeu auf den Zweigen eines Baumes. Schweiß rann ihm über die Brust, zwischen seinen eckigen Muskeln hindurch; und sein Atem hob und senkte seine Seiten mit dem bronzenen Gürtel, der über und über mit Riemen verziert war, die ihm bis zu den Knien reichten, fester noch als Marmor. Salambo, die nur an Eunuchen gewohnt war, ließ sich von der Kraft dieses Mannes überwältigen. Es war die Strafe der Göttin oder der Einfluß Molochs, der sie umgab, inmitten dieser fünf Armeen. Mattigkeit überkam sie; bestürzt lauschte sie den zeitweiligen Schreien der Wachen, die einander antworteten.

Die Flammen der Lampe flackerten unter Böen heißen Winds. Hin und wieder zuckten mächtige Blitze auf. Dann versank alles in noch größerer Finsternis; und sie sah nur noch die Pupillen Mathos, wie zwei glühende Kohlen in der Nacht. Dennoch fühlte sie, daß eine Schicksalhaftigkeit sie umhüllte, daß sie einem höchsten, unwiderruflichen Augenblick nahe war, sie riß sich zusammen, ging auf den Zaïmph zu und hob die Hände, um ihn an sich zu nehmen.

»Was tust du?« schrie Matho.

Gelassen erwiderte sie:

»Ich kehre nach Karthago zurück.«

Er trat mit verschränkten Armen näher, in einer so furchterregenden Haltung, daß sie sogleich wie angewurzelt innehielt.

»Nach Karthago zurückkehren!« stammelte er und wiederholte zähneknirschend:

»Nach Karthago zurückkehren! Ach! Du bist gekommen, um den Zaïmph zu holen, um mich zu besiegen und dann wieder zu verschwinden! Nein, nein! du gehörst mir! und niemand wird dich von hier fortbringen! Oh! Ich habe die stolze Verachtung deiner großen ruhigen

Augen nicht vergessen, auch nicht wie du mich mit dem Hochmut deiner Schönheit zermalmtest! Doch nun bin ich am Zuge! Du bist meine Gefangene, meine Sklavin, meine Dienerin! Ruf nur, wenn du willst, deinen Vater und sein Heer, die Ältesten, die Reichen und dein ganzes abscheuliches Volk! Ich bin der Herr über dreihunderttausend Soldaten! ich werde noch mehr aus Lusitanien, aus den gallischen Ländern und aus der Tiefe der Wüste holen und deine Stadt vernichten, all deine Tempel niederbrennen; die Triremen werden auf Wogen aus Blut fahren! Nicht ein Haus, nicht ein Stein, nicht eine Palme Karthagos sollen überdauern! Und wenn mir Männer fehlen, werde ich Bären aus den Bergen herbeischaffen und Löwen in den Kampf treiben! Versuche nicht zu fliehen, ich töte dich!«

Bleich und mit geballten Fäusten zitterte er wie eine Harfe, deren Saiten zu zerspringen drohen. Plötzlich erstickten ihn Schluchzer, und während er vor ihr auf die Knie niedersank, sagte er:

»Ach! Verzeih mir! Ich bin ein Ehrloser und nichtswürdiger noch als die Skorpione, der Schlamm und der Staub! Wie du soeben sprachst, strich dein Atem über mein Gesicht, und ich ergötzte mich daran wie ein Todgeweihter, der flach auf dem Bauch liegend aus einem Bach trinkt. Zertrete mich, wenn ich nur deine Füße spüre! verfluche mich, wenn ich nur deine Stimme höre! Geh nicht fort! Erbarmen! ich liebe dich! ich liebe dich!«

Er kniete vor ihr auf dem Boden; den Kopf in den Nacken zurückgeworfen, umschlang er mit beiden Armen ihre Taille und ließ seine Hände umherschweifen; die goldenen Scheiben, die an seinen Ohren hingen, glänzten auf seinem tiefgebräunten Hals; dicke Tränen rollten aus seinen Augen, die silbernen Globen glichen; er seufzte voll Zärtlichkeit und murmelte unverständliche Worte, sanfter als ein Hauch und süßer als ein Kuß.

Salambo wurde von einer Kraftlosigkeit überwältigt, die ihr jedes Bewußtsein für sich raubte. Etwas innig Vertrautes und zugleich Erhabenes, ein göttlicher Befehl, zwang sie, sich hinzugeben; Wolken hoben sie vom Boden, und mit schwindenden Sinnen ließ sie sich rückwärts auf das Lager, in das Löwenfell sinken. Matho ergriff ihre Füße, das goldene Kettchen barst und die beiden Enden flogen hoch und schlugen gegen die Leinwand wie zwei zurückschnellende Vipern. Der Zaïmph fiel herab, umhüllte sie. Sie sah das Gesicht Mathos, wie er sich über ihre Brust beugte.

»Moloch, du verbrennst mich!«

Und die Küsse des Soldaten, verschlingender noch als Flammen, bedeckten sie ganz; sie war wie von einem Gewitter fortgerissen, gefangen in der Macht der Sonne.

Er küßte jeden Finger ihrer Hand, ihre Arme, ihre Füße und von einem Ende zum anderen ihre langen Haarzöpfe.

»Nimm ihn mit, sagte er, was bedeutet er mir schon! nimm ihn und mich! ich lasse die Armee im Stich! ich verzichte auf alles! Jenseits von Gades, zwanzig Tagesreisen über das Meer stößt man auf eine Insel bedeckt mit Goldstaub, üppigem Grün und Vögeln. Auf den Bergen wiegen sich prächtige Blumen überströmend vor dampfendem Duft wie ewige Räucherfässer; in Zitronenbäumen, höher als Zedern, lassen milchfarbene Schlangen mit Diamanten im Maul die Früchte auf den Rasen herabfallen; die Luft ist so mild, daß sie am Sterben hindert. Oh! Ich werde sie finden, du wirst sehen. Wir werden in Grotten aus Kristall leben, die am Fuße der Hügel ausgehöhlt sind. Noch ist sie unbewohnt, ich werde der König des Landes.«

Er fegte den Staub von seinen Kothurnen; er wollte, daß sie ein Viertel Granatapfel zwischen die Lippen nahm, häufte Kleider unter ihr Haupt, um ihr ein Kissen zu bereiten. Er versuchte ihr auf jede erdenkliche Weise dienlich zu sein, sich zu erniedrigen, und breitete den Zaïmph über ihre Beine wie einen schlichten Teppich.

»Hast du noch immer, fragte er, diese kleinen Gazellenhörner, an welchen deine Halsketten aufgehängt sind? Du wirst sie mir schenken, ich mag sie so sehr!«

Denn er sprach, als ob der Krieg zu Ende sei, freudiges Lachen brach aus ihm hervor; und die Söldner, Hamilkar, alle Widerstände waren nun verschwunden. Der Mond glitt zwischen zwei Wolken hindurch. Beide erblickten sie ihn durch eine Spalte im Zelt.

»Ach! Wie viele Nächte habe ich damit verbracht, ihn zu betrachten! er erschien mir wie ein Schleier, der dein Gesicht verbarg; durch in hindurch hast du mich angesehen; meine Erinnerung an dich verschmolz mit seinen Strahlen; ich konnte euch nicht mehr unterscheiden!«

Und den Kopf zwischen ihren Brüsten weinte er lange.

»Hier ist er nun, dachte sie, der furchtbare Mann, vor dem Karthago zittert!«

Er schlief ein. Sie löste sich aus seinen Armen, setzte einen Fuß auf den Boden und bemerkte, daß ihr Kettchen zerbrochen war.

Man lehrte die Jungfrauen der großen Familien, diese Fußfesseln als etwas beinahe Religiöses zu beachten, und Salambo errötete, als sie die beiden Enden der goldenen Kette um ihre Beine schlang.

Karthago, Megara, ihr Haus, ihr Gemach und die Landstriche, die sie durchquert hatte, wirbelten in wilden und dennoch klaren Bildern durch ihre Erinnerung.. Doch ein jäher Abgrund rückte diese immer weiter fort von ihr, in unendliche Ferne.

Das Gewitter zog vorüber; vereinzelte Wassertropfen klatschten nieder und ließen das Zeltdach schwingen.

Matho, wie ein Betrunkener, schlief auf der Seite liegend, sein Arm ragte über den Rand der Lagerstatt hinaus. Das perlenbesetzte Band war ihm ein wenig hochgerutscht und entblößte seine Stirn. Ein Lächeln ließ ein wenig Raum zwischen seinen Zähnen. Sie glitzerten in seinem schwarzen Bart, und in den halbgeschlossenen Lidern lag eine stille beinahe verletzende Fröhlichkeit.

Salambo betrachtete ihn unbeweglich, den Kopf gesenkt, die Hände verschränkt.

Am Kopfende des Bettes lag ein Dolch quer über einem Tisch aus Zypressenholz; der Anblick dieser glänzenden Klinge entfachte blutrünstige Lust in ihr. In der Ferne schleppten sich klagende Stimmen in der Dunkelheit, und wie ein Chor von Genien, flehten sie zu ihr. Sie trat hinzu; sie ergriff das Eisen am Knauf. Beim Rascheln ihres Gewands öffnete Matho halb die Augen und führte seinen Mund zu ihren Händen, und der Dolch fiel.

Geschrei hob an; ein entsetzlicher Schein gleißte hinter der Leinwand. Matho schlug sie zurück; sie sahen gewaltige Flammen, die das Lager der Libyer umzüngelten.

Ihre Schilfhütten brannten, die Stengel verzwirbelten sich, barsten im Qualm und schossen wie Pfeile davon; vor dem über und über roten Horizont rannten verzweifelte schwarze Schatten. Man hörte das Brüllen derer, die in den Hütten waren; die Elefanten, Rinder und Pferde sprangen mitten durch die Menge und zermalmten sie, daneben die Munition und das Gepäck, welches man aus dem Feuer zog. Trompeten schmetterten. Man rief: »Matho! Matho!« Leute am Eingang des Zeltes drängten herein.

»So komm doch! Es ist Hamilkar, er brennt Autharits Lager nieder!«

Er machte einen Satz. Sie war allein.

Da untersuchte sie den Zaïmph, und nachdem sie ihn ausgiebig betrachtet hatte, war sie überrascht, nicht jenes

Glück zu empfinden, das sie sich einst vorgestellt hatte. Sie verharrte in Melancholie versunken vor ihrem erfüllten Traum.

Doch da hob sich die Unterkante des Zeltes, und eine unförmige Gestalt erschien. Zuerst konnte Salambo nur die beiden Augen erkennen, und einen langen weißen Bart, der bis auf die Erde reichte; denn der Rest des Körpers, verfangen in den Lumpen eines fahlgelben Gewandes, schleppte sich über den Boden; und mit jeder Bewegung um vorwärtszukommen, griffen die Hände in den Bart und fielen dann zurück. Auf diese Weise kriechend gelangte er vor ihre Füße, und Salambo erkannte den alten Giskon.

Tatsächlich hatten die Söldner, um die alten Gefangenen an der Flucht zu hindern, ihnen mit ehernen Stangen die Beine gebrochen; und sie verfaulten alle durcheinander in einer Grube, inmitten des Unrats. Als sie vorhin das Kochgeschirr klappern hörten, richteten sich die Kräftigeren unter ihnen schreiend auf: Dabei hatte Giskon Salambo erspäht. Wegen der kleinen Kugeln aus Sandastrum, die gegen ihre Kothurne schlugen, hatte er eine Karthagerin vermutet, und in der Vorahnung eines bedeutenden Geheimnisses ließ er sich von seinen Kameraden helfen, bis es ihm gelungen war, die Grube zu verlassen; dann, auf Ellenbogen und Händen hatte er sich zwanzig Schritt weiter bis zu Mathos Zelt geschleppt. Zwei Stimmen sprachen im Inneren. Er hatte von außen gelauscht und alles mitangehört.

»Du bist es!« sagte sie schließlich, beinahe entsetzt.

Er richtete sich auf, die Handgelenke aufgestützt und erwiderte:

»Ja, ich bin es! Man glaubt ich sei tot, nicht wahr?«

Sie senkte den Kopf. Er fuhr fort:

»Ach! Warum haben die Baals mir diese Barmherzigkeit versagt!« Und er kam so nahe heran, daß er sie streifte: »Sie hätten mir die Pein erspart, dich zu verfluchen!«

Salambo wich hastig zurück, so fürchtete sie sich vor diesem unreinen Wesen, das häßlich war wie ein Wurm und furchterregend wie ein Geist.

»Bald bin ich einhundert Jahre alt, sagte er. Ich habe Agathokles gesehen, ich habe Regulus gesehen und die Adler der Römer, wie sie über der Ausbeute der punischen Lager dahinziehen! Ich habe alles Grauen der Schlachten gesehen und das Meer übersät mit den Trümmern unserer Flotten! Barbaren, die ich einst befehligte, haben mich an Händen und Füßen angekettet wie einen menschenmordenen Sklaven. Meine Gefährten, einer nach dem anderen, sind dazu verurteilt, rund um mich herum zu sterben; des Nachts weckt mich der Gestank ihrer Leichen; ich verscheuche die Vögel, die kommen, um ihnen die Augen auszuhacken; und dennoch, nicht einen einzigen Tag war ich wegen Karthago verzweifelt! Selbst wenn ich gesehen hätte, wie sich alle Armeen der Erde gegen diese Stadt richteten, und die Flammen der Belagerung höher gelodert hätten, als ihre Tempel, so hätte ich immer noch an ihre Ewigkeit geglaubt! Doch nun ist alles aus, alles verloren! Die Götter verabscheuen es! Fluch über dich, da du seinen Untergang durch deine Schmach beschleunigtest!«

Sie öffnete die Lippen.

»Ach! Ich war dabei! schrie er. Ich habe dich vor Liebe stöhnen hören wie eine Hure; dann hat er dir von seinem Verlangen erzählt, und du hast dir die Hände küssen lassen! Doch wenn dich die Hitze deiner Unzüchtigkeit schon so weit trieb, so hättest du es zumindest den wilden Tieren gleichtun können, die sich bei ihren Paarungen verstecken, und deine Schande nicht unter den Augen deines Vaters ausbreiten!

– Wie das? fragte sie.

– Ach! Du wußtest wohl nicht, daß die beiden Verschanzungen nur sechzig Ellen voneinander entfernt liegen und daß dein Matho, aus übertriebenem Stolz, sich genau gegenüber Hamilkar niederließ. Da drüben ist er, dein Vater, gleich hinter dir; und wenn ich den Pfad hinaufklettern könnte, der zur Plattform hinaufführt, würde ich ihm zurufen: »Komm und sieh dir deine Tochter in den Armen des Barbaren an! Um ihm zu gefallen legte sie das Gewand der Göttin an; und als sie ihren Körper hingab, gab sie zugleich den Ruhm ihres Namens, die Majestät der Götter preis, die Rache ihres Vaterlandes, ja sogar das Wohl Karthagos!«

Die Bewegungen seines zahnlosen Mundes ließ seinen Bart auf ganzer Länge mitschwingen; seine Augen, starr auf sie gerichtet, verschlangen sie. Und er wiederholte keuchend im Staub:

»Ach! Sakrileg! Verflucht seist du! Verflucht! Verflucht!«

Salambo hatte die Leinwand beiseite geschoben, hielt sie an ihrem ausgestreckten Arm nach oben, und, ohne ihm etwas zu erwidern, blickte sie zu Hamilkar hinüber.

»In dieser Richtung, nicht wahr? fragte sie.

– Was kümmert dich das? Wende dich ab! Verschwinde! Zerschmettere dein Gesicht am Boden! Dort drüben ist ein heiliger Ort, den dein Anblick nur beschmutzen würde.«

Geschwind schlang sie den Zaïmph um ihre Taille, raffte rasch ihre Schleier, ihren Mantel, ihren Schal zusammen. »Ich laufe hinüber!« rief sie aus; Salambo schlüpfte hinaus und verschwand.

Erst ging sie durch die Finsternis, ohne auf jemanden zu treffen, denn alle eilten in Richtung des Brandes; und das Getöse verschlimmerte sich noch, gewaltige Flammen röteten den Himmel hinter ihr; eine lange Terrasse versperrte ihr den Weg.

Sie drehte sich im Kreis, ging einmal nach rechts, dann wieder nach links, auf der Suche nach einer Leiter, einem Seil, einem Stein, irgend etwas, das ihr hilfreich wäre. Sie hatte Angst vor Giskon, und es schien ihr, als folgten ihr Schreie und Schritte. Der Tag begann zu dämmern. Sie erblickte einen Pfad, der über die Verschanzung führte. Mit den Zähnen faßte sie ihr Gewand, das sie behinderte, und befand sich mit drei Sätzen oben auf der Plattform.

Ein volltönender Schrei erschallte unter ihr in der Dunkelheit, der gleiche, den sie am Fuße der Galeerentreppe gehört hatte; und als sie sich hinabbeugte, erkannte sie Schahabarims Diener, mit den zusammengekoppelten Pferden.

Die ganze Nacht über war er zwischen den beiden Verschanzungen herumgeirrt; dann, durch das Feuer beunruhigt, war er zum hinteren Ende gegangen und hatte versucht zu erspähen, was im Lager Mathos vor sich ging; und da er wußte, daß dieser Ort seinem Zelt am nächsten war, hatte er sich gemäß den Befehlen des Priesters nicht von der Stelle gerührt.

Er stellte sich auf den Rücken eines der Pferde. Salambo ließ sich bis zu ihm hinabgleiten; und sie flohen in wildem Galopp, wobei sie das punische Lager umrundeten, um irgendwo ein Tor zu finden.

Matho war in sein Zelt zurückgekehrt. Die qualmende Lampe leuchtete kaum noch, und er glaubte sogar, Salambo schliefe. Also betastete er vorsichtig das Löwenfell auf dem Bett aus Palmzweigen. Er rief, doch sie antwortete nicht; hastig riß er einen Fetzen der Leinwand herunter, um das Tageslicht einzulassen; der Zaïmph war verschwunden.

Die Erde erbebte unter unzähligen Schritten. Die Luft war erfüllt von lauten Schreien, von Wiehern, vom Aufeinanderprallen der Rüstungen, und die Fanfaren bliesen zum Angriff. Ein Gewitter schien um ihn zu toben. Unbändige Wut ließ ihn zu den Waffen greifen, er stürzte hinaus.

Die langen Reihen der Barbaren eilten im Laufschritt den Berg hinab, während die punischen Karrees ihnen schwerfällig und gleichmäßig schwankend entgegenrückten. Der von den Sonnenstrahlen aufgerissene Nebel bildete kleine schwebende Wolken, die sich allmählich hoben und die Standarten, die Helme und die Pikenspitzen enthüllten. Bei den schnellen Stellungswechseln schienen sich ganze Bodenabschnitte, die noch im Dunkeln lagen, gleichsam wie von selbst vorwärts zu bewegen; man hätte meinen können, mächtige Ströme kreuzten einander, und dornige Massen verharrten unbeweglich zwischen ihnen. Matho konnte die Hauptleute erkennen, die Soldaten, die Heralde, ja sogar die auf Esel reitenden Diener im Hintergrund. Doch anstatt seine Stellung zu halten, um die Fußsoldaten zu decken, wandte sich Naravas unvermittelt nach rechts, als wollte er sich von Hamilkar zermalmen lassen.

Seine Reiter überholten die Elefanten, die zurückblieben; und alle Pferde streckten ungezügelt ihre Hälse und galoppierten so wild dahin, daß ihr Bauch die Erde zu streifen schien. Da plötzlich schritt Naravas entschlossen auf einen Wachposten zu. Er legte sein Schwert, seine Lanze, seine Wurfspieße ab und verschwand mitten unter den Karthagern.

Der König der Numider gelangte in Hamilkars Zelt und sagte, indem er auf seine Männer zeigte, die in der Ferne angehalten hatten:

»Barkas! Ich führe sie zu dir! Sie sind dein.«

Dann warf er sich, als Zeichen seiner Untergebenheit, zu Boden und erinnerte zum Beweis seiner Treue an sein Verhalten seit Beginn des Krieges.

Zuerst habe er die Belagerung Karthagos verhindert und das Massaker an den Gefangenen; sodann habe er nach der Niederlage von Utica nicht im geringsten vom Sieg über Hanno profitiert. Was die tyrischen Städte anbelangte, so befanden sie sich an den Grenzen zu seinem Königreich. Schließlich habe er nicht an der Schlacht am Makar teilgenommen und sich absichtlich entfernt, um der Verpflichtung zu entgehen, gegen den Suffeten kämpfen zu müssen.

In der Tat hatte Naravas durch Übergriffe auf punische Provinzen versucht, seinen Einfluß zu erhöhen und entsprechend den jeweiligen Siegesaussichten, die Söldner einmal unterstützt und einmal im Stich gelassen. Doch als er sah, daß Hamilkar letztendlich der Stärkere wäre, hatte er sich ihm zugewandt; und vielleicht lag in seinem Abfall auch noch ein Groll gegen Matho, sei es aufgrund des Oberbefehls oder aufgrund seiner alten Liebe.

Der Suffet hörte ihn an, ohne ihn zu unterbrechen. Der Mann, der sich auf solche Art einer Armee auslieferte, die ihm Rache schuldete, war gewiß eine nicht zu verachtende Unterstützung; Hamilkar erriet sogleich den Nutzen einer solchen Verbindung für seine großen Pläne. Gemeinsam mit den Numidern würde er sich der Libyer entledigen. Dann würde er den ganzen Westen mit sich fortreißen zur Eroberung Iberiens; und ohne ihn zu fragen, warum er nicht früher gekommen sei, oder auch nur eine seiner Lügen aufzudecken, küßte er Naravas und drückte ihn dreimal an seine Brust.

Um ein Ende zu machen und aus Verzweiflung hatte er das Lager der Libyer angezündet. Dieses Heer erschien ihm wie eine von den Göttern gesandte Rettung; und während er seine Freude verbarg, antwortete er:

»Mögen dir die Baals gewogen sein! Ich weiß nicht, was die Republik für dich tun wird, aber Hamilkar ist nicht undankbar.«

Der Tumult verstärkte sich; Hauptleute traten ein. Er bewaffnete sich und sprach:

»Wohlan, kehr zurück! Mit den Reitern wirst du ihre Fußsoldaten zwischen deinen und meinen Elefanten zurückschlagen! Nur Mut! Vernichte!«

Und Naravas machte sich soeben auf, als Salambo erschien.

Behende sprang sie von ihrem Pferd. Sie öffnete ihren weiten Mantel und breitete die Arme aus und entfaltete den Zaïmph.

Das Zelt aus Leder, dessen Ecken hochgebunden waren, ließ ringsum den mit Soldaten übersäten Berg erkennen, und da sie sich in der Mitte befand, konnte man Salambo von allen Seiten sehen. Ein ungeheures Gebrüll erschallte, ein anhaltender Schrei der Hoffnung und des Triumphes. Die Marschierenden hielten inne; die Sterbenden stützten sich auf die Ellenbogen und wandten sich zu ihr hin, um sie zu segnen. Alle Barbaren wußten nun, daß sie den Zaïmph zurückgeholt hatte; sie erblickten sie von weitem, glaubten sie zu erkennen; da erklangen andere Schreie, Schreie des Zorns und der Rache, dem Jubel der Karthager zum Trotz; die fünf Armeen standen auf dem Berg gestaffelt, stampften und heulten rund um Salambo.

Ohne ein Wort sagen zu können, dankte ihr Hamilkar mit dem Neigen seines Hauptes. Seine Augen richteten sich abwechselnd auf den Zaïmph und auf sie, als er plötzlich bemerkte, daß ihr Fußkettchen zerrissen war. Da erschauderte er, von einem schrecklichen Verdacht gepackt. Doch schnell nahm er wieder seinen undurchdringlichen Gesichtsausdruck an und bedachte, ohne den Kopf zu wenden, Naravas mit einem forschenden Blick.

Der König der Numider hielt sich taktvoll etwas abseits; auf seiner Stirn lag noch ein wenig Staub, den er berührt hatte, als er sich niederwarf. Da trat der Suffet auf ihn zu und sprach mit feierlichem Ernst:

»Als Belohnung für deine Dienste, die du mir geleistet hast, Naravas, gebe ich dir meine Tochter. Er fügte hinzu: Sei mein Sohn und verteidige deinen Vater!«

Naravas machte eine ausholende Geste größter Überraschung, dann stürzte er sich auf Hamilkars Hände und bedeckte sie mit Küssen.

Salambo, ruhig wie eine Statue, schien nicht zu verstehen. Sie errötete ein wenig und senkte die Lider; ihre langen geschwungenen Wimpern warfen Schatten auf ihre Wangen.

Hamilkar wollte sie sogleich durch ein unverbrüchliches Verlöbnis vereinigen. Man gab Salambo eine Lanze in die Hand, die sie Naravas überreichte; man band beider Daumen mit einem Rindsriemen zusammen, dann schüttete man Weizen über ihre Häupter, und die Körner, die um sie herum zu Boden fielen, sprangen prasselnd hoch wie Hagel.

XII

Der Aquädukt

Zwölf Stunden später war von den Söldnern nur noch ein Haufen Verwundeter, Toter und Sterbender übrig.

Hamilkar war jäh aus den Tiefen der Schlucht herausgestürmt und über den westlichen, Hippo Diarrhytus zugewandten Abhang wieder herabgestiegen; und, da an dieser Stelle mehr Raum war, trug er Sorge, die Barbaren dorthin zu locken. Naravas hatte sie mit seinen Pferden umzingelt; der Suffet drängte sie zurück, zermalmte sie; auch waren sie durch den Verlust des Zaïmph bereits im voraus besiegt; selbst jene, die ihn nicht achteten, hatten eine Art Furcht, eine gewisse Schwächung empfunden. Da Hamilkar nicht so stolz war, das Schlachtfeld nur für sich zu beanspruchen, hatte er sich schließlich ein wenig zurückgezogen, nach links auf die Anhöhen, die er von dort oben beherrschte.

Die Umrisse der Lager waren noch an ihren geknickten Palisaden zu erkennen. Ein langestreckter Berg schwarzer Asche rauchte über der einstigen Stellung der Libyer; die aufgewühlte Erde warf Wellen wie das Meer, und die Zelte mit ihrer in Fetzen hängenden Leinwand glichen schemenhaften, halb zwischen den Klippen verlorenen Schiffen. Kürasse, Gabelspieße, Signalhörner, Trümmer aus Holz, Eisen und Erz, Weizen, Stroh und Kleidungsstücke lagen verstreut inmitten der Leichen; hier und dort flackerte ein fast verloschener Brandpfeil an einem Gepäckhaufen; der Boden verschwand stellenweise gänzlich unter den Schilden; wie Hügel eines Höhenzuges reihten sich die Pferdekadaver aneinander; man sah Beine, Sandalen, Arme, Kettenhemden und Köpfe in ihren Helmen, die durch die Kinnstücke aufrechtgehalten wurden oder wie Kugeln dahinrollten; Haarschöpfe hingen in den Dornen. Mit aufgeschlitzten Eingeweiden lagen Elefanten röchelnd samt ihren Aufbauten in einer Blutlache; man schritt über schmieriges Etwas, und es gab Schlammpfützen, obwohl es nicht geregnet hatte.

Dieses Leichengewirr bedeckte den ganzen Berg von oben bis unten.

Die Überlebenden bewegten sich nicht mehr als die Toten. In ungleichgroßen Gruppen kauerten sie beieinander, starrten sich fassungslos an und schwiegen.

Am Ende eines ausgedehnten Grünlands funkelte der See von Hippo Diarrhytus in der untergehenden Sonne. Rechter Hand überragten weiße, dichtgedrängte Häuser einen Mauergürtel; dahinter erstreckte sich das Meer ins Unendliche; und das Kinn auf die Hand gestützt seufzten die Barbaren beim Gedanken an ihre Heimatländer. Eine Wolke aus grauem Staub senkte sich herab.

Der Abendwind hob an; da weitete sich allen die Brust, und in dem Maße wie die Kühle zunahm, konnte man sehen, wie das Ungeziefer die erkaltenden Toten verließ und über den heißen Sand davonhastete. Auf der Spitze von mächtigen Felsblöcken verharrten unbeweglich die Raben, den Blick auf die Sterbenden gerichtet.

Als die Nacht hereingebrochen war, schlichen sich voll Scheu fahlgelbe Hunde jener unreinen Rasse, wie sie den Armeen folgten, mitten unter die Barbaren. Zuerst leckten sie an den noch lauwarmen Stümpfen die Blutgerinsel ab; und bald begannen sie die Leichen zu verschlingen, wobei sie ihre Zähne zuerst in die Bäuche schlugen.

Wie Schatten tauchten die Geflohenen einer nach dem anderen wieder auf; auch die Frauen wagten es zurückzukommen, denn einige hatten überlebt, vor allem bei den Libyern, trotz des entsetzlichen Massakers, das die Numider unter ihnen angerichtet hatten.

Einige nahmen ein Seilstück zur Hand, das sie entzündeten, um sich dessen als Fackel zu bedienen. Andere trugen gekreuzte Piken. Man legte die Leichen darauf und schaffte sie beiseite.

In langen Reihen lagen sie auf dem Rücken mit offenem Mund, die Lanzen neben sich; oder sie waren wild durcheinander aufgehäuft, so daß man, um die Vermißten zu finden, oft einen ganzen Berg durchwühlen mußte. Dann ließ man langsam den Fackelschein über ihre Gesichter gleiten. Gräßliche Waffen hatten ihnen verheerende Wunden zugefügt. Grünliche Fetzen hingen ihnen von der Stirn; sie waren in Stücke gehackt, zermalmt bis aufs Mark, blau angelaufen unter den Strangulationen, oder breit aufgeschlitzt vom Elfenbein der Elefanten. Obwohl sie beinahe alle zur selben Zeit den Tod gefunden hatten, zeigten sich Unterschiede in ihrer Verwesung. Die Männer aus dem Norden waren aschgrau und aufgedunsen, während die sehnigeren Afrikaner wie geräuchert wirkten und bereits auszutrocknen schienen. Man erkannte die Söldner an den Tätowierungen ihrer Hände: die ehemaligen Soldaten des Antiochus trugen einen Falken; jene, die in Ägypten gedient hatten, den Kopf eines Hundskopfaffen; wer unter den Fürsten Asiens gekämpft hatte eine Streitaxt, einen Granatapfel und einen Hammer; und Kriegserprobte aus den griechischen Republiken die Silhouette einer Zitadelle oder den Namen eines Archonten; und man sah mehrere darunter, deren Arme über und über mit diesen verschiedenartigen Symbolen überzogen waren, die nun mit ihren Narben und den neuen Verletzungen verschmolzen.

Für die Männer latinischer Volkszugehörigkeit, die Samniter, die Etrusker, die Kampaner und die Bruttier errichtete man mächtige Scheiterhaufen.

Die Griechen hoben mit der Spitze ihrer Schwerter Gruben aus. Die Spartaner legten ihre roten Mäntel ab und hüllten die Toten darin ein; die Athener betteten sie der aufgehenden Sonne zugewandt; die Kantabrer verscharrten sie unter einem Berg aus Kieseln; die Nasamonen banden sie in gebeugter Haltung mit Rindsriemen zusammen, und die Garamanten bestatteten sie am Strand, damit sie stets von den Fluten begossen würden. Doch die Latiner waren verzweifelt, daß sie ihre Asche nicht in Urnen sammeln konnten; die Nomaden vermißten schmerzlich die Hitze des Sandes, in dem sich die Körper mumifizierten, und die Kelten drei unbehauene Steine, unter einem verregneten Himmel am Ende eines Insel-übersäten Golfes.

Gezeter hob an, gefolgt von langanhaltender Stille. So wollte man die Seelen zur Rückkehr zwingen. Dann begann das Geschrei von neuem, in regelmäßigen Abständen, beharrlich.

Man entschuldigte sich bei den Toten, sie nicht so ehren zu können, wie die Riten es verlangten: denn, da ihnen dies versagt blieb, würden sie für unendliche Zeiten unzählige Schicksale und Metamorphosen durchleben müssen; man rief sie an, man fragte sie nach ihrem Begehr; andere überhäuften sie mit Beleidigungen, weil sie sich hatten besiegen lassen.

Beim Schein der großen Scheiterhaufen wirkten die ausgebluteten Gesichter noch blasser, die hier und dort über den zerborstenen Rüstungen in den Nacken gesunken waren; und die Tränen regten weitere Tränen an, die Schluchzer wurden schriller, die Dankbarkeitsbezeugungen und Umarmungen frenetischer. Die Frauen streckten sich auf den Leichnamen aus, Mund auf Mund, Stirn auf Stirn; nur unter Schlägen konnte man sie dazu bewegen, sich zurückzuziehen, als man die Erde auf sie warf. Sie schwärzten sich die Wangen; sie schnitten sich die Haare; sie zapften sich Blut ab und gossen es in die Grube; sie brachten sich tiefe Schnittwunden bei entsprechend den Verletzungen, welche die Toten entstellten. Der Klang der Zymbeln wurde von lautem Stöhnen übertönt. Einige rissen sich ihre Amulette vom Hals und bespuckten sie. Die Sterbenden wälzten sich im blutigen Schlamm und bissen vor Raserei in ihre verstümmelten Fäuste; und dreiundvierzig Samniter, die herrlichste Blüte der Jugend, schnitten sich gegenseitig die Kehlen durch wie Gladiatoren. Bald fehlte ihnen Holz für die Scheiterhaufen, die Flammen verloschen, alle Gräber waren voll, und müde vom Schreien, geschwächt, schwankend schliefen sie neben ihren toten Brüdern ein, jene, die am Leben hingen, voller Sorgen, und die anderen mit dem Wunsch, nie wieder aufzuwachen.

Im fahlen Schein der Morgendämmerung erschienen Soldaten bei den am Rande ruhenden Barbaren; sie marschierten mit den Helmen auf den Spitzen ihrer Piken heran, grüßten die Söldner und fragten sie, ob sie nichts in ihren Heimatländern zu tun wüßten.

Andere kamen hinzu, und die Barbaren erkannten einige ihrer ehemaligen Gefährten wieder.

Der Suffet hatte allen Gefangenen angeboten, in seinen Truppen zu dienen. Mehrere hatten unerschrocken abgelehnt; und fest entschlossen, sie weder zu nähren, noch sie dem Großen Rat auszuliefern, hatte er sie fortgeschickt und ihnen befohlen, nicht mehr gegen Karthago zu kämpfen. An jene aber, welche die Furcht vor Martern fügsam machte, hatte man die Waffen des Feindes verteilt; und diese gingen nun zu den Besiegten, weniger um diese zu verführen, als aus einem Anflug von Stolz und Neugierde.

Zuerst berichteten sie von der guten Behandlung durch den Suffeten; die Barbaren lauschten ihnen voller

Neid, obwohl sie jene zugleich verachteten. Bei den ersten Worten des Vorwurfs jedoch gerieten die Feiglinge in Wut; von weitem zeigten sie den Söldnern ihre eigenen Schwerter, ihre Kürasse und forderten sie unter Beleidigungen heraus, sie sollten nur kommen und versuchen, sie sich zu holen. Die Barbaren hoben Kieselsteine auf; alle entflohen; lediglich die Lanzenspitzen sah man noch auf dem Gipfel des Berges, wie sie den Kranz der Palisaden überragten.

Daraufhin lastete ein Schmerz, schwerer noch als die Schmach der Niederlage, auf den Barbaren. Sie dachten an die Vergeblichkeit ihres Mutes. Mit starrem Blick verharrten sie zähneknirschend.

Da kam allen der gleiche Gedanke. Unter großem Tumult stürzten sie sich auf die karthagischen Gefangenen. Die Soldaten des Suffeten hatten sie zufällig nicht entdeckt und, da Hamilkar sich vom Schlachtfeld zurückgezogen hatte, befanden sie sich noch immer in der tiefen Grube.

An einer ebenen Stelle wurden sie der Reihe nach auf den Boden gelegt. Wachen bildeten einen Kreis um sie, und dann ließ man dreißig oder vierzig Frauen gleichzeitig an sie herantreten. Um den größten Nutzen aus der kurzen Zeit zu ziehen, die man ihnen gewährte, liefen sie von einem zum nächsten, unsicher, tastend; dann, über die armen Körper gebeugt, hieben sie weit ausholend auf sie ein, wie Wäscherinnen, die das Leinen schlagen; während sie den Namen ihrer Gatten brüllten, kratzten sie die Opfer unter ihren Nägeln wund, stachen ihnen mit ihren Haarnadeln die Augen aus. Anschließend ließ man die Männer hinzu, und diese marterten sie von den Füßen, die sie ihnen am Knöchel abtrennten, bis zur Stirn, von der sie Hautkronen ablösten, um sie sich auf den Kopf zu setzen. Die Esser der unreinen Dinge waren fürchterlich in ihrem Einfallsreichtum. Sie reizten die Wunden, indem sie Staub, Essig und Tonscherben hineinschütteten; andere standen bereits wartend hinter ihnen; das Blut floß in Strömen, und sie ergötzten sich daran wie Weinleser rund um dampfende Bottiche.

Indessen saß Matho immer noch auf dem Boden, an eben jener Stelle, an der er sich befand, seit die Schlacht zu Ende war, die Ellenbogen auf die Knie gestützt, die Schläfen in den Händen; er sah nichts, hörte nichts, dachte nicht mehr.

Beim Freudengeheul, das die Menge ausstieß, hob er den Kopf. Ein Leinwandstreifen vor ihm, der an einer Stange befestigt war und auf dem Boden schleifte, beschattete ein Gewirr aus Körben, Teppichen und einem Löwenfell. Er erkannte sein Zelt wieder; und seine Augen hefteten sich auf den Boden, als ob die Tochter Hamilkars, als sie verschwand, in der Erde versunken wäre.

Die zerrissene Leinwand flatterte im Wind; von Zeit zu Zeit umspielten dessen lange Fetzen seinen Mund, und er gewahrte eine rote Markierung, die dem Abdruck einer Hand glich. Es war die Hand Naravas', das Zeichen ihres Bündnisses. Da erhob sich Matho. Er ergriff ein noch glimmendes Holzstück und warf es voller Verachtung in die Überreste seines Zeltes. Alles, was noch hervorragte, stieß er mit der Spitze seines Kothurns in die Flammen, damit nichts davon übrigbliebe.

Plötzlich und ohne daß man gewußt hätte, woher er kam, tauchte Spendius auf.

Der ehemalige Sklave hatte zwei Lanzenstücke an seinem Schenkel befestigt; er hinkte erbarmungswürdig und stieß Schmerzenslaute aus.

»Klage nur, sagte Matho zu ihm, ich weiß, wie tapfer du bist!«

Denn er war so zermalmt von der Ungerechtigkeit der Götter, daß ihm die Kraft fehlte, sich über die Menschen zu entrüsten.

Spendius gab ihm ein Zeichen und führte ihn zu der Höhlung eines Hügels, in der Zarxas und Autharit sich versteckt hielten.

Wie der Sklave so waren auch sie geflohen, der eine, obwohl er grausam war, der andere trotz seiner Kühnheit. Doch wer, sagten sie, hätte auch den Verrat Naravas' vorausahnen können, den Brand bei den Libyern, den Verlust des Zaïmph, den plötzlichen Angriff Hamilkars und vor allem seine Manöver, die sie zwangen, an den Fuß des Berges zurückzuweichen, so daß sie den attakkierenden Karthagern unmittelbar ausgeliefert waren? Spendius gestand seine Furcht nicht ein, sondern behauptete beharrlich, er habe sich das Bein gebrochen.

Schließlich fragten sich die drei Anführer und der Schalischim, was man nun beschließen solle.

Hamilkar versperrte ihnen den Weg nach Karthago; sie waren eingeschlossen zwischen seinen Soldaten und den Provinzen von Naravas; die tyrischen Städte würden sich gewiß den Siegern anschließen; sie fänden sich ans Ufer des Meeres gedrängt, und vereint würden alle diese Mächte sie zermalmen. Dies würde unausweichlich geschehen.

Es gab demnach keine Möglichkeit, dem Krieg zu entrinnen. Sie mußten ihn also nun erst recht fortführen. Doch wie sollte man die Notwendigkeit einer endlosen Schlacht all jenen entmutigten und noch an ihren Wunden blutenden Männern begreiflich machen?

»Ich werde mich darum kümmern!« sagte Spendius.

Zwei Stunden später traf ein Mann aus Richtung Hippo Diarrhytus ein und kam im Laufschritt den Berg herauf. Er schwenkte Schreibtafeln an seinem ausgestreckten Arm, und auf sein lautes Geschrei hin umringten ihn die Barbaren.

Die Nachricht sei von den griechischen Soldaten auf Sardinien gesandt. Sie empfahlen ihren Gefährten in

Afrika, Giskon und die anderen Gefangenen gut zu bewachen. Von einem Händler aus Samos, einem gewissen Hipponax hätten sie bei seiner Rückkehr aus Karthago erfahren, daß ein Komplott zu ihrer Befreiung geschmiedet würde, und man ermahnte die Barbaren, alle notwendigen Vorkehrungen zu treffen; die Republik sei mächtig.

Doch zunächst brachte Spendius' List keineswegs den erhofften Erfolg. Weit davon entfernt, Wut zu entfachen, rief die Gewißheit einer neuerlichen Gefahr Angst hervor; und da sie sich an die Drohung Hamilkars erinnerten, die er ihnen unlängst entgegengeschleudert hatte, erwarteten sie etwas Unvorhergesehenes, Schreckliches. Voll Furcht verbrachten sie die Nacht; mehrere entledigten sich sogar ihrer Waffen, um den Suffeten gnädig zu stimmen, falls er erscheinen sollte.

Doch am nächsten Tag, zur dritten Wache, erschien ein weiterer Laufbursche, noch keuchender und staubgeschwärzt. Der Grieche entriß ihm eine Papyrusrolle, die mit phönizischen Schriftzeichen bedeckt war. Darin beschwor man die Söldner, nicht den Mut zu verlieren; die Tapferen von Tunis seien mit großer Verstärkung zu ihnen unterwegs.

Spendius las das Schreiben zunächst dreimal hintereinander vor; und von zwei Kappadoziern gestützt, die ihn im Sitzen auf den Schultern trugen, ließ er sich hierhin und dorthin tragen und verkündete es immer wieder. Sieben Stunden lang hielt er Reden.

Er erinnerte die Söldner an die Versprechen des Großen Rates; die Afrikaner an die Grausamkeiten der Statthalter; die Gesamtheit der Barbaren an die Ungerechtigkeit Karthagos. Die Milde des Suffeten sei lediglich ein Köder, um sich ihrer zu bemächtigen. Wer sich ergäbe, würde als Sklave verkauft; und die Besiegten stürben unter Folterqualen. Was die Flucht anbelangte, wohin sollte man sich wenden? Nicht ein Volk würde sie aufnehmen wollen. Setzten sie jedoch ihre Kriegsanstrengungen fort, so würden sie Freiheit, Rache und Reichtum zugleich erringen! Und sie bräuchten nicht lange warten, denn die Bevölkerung von Tunis, ganz Libyen eile ihnen zu Hilfe. Er zeigte ihnen den entrollten Papyrus: »Seht nur her! lest es selbst! dies sind ihre Versprechen! Ich lüge nicht!«

Hunde strolchten umher, die schwarze Schnauze ganz mit roten Flecken bedeckt. Die hochstehende Sonne erhitzte die unbedeckten Köpfe. Ekelerregender Gestank stieg von den schlecht vergrabenen Kadavern auf. Einige ragten sogar bis zum Bauch aus der Erde hervor. Spendius rief sie als Zeugen für die Wahrheit seiner Worte; dann hob er die Fäuste in Richtung Hamilkar.

Matho beobachtete ihn übrigens von weitem, und um seine Feigheit vor ihm zu verbergen, stellte Spendius einen Zorn zur Schau, von dem er sich allmählich selbst ergriffen fühlte. Er bot sich selbst den Göttern als Opfer dar und häufte dabei Flüche auf Karthago herab. Die Marter der Gefangenen sei nur ein kindisches Spiel. Warum sollte man sie schonen und diesen unnützen Viehbestand stets hinter sich herschleifen! »Nein! es muß ein Ende sein! ihre Vorhaben sind bekannt! ein einziger von ihnen kann uns ins Verderben stürzen! keine Gnade! Die Guten wird man an der Schnelligkeit ihrer Beine und der Kraft ihrer Schläge erkennen!«

Da wandten sie sich wieder den Gefangenen zu. Mehrere röchelten noch; man richtete sie vollends zugrunde, indem man ihnen den Absatz in den Mund rammte oder sie mit der Spitze eines Wurfspießes erstach.

Dann fiel ihnen Giskon ein. Nirgends war er zu sehen; Sorge ergriff sie. Sie wollten sich von seinem Tod überzeugen und zugleich daran teilhaben. Schließlich entdeckten ihn drei samnitische Hirten etwa fünfzehn

Schritte von jenem Ort entfernt, an dem sich einst Mathos Zelt erhoben hatte.

Sie erkannten ihn an seinem langen Bart, und sie riefen die anderen herbei.

Auf dem Rücken liegend, die Arme an die Hüften und die Knie zusammengepreßt, glich er einem Toten, der bereits für das Grab gebettet war. Jedoch seine abgezehrten Seiten hoben und senkten sich, und seine Augen, weitaufgerissen mitten in seinem bleichen Gesicht, starrten unablässig auf unerträgliche Weise vor sich hin.

Die Barbaren betrachteten ihn zunächst voll Überraschung. Sie hatten ihn fast vergessen in all der Zeit, die er in der Grube lebte; von alten Erinnerungen unangenehm berührt hielten sie Abstand und wagten nicht, die Hand gegen ihn zu erheben.

Doch die weiter hinten Stehenden murrten und drängten, als ein Garamant sich durch die Menge zwängte; er schwenkte eine Sichel; alle errieten seinen Gedanken; ihre Gesichter röteten sich, und von Scham über ihr Zögern gepackt brüllten sie: »Ja! Ja!«

Der Mann mit der gekrümmten Klinge näherte sich Giskon. Er nahm seinen Kopf, stützte ihn mit seinem Knie und trennte ihn mit schnellen Schnitten ab; er fiel; zwei dicke Blutströme gruben sich tief in den Staub. Zarxas war darüberhinweg gesprungen und rannte leichtfüßiger noch als ein Leopard in Richtung der Karthager.

Dann, als er zwei Drittel des Berghanges zurückgelegt hatte, holte er Giskons Kopf an dessen Bart unter seinem Hemd hervor, ließ seinen Arm mehrere Male schnell kreisen, so daß die schließlich fortgeschleuderte Masse eine längliche Parabel beschrieb und hinter der punischen Verschanzung verschwand.

Bald erschienen über dem Rand der Palisaden zwei gekreuzte Standarten, ein vereinbartes Zeichen, um die Leichen zurückzufordern.

Da brachen vier Heralde, ausgewählt wegen ihrer mächtigen Brustkörbe, mit Signalhörnern auf, und mit Hilfe ihrer ehernen Röhren erklärten sie, daß es von nun an zwischen Karthagern und Barbaren weder Glaube, noch Gnade, noch Götter geben werde, daß sie schon im voraus jede Aufnahme von Verhandlungen verweigerten und daß man Unterhändler mit abgehackten Händen zurücksenden würde.

Unmittelbar darauf wurde Spendius nach Hippo Diarrhytus entsandt, um Lebensmittel zu beschaffen; noch am selben Abend wurden sie ihnen von der tyrischen Stadt geliefert. Gierig aßen sie. Nachdem sie sich gestärkt hatten, sammelten sie rasch die Überreste ihres Gepäcks und ihre zerbrochenen Waffen auf; die Frauen drängten sich in der Mitte, und ohne sich um die Verwundeten zu kümmern, die wehklagend hinter ihnen zurückblieben, zogen sie raschen Schritts am Flußufer entlang, wie ein Rudel abziehender Wölfe.

Sie marschierten nach Hippo Diarrhytus, fest entschlossen es einzunehmen, denn sie benötigten eine Stadt.

Trotz des Stolzes, den er empfand, sie so vor sich fliehen zu sehen, fühlte Hamilkar, der sie von weitem beobachtete, Verzweiflung in sich hochsteigen. Man hätte sie sofort mit frischen Truppen angreifen sollen. Noch so ein Tag, und der Krieg wäre zu Ende! Wenn die Dinge sich verzögerten, würden sie wieder erstarken; die tyrischen Städte würden sich ihnen anschließen; seine Milde den Besiegten gegenüber hatte nichts genützt. Er faßte den Entschluß, unerbittlich zu sein.

Noch am selben Abend entsandte er zum Großen Rat ein Dromedar, das mit den eingesammelten Armbändern der Gefallenen beladen war, und befahl unter fürchterlichen Drohungen, ihm ein weiteres Heer zu schicken.

Seit langem glaubten ihn alle verloren; so überzeugt waren sie, daß die Nachricht von seinem Sieg sie in ein an Schrecken grenzendes Staunen versetzte. Die zudem vage angedeutete Rückkehr des Zaïmph vervollständigte das Wunder. So schienen die Götter und die Macht Karthagos jetzt auf seiner Seite zu stehen.

Keiner seiner Feinde wagte eine Klage oder Nörgelei vorzubringen. Dank der Begeisterung der einen und dem Kleinmut der anderen stand so schon vor der aufgetragenen Frist eine Armee von fünftausend Mann bereit.

Sogleich gelangte diese nach Utica, um den Rücken des Suffeten zu stärken, während sich dreitausend der bedeutendsten Kämpfer einschifften, die in Hippo Diarrhytus landen und die Barbaren von dort aus zurückdrängen sollten.

Hanno hatte den Oberbefehl übernommen; er vertraute jedoch das Heer seinem Offizier Magdassan an, damit er die Landungstruppen selbst führen konnte, denn die Stöße einer Sänfte waren ihm inzwischen unerträglich. Seine Krankheit hatte ihm Lippen und Nasenflügel zernagt und ein großes Loch in sein Gesicht gefressen; schon auf zehn Schritt Entfernung konnte man auf den Grund seiner Kehle blicken, und da er um seine abstoßende Häßlichkeit wußte, verhüllte er sein Haupt mit einem Schleier wie eine Frau.

Hippo Diarrhytus leistete weder seinen Aufforderungen, noch jenen der Barbaren Folge; doch jeden Morgen ließen die Einwohner den Söldnern Lebensmittel an Körben herab, beriefen sich von den Türmen schreiend auf die drückenden Ansprüche der Republik und beschworen sie, wieder abzuziehen. Mit Zeichen signalisierten sie die gleichen Beteuerungen den vor der Küste ankernden Karthagern.

Hanno gab sich mit der Blockade des Hafens zufrieden, ohne einen Angriff zu wagen. Indessen überredete er die Richter von Hippo Diarrhytus, dreihundert seiner Soldaten einzulassen. Dann segelte er weiter zum Kap der Weintrauben und nahm einen langen Umweg in Kauf, um die Barbaren einzukreisen, ein unzweckmäßiges und darüber hinaus gefährliches Manöver. Seine Eifersucht hinderte ihn zudem daran, dem Suffeten zu helfen; er hielt Hamilkars Spione zurück, behinderte ihn in all seinen Plänen, gefährdete das ganze Unternehmen. Schließlich schrieb Hamilkar an den Großen Rat, um sich seiner zu entledigen, und Hanno kehrte erbost über die Niedertracht der Ältesten und die Torheit seines Amtskollegen nach Karthago zurück. Nach so großen Hoffnungen befand man sich nun also in einer bedauernswerteren Lage als zuvor; doch man versuchte, nicht darüber nachzudenken, ja nicht einmal darüber zu sprechen.

Als ob dies nicht genug Unglück auf einmal wäre, ereilte sie aus Sardinien die Nachricht, die dortigen Söldner hätten ihren Befehlshaber gekreuzigt, die befestigten Stellungen erobert und überall den Menschen kanaanitischer Abstammung die Kehle durchgeschnitten. Das römische Volk drohte der Republik mit unmittelbaren Feindseligkeiten, wenn sie nicht die zwölftausend Talente zusammen mit der gesamten Insel Sardinien abtrete. Es hatte das Bündnis der Barbaren anerkannt und sandte ihnen Flachschiffe beladen mit Mehl und Trokkenfleisch. Die Karthager verfolgten sie und nahmen fünfhundert Männer gefangen; doch drei Tage später erlitt eine aus Byzacium kommende Flotte, die Lebensmittel nach Karthago bringen sollte, in einem Sturm Schiffbruch. Offensichtlich stellten sich die Götter erneut gegen die Stadt.

Dann täuschten die Bürger Hippo Diarrhytus' einen blinden Alarm vor und ließen die dreihundert Männer Hannos auf ihre Stadtmauern steigen; anschließend traten sie unvermutet von hinten an sie heran, packten sie an den Beinen und warfen sie über die Zinnen hinab. Einige, die nicht gleich tot waren, wurden verfolgt und ertranken im Meer.

Utica mußte die Soldaten erdulden, denn Magdassan, taub für Hamilkars flehentliches Bitten, hatte es Hanno gleichgetan und belagerte die Stadt gemäß seinen Befehlen. Man reichte den Belagerern mit Mandragora vermischten Wein und schnitt ihnen im Schlaf die Kehlen durch. Zur gleichen Zeit trafen die Barbaren ein; Magdassan floh, man öffnete den Söldnern die Tore, und von diesem Augenblick an legten die tyrischen Städte ihren neuen Freunden gegenüber unerschütterliche Ergebenheit an den Tag, gegenüber ihren ehemaligen Verbündeten jedoch unvorstellbaren Haß.

Diese Preisgabe der punischen Sache wirkte wie eine Empfehlung, ein Beispiel. Erneut flackerte die Hoffnung auf Befreiung auf. Völkerschaften, die bis dahin unentschlossen waren, zögerten nicht länger. Alles stürzte zusammen. Der Suffet erfuhr davon und erwartete keinerlei Hilfe mehr! Nun war er unwiderbringlich verloren.

Sogleich verabschiedete er Naravas, der die Grenzen seines Königreiches sichern mußte. Was ihn selbst betraf, so beschloß er, nach Karthago zurückzukehren, um dort neue Soldaten zu rekrutieren und den Krieg von neuem zu beginnen.

Die bei Hippo Diarrhytus lagernden Barbaren erspähten sein Heer, wie es den Berg hinabzog.

Wo nur marschierten die Karthager hin? Zweifellos trieb sie der Hunger; und kopflos geworden durch all ihr Leid, lieferten sie sich trotz ihrer zahlenmäßigen Unterlegenheit der Schlacht aus. Doch dann schwenkten sie nach rechts: sie flohen. Noch konnte man sie einholen, sie alle zermalmen. Rasch machten sich die Barbaren an die Verfolgung.

Die Karthager wurden vom Fluß aufgehalten. Diesmal war er mächtig, und der Westwind hatte nicht geweht. Die einen überquerten ihn schwimmend, die anderen auf ihren Schilden. Dann setzten sie ihren Marsch fort. Die Nacht brach herein. Man sah sie nicht mehr.

Die Barbaren hielten nicht an; sie gingen weiter flußaufwärts, um eine schmalere Stelle zu finden. Die Leute von Tunis eilten herbei; sie zogen jene von Utica mit. Bei jedem Busch nahm ihre Zahl zu; und wenn die Karthager das Ohr an den Boden legten, hörten sie das Trampeln ihrer Schritte in der Dunkelheit. Um sie aufzuhalten, ließ Barkas von Zeit zu Zeit Pfeilsalven in ihre Richtung abschießen; viele wurden dadurch getötet. Als der Tag dämmerte, befand man sich im arianischen Gebirge, an jener Stelle, an welcher der Weg eine starke Biegung macht.

Da glaubte Matho, der an der Spitze marschierte, am Horizont auf dem Gipfel einer Erhebung etwas Grünes zu erspähen. Dann senkte sich das Gelände, und Obelisken, Kuppeln, Häuser tauchten auf! das war Karthago. Er mußte sich an einen Baum lehnen, um nicht umzusinken, so schnell schlug sein Herz.

Er dachte an all das, was sich seit dem letzten Mal, das er hier gewesen war, zugetragen hatte! Es war eine unfaßliche Überraschung, ein Schwindelgefühl. Dann, bei dem Gedanken, Salambo wiederzusehen, riß ihn die Freude mit sich fort. Die Gründe, sie zu verabscheuen, kamen ihm wieder in den Sinn; schnell verwarf er sie. Zitternd, mit angestrengten Pupillen betrachtete er jenseits von Eschmun die hohe Terrasse eines Palastes oberhalb der Palmen; ein Lächeln der Verzückung ließ sein Gesicht erstrahlen, als ob ein heller Schein über ihn strich; er breitete die Arme aus, entsandte Küsse mit der Brise und murmelte: »Komm! Komm!«; ein Seufzer ließ seine Brust anschwellen, und zwei Tränen, lang wie Perlen, fielen auf seinen Bart.

»Wer hält dich auf? rief Spendius. So beeil dich doch! Vorwärts! Der Suffet wird uns noch entkommen! Doch deine Knie wanken, und du siehst mich an wie ein Betrunkener!«

Er stampfte vor Ungeduld mit den Füßen; er drängte Matho; und augenzwinkernd, wie bei der bevorstehenden Erreichung eines seit langem angestrebten Ziels, rief er:

»Ach! Wir sind da! Wir sind endlich da! Ich kriege sie!«

Er wirkte so überzeugt und siegesgewiß, daß Matho, in seiner Betäubtheit überrascht, sich davon fesseln ließ. Diese Worte trafen ihn bis ins Mark seiner Verlorenheit, peitschten seine Verzweiflung zum Vergeltungsdrang, versprachen seiner Wut die ersehnte Labung. Er sprang auf eines der Kamele aus dem Troß, riß ihm das Halfter herunter; mit dem langen Seil schlug er mit ganzer Kraft auf die Nachzügler ein; und er jagte immer wieder von rechts nach links auf die Nachhut der Armee zu, wie ein Hund, der eine Herde treibt.

Beim Klang seiner donnernden Stimme rückten die Reihen der Männer enger zusammen; sogar die Hinkenden beschleunigten ihren Schritt; in der Mitte des Isthmus verringerte sich der Abstand. Der vorderste der Barbaren lief im Staub der Karthager. Die beiden Armeen näherten sich, gleich würden sie sich berühren. Doch das Tor von Malqua, das Tor von Tagaste und das mächtige Tor des Khamon öffneten ihre Flügel weit. Das punische Karree teilte sich; drei Kolonnen strömten in die Stadt und bildete Wirbel unter den Torbögen. Bald konnte die zu dicht gedrängte Menge sich nicht mehr vorwärts bewegen; die Piken stießen in der Luft aneinander, und die Pfeile der Barbaren hagelten gegen die Mauern.

Auf der Schwelle des Khamontores erblickte man Hamilkar. Er wandte sich um und schrie seinen Männern zu, sich zu zerstreuen. Er stieg von seinem Pferd; und mit dem Schwert, das er hielt, stach er es in die Kruppe und hetzte es den Barbaren entgegen.

Es war ein oringischer Hengst, der mit Mehlklümpchen genährt wurde und der sich niederkniete, um seinen Herrn aufsitzen zu lassen. Warum also jagte er ihn fort? War dies ein Opfer?

Das mächtige Pferd galoppierte mitten in die Lanzen hinein, stieß die Männer zu Boden, verfing sich mit den Hufen in seinen Eingeweiden, stürzte und raffte sich unter wütenden Sprüngen wieder auf; und während sie zur Seite wichen, versuchten es aufzuhalten, oder ihm überrascht nachblickten, waren die Karthager wieder zusammengerückt; sie zogen hinein; das gewaltige Tor schloß sich dröhnend hinter ihnen.

Es hielt stand. Die Barbaren drohten daran zu zerschellen, und für eine Weile wogte die Armee auf ganzer Länge, immer schwächer, bis sie schließlich zur Ruhe kam.

Die Karthager hatten Soldaten auf dem Aquädukt postiert: sie begannen Steine, Kugeln, Balken herabzuschleudern. Spendius bedeutete, daß man sich keinesfalls versteifen dürfe. Sie ließen sich ein wenig abseits nieder, alle fest entschlossen, Karthago zu belagern.

Indessen war das Gerücht des Krieges über die äußersten Grenzen des punischen Reiches vorgedrungen; und von den Säulen des Herkules bis weit über Kyrene hinaus träumten die Schäfer beim Hüten ihrer Herden, und sprachen die Karawanen des Nachts beim Schein der Sterne davon. Dieses mächtige Karthago, die Herrin der Meere, strahlend wie die Sonne und furchteinflößend wie ein Gott, und doch gab es Männer, die es wagten, die Republik anzugreifen! Mehrere Male schon hatte man sogar ihren Fall behauptet; und alle hatten daran geglaubt, denn alle wünschten ihn: die unterjochten Völker, die tributpflichtigen Dörfer, die verbündeten Provinzen, die unabhängigen Horden, jene, die sie für ihre Tyrannei haßten oder sie um ihre Macht beneideten, oder ihren Reichtum begehrten. Die Tapfersten hatten sich schon bald den Söldnern angeschlossen. Doch die Niederlage am Makar hatte all die übrigen zurückgehalten. Schließlich hatten sie wieder Hoffnung geschöpft, sich allmählich vorgewagt, waren nähergekommen; und nun warteten die Männer aus den östlichen Gebieten in den Dünen von Clupea auf der gegenüberliegenden Seite des Golfes. Sobald sie die Barbaren erspähten, zeigten sie sich.

Es waren keine Libyer aus der Umgebung Karthagos; diese bildeten seit langem das dritte Heer; sondern Nomaden von der Barkahochebene, Banditen vom Kap Physcus und vom Vorgebirge von Darnah, aus Phazania und aus Marmarica. Sie hatten die Wüste durchquert und dabei aus brackigen, mit Kamelknochen gemauerten Brunnen getrunken; die mit Straußenfedern geschmückten Zaueker waren mit Quadrigen gekommen; die mit einem schwarzen Schleier verhüllten Garamanten saßen auf den Rücken ihrer bemalten Rassestuten; andere auf Eseln, Onagern, Zebras und Büffeln; und einige schleppten neben ihren Familien und ihren Götterstandbildern sogar das schaluppenförmige Dach ihrer Hütten mit sich. Auch Ammonier, mit ihren vom heißen Wasser der Quellen runzeligen Gliedern, waren darunter; die Ataranten, die die Sonne verfluchen; Troglodyten, die ihre Toten lachend unter Baumzweigen begraben; und die häßlichen, Heuschrecken verzehrenden Auseer; Adyrmachiden, die Flöhe verspeisen und die mit Zinnober bemalten Gyzanter, die Affen essen.

Alle hatten sich in einer langen geraden Reihe entlang des Meeresufers aufgestellt. Nun kamen sie heran wie vom Wind aufgewirbelte Sandwolken. In der Mitte des Isthmus hielt die Menge inne, da die vor ihnen unweit der Stadtmauern lagernden Söldner ihnen keinen Platz einräumen wollten.

Dann erschienen von Ariana her die Männer aus dem Westen, das Volk der Numider. Denn tatsächlich herrschte Naravas lediglich über die Massulier; und da ihnen ein Brauch überdies gestattete, von ihrem König nach militärischen Rückschlägen abzufallen, hatten sie sich am Zaine-Fluß versammelt und waren bei Hamilkars erster Bewegung übergesetzt. Zuerst sah man all die in Löwenfelle gekleideten Jäger vom Malethut-Baal und aus den Garaphischen Bergen herbeieilen, die mit dem Schaft ihrer Piken kleine, magere Pferde mit langer Mähne vorantrieben; dahinter marschierten die Gätuler in Kürassen aus Schlangenhaut; dann die Pharusier, die hohe Kronen aus Wachs und Harz trugen; und die Caunen, Makarer und Tillabaren, jeder mit zwei Wurfspießen und einem runden Schild aus Nilpferdleder ausgerüstet. Bei den ersten Ausläufern der Lagune, am Fuße der Katakomben machten sie Halt.

Doch dort, wo die Libyer weitergezogen waren, tauchte an deren Stelle wie eine dicht über dem Boden schwebende Wolke die Masse der Neger auf. Vom Harudsch el Abiat und Harudsch el Asuat, aus der augilischen Wüste, aus dem Landstrich von Agazymba, der einhundertzwanzig Tagesreisen südlich der Garamanten liegt, und von noch weiter her waren sie gekommen! Trotz ihrer Geschmeide aus rotem Holz ließ ihre schmutzstrotzende schwarze Haut sie wie lange im Staub gewälzte Maulbeeren aussehen. Sie trugen Beinkleider aus Rindenfasern, Tuniken aus getrocknetem Gras und Schnauzen wilder Tiere auf dem Kopf, und heulend wie Wölfe schüttelten sie mit Ringen verzierte Stangen und schwenkten an Stockspitzen befestigte Kuhschwänze wie Standarten.

Hinter den Numidern, den Maurusiern und den Gätulern drängten gelbhäutige Männer aus den Zedernwäldern in der Gegend jenseits von Taggir herbei. Köcher aus Wildkatzenfell wippten auf ihren Schultern, und sie führten gewaltige Hunde von der Größe von Eseln an der Leine, die nicht bellten.

Schließlich, als habe sich Afrika noch nicht genug entvölkert und als habe man, um noch mehr Wut anhäufen zu können, auf die niedrigsten Völkerschaften zurückgreifen müssen, folgten, hinter all den anderen, Männer mit dem Profil von Tieren und blödem Gelächter; von abscheulichen Krankheiten gezeichnete Elende, verkrüppelte Pygmäen, Mulatten ungewissen Geschlechts, Albinos, deren rote Augen im Sonnenlicht blinzelten; alle stammelten unverständliche Laute, legten einen Finger in den Mund, um anzuzeigen, daß sie hungrig seien.

Das Durcheinander der Waffen war nicht geringer, als das der Gewänder und Völker. Nicht eine Erfindung zum Töten fehlte, von hölzernen Dolchen, über Beile aus Stein und Dreizacke aus Elfenbein, bis hin zu langen Säbeln, gezahnt wie Sägen, dabei schlank und mit einer sich biegenden Klinge aus Kupfer. Sie führten Messer, die sich in mehrere gleiche Äste gabelten wie Antilopengeweihe, an Seilen befestigte Hippen, eiserne Triangel, Keulen, Spitzeisen. Die Äthiopier vom Bambotus verbargen in ihren Haaren kleine vergiftete Pfeilspitzen. Einige hatten Säcke voller Steine mitgebracht. Andere, mit leeren Händen, stellten klappernd ihre Zähne zur Schau.

Diese Menschenmenge wogte unablässig hin und her. Dromedare, ganz und gar mit Teer beschmiert wie Schiffe, stießen Frauen um, die ihre Kinder auf der Hüfte trugen. Die Lebensmittelvorräte aus den runden flachen Spankörben verteilten sich auf dem Boden; beim Gehen zertrat man Salzbrocken, Harzstücke, verfaulte Datteln, Gurunüsse; und zuweilen hing an einem dünnen Faden auf einer mit Ungeziefer bedeckten Brust ein von den Satrapen lang gesuchter Diamant herab, ein geradezu märchenhafter Stein und groß genug, um damit ein Königreich zu erwerben. Die meisten wußten nicht einmal, was sie eigentlich hier wollten. Eine Faszination und Neugier trieb sie; Nomaden, die noch nie eine Stadt gesehen hatten, fürchteten sich vor den Schatten der Mauern.

Der Isthmus verschwand nun unter den vielen Menschen; und diese weite Ebene, in der die Zelte umfluteten Hütten glichen, erstreckte sich bis zu den ersten Reihen der anderen Barbaren, die alle mit schimmerndem Eisen überzogen und symmetrisch zu beiden Seiten des Aquädukts lagerten.

Den Karthagern saß der Schrecken ihrer Ankunft noch in den Gliedern, als sie Ungeheuern gleiche, hochaufragende Gebilde direkt auf sich zukommen sahen: es waren die von den tyrischen Städten gesandten Belagerungsmaschinen – mit ihren Masten, Schenkeln, Tauwerken, Gelenken, Aufsätzen und Panzerungen. Sechzig Karrobalisten, achzig Onager, dreißig Skorpione, fünfzig Tollenonen, zwölf Sturmböcke und drei gewaltige Katapulte, die Felsbrocken mit einem Gewicht von bis zu fünfzig Talenten schleudern konnten. Menschenmassen klammerten sich an ihre Unterbauten und schoben sie; mit jedem Schritt durchlief sie ein Zittern; so standen sie schließlich den Mauern gegenüber.

Doch es würde noch einige Tage dauern, bis die Vorbereitungen für die Belagerung abgeschlossen wären. Durch ihre Niederlagen eines Besseren belehrt, wollten die Söldner sich nicht auf fruchtlose Unterfangen einlassen; und weder auf der einen, noch auf der anderen Seite hatte man Eile, da man wohl wußte, daß ein schreckliches Kampfgeschehen bevorstand, welches entweder den Sieg oder die vollständige Vernichtung zur Folge hätte.

Karthago konnte für lange Zeit Widerstand leisten; seine breiten Stadtmauern verfügten über eine Reihe von zurückweichenden Winkeln und Vorsprüngen und damit über eine vorteilhafte Anlage, um Angriffe abzuwehren.

Auf der Seite der Katakomben war jedoch ein Teil eingestürzt, und in dunklen Nächten sah man zwischen den losen Mauerstücken Lichter in den Spelunken von Malqua. An manchen Stellen überragten sie sogar die Befestungswälle. Dort lebten, mit ihren neuen Gatten, die von Matho verjagten Frauen der Söldner. Als sie die Barbaren wiedersahen, hielt sie nichts mehr. Von weitem schwenkten sie ihre Schals; dann kamen sie in der Finsternis herbei, um durch eine Spalte im Wall mit den Soldaten zu plaudern; und eines Morgens erfuhr der Große Rat, daß alle geflohen waren. Die einen hatten sich zwischen den Steinen hindurchgezwängt; andere, mutiger, sich an Seilen hinabgelassen.

Schließlich beschloß Spendius, sein Vorhaben in die Tat umzusetzen.

Durch den Krieg, der ihn bisher in der Ferne festgehalten hatte, war er daran gehindert worden; und seit er wieder nach Karthago zurückgekehrt war, schien es ihm, als ob die Bewohner sein Unternehmen ahnten. Doch bald verringerten sie die Anzahl der Wachen auf dem Aquädukt. Man hatte kaum ausreichend Leute für die Verteidigung der Befestigungswälle.

Der ehemalige Sklave übte sich mehrere Tage lang im Pfeil-und-Bogenschießen an den Flamingos des Sees. Dann eines Abends, als der Mond hell schien, bat er Matho, mitten in der Nacht ein großes Strohfeuer zu entzünden und zugleich mit allen Männern ein großes Geschrei zu beginnen; und er nahm Zarxas mit sich und ging am Ufer des Golfes entlang in Richtung Tunis.

Auf Höhe der letzten Bögen schwenkten sie nach

rechts zurück zum Aquädukt; es war offenes Gelände: auf allen vieren krochen sie an den Fuß der Pfeiler heran.

Die Schildwachen auf der Plattform schritten ruhig auf und ab.

Da loderten hohe Flammen auf; Signalhörner erschallten; die wachhabenden Soldaten glaubten an einen Angriff und stürzten in Richtung Karthago davon.

Ein Mann war zurückgeblieben. Schwarz zeichnete er sich vor dem nächtlichen Himmel ab. Der Mond schien hinter ihm, und sein übergroßer Schatten glich in der Ferne auf der Ebene einem marschierenden Obelisken.

Sie warteten, bis er günstig vor ihnen zu stehen kam. Zarxas ergriff seine Schleuder, doch aus Vorsicht oder aus Grausamkeit, hielt Spendius ihn zurück.

»Nein, das Schwirren der Kugel würde ein Geräusch verursachen! Laß mich!«

Dann spannte er seinen Bogen mit aller Kraft, indem er ihn unten gegen die Zehe seines linken Fußes stemmte, zielte und der Pfeil schoß los.

Der Mann fiel nicht herab. Er verschwand nur.

»Wenn er verwundet wäre, würden wir ihn hören!« sagte Spendius, und geschwind kletterte er wie beim ersten Mal mit Hilfe eines Seils und einer Harpune von Stockwerk zu Stockwerk. Als er oben neben der Leiche ankam, ließ er das Seilende hinabfallen. Der Baleare befestigte eine Spitzhacke und einen Streithammer daran und kehrte ins Lager zurück.

Die Trompeten waren verstummt. Alles war jetzt ruhig. Spendius hatte eine der Steinplatten angehoben, war ins Wasser hinabgestiegen und hatte sie über sich wieder geschlossen.

Während er die Entfernung nach der Anzahl seiner Schritte abschätzte, erreichte er genau jene Stelle, an der er einen schrägen Riß bemerkt hatte; und drei Stunden lang, bis zum Morgen arbeitete er unablässig, wild, kaum

Atem holend durch die Zwischenräume der oberen Steinplatten; von Ängsten gepeinigt glaubte er sich zwanzigmal dem Tode nahe. Schließlich hörte man ein Bersten; ein gewaltiger Stein holperte, immer wieder von den unteren Bögen abprallend, bis zum Boden, und plötzlich stürzte ein Wasserfall, ein ganzer Strom vom Himmel hinab in die Ebene. Der in der Mitte durchtrennte Aquädukt ergoß sich. Das bedeutete den Tod für Karthago, und den Sieg für die Barbaren.

In wenigen Augenblicken erschienen die vom Lärm erwachten Karthager auf den Stadtmauern, den Häusern, den Tempeln. Die Barbaren drängten heran, schrien. Wie rasend tanzten sie um die mächtige Wasserflut, und im Überschwang ihrer Freude kamen sie herbei und tauchten ihre Köpfe hinein.

Auf der Höhe des Aquädukts erblickte man einen Mann in einer braunen, zerrissenen Tunika. Er verharrte über den Rand gebeugt, die Hände in die Hüften gestützt und blickte in die Tiefe unter sich, wie überrascht von seinem Werk.

Dann richtete er sich wieder auf. Etwas Großartiges umgab ihn, während er seinen Blick über den Horizont schweifen ließ, als wollte er damit sagen: »Dies alles gehört nun mir!« Der Beifall der Barbaren brandete auf; als die Karthager schließlich ihr Unglück erkannten, heulten sie vor Verzweiflung. Da begann Spendius von einem Ende zum anderen über die Plattform zu laufen, und, wie der Fahrer eines Triumphwagens bei den Olympischen Spielen, riß er trunken vor Stolz die Arme empor.

XIII

Moloch

Auf der Afrika zugewandten Seite benötigten die Barbaren keinen Befestigungsring: es gehörte ihnen. Doch um die Annäherung an die Stadtmauern zu erleichtern, riß man die Verschanzungen, welche den Wallgraben umgaben, nieder. Dann teilte Matho die Armee in große Halbkreise ein, um Karthago besser umzingeln zu können. Die Hopliten der Söldner bildeten die erste Reihe; ihnen folgten die Schleuderer und Reiter; ganz im Hintergrund das Gepäck, die Karren, die Pferde; vor dieser Menge, dreihundert Schritt von den Türmen entfernt, erhoben sich drohend die Kriegsmaschinen.

Trotz der unendlichen Vielfalt ihrer Namen – die sich im Lauf der Jahrhunderte mehrfach änderten – ließen sie sich letztlich in zwei Kategorien einteilen: die einen funktionierten wie Schleudern und die anderen wie Bögen.

Erstere, die Katapulte, bestanden aus einem viereckigen Fahrgestell mit zwei senkrechten Pfosten und einem Querbalken. An der Vorderseite hielt eine mit Tauen versehene Walze eine mächtige, deichselartige Stange, ausgestattet mit einem Löffel, in den die Wurfgeschosse gelegt wurden; das untere Ende wurde von einem Strang stark gedrehter Seile gehalten, und wenn man die Spannung plötzlich löste, fuhr die Stange in die Höhe und schlug gegen den Balken, so daß sie mit einem Ruck zum Stehen kam und auf diese Weise ihre Wucht noch erhöhte.

Die anderen verfügten über einen komplizierteren

Mechanismus; auf einer kleinen Säule war ein Querbalken genau mittig befestigt, an der Stelle, an der im rechten Winkel eine Art Führungskanal mündete; an den Enden des Querbalkens erhoben sich Kapitelle, die jeweils einen Knäuel aus Mähnen- und Schweifhaaren enthielten; zwei kleine Balken waren dort verkeilt, um die Enden des Stranges festzuhalten, den man bis zum Ende des Führungskanals über eine bronzene Platte führte. Mit Hilfe einer Federvorrichtung wurde diese Platte gelöst und trieb, während sie durch die Rinnen glitt, die Pfeile an.

Die Katapulte nannte man auch Onager, nach den wilden Eseln, die mit ihren Hufen die Kieselsteine hochschleudern, und die Ballisten Skorpione, wegen des an der Platte hochragenden Hakens, der, durch einen Faustschlag niedergedrückt, die Feder losschoß.

Ihr Bau erforderte sachkundige Berechnungen; ihr Holz mußte unter den härtesten Baumarten gewählt werden, ihr Triebwerk ganz aus Eisen sein; man spannte sie mit Hilfe von Hebeln, Flaschenzügen, Winden und Ritzeln; über starke Dreh- und Angelpunkte konnte man ihre Schußrichtung verstellen, sie über Walzen vorwärtsbewegen; und die mächtigsten, die man Stück für Stück heranbrachte, wurden erst im Angesicht des Feindes zusammengesetzt.

Spendius ließ die drei großen Katapulte an den drei wichtigsten Eckpunkten aufstellen; vor jedem Tor postierte er zudem einen Sturmbock, vor jedem Turm eine Balliste, und dahinter sollten die Karroballisten auf und abfahren. Doch man mußte sie vor dem Beschuß durch die Belagerten schützen und zunächst den Graben auffüllen, der sie von den Stadtmauern fernhielt.

Man schaffte aus grünen Binsen gefertigte Roste herbei, die als überdachte Gänge dienten, sowie Gerüste aus Eichenholz gleich gewaltigen Schilden, die über drei Räder beweglich waren; kleine Hütten, mit frischen Häuten gedeckt und mit Tang gepolstert, boten den Arbeitern Schutz; die Katapulte und Ballisten waren mit Vorhängen aus Seilen versehen, die man in Essig getaucht hatte, um sie feuerfest zu machen. Die Frauen und Kinder klaubten Kiesel am Strand, sammelten Erde mit den Händen auf und brachten sie den Soldaten.

Auch die Karthager trafen Vorkehrungen.

Hamilkar hatte sie schnell beruhigt, indem er ihnen erklärte, daß in den Zisternen noch Wasser für einhundertdreiundzwanzig Tage verbliebe. Diese Versicherung, seine Anwesenheit in ihrer Mitte, und vor allem die Gegenwart des Zaïmph, machten sie zuversichtlich. Karthago erhob sich aus seiner Niedergeschlagenheit; selbst jene, die nicht kanaanitischer Abstammung waren, wurden von der Leidenschaft der anderen mitgerissen.

Man bewaffnete die Sklaven, man leerte die Arsenale; jeder Bürger hatte seinen Posten und seine Aufgabe. Von den Überläufern hatten zwölfhundert Männer überlebt, der Suffet ernannte sie alle zu Hauptleuten; die Zimmermänner und Waffenmeister, die Eisen- und Goldschmiede sollten sich um die Kriegsmaschinen kümmern. Die Karthager hatten einige zurückbehalten trotz der Bedingungen für den Römischen Frieden. Man reparierte sie. Die Handwerker verstanden sich auf diese Arbeiten.

Sowohl die Nord- als auch die Ostseite, im Schutz des Meeres und des Golfes gelegen, waren uneinnehmbar. Auf die den Barbaren zugewandte Befestigungsmauer schafften sie Baumstämme hinauf, Mühlsteine, Gefäße voller Schwefel und Zuber voller Öl, und man baute Öfen. Man häufte Steine auf die Plattform der Türme, und die Häuser, die unmittelbar an den Wall grenzten, wurden mit Sand aufgefüllt, um diesen zu verfestigen und seine Tiefe zu verstärken.

Diese Vorbereitungen reizten die Barbaren. Sie wollten sogleich losschlagen. Doch die Geschosse, die sie auf die Katapulte legten, waren von so ungeheurem Gewicht, daß die Deichseln brachen; der Angriff verzögerte sich.

Schließlich, am dreizehnten Tag des Monats Schebar – bei Sonnenaufgang – ertönte ein mächtiger Schlag gegen das Tor des Khamon.

Fünfundsiebzig Soldaten zogen die Seile, die am hinteren Teil eines gewaltigen Balkens befestigt waren; dieser hing waagrecht an Ketten von einem Gerüst herab und endete in einem Widderkopf ganz aus Eisen. Er war mit Ochsenhäuten umwickelt; Eisenringe umschlangen ihn in einigen Abständen: vom dreifachen Umfang eines Menschenkörpers und mit seiner Länge von einhundertundzwanzig Ellen schwang er nun unter der Menge nackter Arme, die ihn stießen und einholten, gleichmäßig vor und zurück.

Die Sturmböcke an den anderen Toren begannen sich zu bewegen. In den hohlen Rädern der Ritzel konnte man Männer sehen, die von Tritt zu Tritt sprangen. Die Seilscheiben und Kapitelle knarzten, die Seilvorhänge fielen herab, und ein Hagel aus Steinen und Pfeilen prasselte nieder; alle hier und dort verteilten Schleuderer rannten herbei. Einige näherten sich den Befestigungsanlagen mit Töpfen voll brennendem Harz, die sie unter ihren Schilden verbargen, und schleuderten diese mit aller Kraft. Dieser Hagel aus Kugeln, Pfeilen und Feuer flog über die ersten Reihen hinweg und beschrieb eine Kurve, die hinter den Stadtmauern niederging. Doch oben auf deren Krone erhoben sich lange Ausleger, wie sie zum Bemasten der Schiffe dienten; und von ihnen hingen jene gewaltigen Zangen herab, die in zwei an der Innenseite gezahnten Halbkreisen endeten. Sie packten die Sturmböcke. Die Soldaten klammerten sich an den

Balken und rissen ihn wieder zurück. Die Karthager keuchten, um ihn in die Höhe zu ziehen; und dieses Ringen dauerte bis zum Abend.

Als die Söldner am nächsten Morgen ihre Aufgabe wiederaufnahmen, war der obere Teil der Mauern gänzlich mit Baumwollballen, Leinwand und Kissen verkleidet; die Zinnen waren mit Matten verstopft, und zwischen den Auslegern erkannte man auf dem Stadtwall aneinandergereihte Heugabeln und Hackmesser, die an langen Stangen befestigt waren. Sogleich begannen die Karthager, erbitterten Widerstand zu leisten.

An Trossen gehaltene Baumstämme fielen herab, wurden wieder emporgerissen und stürzten aufs neue, während sie unablässig auf die Sturmböcke einschlugen; von den Ballisten geschleuderte Haken rissen die Dächer von den Hütten, und von den Plattformen der Türme ergossen sich ganze Bäche von Geröll und Kiesel.

Schließlich durchbrachen die Sturmböcke das Tor des Khamon und das Tor von Tagaste. Doch die Karthager hatten an der Innenseite eine solche Unmenge an Gerätschaften aufgehäuft, daß sich ihre Flügel nicht öffnen ließen. Sie hielten stand.

Da brachten sie Stangenbohrer an die Mauern heran, welche die Blöcke, herauslösen sollten, indem sie an deren Fugen ansetzten. Die Kriegsmaschinen wurden besser gesteuert, jene, die sie bedienten, in Korporalschaften eingeteilt; ohne Unterlaß, von morgens bis abends verrichteten sie ihr Werk mit der monotonen Präzision eines Webstuhls.

Spendius wurde nicht müde, sie einzurichten. Er selbst spannte die Stränge der Ballisten. Um eine gänzlich gleiche Spannung der beiden Sehnen zu erreichen, schlug man – während man sie festzurrte – abwechselnd auf den linken und den rechten Strang, bis beide Seiten den gleichen Ton hervorbrachten. Spendius stieg auf ihre Spanten. Mit der Fußspitze klopfte er ganz sacht die Sehnen und spitzte dabei die Ohren wie ein Lyraspieler, der sein Instrument stimmt. Dann, wenn der Balken des Katapults wieder in die Höhe schnellte, die Säule der Balliste unter der Wucht der Federkraft erbebte, die Steine wie Strahlen davonschossen und die Pfeile wie Ströme dahinflossen, bog er den ganzen Körper nach vorne und warf die Arme hoch in die Luft, als wolle er ihnen folgen.

Die Soldaten bewunderten seine Geschicklichkeit und führten seine Befehle aus. In der fröhlichen Stimmung bei ihrer Arbeit machten sie Späße über die Namen der Kriegsmaschinen. So wurden die Zangen zum Greifen der Sturmböcke *Wölfe* genannt, und die überdachten Schutzgänge *Weinlauben;* sie selbst waren Schafe, man würde Weinlese halten; und während sie ihre Geräte bestückten, sagten sie zu den Onagern: »Dann los! Schlag schön aus!« und zu den Skorpionen: »Dring ihnen bis ins Herz!«. Diese Scherze, stets dieselben, ließen sie nicht den Mut verlieren.

Jedoch rissen die Kriegsmaschinen den Befestigungswall keineswegs nieder. Er bestand aus einer doppelten Mauer, deren Zwischenraum gänzlich mit Erdreich aufgefüllt war; lediglich die oberen Teile wurden abgetragen. Doch die Belagerten erneuerten diese stets wieder. Matho ordnete den Bau von hölzernen Türmen an, die ebenso hoch waren wie die Türme aus Stein. Um den Graben schneller aufzufüllen, warf man Rasen, Pfähle, Kiesel und sogar Wagen samt ihren Rädern hinein; noch bevor er vollständig zugeschüttet war, wogte die ungeheure Menge der Barbaren in einer einzigen Bewegung über die Ebene und brandete an den Fuß der Mauern, wie eine aufgepeitschte See.

Strick- und Holzleitern sowie Sturmbrücken wurden herbeigeschafft: letztere bestanden aus zwei Masten, von welchen an Zugwinden eine Reihe von Bambusstäben herabgelassen werden konnte, die das Ende einer schwenkbaren Brücke bildeten. Sie glichen unzähligen senkrechten Linien entlang der Stadtmauern, und die Söldner, einer hinter dem anderen, erklommen sie mit den Waffen in der Hand. Nicht ein Karthager zeigte sich; schon erreichten sie das oberste Drittel des Walls. Da öffneten sich die Zinnen, spieen Feuer und Rauch wie Drachenmäuler; Sand rieselte herab, drang in die Glieder der Rüstungen ein; siedendes Öl haftete an den Gewändern, flüssiges Blei tropfte unablässig auf die Helme, schmolz Löcher ins Fleisch; ein Funkenregen spritzte in die Gesichter, und leere Augenhöhlen schienen mandelgroße Tränen zu weinen. Die Haarschöpfe der vom Öl ganz gelben Männer fingen Feuer. Sie begannen zu rennen und entzündeten die anderen. Man erstickte sie, indem man ihnen von weitem blutgetränkte Mäntel über das Gesicht warf. Einige, ohne erkennbare Verletzung, verharrten regungslos, steifer noch als Pflöcke, mit geöffnetem Mund und ausgebreiteten Armen.

An mehreren aufeinanderfolgenden Tagen brach der Ansturm von neuem los, da die Söldner hofften, letztlich durch übermenschliche Kraftanstrengung und Kühnheit zu triumphieren.

Von Zeit zu Zeit trieb ein Mann auf den Schultern eines zweiten sitzend eine Scharnierangel zwischen die Mauersteine und bediente sich ihrer als Leitersprosse, um höher hinauf zu gelangen, setzte man eine zweite, eine dritte; und im Schutz des ein wenig vorspringenden Zinnenkranzes, klommen sie allmählich immer weiter; doch in einer bestimmten Höhe fielen sie stets wieder herab. Der allzu volle Graben quoll über; unter den Schritten der Lebenden türmten sich wirr die Verwundeten zwischen den Toten und Sterbenden. Inmitten aufgerissener Eingeweide, verspritzter Gehirne und Blutlachen zeichneten sich die verkohlten Rümpfe als schwarze

Flecken ab; und die halb aus einem Haufen herausragenden Arme und Beine reckten sich geradewegs empor, wie Pfähle in einem abgebrannten Weinberg.

Da sich die Leitern als unzureichend erwiesen, kamen die Tollenonen zum Einsatz, Belagerungsmaschinen, die aus einem langen Balken bestanden, der quer an einem zweiten befestigt war und an seinem Ende einen viereckigen Korb trug, in dem dreißig Soldaten samt ihren Waffen Platz fanden.

Matho wollte in den ersten steigen, der bereit war. Spendius hielt ihn zurück.

Männer krümmten sich über ein Drehkreuz, der mächtige Balken begann sich zu heben, erlangte die Waagrechte, richtete sich beinahe senkrecht auf und, da die Last an seinem Ende zu groß war, bog er sich wie ein gewaltiges Schilfrohr. Die bis zum Kinn verborgenen Soldaten waren zusammengepfercht; nur die Federn ihrer Helme konnte man sehen. Schließlich, als er eine Höhe von fünfzig Ellen erreicht hatte, schwenkte er einige Male nach rechts und nach links, und senkte sich dann; und wie der Arm eines Riesen, der eine Kohorte Pygmäen in der Hand hält, setzte er den Korb voller Männer am Rand der Stadtmauern ab. Sie sprangen in die Menge und kamen niemals wieder.

Auch all die anderen Tollenonen wurden rasch fertiggestellt. Doch man hätte hundertmal mehr von ihnen benötigt, um die Stadt einzunehmen. Da machte man mörderischen Gebrauch von ihnen: äthiopische Bogenschützen nahmen in den Körben Platz; und, nachdem die Taue festgezurrt waren, verharrten sie in der Schwebe und schossen mit vergifteten Pfeilen. Die fünfzig Tollenonen herrschten so über die Zinnen und umkreisten Karthago wie übermächtige Geier; und die Neger lachten beim Anblick der Schildwachen, die auf den Stadtmauern unter gräßlichen Krämpfen starben.

Daraufhin sandte Hamilkar Hopliten hinauf; jeden Morgen ließ er sie den Saft bestimmter Kräuter trinken, der sie vor dem Gift schützte.

Eines Abends bei dunklem Wetter schiffte er seine besten Soldaten auf Flachschiffen und Flößen ein, fuhr rechts den Hafen hinaus und landete so auf der Taenia. Dann rückten sie bis zu den ersten Zeltreihen der Barbaren vor, überrumpelten ihre Flanke und richteten ein furchtbares Blutbad an. Des Nachts ließen sich oftmals Männer mit Fackeln in der Hand an Seilen den Festungswall herab, brannten das Werk der Söldner nieder und kletterten wieder hinauf.

Matho war verbissen; jedes Hindernis verstärkte seine Wut; er verfiel auf schreckliche und verstiegene Dinge. Im Geiste berief er Salambo zu einem Rendezvous; dann wartete er auf sie. Sie kam nicht; und dies schien ihm ein neuerlicher Verrat; und von da an verabscheute er sie. Hätte er ihren Leichnam gesehen, so wäre er vielleicht abgezogen. Er verdoppelte die Vorposten, errichtete Heugabeln am Fuß der Stadtmauern, hob Fallgruben im Boden aus, und er befahl den Libyern, ihm einen ganzen Wald herbeizuschaffen, um Feuer zu legen und Karthago auszuräuchern wie einen Fuchsbau.

Spendius beharrte auf der Belagerung. Er suchte gräßliche Kriegsmaschinen zu erfinden, wie man sie noch nie gebaut hatte.

Die anderen Barbaren, die weiter entfernt im Isthmus lagerten, wunderten sich über das nur langsame Vorangehen der Unternehmungen. Sie murrten; man ließ sie loslaufen.

Also stürzten sie mit ihren Dolchen und Wurfspießen hinzu und hieben auf die Tore ein. Doch da die Nacktheit ihrer Körper sie leichter verwundbar machte, massakrierten die Karthager sie in großer Zahl; und die Söldner ergötzten sich daran, zweifellos aus Plünderungsneid. Daher kam es zu Streitereien, Kämpfen zwischen ihnen. Und weil das Land ringsum verwüstet war, riß man sich bald gegenseitig die Lebensmittel aus der Hand. Sie verloren den Mut. Scharenweise zogen sie ab. Die Menge war so gewaltig, daß man dessen nicht gewahr wurde.

Die Besten versuchten Schächte zu graben; die schlecht abgestützte Erde brach wieder ein. Sie begannen an anderer Stelle von neuem; Hamilkar erriet stets ihre Stoßrichtung, indem er sein Ohr an einen bronzenen Schild legte. Er höhlte Gegenschächte unter dem Weg, den die hölzernen Türme nehmen mußten aus; als man sie bewegen wollte, stürzten sie in die Gruben.

Schließlich erkannten alle, daß die Stadt uneinnehmbar war, es sei denn, man würde einen langen Erdwall so hoch wie die Stadtmauer errichten, der es erlaubte, auf gleicher Höhe zu kämpfen; man müßte die Oberseite pflastern, damit man die Kriegsmaschinen hinaufrollen könnte. Dann wäre es Karthago unmöglich, länger Widerstand zu leisten.

Die Stadt begann Durst zu leiden. Wasser, das zu Beginn der Belagerung zwei Kesitah das Bat gekostet hatte, wurde nun für einen Silberssekel verkauft; auch die Vorräte an Fleisch und Getreide gingen zur Neige; man fürchtete den Hunger; einige sprachen gar von unnützen Mäulern und erschreckten damit alle.

Vom Platz des Khamon bis zum Tempel des Melkarth versperrten Leichen die Straßen; und, da das Ende des Sommers nahte, plagten fette schwarze Fliegen die Kämpfenden. Die Alten trugen die Verwundeten fort, und die Gläubigen hielten weiterhin Scheinbestattungen für ihre Angehörigen und Freunde ab, die in der Ferne im Krieg gefallen waren. Wachsstatuen mit Haaren und Gewändern lagen quer vor den Türen. Sie schmolzen durch die Hitze der in ihrer Nähe brennenden Kerzen; die Farbe rann ihnen auf die Schultern, und Tränen rollten über die Gesichter der Überlebenden, die neben ihnen düstere Gesänge psalmodierten. Währenddessen eilte die Menge hin und her; bewaffnete Banden zogen vorüber; die Hauptleute schrien Befehle, und unablässig ertönte der Aufprall der Sturmböcke, die gegen den Befestigungswall schlugen.

Die Hitze wurde so drückend, daß die aufgedunsenen Körper nicht mehr in die Särge paßten. Man verbrannte sie mitten auf den Höfen. Doch die auf zu engem Raum entzündeten Feuer, griffen auf benachbarte Mauern über, so daß immer wieder lange Flammen aus den Häusern zuckten, wie Blut, das aus einer Schlagader spritzt. So bemächtigte sich Moloch Karthagos; er umschloß die Stadtmauern, er wälzte sich durch die Straßen, er verschlang alles bis hin zu den Leichen.

Männer, die zum Zeichen der Verzweiflung Mäntel aus aufgesammelten Lumpen trugen, stellten sich an den Winkeln der Kreuzungen auf. Sie führten Reden gegen die Ältesten, gegen Hamilkar, prophezeiten dem Volk die vollständige Vernichtung und stifteten es an, alles zu zerstören und sich alles zu erlauben. Die Gefährlichsten waren die Bilsenkrauttrinker; in ihren Delirien glaubten sie, sie seien wilde Tiere und fielen über Passanten her und zerfleischten sie. Menschenaufläufe scharten sich um sie; für einen Augenblick vergaß man darüber die Verteidigung Karthagos. Der Suffet erwog, andere dafür zu entlohnen, seine Politik zu unterstützen.

Um den Genius der Götter in der Stadt festzuhalten, hatte man ihre Standbilder in Ketten gelegt. Man warf schwarze Schleier über die Patäkengottheiten und breitete Büßerhemden um die Altäre; man versuchte den Stolz und die Eifersucht der Baals zu reizen, indem man ihnen ins Ohr flüsterte: »Du wirst dich besiegen lassen!

sind die anderen vielleicht stärker als du? Zeig dich! hilf uns! damit die Völker nicht sagen können: Wo sind sie denn nun, ihre Götter?«

Angst versetzte die Kollegien der Pontifizes in anhaltende Erregung. Vor allem jene der Rabbetna fürchteten sich, da die Wiedererlangung des Zaïmphs nichts geholfen hatte. Sie hielten sich innerhalb der dritten Umfassungsmauer eingeschlossen, die uneinnehmbar war wie eine Festung. Nur einer von ihnen wagte, sie zu verlassen: der Oberpriester Schahabarim.

Er kam zu Salambo. Doch er blieb stumm, betrachtete sie mit starrem Blick oder überhäufte sie mit Worten, und die Vorwürfe, die er ihr machte, waren schwerer als je zuvor.

Aus einem unverständlichen Widerspruch heraus verzieh er dem jungen Mädchen nicht, seinen Befehl befolgt zu haben. Schahabarim hatte alles erraten, und der Gedanke daran entfachte die Eifersucht seiner Impotenz. Er beschuldigte sie, die Ursache des Krieges zu sein. Wenn man ihm Glauben schenkte, belagerte Matho Karthago, um den Zaïmph zurückzuholen; und er ergoß sich in Schmähungen und Ironie über diesen Barbaren, der sich anmaßte, heilige Dinge zu besitzen. Dies war jedoch nicht, was der Priester eigentlich sagen wollte.

Doch Salambo empfand nun keinerlei Furcht mehr vor ihm. Die Ängste, die sie einst gelitten hatte, waren von ihr gewichen. Eine seltsame Ruhe erfüllte sie. Ihr Blick, weniger rastlos, strahlte klar und feurig.

Indessen war der Python wieder erkrankt; und da Salambo im Gegenzug zu gesunden schien, freute sich die alte Taanach darüber, in der Überzeugung, daß er durch dieses Dahinsiechen, die Kraftlosigkeit von seiner Herrin nähme.

Eines Morgens fand sie ihn hinter dem Bett aus Ochsenhaut, ganz eingerollt, kälter noch als Marmor, und sein

Kopf verschwand unter einem Haufen von Würmern. Auf ihr Geschrei hin kam Salambo herbei. Sie wendete ihn einige Male mit der Spitze ihrer Sandale hin und her, und die Sklavin war verblüfft über ihre Gleichgültigkeit.

Die Tochter Hamilkars verlängerte ihr Fasten nicht mehr mit der gleichen Inbrunst. Ganze Tage verbrachte sie hoch oben auf ihrer Terrasse, beide Ellenbogen auf die Balustrade gestützt, und vertrieb sich die Zeit damit, in die Ferne zu blicken. Am Stadtrand zeichnete sich der obere Rand des Befestigungswalls in ungleichmäßigen Zacken vor dem Himmel ab, und auf ihrer gesamten Länge glichen die Lanzen der Schildwachen einem Saum aus Ähren. Jenseits zwischen den Türmen beobachtete sie die Manöver der Barbaren; an den Tagen, an denen der Belagerungskampf ruhte, konnte sie sogar ihre Beschäftigungen unterscheiden. Sie besserten ihre Waffen aus, fetteten ihr Haar ein oder wuschen ihre blutigen Arme im Meer; die Zelte waren geschlossen, die Lasttiere grasten; und in der Ferne glichen die Sicheln der alle in einem Halbkreis aufgereihten Streitwagen einem riesigen silbernen Krumschwert am Fuß des Gebirges. Die Reden Schahabarims fielen ihr wieder ein. Sie erwartete ihren Verlobten Naravas. Trotz ihres Hasses hätte sie Matho gerne wiedergesehen. Von allen Karthagern war sie vielleicht die einzige, die ohne Furcht mit ihm gesprochen hätte.

Oft besuchte sie ihr Vater in ihrem Gemach. Schwer atmend ließ er sich auf die Kissen sinken und betrachtete sie beinahe zärtlich, als ob er bei ihrem Anblick Erholung von seinen Strapazen fände. Zuweilen befragte er sie nach ihrer Reise zum Lager der Söldner. Er wollte sogar wissen, ob nicht jemand sie etwa dazu gedrängt habe; doch so stolz war Salambo, den Zaïmph gerettet zu haben, daß sie dies kopfschüttelnd verneinte.

Unter dem Vorwand, militärische Informationen einholen zu wollen, kam der Suffet stets auf Matho zurück. Ihm war vollkommen unerklärlich, zu welchem Zweck sie mehrere Stunden in seinem Zelt verbracht hatte. Tatsächlich erwähnte Salambo nichts von Giskon; denn da die Worte selbst eine wirksame Macht in sich bargen, so konnten Flüche, die man jemandem weitererzählte, sich gegen diesen wenden. Und sie verschwieg ihr Mordgelüst, aus Angst getadelt zu werden, da sie diesem nicht nachgegeben hatte. Sie sagte, der Schalischim schien wütend, er habe viel geschrien, doch dann sei er eingeschlafen. Ansonsten berichtete Salambo nichts, aus Scham vielleicht, oder auch aus übergroßer Arglosigkeit, da sie den Küssen des Soldaten kaum Bedeutung beimaß. Im übrigen schwebte all dies in ihrem Kopf melancholisch und nebelhaft wie die Erinnerung an einen schweren Traum; und sie hätte nicht gewußt wie und mit welchen Worten sie dies ausdrücken sollte.

Eines Abends, wie sie so einander gegenübersaßen, trat Taanach ganz erschrocken ein. Ein alter Mann mit einem Kind sei da, im Hof, und wolle den Suffeten sprechen:

Hamilkar erbleichte, dann entgegnete er hastig:

»Er soll heraufkommen!«

Iddibal kam herein, ohne sich niederzuwerfen. An der Hand hielt er einen kleinen Jungen, der in einen Mantel aus Ziegenbockfell gehüllt war; und sogleich zog er die Kapuze zurück, die sein Gesicht verbarg und sprach:

»Hier ist er, Herr! Nimm ihn!«

Der Suffet und der Sklave zogen sich in einen Winkel des Gemaches zurück.

Das Kind blieb in der Mitte stehen; und es ließ einen mehr aufmerksamen als erstaunten Blick über die Decke schweifen, über die Möbel, die Perlenketten, welche über den Purpurdraperien hingen, und über diese majestätische junge Frau, die sich zu ihm herabbeugte.

Er war etwa zehn Jahre alt und war nicht größer als ein römisches Schwert. Sein krauses Haar beschattete seine gewölbte Stirn. Seine Pupillen schienen die Weite des Raumes ergründen zu wollen. Die Flügel seiner Nase waren zart und bebten heftig; seine ganze Person strahlte die unerklärbare Herrlichkeit jener Menschen aus, die zu großen Taten bestimmt sind. Nachdem er seinen zu schweren Mantel abgelegt hatte, stand er da, ein Luchsfell um seine Taille geschnürt, und stellte entschlossen seine kleinen, nackten, vom Staub ganz weißen Füße auf die Fliesen. Doch gewiß erriet er, daß man bedeutende Dinge beriet, denn er verharrte unbeweglich, mit einer Hand auf dem Rücken und gesenktem Kinn, einen Finger im Mund.

Schließlich winkte Hamilkar Salambo heran und sprach leise zu ihr:

»Du wirst ihn bei dir behalten, hörst du! Niemand, nicht einmal jemand aus dem Haus, darf von seiner Existenz erfahren!«

Dann, hinter der Tür, fragte er Iddibal noch einmal, ob er sich auch ganz sicher sei, daß man sie nicht bemerkt habe.

»Nein! erwiderte der Skalve; die Straßen waren leer.«

Da der Krieg mittlerweile sämtliche Provinzen erfaßt hatte, fürchtete er um den Sohn seines Herrn. Und da er nicht wußte, wo er ihn verbergen sollte, war er die Küste entlang auf einer Schaluppe hergesegelt: seit drei Tagen schon kreuzte er im Golf und beobachtete die Stadtmauern. An jenem Abend schließlich, als die Umgebung um Khamon verlassen schien, hatte er geschwind die Durchfahrt passiert und war nahe dem Arsenal an Land gegangen, denn das Tor zum Hafen war noch frei.

Doch bald schon errichteten die Barbaren gegenüber dem Hafen ein gewaltiges Floß, um die Karthager am Auslaufen zu hindern. Sie erbauten immer höhere hölzerne Türme, und zur gleichen Zeit wuchs auch der Erdwall empor.

Da die Verbindungen zur Außenwelt nunmehr abgeschnitten waren, begann eine unerträgliche Hungersnot.

Man tötete alle Hunde, alle Maultiere, alle Esel, dann die fünfzehn Elefanten, die der Suffet wieder mit heimgebracht hatte. Die Löwen im Tempel des Moloch waren wild geworden, so daß die Tempeldiener nicht mehr wagten, sich ihnen zu nähern. Zuerst fütterte man sie mit den verwundeten Barbaren; dann warf man ihnen die noch warmen Leichen hin; sie verweigerten sie und starben alle. In der Dämmerung streiften Leute an den ehemaligen Umfassungsmauern entlang und pflückten zwischen den Steinen Kräuter und Blumen, die sie in Wein kochten; der Wein kostete weniger als Wasser. Andere schlichen bis zu den Vorposten des Feindes und robbten unter die Zelte, um Nahrung zu stehlen. Die Barbaren, starr vor Staunen, ließen sie manchmal damit entkommen. Schließlich kam der Tag, an dem die Ältesten unter sich beschlossen, die Pferde Eschmuns zu schlachten. Es waren heilige Tiere, in deren Mähnen die Pontifizes Goldbänder einflochten und die durch ihre Existenz den Lauf der Sonne, die Vorstellung des Feuers in seiner höchsten Form, versinnbildlichten. Ihr Fleisch, in gleichgroße Anteile geschnitten, wurde hinter dem Altar vergraben. Unter dem Vorwand einer Andachtsübung stiegen die Ältesten sodann jeden Abend zum Tempel empor und ließen es sich dort heimlich schmecken; und versteckt unter ihrer Tunika brachten sie auch ihren Kindern ein Stück davon mit. Weitab von den Stadtmauern, in den verlassenen Vierteln, hatten sich die weniger elenden Einwohner aus Angst vor den übrigen verschanzt.

Durch die Steine der Katapulte und die zur Verteidigung angeordneten Abrisse hatten sich Ruinenberge mitten auf den Straßen angehäuft. Wenn es am ruhigsten war, stürzten unvermittelt schreiende Menschenmengen vorüber; und von der Höhe der Akropolis aus glichen die Brände purpurnen, über den Dachterrassen verstreuten Fetzen, die der Wind zauste.

Trotz all der Anstrengungen standen die drei großen Katapulte nie still. Die angerichteten Zerstörungen waren gewaltig; so schnellte der Kopf eines Mannes bis zum Frontgibel der Syssitien empor; in der Kinisdostraße wurde eine gebärende Frau von einem Marmorblock erschlagen, und ihr Kind samt Bettstatt bis zur Kreuzung von Cinasyn geschleudert, wo man auch ihre Decke fand.

Die größte Unruhe erregten jedoch die Kugeln der Schleuderer. Sie fielen auf die Dächer herab, in Gärten und mitten in die Höfe, während man gerade vor einer mageren Mahlzeit zu Tische saß, das Herz voller Seufzer. Diese fürchterlichen Geschosse trugen eingravierte Buchstaben, die sich im Fleisch abzeichneten; und so konnte man auf den Leichen Beleidigungen lesen, wie *Schwein, Schakal, Ungeziefer,* und manchmal auch Scherze: *fang!* oder: *Das ist meine gerechte Strafe.*

Ein Teil der Wehranlagen, die sich von der Ecke der Hafenmauer bis zur Höhe der Zisternen erstreckten, wurde von den Sturmböcken niedergerissen. So fanden sich die Bewohner Malquas eingeschlossen zwischen dem alten Umfassungswall der Byrsa hinter ihnen und den Barbaren vor ihnen. Doch man hatte genug damit zu tun, die Festungsmauern zu verstärken und sie so weit wie nur möglich zu erhöhen, ohne sich um sie zu kümmern. Man ließ sie im Stich; sie starben alle, und obwohl sie allgemein verhaßt waren, befiel die übrige Bevölkerung daraufhin große Abscheu vor Hamilkar.

Am nächsten Morgen öffnete er die Gruben, in welchen er das Getreide verwahrte; seine Verwalter verteilten es an das Volk. Drei Tage lang aß man sich satt.

Doch der Durst wurde dadurch nur um so unerträglicher; und stets hatten sie die hohe, vom herabstürzenden klaren Wasser des Aquädukts gebildete Kaskade vor Augen. Unter den Strahlen der Sonne stieg ein feiner Dunst von seinem Fundament empor, mit einem Regenbogen daneben, und ein kleiner Bach, der sich über den Strand schlängelte, ergoß sich in den Golf.

Hamilkar zeigte keinerlei Anzeichen von Schwäche. Er setzte auf ein Ereignis, etwas Entscheidendes, Außergewöhnliches.

Seine eigenen Sklaven rissen die silbernen Klingen aus dem Tempel des Melkarth. Vier lange Schiffe zog man aus dem Hafenbecken und brachte sie mit Hilfe von Winden bis an den Fuß der Mappalien. Dort durchbrach man die dem Ufer zugewandte Mauer; und sie segelten in Richtung Gallien davon, um dort, gleichgültig zu welchem Preis, Söldner anzuwerben. Indessen war Hamilkar äußerst bekümmert, nicht mit dem König der Numider Verbindung aufnehmen zu können, denn er wußte, daß dieser hinter den Barbaren lagerte, bereit über sie herzufallen. Doch Naravas, zahlenmäßig unterlegen, würde den Angriff nicht alleine wagen; und so ließ der Suffet die Wehranlagen um zwölf Handbreiten aufstocken, in der Akropolis alles Material aus den Arsenalen ansammeln und noch einmal die Kriegsmaschinen überholen.

Für die Spannseile der Katapulte benutzte man üblicherweise die Sehnen vom Hals der Stiere oder auch aus den Kniekehlen der Hirsche. Indessen gab es in Karthago weder Hirsche noch Stiere. Hamilkar bat die Ältesten um die Haarschöpfe ihrer Frauen; alle opferten sie; die Menge reichte nicht aus. In den Gebäuden der Syssitien lebten zwölfhundert Sklavinnen im heiratsfähigen Alter, die für die Tempelprostitution in Griechenland und Italien bestimmt waren, und ihr durch den Gebrauch der Salben geschmeidiges Haar entpuppte sich als hervorragend für die Kriegsmaschinen geeignet. Doch wäre der Verlust später zu kostspielig. Daher wurde beschlossen, statt dessen die prächtigsten Haarschöpfe der Ehefrauen der Plebejer zu nehmen. Ohne einen Gedanken an die Bedürfnisse der Heimat zu verschwenden, schrien diese verzweifelt, als die Diener der Einhundert mit Scheren kamen und Hand an sie legten.

Der Zorn der Barbaren wuchs und beflügelte sie. Aus der Ferne sah man, wie sie das Fett der Toten nahmen, um ihre Maschinen einzufetten, andere wiederum rissen ihnen die Nägel aus, die sie einen nach dem anderen zusammennähten, um sich daraus Kürasse anzufertigen. Sie kamen auf den Gedanken, Gefäße voller Schlangen, welche die Neger herbeibrachten, in die Katapulte zu legen; die tönernen Töpfe zerbarsten auf den Steinplatten, die Schlangen eilten davon, schienen sich zu vermehren, und waren so zahlreich, daß sie den Mauern selbst entschlüpft zu sein schienen. Doch unzufrieden mit ihrer Erfindung, perfektionierten die Barbaren sie noch; sie schleuderten alle Arten von Unrat, menschliche Ausscheidungen, Leichenteile und ganze Kadaver. Die Pest brach wieder aus. Den Karthagern fielen die Zähne aus, und ihr Zahnfleisch war so hell, wie das von Kamelen nach einer zu langen Reise.

Obwohl der Erdwall noch nicht überall die Höhe der Stadtmauern erreicht hatte, brachte man die Maschinen hinauf. Gegenüber den dreiundzwanzig Türmen der Wehranlagen erhoben sich nun dreiundzwanzig Türme aus Holz. Alle Tollenonen waren einsatzfähig, und in der Mitte, etwas weiter hinten, tauchte die gewaltige Helepolis des Demetrius Poliorketes auf, die Spendius schließlich nachgebaut hatte. Sie hatte die Form einer Pyramide wie der Leuchtturm von Alexandria, war einhundertdreißig Ellen hoch und dreiundzwanzig Ellen breit, und ihre neun, sich nach oben verjüngenden Stockwerke waren mit ehernen Schuppen bewehrt, von zahlreichen Türen durchbrochen, mit Soldaten gefüllt bis zum Rand; auf der obersten Plattform erhob sich ein von zwei Ballisten flankiertes Katapult.

Daraufhin ließ Hamilkar Kreuze für all jene aufrichten, die davon sprechen sollten, sich zu ergeben; auch die Frauen wurden nun eingeteilt. Sie schliefen auf den Straßen und warteten voll Furcht.

Dann, eines Morgens, kurz vor Sonnenaufgang – es war der siebente Tag des Monats Nisan – hörten sie einen lauten Schrei, der von allen Barbaren gleichzeitig ausgestoßen wurde. Die Trompeten mit ihren bleiernen Röhren schmetterten, die mächtigen paphlagonischen Hörner brüllten wie Stiere. Alle sprangen auf und eilten zu den Wehranlagen.

Ein Wald von Lanzen, Piken und Schwertern erhob sich drohend zu ihren Füßen. Er prallte gegen die Mauern, Leitern klammerten sich daran fest, und in den Scharten der Zinnen erschienen die Köpfe der Barbaren.

Balken, von langen Männerreihen getragen, schlugen gegen die Tore; und dort, wo der Erdwall fehlte, rückten die Söldner in geschlossenen Kohorten an, um die karthagischen Befestigungen niederzureißen, die erste Reihe duckte sich tief, die zweite mit angewinkelten Knien und dahinter folgten die anderen immer höher, bis zu den letzten, die vollkommen aufrecht standen: während an anderer Stelle, um die Mauern zu erklimmen, die Aufrechtgehenden vorneweg marschierten, die sich Duckenden am Ende, und alle hielten mit ihrem linken Arm ihre Schilde über ihre Helme, wobei sie die Ränder so nahe aneinanderführten, daß sie einer Ansammlung gewaltiger Schildkröten glichen. Die Wurfgeschosse glitten über diese ungeheuren Schrägen hinweg.

Die Karthager schleuderten Mühlsteine hinab, Mörserkeulen, Bottiche, Fässer, Bettgestelle, alles was von

Gewicht war und jemanden erschlagen konnte. Einige lauerten in den Schießscharten mit Netzen, und wenn ein Barbar herankam, verfing er sich in den Maschen und zappelte wie ein Fisch. Sie selbst rissen ihre Zinnen ein; ganze Wandflächen stürzten um und wirbelten mächtige Staubwolken auf; und die Katapulte auf dem Erdwall und jene gegenüber zielten aufeinander, ihre Steine prallten zusammen und zerbarsten in tausend Stücke, die prasselnd auf die Kämpfenden niederregneten.

Bald bildeten die beiden Mengen eine einzige mächtige Kette menschlicher Körper; sie drängte sich dicht in den Zwischenräumen des Erdwalls, während sie an den Enden ein wenig schwächer war und sich unablässig wälzte ohne voranzukommen. Flach auf dem Boden liegend umklammerten sie einander wie Ringer. Sie zermalmten sich. Die über die Zinnen gebeugten Frauen heulten. Man zog sie an ihren Schleiern, und das Weiß ihrer plötzlich entblößten Seiten leuchtete zwischen den Armen der Neger, die ihre Dolche hineinstachen. Von der Menge zu stark bedrängte Leichen fielen nicht um; gestützt von den Schultern ihrer Gefährten gingen sie noch eine Zeitlang aufrecht mit starrem Blick. Einige, die Schläfen von langen, dünnen Wurfspießen durchbohrt, schwenkten den Kopf wie Bären. Zum Schreien aufgerissene Münder blieben offenstehen; abgetrennte Hände flogen durch die Luft. Es war ein gewaltiger Schlagabtausch, und jene, die ihn überlebten, sprachen noch lange davon.

Von den hölzernen und steinernen Türmen schossen indessen Fluten von Pfeilen herab. Die Tollenonen setzten schnell ihre langen Ausleger in Bewegung; und da die Barbaren unter den Katakomben den alten Friedhof der Ureinwohner geplündert hatten, schleuderten sie nun Grabplatten auf die Karthager. Unter der Last der zu schwer beladenen Körbe barsten zuweilen die Taue, und

Unmengen von Männern stürzten mit emporgerissenen Armen in die Tiefe.

Bis zur Mittagszeit gingen die Veteranen der Hopliten verbissen gegen die Taenia vor, um in den Hafen einzudringen und die Flotte zu zerstören. Hamilkar ließ daraufhin auf dem Dach des Khamon ein Feuer aus feuchtem Stroh entfachen; und der Qualm raubte ihnen die Sicht, sie mußten sich nach links zurückziehen und verstärkten das grauenerregende Menschengewühl in Malqua. Syntagmen von besonders ausgewählten, kräftigen Männern hatten bereits drei Tore eingerammt. Hohe Barrieren aus mit Nägeln gespickten Bohlen versperrten ihnen den Weg; ein viertes Tor gab leicht nach; sie stürzten in vollem Lauf hindurch und rollten in einen Graben, in dem Fallen versteckt waren. An der südöstlichen Spitze trugen Autharit und seine Männer die Wehranlagen ab, da deren Spalt mit Ziegelsteinen verstopft war. Dahinter stieg das Gelände an: behende eilten sie hinauf. Doch oben stießen sie auf einen zweiten Wall aus Steinen und langen, ganz flach liegenden Balken, abwechselnd aufgeschichtet wie die Figuren auf einem Schachbrett. Dies war eine gallische Bauweise, die der Suffet den Gegebenheiten der Lage angepaßt hatte; die Gallier glaubten sich vor einer Stadt in ihrem Heimatland. Sie griffen nur halbherzig an und wurden zurückgeschlagen.

Von der Straße des Khamon bis zum Kräutermarkt, der gesamte Rundweg war nun in der Hand der Barbaren, und die Samniter gaben mit Speerstößen den Sterbenden den Rest; oder, einen Fuß auf den Wall gestützt, betrachteten sie die rauchenden Ruinen in der Tiefe und wie in der Ferne die Schlacht von neuem begann.

Die weiter hinten eingeteilten Schleuderer, feuerten noch immer. Doch durch die anhaltende Benutzung waren die Triebfedern der akarnanischen Schleudern gebrochen, so daß viele von ihnen wie Hirten die Kieseln mit der bloßen Hand warfen: die anderen schossen Kugeln aus Blei mit dem Heft einer Peitsche. Zarxas, dessen langes schwarzes Haar seine Schultern bedeckte, war überall zu sehen, und mit ihm kamen die Balearen. An seinen Hüften hingen zwei Jagdtaschen; unablässig tauchte er seine linke Hand hinein und sein rechter Arm wirbelte wie das Rad eines Wagens.

Matho hatte sich zunächst vom eigentlichen Kampfgeschehen zurückgehalten, um all die Barbaren besser befehligen zu können. Man hatte ihn entlang des Golfs bei den Söldnern gesehen, nahe der Lagune bei den Numidern, am Ufer des Sees zwischen den Negern, und aus der Tiefe der Ebene trieb er die Menge der Soldaten nach vorne, die unaufhörlich gegen die Befestigungsanlagen anrannten. Allmählich war er näher gerückt; der Geruch des Blutes, der Anblick des Gemetzels und das Schmettern der Fanfaren ließen ihm schließlich das Herz in der Brust hüpfen. Da war er in sein Zelt zurückgekehrt, und, nachdem er seinen Küraß abgelegt hatte, streifte er sein für die Schlacht bequemeres Löwenfell über. Die Schnauze paßte sich seinem Kopf an, so daß ein Ring aus Reißzähnen sein Gesicht umrahmte; die beiden Vorderpranken kreuzten sich auf seiner Brust und die hinteren reckten ihre Krallen bis zu seinen Knien hinab.

Seinen kräftigen Gürtel, in dem eine zweischneidige Streitaxt glänzte, hatte er anbehalten, und mit seinem mächtigen Schwert in der Hand stürzte er ungestüm auf die Bresche los. Wie ein Baumschneider, der die Äste einer Weide auslichtet und dabei versucht, möglichst viele abzuschlagen, um seinen Gewinn zu erhöhen, marschierte er vorwärts, indem er die Karthager rings um sich niedermähte. Jene, die versuchten ihn von der Seite anzugreifen, stieß er mit Hieben seines Schwertgriffs nieder; griffen sie ihn von vorne an, durchbohrte er sie; flohen sie, schlug er sie in Stücke. Zwei Männer sprangen ihm gleichzeitig auf den Rücken; mit einem Satz warf er sich rücklings gegen ein Tor und zermalmte sie. Immer wieder fuhr sein Schwert nieder, dann wieder empor. Es zersplitterte an einem Mauervorsprung. Also nahm er seine schwere Axt zur Hand und spaltete die Karthager vor und hinter sich wie eine Herde Schafe. Immer mehr wichen sie vor ihm zurück, und so gelangte er ganz allein vor die zweite Umfassungsmauer am Fuße der Akropolis. Von oben herabgeworfene Gegenstände verstopften die Stufen und überragten weiter oben die Mauer. Matho inmitten der Ruinen wandte sich um, um seine Gefährten herbeizurufen.

Er sah ihre Helmbüsche hier und dort in der Menge verstreut; sie tauchten ab, sie würden sterben; er eilte hinzu; da zog sich die gewaltige Krone aus roten Federn wieder zusammen, und bald waren sie wieder versammelt und scharten sich um ihn. Doch aus den Seitenstraßen strömte eine gewaltige Menschenflut. Er wurde an den Hüften gepackt, hochgehoben und bis vor die Stadtmauern hinausgetragen, bis zu einer Stelle, an welcher der Erdwall besonders hoch aufgeschüttet war.

Matho schrie einen Befehl: alle Schilde schlossen sich wieder über den Helmen; er sprang hinauf, um irgendwo Halt zu finden, um wieder nach Karthago zurückzugelangen; und während er seine schreckliche Axt schwenkte, rannte er über die bronzenen Wellen gleichenden Schilde, wie ein Meeresgott über die Wogen, der seinen Dreizack erhebt.

Indessen schritt ein Mann in einem weißen Gewand am Rand der Wehranlagen entlang, ungerührt und gleichgültig angesichts des Todes, der ihn umgab. Zuweilen legte er die rechte Hand über die Augen, um jemanden zu erspähen. Da sah er Matho in der Tiefe vorbeieilen. Plötzlich flammten seine Pupillen auf, sein aschfahles Gesicht verzerrte sich krampfhaft; und während er seine beiden mageren Arme emporriß, rief er ihm Beleidigungen zu.

Matho hörte sie nicht; doch er spürte einen derart grausamen und wütenden Blick in sein Herz dringen, daß er laut aufschrie. Er schleuderte seine lange Axt nach ihm; Leute warfen sich auf Schahabarim; und Matho, der ihn nicht mehr sah, fiel erschöpft zurück.

Ein entsetzliches Krachen näherte sich, vermischt mit dem Rhythmus rauher Stimmen, die im Takt sangen.

Es war die mächtige Helepolis, umgeben von einer Unzahl Soldaten. Mit beiden Händen zogen sie sie vorwärts, zerrten keuchend an Seilen oder schoben mit der Schulter, denn die Böschung, die von der Ebene auf den Erdwall hinaufführte, erwies sich, obwohl sie sehr sanft anstieg, für Kriegsmaschinen von so ungeheurem Gewicht als nahezu unüberwindbar. Sie hatte acht eisenbeschlagene Räder und rückte seit dem Morgen langsam heran wie ein Berg, der sich auf einen anderen schiebt. Dann wurde an ihrem Fuß ein gewaltiger Sturmbock ausgefahren; entlang der drei Seiten, die der Stadt zugewandt waren, fielen die Tore, und im Inneren erschienen gleich eisernen Säulen kürassierte Soldaten. Man sah wie manche die beiden Treppen hinauf- und hinabstiegen, welche durch die einzelnen Stockwerke führten. Einige warteten darauf, bis die Klammern der Falltüren die Stadtmauer berühren würden, um loszustürmen, in der Mitte der obersten Plattform zwirbelten sich die Stränge der Ballisten, und der mächtige Balken des Katapults senkte sich.

Zu diesem Zeitpunkt stand Hamilkar auf dem Dach des Melkarthtempels. Er hatte vermutet, daß sie geradewegs auf ihn zukommen mußte, an eben jener uneinnehmbarsten Stelle der Stadtmauer, auf der aus diesem Grunde auch keine Wachen standen. Schon seit einer Weile schleppten seine Sklaven Wasserschläuche über den

Rundweg herbei, in dem sie aus Ton zwei Seitenwände aufgerichtet hatten, die eine Art Becken bildeten. Das Wasser lief unmerklich über die Terrasse, und seltsamerweise schien sich Hamilkar darüber keineswegs zu beunruhigen.

Doch als die Helepolis etwa dreißig Schritte entfernt war, befahl er, von den Zisternen bis zur Stadtmauer Bretter über die Straßen zwischen den Häusern zu legen; und die Menschen reichten in einer langen Reihe Helme und Amphoren von Hand zu Hand, die sie unablässig entleerten. Die Karthager indessen erzürnten sich über diese Wasservergeudung. Der Sturmbock durchbrach die Wehrmauer; plötzlich schoß eine Fontäne durch die gelösten Steine. Da begann die hohe eherne Masse mit ihren neun Stockwerken, die mehr als dreitausend Soldaten faßte und auch benötigte, ganz allmählich zu schwanken wie ein Schiff. Tatsächlich hatte das durch die Terrasse versickernde Wasser den Weg vor ihr unterspült; ihre Räder blieben im Morast stecken; im ersten Stock erschien zwischen den ledernen Schutzvorhängen Spendius' Gesicht, der mit geblähten Wangen in ein elfenbeinernes Horn stieß. Die mächtige Maschine schien sich wie unter Krämpfen aufzubäumen, drang noch etwa zehn Schritte vorwärts, doch das Erdreich wurde immer weicher, der Schlamm reichte bis zu den Achsen, und die Helepolis stand still, wobei sie sich bedrohlich zu einer Seite neigte. Das Katapult rollte bis zum Rand der Plattform; und, fortgerissen von der Geschoßlast seines Balkens, stürzte es hinab, während es die tieferen Etagen unter sich zertrümmerte. Die auf den Falltüren stehenden Soldaten rutschten in den Abgrund, oder klammerten sich ans äußerste Ende von vorspringenden Balken und verstärkten so mit ihrem Gewicht noch die Neigung der Helepolis, die in allen Fugen krachend zersplitterte.

Die anderen Barbaren eilten hinzu, um ihren Gefährten zu helfen. Sie drängten sich zu einem geschlossenen Haufen. Da stiegen die Karthager die Stadtmauern herab, griffen sie von hinten an und töteten sie ganz nach Belieben. Doch plötzlich rasten die mit Sicheln bestückten Streitwagen heran. Sie galoppierten auf den Rand dieser Menge zu; rasch kletterte sie zurück auf die Wehranlagen; die Nacht brach herein; nach und nach zogen sich die Barbaren zurück.

Vom bläulich schimmernden Golf bis zur vollkommen weißen Lagune sah man in der Ebene nur noch eine Art schwarzes Gewimmel; und etwas weiter entfernt erstreckte sich der See, in den Blut geflossen war, wie eine gewaltige purpurne Lache.

Der Erdwall war so mit Leichen übersät, daß er gleichsam aus menschlichen Körpern erbaut schien. In der Mitte erhob sich die von oben bis unten gepanzerte Helepolis; und von Zeit zu Zeit lösten sich riesige Bruchstücke von ihr, wie Steine aus einer einstürzenden Pyramide. Auf den Stadtmauern erkannte man die langen Spuren der Bäche von geschmolzenem Blei. Hier und dort brannte ein zerschmetterter Holzturm; und schemenhaft zeichneten sich die Häuser ab wie die Ränge eines verfallenen Amphitheaters. Schwere Rauchschwaden stiegen in die Höhe, wirbelten Funken auf, die sich am schwarzen Himmel verloren.

Indessen waren die vom Durst gepeinigten Karthager zu den Zisternen gestürzt. Sie brachen die Tore auf. Eine schlammige Pfütze breitete sich auf dem Grunde aus.

Was sollte nun werden? Noch immer war die Zahl der Barbaren unvorstellbar groß, und, wenn sie ein wenig geruht hätten, würden sie wieder von neuem beginnen.

Die ganze Nacht über beriet sich das Volk in Grüppchen an den Straßenecken. Die einen sagten, man müsse die Frauen, die Kranken und die Alten fortschicken; andere schlugen vor, die Stadt aufzugeben und sich in der Ferne, in einer Kolonie niederzulassen. Doch es fehlte an Schiffen, und die Sonne ging auf, ohne daß etwas beschlossen worden war.

An diesem Tag wurde nicht gekämpft, alle waren zu erschöpft. Selbst die Schlafenden glichen Leichen.

Als die Karthager über den Grund ihres Unheils nachdachten, erinnerten sie sich, daß sie ihr jährliches, dem tyrischen Melkarth zustehendes Opfer nicht nach Phönizien entsandt hatten; und furchtbares Entsetzen ergriff sie. Die gegen die Republik erzürnten Götter würden gewiß ihre Rache weiterverfolgen.

Man betrachtete sie als grausame Herren, die man mit demütigem Flehen besänftigte und welche sich mit Geschenken bestechen ließen. Verglichen mit dem allesverschlingenden Moloch waren sie alle schwach. Ihm allein gehörte das Leben, ja selbst das Fleisch der Menschen; – daher, um eben dieses zu retten, herrschte bei den Karthagern der Brauch, ihm einen Teil davon darzubieten, um seinen Zorn zu lindern. Mit Dochten aus Wolle versengte man die Kinder auf der Stirn oder im Nacken; und da diese Art, den Baal zu befriedigen, den Priestern viel Geld einbrachte, versäumten sie nicht, sie als leichter und sanfter zu empfehlen.

Doch dieses Mal handelte es sich um die Republik selbst. Da aber jeder Vorteil zuerst mit einem gewissen Verlust erkauft werden muß, jeder Handel sich nach den Bedürfnissen des Schwächeren und den Forderungen des Stärkeren regelt, konnte der zu erleidende Schmerz für den Gott gar nicht groß genug sein, denn er ergötzte sich gerade an den fürchterlichsten Qualen, und man war ihm nun auf Gedeih und Verderb ausgeliefert. Er mußte vollkommen befriedigt werden. Frühere Beispiele bewiesen, daß dieses Mittel die Geißel zwang, zu weichen. Im übrigen glaubten sie, daß ein Feueropfer Karthago reinigen würde. Für die Grausamkeit des Volkes war dies bereits im vorhinein verlockend. Zudem mußte die Wahl ausschließlich auf die vornehmen Familien fallen.

Die Ältesten versammelten sich. Die Sitzung dauerte lange. Hanno nahm daran teil. Da er nicht mehr sitzen konnte, blieb er unweit der Tür liegen, halb verborgen unter den Fransen des hohen Wandbehangs; und als der Pontifex des Moloch sie fragte, ob sie einverstanden wären, ihre Kinder auszuliefern, durchbrach seine Stimme plötzlich die Dunkelheit wie das Brüllen eines Genius' in der Tiefe einer Höhle.

Er bedauere, sprach er, daß er keines von seinem eigenen Blute geben könne: und er beobachtete Hamilkar, ihm gegenüber am anderen Ende des Saales. Der Suffet war so bestürzt über diesen Blick, daß er die Augen senkte. Mit einem Nicken des Kopfes stimmten alle der Reihe nach zu; und gemäß den Riten, mußte jeder dem Hohenpriester anworten: »Ja, so soll es sein.« Sodann verfügten die Ältesten das Opfer mittels einer traditionsgemäßen Umschreibung, denn es gibt Dinge, deren man sich mehr schämt sie auszusprechen, als sie auszuführen.

Fast unmittelbar darauf war der Beschluß in ganz Karthago bekannt. Klagen erschallten. Überall hörte man die Frauen schreien; ihre Gatten trösteten sie oder beschimpften sie und machten ihnen Vorhaltungen.

Doch drei Stunden später verbreitete sich eine noch außergewöhnlichere Nachricht: der Suffet habe Quellen am Fuß der Klippen entdeckt. Man rannte hinzu. Wasser stand in den Löchern, die man in den Sand gegraben hatte; und schon lagen einige flach auf dem Bauch und tranken daraus.

Hamilkar wußte selbst nicht, ob dies einem Wink der Götter zu verdanken war oder der vagen Erinnerung an eine Enthüllung seines Vaters, die er ihm einst gemacht hatte. Jedenfalls war er nach dem Verlassen der Ältesten zum Strand hinabgestiegen und hatte mit seinen Sklaven begonnen, im Kies zu scharren.

Er gab Kleidung, Schuhe und Wein. Er gab all das ihm noch verbliebene Getreide, das er bei sich verwahrte. Er ließ die Menge sogar in seinen Palast, und er öffnete ihnen die Küchen, die Lager und alle Räume, außer das Gemach Salambos. Er verkündete, daß sechstausend gallische Söldner kommen würden und daß der König von Makedonien Soldaten schicke.

Doch bereits am zweiten Tage sprudelten die Quellen schwächer; am Abend des dritten waren sie gänzlich versiegt. Da machte der Erlaß der Ältesten erneut die Runde auf allen Lippen, und die Priester des Moloch begannen ihr Werk.

In schwarze Gewänder gehüllte Männer gingen von Haus zu Haus. Viele hatten es unter dem Vorwand eines Geschäfts oder einer Schleckerei, die sie besorgen wollten, verlassen; die Diener des Moloch kamen überraschend und nahmen die Kinder mit. Andere lieferten sie eigenhändig aus, betäubt vor Entsetzen. Dann brachte man sie in den Tempel der Tanit, wo die Priesterinnen damit beauftragt waren, sie bis zu jenem feierlichen Tag zu nähren und ihnen die Zeit zu vertreiben.

Plötzlich kamen sie zu Hamilkar, den sie in seinen Gärten antrafen:

»Barkas! Du weißt, weswegen wir gekommen sind ... deines Sohnes Willen!«

Sie fügten hinzu, man habe ihn eines abends während des vorigen Mondes auf den Mappalien gesehen, an der Hand eines Greises.

Zuerst war ihm, als schnürte man ihm die Kehle zu. Doch da Hamilkar schnell begriff, daß jedes Leugnen zwecklos wäre, neigte er den Kopf; und er geleitete sie in das Handelshaus. Auf ein Zeichen herbeigeeilte Sklaven beobachteten die Umgebung.

Völlig außer sich betrat er Salambos Gemach. Mit einer Hand packte er Hannibal, riß mit der anderen die Kordel von einem Gewand, das gerade dalag, band ihm damit Hände und Füße zusammen, steckte ihm das Ende in den Mund, um ihn zu knebeln, und verbarg ihn unter dem Bett aus Ochsenhaut, wobei er einen weiten Überwurf bis zum Boden herabfallen ließ.

Dann ging er auf und ab; er riß die Arme empor, er drehte sich um sich selbst, er biß sich auf die Lippen. Starren Blicks hielt er auf einmal inne und rang nach Atem, als ob er sterben müsse.

Doch auf einmal klatschte er dreimal in die Hände. Giddenem erschien.

»Hör zu! sprach er, du wirst von meinen Sklaven einen Jungen im Alter von acht oder neun Jahren herheiholen, mit schwarzem Haar und gewölbter Stirn! Bring ihn! beeile dich!«

Bald kam Giddenem zurück und zeigte einen Jungen vor.

Es war ein armes Kind, mager und aufgedunsen zugleich; seine Haut schien gräulich wie der abstoßende Fetzen, der an seinen Hüften hing; er ließ den Kopf zwischen die Schultern sinken und rieb sich mit dem Handrücken die Augen voller Fliegen.

Wie könnte man ihn jemals mit Hannibal verwechseln! und es fehlte die Zeit, einen anderen zu suchen! Hamilkar sah Giddenem an; er verspürte Lust, ihn zu erwürgen. »Verschwinde!« schrie er. Der Sklavenaufseher entfloh.

Das Unglück, das er so lange befürchtet hatte, war also eingetreten, und er suchte unter Aufbietung übermenschlicher Kräfte nach einem Weg, einem Mittel, es abzuwehren.

Auf einmal hörte man Abdalonim vor der Tür sprechen. Man fragte nach dem Suffeten. Die Diener Molochs wurden ungeduldig.

Hamilkar unterdrückte einen Schrei, als ob er sich an einem rotglühenden Eisen verbrannt hätte; und von neuem begann er im Raum auf- und abzugehen wie ein Wahnsinniger. Dann sank er am Rand der Balustrade nieder, und, die Ellenbogen auf die Knie gestützt, preßte er seine Stirn zwischen die geballten Fäuste.

Die Brunnenschale aus Porphyr enthielt noch ein wenig sauberes Wasser für die rituellen Waschungen Salambos. Trotz seines Abscheus und all seines Stolzes tauchte der Suffet das Kind hinein, und begann es wie ein Sklavenhändler zu waschen und mit den Schabern und roter Erde abzureiben. Dann nahm er aus den Fächern rundum an der Wand zwei viereckige Tücher aus Purpur, legte ihm eines auf die Brust, das andere auf den Rücken und verband sie über seinen Schlüsselbeinen mit zwei diamantenbesetzten Agraffen. Er goß Duftwasser über seinen Kopf; er schlang eine Kette aus Elektron um seinen Hals und steckte seine Füße in Sandalen mit perlenbestickten Absätzen, – die Sandalen seiner eigenen Tochter! Doch er stampfte mit den Füßen vor Scham und Gereiztheit; Salambo, die sich beeilte ihm zu helfen, war so bleich wie er selbst. Das Kind lächelte verblüfft von all dieser Pracht, es faßte allmählich Mut und begann in die Hände zu klatschen und zu hüpfen, bis Hamilkar ihn mit sich zerrte.

Er hielt ihn fest am Arm, als fürchtete er, ihn zu verlieren; und das Kind, dem er weh tat, weinte ein wenig, wie es so neben ihm herrannte.

Auf der Höhe des Verlieses erhob sich unter einer Palme eine klagende und flehende Stimme. Sie murmelte: »Herr! Ach, Herr!«

Hamilkar wandte sich um und sah neben sich einen Mann von abstoßendem Äußeren, einen jener Elenden, die zufällig im Hause lebten.

»Was willst du?« fragte der Suffet.

Der Sklave, furchtbar zitternd, stotterte:

»Ich bin sein Vater!«

Hamilkar ging weiter; der andere folgte ihm, mit gekrümmtem Rücken, schlotternden Knien, den Kopf nach vorne gestreckt. Sein Gesicht war von unaussprechlicher Angst verzerrt, und die Schluchzer, die er zurückhielt, erstickten ihn, so groß war sein Bedürfnis den Suffeten zu befragen und »Gnade!« zu schreien.

Schließlich wagte er es, ihn sacht mit einem Finger am Ellenbogen zu berühren.

»Wirst du ihn...?«

Er hatte nicht die Kraft fortzufahren, und Hamilkar blieb stehen, verblüfft über diesen Schmerz.

Er hätte niemals geglaubt – so unüberwindlich groß war der Abgrund, der sie voneinander trennte –, daß sie irgend etwas gemeinsam haben könnten. Die Vorstellung allein schien ihm eine Beleidigung zu sein und gleichsam ein Übergriff auf seine Privilegien. Er antwortete mit einem Blick, kälter und schwerer noch als das Beil eines Henkers; ohnmächtig sank der Sklave in den Staub zu seinen Füßen. Hamilkar schritt über ihn hinweg.

Die drei Männer in den schwarzen Gewändern erwarteten ihn im großen Saal, an die runde, steinerne Tischplatte gelehnt. Sogleich begann er, sich die Kleider zu zerreißen, er wälzte sich auf den Fliesen und stieß dabei schrille Schreie aus:

»Ach! armer kleiner Hannibal! ach! mein Sohn! mein Trost! meine Hoffnung! mein Leben! Tötet auch mich! nehmt mich mit! Wehe! Wehe!« Er bearbeitete sein Gesicht mit seinen Fingernägeln, raufte sich die Haare und heulte wie die Klageweiber bei einem Begräbnis. »So bringt ihn doch fort! ich leide zu sehr! geht doch endlich! tötet mich wie ihn!« Die Diener Molochs waren überrascht, daß der große Hamilkar so ein zartfühlendes Herz hatte. Beinahe waren sie gerührt.

Man hörte das Geräusch nackter Füße und ein stoßweises Röcheln, ähnlich dem Schnauben eines wilden Tieres, das heranstürmt; und auf der Schwelle der dritten Galerie, zwischen den Türpfosten aus Elfenbein erschien ein Mann, bleich, furchterregend, mit ausgebreiteten Armen; er rief:

»Mein Kind!«

Mit einem Satz hatte sich Hamilkar auf den Sklaven gestürzt; und während er ihm den Mund mit den Händen zuhielt, schrie er noch lauter:

»Das ist der Greis, der ihn großgezogen hat! Er nennt ihn sein Kind! er wird darüber noch den Verstand verlieren! Genug! Genug!«

Dabei stieß er die drei Priester und ihr Opfer mit der Schulter hinaus, folgte ihnen und schloß die Tür hinter sich mit einem mächtigen Fußtritt.

Einige Minuten lang lauschte Hamilkar angestrengt, aus Angst, sie zurückkommen zu sehen. Dann dachte er daran, sich des Sklaven zu entledigen, um ganz sicher zu sein, daß er schweige; doch die Gefahr war noch nicht vollständig gebannt, und dieser Tod könnte, wenn sich die Götter deswegen erzürnten, auf seinen Sohn zurückfallen. Da kam er auf einen anderen Gedanken und ließ ihm von Taanach die feinsten Gerichte aus der Küche bringen: ein Viertel Ziegenbock, Saubohnen und eingemachte Granatäpfel. Der Sklave, der seit langem nichts gegessen hatte, fiel gierig darüber her; seine Tränen tropften in die Schüsseln.

Hamilkar, der schließlich zu Salambo zurückgekehrt war, löste Hannibals Fesseln. Das Kind, außer sich vor Wut, biß ihn bis aufs Blut in die Hand. Er stieß ihn zärtlich zurück.

Um ihn ruhig zu halten, versuchte Salambo ihn mit Lamia, der Frau des Menschenfressers aus Kyrene, zu erschrecken.

»Wo ist sie denn?« fragte er.

Man erzählte ihm, daß Schurken kämen, um ihn in den Kerker zu werfen. Er fuhr fort:

»Die sollen nur kommen, und ich werde sie töten!«

Hamilkar sagte ihm daraufhin die schreckliche Wahrheit. Doch er wandte sich gegen seinen Vater mit der Behauptung, der Suffet könne doch das ganze Volk vernichten, da er der Herr von Karthago sei.

Schließlich, erschöpft von den Anstrengungen und seiner Wut, fiel er in wilden Schlaf. Er sprach im Traum, den Rücken gestützt auf ein scharlachrotes Kissen; sein Kopf rutschte ein wenig nach hinten, und sein zarter, vom Körper abgespreizter Arm lag ausgestreckt in einer befehlenden Haltung.

Als tiefste Nacht herrschte, hob Hamilkar ihn vorsichtig hoch und trug ihn ohne Fackel die Treppe der Galeeren hinab. Als er beim Handelshaus vorbeikam, nahm er einen flachen Spankorb voller Weintrauben und einen Krug mit Wasser mit; der Junge erwachte vor dem Standbild Aletes' in der Edelsteingruft; und er lächelte – wie dieses – auf dem Arm seines Vaters, beim schwachen Lichtschein, der sie umgab.

Hamilkar war sich ganz sicher, daß man ihm seinen Sohn nicht mehr wegnehmen konnte. Dies war ein unzugänglicher Ort, der über einen unterirdischen Gang mit dem Meeresufer verbunden war, den nur er allein kannte, und als er sich umsah, tat er einen tiefen Atemzug. Dann setzte er ihn auf einen Schemel, nahe den goldenen Schilden.

Niemand konnte ihn jetzt sehen, er mußte sich nicht mehr beherrschen; die Anspannung fiel von ihm ab. Wie eine Mutter, die ihren verlorenen Erstgeborenen wiederfindet, stürzte er sich auf seinen Sohn; er drückte ihn an seine Brust, er lachte und weinte zugleich, rief ihn bei den zärtlichsten Namen, überschüttete ihn mit Küssen;

erschrocken über diese furchteinflößende Zärtlichkeit blieb der kleine Hannibal ganz stumm.

Hamilkar kehrte auf leisen Sohlen zurück, indem er sich an der Wand entlangtastete; und er gelangte in den großen Saal, wo das Mondlicht durch eine der Spalten in der Kuppel hereinfiel; in der Mitte schlief der gesättigte Sklave, der Länge nach ausgestreckt auf den Marmorplatten. Er betrachtete ihn, und etwas wie Mitleid ergriff ihn. Mit der Spitze seines Kothurns schob er ihm einen Teppich unter den Kopf. Dann hob er den Blick und sah zu Tanit empor, deren schlanke Sichel am Himmel strahlte, und er fühlte sich stärker als die Baals und voller Verachtung für diese.

Die Vorbereitungen für das Opfer hatten bereits begonnen.

Im Tempel des Moloch wurde eine Wand eingerissen, um den ehernen Gott herausziehen zu können, ohne die Asche des Altars zu berühren. Dann, sobald die Sonne aufging, schoben ihn die Tempeldiener zum Platz des Khamon.

Er bewegte sich rückwärts, über Walzen gleitend; seine Schultern überragten die Höhe der Mauern. Noch aus großer Entfernung konnten die Karthager ihn sehen und flohen rasch, denn man durfte den Baal nicht ungestraft betrachten, außer wenn er seinen Zorn walten ließ.

Der Duft von Räucherwerk strömte durch die Straßen. Alle Tempel öffneten zugleich ihre Tore; ihre Tabernakel erschienen, auf Wagen oder in Sänften, die von Priestern getragen wurden. Mächtige Federbüsche wiegten sich an ihren Ecken, und Strahlen blitzten an ihren Firsten auf, die in Kugeln aus Kristall, Gold, Silber oder Kupfer gipfelten.

Dies waren die kanaanitischen Baalim, Aufspaltungen des allerhöchsten Baals, die zu ihrem Ursprung zurückkehrten, um sich vor seiner Macht zu verneigen und vor seiner Pracht zu verblassen.

Der Baldachin des Melkarth aus feinem Purpur schützte eine Steinölflamme; auf jenem des Khamon, hyazinthfarben, erhob sich ein elfenbeinerner Phallus, bekränzt mit einem Ring aus Edelsteinen; zwischen den Vorhängen Eschmuns, blau wie der Äther, beschrieb ein schlafender Python einen Kreis mit seinem Leib; und die Patäkengötter, in den Armen ihrer Priester, glichen großen Wickelkindern, deren Fersen über den Boden strichen.

Dahinter folgten alle niederen Formen der Gottheit: Baal-Samin, Gott des himmlischen Raumes; Baal-Peor, Gott der heiligen Berge; Baal-Zebub, Gott der Verwesung, und jene der Nachbarländer und verwandten Völkerschaften: Iarbal aus Libyen, Adrammelech aus Chaldäa, Kijun der Syrer; Derketo, mit jungfräulichem Antlitz, kroch auf ihren Flossen herbei, und der Leichnam des Tammus wurde inmitten von Fackeln und Haarschöpfen auf einem Katafalk vorübergezogen. Um die Könige des Firmaments dem Sonnengott zu unterwerfen und zu verhindern, daß ihre jeweiligen Einflüsse den seinen störten, schwang man metallene, verschiedenfarbige Sterne an der Spitze von langen Stangen; und alle waren dabei, vom schwarzen Nebo, dem Genius Merkurs, bis zum häßlichen Rahab, dem Sternbild des Krokodils. Die Abaddirs, vom Mond herabgefallene Steine, kreisten in Schleudern aus silbernen Fäden; kleine Brote, geformt wie das weibliche Geschlecht, wurden von den Priestern der Ceres in Körben herbeigetragen; andere brachten ihre Fetische, ihre Amulette mit; vergessene Götterbilder tauchten wieder auf; und selbst von den Schiffen hatte man die mystischen Symbole abgenommen, so als wolle Karthago sich im Gedanken des Todes und der Verzweiflung ganz versammeln.

Vor jedem Tabernakel balancierte ein Mann auf seinem Kopf ein großes Gefäß, in dem Weihrauch qualmte. Wolken schwebten vorüber, und durch diese dicken Schwaden hindurch konnte man die Trauer- und Schmuckbehänge sowie die Stickereien der geweihten Baldachine erkennen. Wegen ihres gewaltigen Gewichts kamen sie nur langsam voran. Zuweilen verkeilten sich die Achsen der Wagen in den Straßen; dann nutzten die Gläubigen die Gelegenheit, die Baalim mit ihren Gewändern zu berühren, die sie von da an wie etwas Heiliges verwahrten.

Das eherne Standbild bewegte sich langsam auf den Platz des Khamon zu. Aus Megara brachen die Reichen auf, die mit smaragdenen Äpfeln verzierte Zepter trugen; die mit Diademen bekrönten Ältesten hatten sich in Kinisdo versammelt, und die Schatzmeister, die Verwalter der Provinzen, die Händler, die Soldaten, die Seeleute und die zahlreiche Schar, die sich um die Bestattungen kümmerte, allesamt mit den Abzeichen ihres Amtes oder den Werkzeugen ihres Berufes, wandten sich in Richtung der Tabernakel, die zwischen den Kollegien der Oberpriester die Akropolis herabkamen.

Aus Ehrerbietung vor Moloch hatten sie sich alle mit ihren prachtvollsten Juwelen geschmückt. Diamanten funkelten auf den schwarzen Gewändern; doch die zu großen Ringe rutschten von den abgemagerten Händen, – und nichts konnte düsterer sein als diese schweigende Menge, in der die Ohrgehänge gegen bleiche Gesichter schlugen, und die goldenen Tiaras von tiefster Verzweiflung zerfurchte Stirnen schnürten.

Schließlich erreichte der Baal die Mitte des Platzes. Seine Oberpriester errichteten aus Gittern eine Umfassung, um das Volk zurückzuhalten, und bildeten einen Kreis zu seinen Füßen.

Die Priester des Khamon, in Gewändern aus falbfarbener Wolle, reihten sich unter den Säulen der Vorhalle ihres Tempels auf; jene Eschmuns, in leinernen Mänteln mit Ketten aus Kukuphaköpfen und spitzen Tiaras, stellten sich auf die Stufen der Akropolis; die Priester des Melkarth in violetten Tuniken wählten sich die westliche Seite; die Piester der Abaddirs, umwickelt mit phrygischen Stoffbändern, nahmen im Osten ihren Platz ein; und nach Süden hin plazierte man zusammen mit den über und über mit Tätowierungen bedeckten Nekromanten, die in geflickte Mäntel gehüllten Klageschreienden, die Desservanten der Patäken und die Yidonim, die sich, um die Zukunft deuten zu können, den Knochen eines Toten in den Mund legten. Die in blaue Kleider gewandeten Priester der Ceres hatten wohlweislich in der Straße von Satheb innegehalten und psalmodierten mit leiser Stimme eine Thesmophoria in megarischem Dialekt.

Von Zeit zu Zeit kamen Reihen gänzlich nackter Männer herbei, die sich mit ausgestreckten Armen alle an den Schultern faßten. Aus der Tiefe ihrer Brust ließen sie einen rauhen und tiefen Ton erklingen; ihre dem Koloß zugewandten Pupillen leuchteten im Staub, und sie wiegten den Körper in regelmäßigem Rhythmus, alle zur gleichen Zeit, als ließe sie eine einzige Bewegung erbeben. So rasend waren sie, daß die Tempeldiener, um die Ordnung zu wahren, sie mit Stockschlägen dazu zwangen, sich flach auf den Bauch zu legen, das Gesicht an die ehernen Gitter gepreßt.

In diesem Augenblick trat vom gegenüberliegenden Ende des Platzes ein Mann in einem weißen Gewand heran. Langsam durchschnitt er die Menge, und man erkannte in ihm einen Priester der Tanit, – den Hohenpriester Schahabarim. Hohngelächter hob an, denn in jedem Gewissen triumphierte an diesem Tag die Tyrannei des männlichen Prinzips, und die Göttin hatte man sogar so weit vergessen, daß man nicht einmal das Fehlen ihrer Pontifizes bemerkt hatte. Doch das Staunen wuchs, als sie sahen, wie er eine der Türen des Gitters öffnete, die jenen vorbehalten waren, die eintraten, um Opfer darzubringen. Die Priester des Moloch glaubten, er täte dies, um ihren Gott zu beleidigen; mit ausholenden Gesten versuchten sie, ihn zurückzudrängen. Genährt vom Fleisch der Opfer, in Purpur gekleidet wie Könige und mit dreistöckigen Kronen auf dem Haupt, schrien sie diesen blassen, von Kasteiungen erschöpften Eunuchen nieder, und wütendes Gelächter schüttelte ihre im Sonnenlicht über ihre Brust gebreiteten schwarzen Bärte.

Ohne etwas zu erwidern ging Schahabarim immer weiter, und nachdem er Schritt für Schritt die Umfassung ganz durchmessen hatte, gelangte er zwischen die Beine des Kolosses, dann breitete er die Arme aus, berührte ihn an beiden Seiten, eine feierliche Formel der Ehrerbietung. Schon zu lange quälte ihn die Rabbet; und aus Verzweiflung oder vielleicht auch aus Mangel an einem Gott, der seinen Vorstellungen vollkommen genügte, entschloß er sich schließlich für Moloch.

Aus der Menge, entsetzt über diese Abtrünnigkeit, war ein anhaltendes Gemurmel zu hören. Man fühlte das letzte Verbindungsglied bersten, das die Seelen mit einer gütigen Göttin verband.

Doch aufgrund seiner Verstümmelung konnte Schahabarim nicht am Kult des Baals teilnehmen. Die Männer in den roten Mänteln verbannten ihn aus der Umfassung; dann als er draußen war, machte er an allen Kollegien vorbei die Runde, und dieser Priester, der von nun an ohne Gott war, verschwand sodann in der Menge. Bei seinem Nahen teilte sie sich.

Indessen brannte ein Feuer aus Aloen-, Zedern- und Lorbeerholz zwischen den Beinen des Kolosses. Seine mächtigen Flügel tauchten ihre Spitzen in die Flammen;

die Salben, mit welchen er eingerieben war, rannen ihm wie Schweiß über seine ehernen Glieder. Um die runde Steinplatte, auf die er seine Füße stützte, bildeten die in schwarze Schleier gehüllten Kinder einen unbeweglichen Kreis; und seine übermäßig langen Arme senkten ihre Handflächen bis zu ihnen herab, als wolle er diese Krone aufnehmen und zum Himmel emporreichen.

Die Reichen, die Ältesten, die Frauen, die ganze Menge drängte sich hinter den Priestern und auf den Dachterrassen der Häuser. Die großen bemalten Sterne drehten sich nicht mehr; die Tabernakel hatte man zu Boden gestellt; und der Qualm der Räucherfässer stieg senkrecht in die Höhe, gleich gewaltigen Bäumen, die inmitten des Azurs ihre bläulichen Zweige ausbreiten.

Mehrere verloren das Bewußtsein; andere wurden gefühllos und versteinert in ihrer Extase. Eine unermeßliche Furcht lastete jedem auf der Brust. Die letzten Schreie verstummten einer nach dem anderen, und das Volk von Karthago rang versunken im Begehren seines Schreckens nach Atem.

Schließlich ließ der Oberpriester des Moloch seine linke Hand unter die Schleier der Kinder gleiten und riß ihnen von der Stirn eine Haarlocke aus, die er ins Feuer warf. Daraufhin stimmten die Männer in den roten Mänteln den heiligen Hymnus an: »Ehre sei dir, Sonne! König der beiden Bereiche, Schöpfer, der sich selbst zeugt, Vater und Mutter, Vater und Sohn, Gott und Göttin, Göttin und Gott!« Und ihr Gesang verlor sich im plötzlich aufbrausenden Klang der Instrumente, die alle zugleich anhoben, um die Schreie der Opfer zu übertönen. Die achtsaitigen Scheminiths, die zehnsaitigen Kinnors und die zwölfsaitigen Nebals schnarrten, kreischten und brummten. Gewaltige, mit Pfeifenrohren gespickte Schläuche ließen ein durchdringenes Schnalzen erklingen; mit ganzer Kraft geschlagene Tamburins erschallten in dumpfem, raschem Rhythmus; und trotz der Wildheit der Hörner sirrten die Salsalim wie Grillenflügel.

Mit einem langen Haken öffneten die Tempeldiener die sieben übereinanderliegenden Fächer im Körper des Baals. In das oberste gaben sie Mehl; in das zweite zwei Turteltauben; in das dritte einen Affen; in das vierte einen Widder; in das fünfte ein Mutterschaf; und da man für das sechste keine Stiere hatte, warf man eine gegerbte Haut aus dem Allerheiligsten hinein. Die siebente Höhlung blieb offen.

Bevor man weiteres unternahm, schien es ratsam, die Arme des Gottes auszuprobieren. Dünne Kettchen reichten von seinen Fingern bis zu seinen Schultern und führten an seinem Rücken wieder hinunter, wo Männer daran zogen und seine geöffneten Hände bis zur Höhe der Ellenbogen anhoben, dabei näherten sich diese einander an und stießen schließlich an seinen Bauch; ein wenig ruckartig bewegten sie sich einige Male auf und ab. Dann verstummten die Instrumente. Das Feuer prasselte.

Die Oberpriester des Moloch schritten auf der mächtigen Steinplatte herum und betrachteten die Menge prüfend.

Man benötigte ein individuelles Opfer, eine vollkommen freiwillige Opferbereitschaft, die alle anderen mit sich reißen sollte. Doch bis jetzt zeigte sich niemand, und die sieben Gänge, die von den Absperrungen bis zum Koloß führten, waren gänzlich leer. Um das Volk zu ermutigen, zogen die Priester daraufhin Pfrieme aus ihren Gürteln und brachten sich damit Wunden im Gesicht bei. Man ließ die vor der Umfassung am Boden liegenden Gläubigen eintreten. Man warf ihnen ein Bündel fürchterlicher Eisenwerkzeuge zu, und jeder wählte seine Marter. Sie stachen sich Anstecknadeln mitten in die Brust, sie spalteten sich die Wangen; sie drückten sich Dornenkronen aufs Haupt; dann hakten sie sich mit den Armen unter, umschlossen die Kinder und bildeten einen weiteren Kreis, der sich zusammenzog und wieder ausdehnte. Sie erreichten die Balustrade, warfen sich wieder zurück und begannen stets von neuem, wobei sie die Menge durch den Taumel dieser blutüberströmten, schreierfüllten Bewegungen in ihren Bann schlugen.

Allmählich traten die Leute bis zum Ende der Gänge vor; sie warfen Perlen, goldene Gefäße, Schalen, Leuchter in die Flammen; all ihre Reichtümer; immer prachtvoller und vielfältiger wurden die Opfergaben. Schließlich stieß ein schwankender Mann, ein Mann blaß und gräßlich in seinem Entsetzen, ein Kind; da sah man in den Händen des Kolosses eine kleine schwarze Masse; sie tauchte ein in die finstere Öffnung. Die Priester lehnten sich über den Rand der großen Steinplatte, – und ein neuer Gesang erschallte, der die Freuden des Todes und die Wiedergeburt der Ewigkeit feierte.

Langsam wurden sie emporgehoben, und da der aufsteigende Rauch hohe Wirbel bildete, schienen sie aus der Ferne in einer Wolke zu verschwinden. Nicht eines von ihnen regte sich. Sie waren an den Handgelenken und an den Knöcheln gefesselt, und durch die dunkle Verschleierung konnten sie nichts sehen, noch konnte man sie erkennen.

Hamilkar, in einen roten Mantel gekleidet wie die Priester des Moloch, stand in der Nähe des Baals vor der Zehe seines rechten Fußes. Als man das vierzehnte Kind heranbrachte, konnten alle sehen, wie er eine ausholende Geste des Grauens machte. Doch bald nahm er seine Haltung wieder ein, verschränkte die Arme und blickte zu Boden. Auf der anderen Seite des Standbilds verharrte der Oberpriester ebenso regungslos wie er. Dieser senkte sein mit einer assyrischen Mitra bekröntes Haupt und starrte auf die goldene, mit Schicksalssteinen besetzte Platte auf seiner Brust, auf der sich die Flammen in allen Regenbogenfarben spiegelten. Tief bewegt erbleichte er. Hamilkar neigte die Stirn; und sie standen beide so dicht am Scheiterhaufen, daß der Saum ihrer sich zuweilen bauschenden Mäntel ihn berührte.

Die ehernen Arme bewegten sich schneller. Sie standen nicht mehr still. Jedesmal wenn ein Kind daraufgelegt wurde, streckten die Priester des Moloch eine Hand darüber aus, um ihm die Verbrechen des Volkes zur Last zu legen, und brüllten: »Dies sind keine Menschen, sondern Stiere!« und die Menge ringsum wiederholte: »Stiere! Stiere!« Die Gläubigen schrien: »Herr! iß!« und die Priester der Proserpina fügten sich aus Furcht den Gepflogenheiten Karthagos und murmelten die eleusinische Formel: »Laß es regnen, gebäre!«

Kaum hatten die Opfer den Rand der Öffnung erreicht, verschwanden sie wie Wassertropfen auf einer rotglühenden Platte, und weißer Rauch stieg auf aus dem mächtigen Scharlachrot.

Indessen schien der Hunger des Gottes unstillbar. Unablässig verlangte er nach mehr. Um ihn schneller zu befriedigen, häufte man sie auf seinen Händen und legte eine große Kette darüber, die sie zusammenhielt. Zu Beginn hatten die Gläubigen sie zählen wollen, um zu sehen, ob ihre Zahl auch den Tagen des Sonnenjahres entspräche; doch man brachte noch weitere heran, und es war unmöglich, sie in den schwindelerregenden Bewegungen der grauenvollen Arme einzeln zu unterscheiden. Es dauerte lange, eine Ewigkeit, bis zum Abend. Dann nahmen die Innenwände einen düsteren Glanz an. Man sah brennendes Fleisch. Einige glaubten sogar Haarschöpfe, einzelne Glieder, ganze Körper zu erkennen.

Der Tag neigte sich dem Ende; Wolken türmten sich über dem Baal. Der Scheiterhaufen, nun ohne Flammen, bildete eine Pyramide aus Kohlen, die bis zu seinen Knien reichte; vollkommen rot, wie ein blutüberströmter Riese, schien er, den Kopf zurückgeworfen, unter der Last seiner Trunkenheit zu schwanken.

In dem Maße wie die Priester sich beeilten, nahm auch die Raserei des Volkes zu; als die Zahl der Opfer schwand, schrien die einen, man möge die noch übrigen erlassen, die anderen, es bedürfe noch weiterer. Man hätte meinen können, die mit Menschen überquellenden Mauern stürzten ein unter dem Geschrei aus Entsetzen und mystischer Wollust. Dann betraten die Gläubigen die Gänge, schleppten ihre Kinder herbei, die sich an sie klammerten, und schlugen sie, um sie zum Loslassen zu bewegen und sie den roten Männern übergeben zu können. Erschöpft hielten die Musiker an den Instrumenten zuweilen inne; dann hörte man das Klagen der Mütter und das Knistern des Fetts, das auf die Kohlen tropfte. Die Bilsenkrauttrinker liefen auf allen Vieren rund um den Koloß und brüllten wie Tiger, die Yidonim weissagten, die Geweihten sangen mit ihren gespaltenen Lippen; man hatte die Gitter durchbrochen, alle wollten ihren Anteil am Opfer; und die Väter von Kindern, die einst gestorben waren, warfen deren Bildnisse ins Feuer, ihr Spielzeug, die verwahrten Gebeine. Einige mit Messern bewaffnet fielen über andere her. Sie schnitten sich gegenseitig die Kehlen durch. Mit bronzenen Schwingen nahmen die Tempeldiener die herabgefallene Asche auf; und sie warfen sie hoch in die Luft, damit sich das Opfer über die ganze Stadt verteile, bis ins Reich der Sterne hinauf.

Dieser ungeheure Lärm und der helle Schein hatten die Barbaren an den Fuß der Mauern gelockt; um besser sehen zu können, hatten sie sich an die Trümmer der Helepolis geklammert und beobachteten starr vor Entsetzen das Schauspiel.

XIV

Der Engpaß der Streitaxt

Die Karthager waren noch nicht in ihre Häuser zurückgekehrt, als die Wolken sich dichter und dichter türmten; jene, die den Kopf zum Koloß wandten, spürten dicke Tropfen auf der Stirn, und der Regen fiel.

Er fiel die ganze Nacht hindurch, überreich, in Strömen; der Donner grollte; es war die Stimme Molochs; er hatte Tanit besiegt; und nun, befruchtet, öffnete sie hoch oben am Himmel ihren gewaltigen Schoß. Zuweilen erspähte man sie in einer leuchtenden Lücke, ausgestreckt auf Wolkenkissen; dann schloss sich die Finsternis wieder, als ob sie, noch zu erschöpft, wieder einschlafen wollte; die Karthager, die alle glaubten, das Wasser werde vom Mond geboren, schrien, um ihr Werk zu erleichtern.

Der Regen prasselte auf die Terrassen nieder und überflutete sie, bildete Seen in den Höfen, Kaskaden auf den Treppen, Strudel an den Straßenecken. Er ergoß sich in schweren, lauwarmen Massen und kraftvollen Strahlen; von den Kanten aller Gebäude sprangen große schaumige Güsse; an den Wänden schienen gleichsam verschwommene weißliche Wasserflächen zu hängen, und die frisch gewaschenen Tempeldächer glänzten schwarz im Schein der Blitze. Über tausend Wege strömten Sturzbäche von der Akropolis herab; Häuser stürzten plötzlich ein; und kleine Balken, Gipsbrocken, Möbelstücke schwammen in den Rinnen vorüber, die ungestüm über die Steinplatten flossen.

Man hatte Amphoren, dickbauchige Krüge, Segel ins Freie gebracht; doch die Fackeln verloschen, also nahm man brennende Teile vom Scheiterhaufen des Baals, und um zu trinken, hielten die Karthager den Kopf in den Nacken gebeugt, den Mund weit geöffnet. Andere tauchten ihre Arme am Rand von schlammigen Pfützen bis zu den Achseln hinein und schlürften so übermäßig daraus, daß sie das Wasser wieder erbrachen wie Büffel. Langsam breitete sich die Kühle aus; sie atmeten die feuchte Luft und ließen dabei ihre Glieder spielen, und aus dem Glücksgefühl dieser Trunkenheit erwuchs bald eine überwältigende Hoffnung. Alles Leid war vergessen. Das Vaterland wurde noch einmal geboren.

Plötzlich empfanden sie das Bedürfnis, ihre überschäumende Raserei, die sie nicht gegen sich selbst hatten richten können, auf andere abzuladen. Ein derartiges Opfer durfte nicht umsonst gewesen sein; obwohl sie keine Reue fühlten, spürten sie sich von jener Besessenheit ergriffen, die mit der Komplizenschaft an nicht wiedergutzumachenden Verbrechen einhergeht.

Die Barbaren hatten das Gewitter in ihren schlecht schließenden Zelten ertragen müssen; und noch ganz steif vor Kälte wateten sie am nächsten Morgen durch den Schlamm auf der Suche nach ihren Vorräten und Waffen, verdorben, verloren.

Aus freien Stücken suchte Hamilkar Hanno auf; und kraft seiner uneingeschränkten Vollmachten vertraute er ihm den Oberbefehl an. Der alte Suffet zögerte einen Moment, hin- und hergerissen zwischen seiner Rachsucht und seinem Wunsch nach Befehlsgewalt. Letztendlich akzeptierte er.

Anschließend ließ Hamilkar eine an jedem Ende mit einem Katapult bewehrte Galeere auslaufen. Er brachte sie in der Mitte des Golfes, gegenüber dem Floß in Stellung; sodann befahl er seine stärksten Truppen an Bord der noch verfügbaren Schiffe. Er entfloh also; und mit Kurs Richtung Norden verschwand er im Nebel.

Doch drei Tage später (die Söldner bereiteten soeben einen neuen Angriff vor), tauchten von Libyen her lärmende Menschen auf. Barkas war bei ihnen eingedrungen. Er hatte überall Lebensmittel eingetrieben und sich im Land ausgebreitet.

Die Barbaren erzürnten sich darüber, als ob er sie verraten hätte. Jene, die am meisten mit der Belagerung unzufrieden waren, vor allem die Gallier, zögerten nicht, die Mauern zu verlassen und versuchten, sich ihm anzuschließen. Spendius wollte die Helepolis wieder aufbauen; Matho hatte sich im Geiste eine Linie von seinem Zelt bis nach Megara gezogen und schwor, ihr zu folgen; und keiner der Männer unter ihrem Befehl rührte sich von der Stelle. Doch die anderen unter Autharits Kommando zogen fort, ließen den westlichen Teil der Stadtmauern im Stich. Die herrschende Nachlässigkeit war so groß, daß man nicht einmal daran dachte, sie zu ersetzen.

Naravas in den Bergen beobachtete sie von weitem. In der Nacht ließ er all seine Männer über die äußere Seite der Lagune, auf der dem Meer zugewandten Seite vorübermarschieren und zog in Karthago ein.

Dort trat er wie ein Retter auf mit seinen sechstausend Männern, die alle Mehl unter ihren Mänteln trugen, und vierzig Elefanten, beladen mit Viehfutter und getrocknetem Fleisch. Schnell scharte man sich um sie; man gab ihnen Namen. Mehr noch als das Eintreffen solcher Hilfe erfreute die Karthager der bloße Anblick dieser starken, dem Baal geweihten Tiere; es war ein Pfand seiner Zuneigung, ein Beweis, daß er endlich in den Krieg eingreifen würde, um sie zu verteidigen.

Naravas nahm die Höflichkeitsbezeigungen der Ältesten entgegen. Dann stieg er zum Palast Salambos hinauf.

Seit jenem Mal, an dem er im Zelt Hamilkars inmitten der fünf Armeen ihre kalte und zarte kleine Hand mit der seinen verbunden spürte, hatte er sie nicht mehr gesehen; nach der Verlobung war sie nach Karthago aufgebrochen. Seine Liebe, die zwischenzeitlich anderen ehrgeizigen Zielen gewichen war, entflammte erneut; und nun zählte er darauf, seine Rechte geltend zu machen, sie zu ehelichen, zu nehmen.

Salambo verstand nicht, wie dieser junge Mann jemals ihr Gebieter werden könnte! Obwohl sie von Tanit Tag für Tag den Tod Mathos erflehte, schwand ihr Grauen vor dem Libyer immer mehr. Sie fühlte verwirrt, daß der Haß, mit dem er sie verfolgt hatte, etwas geradezu Heiliges war, und sie hätte gerne in Naravas einen Widerschein dieser Gewalt gesehen, die sie noch immer blendete. Sie wünschte ihn näher kennenzulernen, und dennoch hätte sie seine Anwesenheit verlegen gemacht. Sie ließ ihm antworten, daß sie ihn nicht empfangen dürfe.

Im übrigen hatte Hamilkar seinen Leuten verboten, den König der Numider zu ihr zu lassen; indem er diese Belohnung bis zum Ende des Krieges hinauszögerte hoffte er, sich seiner Ergebenheit zu versichern; und aus Furcht vor dem Suffeten zog sich Naravas zurück.

Doch er zeigte sich hochmütig gegenüber den Einhundert. Er änderte von ihnen erlassene Verfügungen. Er forderte Vorrechte für seine Männer und setzte sie in wichtigen Funktionen ein; auch die Barbaren staunten mit aufgerissenen Augen, als sie die Numider auf den Türmen erblickten.

Die Überraschung der Karthager wuchs noch mehr, als auf einer alten punischen Trireme vierhundert der Ihren eintrafen, die während des Krieges um Sizilien gefangengenommen worden waren. Tatsächlich hatte Hamilkar heimlich den Quiriten die Besatzung der latinischen Schiffe gesandt, die man vor dem Abfall der tyrischen Städte aufgegriffen hatte; und als Gegenleistung für diesen guten Dienst, gab ihnen Rom nun die Gefangenen zurück. Zudem mißachtete Rom die Vorschläge der Söldner Sardiniens und weigerte sich ebenso, Utica unter seinen Schutz zu stellen.

Hieron, der Herrscher von Syrakus, ließ sich von diesem Beispiel mitreißen. Um seine eigenen Staaten zu bewahren, benötigte er ein Gleichgewicht zwischen den beiden Völkern; daher galt sein Interesse dem Heil der Kanaaniter, und er erklärte sich zu ihrem Freund, indem er ihnen zwölfhundert Rinder samt dreiundfünzigtausend Nebel reinen Weizens sandte.

Ein noch tieferer Beweggrund kam den Karthagern zu Hilfe, man spürte wohl, daß im Falle eines Triumphes der Söldner sich alles, vom Soldaten bis zum Napfspüler, erheben würde, und keine Regierung, kein Geschlecht ihnen dann noch Widerstand entgegensetzen könnte.

In der Zwischenzeit marschierte Hamilkar über die östlichen Ländereien. Er drängte die Gallier zurück, und alle Barbaren fanden sich mit einem Male gleichsam selbst belagert.

Dann begann er ihnen zuzusetzen. Er kam näher, entfernte sich wieder, und da er dieses Manöver immer wieder aufs neue ausführte, löste er sie allmählich aus ihrem Lagerverband. Spendius war gezwungen ihnen zu folgen; schließlich gab auch Matho nach.

Jedoch ging er nicht über Tunis hinaus. Er schloß sich in dessen Mauern ein. Diese Beharrlichkeit war überaus weise; denn bald gewahrte man Naravas, der aus dem Tor des Khamon mit seinen Elefanten und Soldaten auszog; Hamilkar rief ihn wieder zu sich. Doch schon durchstreiften die übrigen Barbaren die Provinzen in der Verfolgung des Suffeten.

In Clupea hatte er dreitausend Gallier aufgenommen. Aus der Kyrenaica ließ er Pferde kommen, aus Bruttium Rüstungen, und er begann den Krieg von neuem.

Niemals zuvor war sein Genius so ungestüm und

fruchtbar gewesen. Fünf Monde lang lockte er sie hinter sich her. Er hatte ein ganz bestimmtes Ziel, zu dem er sie führen wollte.

Zuerst hatten die Barbaren versucht, ihn mit kleinen Abteilungen zu umzingeln; doch er entwischte ihnen stets. Sie ließen einander nicht mehr aus den Augen. Ihre Armee bestand aus etwa vierzigtausend Mann, und mehrere Male hatten sie die Genugtuung zu sehen, wie die Karthager vor ihnen zurückwichen.

Was ihnen Sorge bereitete, waren die Reiter von Naravas! Häufig, gerade zur schwülsten Stunde, wenn sie dösend unter der Last der Waffen eine Ebene durchquerten, stieg plötzlich am Horizont eine breite Linie von Staub auf; Galopp donnerte heran, und aus dem Schoß einer Wolke voll blitzender Pupillen ergoß sich ein Pfeilregen über sie. Die in weiße Mäntel gehüllten Numider stießen laute Schreie aus, rissen beide Arme in die Höhe, während sie ihre sich bäumenden Hengste mit dem Druck ihrer Schenkel antrieben, jäh wendeten und wieder verschwanden. In einiger Entfernung hielten sie auf Dromedaren stets einen Vorrat an Wurfspießen bereit und kehrten schrecklicher als zuvor zurück, heulten wie Wölfe und stoben davon wie Geier. Die am Rand der Reihen eingeteilten Barbaren fielen einer nach dem anderen, und so zogen sie bis zum Abend weiter, da man versuchte die Berge zu erreichen.

Obwohl sie für die Elefanten gefährlich waren, drang Hamilkar dorthin vor. Er folgte der langen Kette, die sich vom Kap Hermaeum bis zum Gipfel des Zaghwan erstreckte. Die Söldner glaubten, er täte dies, um die Schwäche seiner Truppen vor ihnen zu verbergen. Doch die anhaltende Ungewißheit, in der er sie beließ, erbitterte sie mehr als eine Niederlage. Sie verloren nicht den Mut und marschierten hinter ihm her.

Eines Abends schließlich, zwischen dem Silberberg und dem Bleiberg, inmitten von gewaltigen Felsen am Eingang zu einem Gebirgspaß, überraschten sie ein Korps von Veliten; und gewiß war die ganze Armee vor ihnen, denn man hörte Marschgetrampel und das Schmettern von Signalhörnern; sogleich entflohen die Karthager in Richtung der Enge. Sie öffnete sich in eine Ebene, welche die Form einer Axtklinge hatte und war von hohen Felswänden umgeben. Um die Veliten einzuholen, stürzten die Barbaren hinein; im Hintergrund zwischen galoppierenden Rindern rannten lärmend weitere Karthager. Man sah einen Mann im roten Mantel; das war der Suffet, man rief es einander zu; gesteigerte Wut und Freude riß sie mit sich fort. Mehrere, aus Faulheit oder Vorsicht, waren auf der Schwelle des Engpasses zurückgeblieben. Doch die aus einem Wald hervorbrechende Reiterei drängte sie mit Piken- und Säbelhieben zu den anderen; und bald waren alle Barbaren unten in der Senke.

Nachdem diese große Menschenmenge einige Zeit hin- und hergeschwankt war, hielt sie inne; sie entdeckten keinen Ausgang.

Jene, die der Enge am nächsten waren kehrten um, doch der Durchgang war vollständig verschwunden. Man rief jenen vorne zu, sie sollten weitergehen; diese drohten sie gegen den Berg zu zermalmen, und von weitem beleidigten sie ihre Kampfgefährten, die den Weg hinaus nicht fanden.

Tatsächlich hatten hinter den Felsen versteckte Männer, kaum daß die Barbaren hinabgestiegen waren, diese mit Balken heruntergestürzt; und da der Abhang steil war, hatten die gewaltigen Blöcke durcheinander rollend die schmale Paßöffnung gänzlich verstopft.

An der gegenüberliegenden Seite der Ebene erstreckte sich ein hier und dort von Spalten durchschnittener langer Gang, der in einer Schlucht mündete, die zum höhergelegenen Plateau hinaufführte, auf dem die punische Armee stand. In diesem Gang hatte man Leitern an die Felswände gelehnt. Und da die Krümmungen der Spalten die Veliten den Blicken der Söldner entzogen, konnten sie sie ergreifen und hinaufsteigen, noch bevor man sie eingeholt hatte. Einige drangen sogar bis zum Ende der Kluft vor; man zog sie mit Tauen empor, denn das Gelände bestand an dieser Stelle aus Flugsand und war so steil, daß man es selbst auf Knien unmöglich hätte erklimmen können. Die Barbaren kamen fast unmittelbar hinter ihnen an. Doch ein vierzig Ellen hohes Fallgitter, das dem Zwischenraum genauestens angepaßt war, stürzte plötzlich vor ihnen herab, als ob ein Wall vom Himmel gefallen wäre.

Die List des Suffeten war also erfolgreich gewesen. Nicht einer der Söldner kannte das Gebirge, und, da sie an der Spitze der Kolonnen marschierten, hatten sie die anderen mitgezogen. Die sich an der Unterseite ein wenig verjüngenden Felsblöcke hatte man leicht umgestürzt, und während alle hineinstürmten, hatte seine Armee am Horizont geschrien, als sei sie in Not. Gewiß, Hamilkar hätte seine Veliten verlieren können – nur die Hälfte war ihm geblieben. Für den Erfolg eines derartigen Unterfangens hätte er zwanzigmal so viele geopfert.

Bis zum Morgen drängten sich die Barbaren in geschlossenen Reihen von einem Ende der Ebene zum anderen. Auf der Suche nach einem Durchgang betasteten sie den Berg mit ihren Händen.

Schließlich brach der Tag an; ringsum sahen sie eine gewaltige, glatte, weiße Wand, die senkrecht in die Höhe ragte. Nicht eine Fluchtmöglichkeit, nicht eine Hoffnung! Die beiden natürlichen Ausgänge dieser Sackgasse waren durch das Fallgitter und die aufgetürmten Felsblöcke versperrt.

Da sahen sich alle schweigend an. Sie sackten in sich zusammen, fühlten einen eiskalten Schauer über ihren Rücken rinnen und eine niederdrückende Schwere auf ihren Lidern.

Sie erhoben sich und sprangen gegen die Felsen. Doch die tieferliegenden waren unter der Last der oberen unerschütterlich. Sie versuchten sich daran festzuklammern, um die Spitze zu erreichen; die bauchigen Formen dieser gewaltigen Massen ließen jeden Griff abgleiten. Sie wollten das Gelände zu beiden Seiten der Schlucht durchstoßen: ihre Werkzeuge brachen. Mit den Masten der Zelte machten sie ein mächtiges Feuer; das Feuer konnte den Berg nicht niederbrennen.

Sie kehrten zum Fallgitter zurück; es war mit langen Nägeln bestückt, dick wie Pfähle, spitz wie die Borsten der Stachelschweine und dichter noch als das Roßhaar einer Bürste. Doch so beflügelte sie ihr Zorn, daß sie sich dagegen stürzten. Die ersten wurden bis zum Rückgrat durchbohrt, die zweiten wichen zurück; und alles fiel, während sie menschliche Fetzen und blutüberströmte Haarschöpfe in diesen grauenerregenden Ästen zurückließen.

Nachdem sich die Entmutigung ein wenig gelegt hatte, überprüfte man die vorhandenen Nahrungsmittel. Die Söldner, deren Gepäck verloren gegangen war, besaßen lediglich einen Vorrat für kaum zwei Tage; und alle übrigen Soldaten waren bar jeder Habe, denn man erwartete eine von den Dörfern des Südens versprochene Kolonne mit Nachschub.

Indessen streiften die Stiere umher, welche die Karthager in der Schlucht freigelassen hatten, um die Barbaren anzulocken. Sie töteten sie mit Lanzenwürfen; man verzehrte sie, und mit gefüllten Bäuchen waren die Gedanken weniger düster.

Am folgenden Tag schlachteten sie alle Maultiere,

etwa vierzig Stück, dann schabte man ihr Fell ab, kochte ihre Eingeweide aus, zermahlte ihre Knochen, und noch verzweifelten sie nicht; gewiß hatte man die Armee von Tunis benachrichtigt, und sie würde ihnen zu Hilfe kommen.

Doch am Abend des fünften Tages wurde der Hunger bohrender; sie nagten an den Gehängen der Schwerter und den kleinen Schwämmen, mit welchen die Helme gefüttert waren.

Diese vierzigtausend Männer waren in einer Art Hippodrom zusammengepfercht, das der Berg rund um sie bildete. Einige verharrten vor dem Fallgitter oder am Fuß der Felsblöcke; die anderen verteilten sich buntgemischt über die Ebene. Die Starken gingen sich aus dem Wege, und die Furchtsamen suchten die Gesellschaft der Mutigen, die sie nicht retten konnten.

Wegen des Verwesungsgestanks hatte man die Leichen der Veliten rasch vergraben; der Ort ihrer Gruben war nicht mehr zu erkennen.

Auf dem Boden liegend, schmachteten alle Barbaren. Nur hin und wieder schritt ein Veteran zwischen ihren Reihen hindurch; und sie brüllten Flüche gegen die Karthager, gegen Hamilkar und gegen Matho, obwohl dieser unschuldig war an ihrem Unheil; doch es schien ihnen, als sei ihre Pein leichter zu ertragen, wenn er und seine Armee sie mit ihnen geteilt hätten. Dann klagten sie; einige weinten leise wie kleine Kinder.

Sie gingen zu den Hauptleuten und flehten sie an, ihnen etwas zu geben, das ihre Leiden lindern würde. Doch diese erwiderten nichts oder hoben Steine auf und warfen sie ihnen, von Wut gepackt, ins Gesicht.

Tatsächlich hüteten mehrere sorgfältig in einem Erdloch einen Vorrat an Nahrung, einige Handvoll Datteln, ein wenig Mehl; und man aß dies des Nachts, den Kopf tief unter den Mantel gebeugt. Jene, die Schwerter hatten, hielten sie gezückt in Händen; die Mißtrauischsten lehnten sich stehend gegen die Felswand.

Sie beschuldigten ihre Hauptleute und bedrohten sie. Autharit fürchtete sich nicht, sich zu zeigen. Mit der Beharrlichkeit eines Barbaren, den nichts entmutigen kann, ging er zwanzigmal am Tag bis ans Ende der Ebene zu den Felsblöcken, stets in der Hoffnung, sie vielleicht doch verschoben vorzufinden; und seine mit Fellen bedeckten schweren Schultern wiegend, erinnerte er seine Kampfgefährten an einen Bären, der im Frühling aus seiner Höhle kommt, um nachzusehen, ob der Schnee schon geschmolzen ist.

Im Kreise seiner Griechen verbarg sich Spendius in einer Felsspalte; da er Angst hatte, ließ er das Gerücht von seinem Tod verbreiten.

Sie waren nun furchterregend abgemagert; auf ihrer Haut zeichneten sich bläuliche Marmorierungen ab. Am Abend des neunten Tages starben drei Iberer.

Ihre entsetzten Gefährten verließen die Stelle. Man plünderte sie aus; und die nackten weißen Körper blieben im Sand in der Sonne liegen.

Da begannen Garamanten allmählich um sie herumzulungern. Es waren Männer, die an das Leben in der Abgeschiedenheit gewöhnt waren und keinerlei Gott achteten. Schließlich gab der Älteste von ihnen ein Zeichen, sie beugten sich mit ihren Messern über die Leichen und schnitten sich Streifen ab; dann aßen sie auf den Fersen kauernd. Die anderen sahen von weitem zu. Man stieß Schreie des Grauens aus; viele jedoch beneideten sie am Grunde ihrer Seele um ihren Mut.

Mitten in der Nacht näherten sich einige von ihnen, und um ihr Begehren zu verschleiern, baten sie um einen winzigen Happen, nur um zu kosten, sagten sie. Die Beherzteren kamen hinzu; ihre Zahl wuchs; bald war es eine große Schar. Doch als sie dieses kalte Fleisch an den

Lippen fühlten, ließen beinahe alle die Hand wieder sinken; andere dagegen verschlangen es mit Genuß.

Um sich ein Beispiel zu geben, forderten sie sich gegenseitig heraus. Jener, der zuerst abgelehnt hatte, begab sich nun auch zu den Garamanten und blieb sogar bei ihnen. An den Spitzen ihrer Schwerter brieten sie die Stücke über Kohlen; man salzte sie mit Staub und stritt sich um die besten. Als von den drei Leichen nichts mehr übrig war, schweiften die Augen über die Ebene auf der Suche nach weiteren.

Doch besaß man nicht noch Karthager, zwanzig Gefangene vom letzten Zusammentreffen, an die bisher niemand gedacht hatte? Die Barbaren verschwanden; im übrigen war es ein Akt der Rache. Und da man schließlich überleben mußte, da man Geschmack an dieser Nahrung gefunden hatte, da man dem Tode nahe war, schlachtete man die Wasserträger, die Pferdeknechte, alle Diener der Söldner. Jeden Tag tötete man einige. Manche aßen viel, sie wurden wieder kräftiger und waren nicht mehr unglücklich.

Doch bald versiegte diese Quelle. Daraufhin wandte sich der Appetit den Verwundeten und Kranken zu. Sie würden ohnehin nicht mehr gesund werden, also war es besser, sie von ihren Qualen zu erlösen; und sobald ein Mann wankte, riefen alle, daß er nun verloren sei und den anderen noch von Nutzem sein solle. Um ihren Tod zu beschleunigen, bediente man sich einiger Listen; man raubte ihnen den letzten Rest ihrer unreinen Speise; man trat auf sie wie aus Versehen; um die anderen von ihrer Kraft zu überzeugen, versuchten die Sterbenden die Arme auszustrecken, sich aufzurichten, zu lachen. Ohnmächtige kamen bei der Berührung mit einer schartigen Klinge, die ihnen ein Glied abtrennte, wieder zu sich; und sie töteten weiter, aus Blutgier, ohne Not, um ihre Wut zu stillen.

Ein schwerer, lauer Nebel, wie er in diesen Gegenden am Ende des Winters häufig vorkommt, senkte sich am vierzehnten Tag auf die Armee herab. Diese plötzliche Temperaturveränderung raffte zahlreiche Soldaten dahin, und die Verwesung schritt in der feuchten Hitze, die von den Felswänden des Berges zurückgehalten wurde, erschreckend schnell voran. Der Nieselregen, der auf die Leichen niederging, weichte sie auf und verwandelte die ganze Ebene bald in ein Tal der Fäulnis. Weißliche Dunstschwaden wogten darüber hin; sie stachen in die Nasenflügel, durchdrangen die Haut, trübten die Augen; und die Barbaren glaubten den ausgehauchten Atem, die Seelen ihrer Kampfgefährten zu erahnen. Unermeßlicher Abscheu überkam sie. Sie wollten nicht mehr von ihnen essen, lieber wollten sie sterben.

Zwei Tage später wurde das Wetter wieder klar, und der Hunger kehrte zurück. Zuweilen schien es ihnen, als risse man ihnen den Magen mit Zangen heraus. Dann wälzten sie sich von Krämpfen geschüttelt, stopften sich die Erde handvollweise in den Mund, bissen sich in die Arme und brachen in rasendes Gelächter aus.

Mehr noch als alles andere peinigte sie der Durst, denn sie hatten keinen Tropfen Wasser, die Schläuche waren seit dem neunten Tag völlig erschöpft. Um das Bedürfnis zu betrügen, legten sie die metallenen Schuppen der Wehrgehenke auf ihre Zungen, die elfenbeinernen Griffe, das Eisen der Schwerter. Ehemalige Karawanenführer schnürten sich den Bauch mit Seilen. Andere lutschten einen Kiesel. Man trank den erkalteten Urin aus ehernen Helmen. Und noch immer warteten sie auf die Armee von Tunis! Da sie so lange nicht kam, mußte sie, ihren Schätzungen zufolge, ganz gewiß bald eintreffen. Im übrigen würde Matho, der tapfer war, sie nicht im Stich lassen. »Morgen wird es soweit sein!« sagten sie sich; und Morgen verging.

Zu Beginn hatten sie gebetet, geschworen, alle Arten von Beschwörungen praktiziert. Doch nun empfanden sie für ihre Götter nur noch Haß, und aus Rache versuchten sie, nicht mehr an sie zu glauben.

Die gewaltätigen Männer starben als erste; die Afrikaner hielten besser durch als die Gallier. Im Kreise der Balearen lag Zarxas der Länge nach hingestreckt, das Haar über seinen Arm gebreitet, wie leblos. Spendius entdeckte eine Pflanze mit dicken Blättern, prallgefüllt mit üppigem Saft; nachdem er sie für giftig erklärt hatte, um die anderen fernzuhalten, ernährte er sich von ihr.

Man war zu schwach, um die herumfliegenden Raben mit einem Steinwurf zu töten. Hin und wieder, wenn sich ein Bartgeier auf einem Leichnam niedergelassen hatte und diesen schon seit längerer Zeit in Stücke riß, begann ein Mann mit einem Wurfspieß zwischen den Zähnen in seine Richtung zu kriechen. Mit einer Hand aufgestützt, und nachdem er sorgfältig gezielt hatte, schleuderte er seine Waffe. Aufgeschreckt von dem Geräusch hielt das weißgefiederte Tier inne, blickte sich gelassen um wie ein Kormoran auf einer Klippe, dann schlug es seinen fürchterlichen gelben Schnabel wieder in das Fleisch; und der verzweifelte Mann fiel flach auf den Bauch in den Staub. Einigen gelang es Chamäleons, Schlangen aufzustöbern. Doch das einzige, was sie am Leben hielt, war die Liebe zum Leben. Ihre ganze Seele hing ausschließlich an diesem Gedanken, und allein durch ihre Willenskraft klammerten sie sich an ihre Existenz, die sie dadurch verlängerten.

Die Gleichmütigsten blieben nah beieinander, saßen im Kreis in der Mitte der Ebene, hier und dort, zwischen den Toten; und eingehüllt in ihre Mäntel gaben sie sich schweigend ihrer Traurigkeit hin.

Jene, die in Städten geboren waren, erinnerten sich an lärmende Straßen, Tavernen, Theater, Bäder, Barbierstuben, wo man Geschichten erzählte. Andere sahen wieder Landschaften bei Sonnenuntergang vor sich, wenn das gelbe Getreide wogt und die prächtigen Ochsen wieder den Hügel heraufziehen, den Pflug umgeschirrt. Die Vielgereisten träumten von Zisternen, die Jäger von Wäldern, die Veteranen von Schlachten; und im Halbschlaf, der sie ganz gefühllos werden ließ, prallten ihre Gedanken mit der Wucht und der Klarheit von Träumen aufeinander. Plötzlich wurden sie von Halluzinationen übermannt; sie suchten im Berg eine Tür, um zu entfliehen, und wollten hindurchgehen. Andere meinten, in einem Sturm zu segeln, erteilten Befehle wie auf einem Schiff, oder sie wichen entsetzt zurück, weil sie in den Wolken punische Bataillone erspähten. Manche glaubten sich bei einem Festmahl und sangen.

In einem seltsamen Wahn gefangen wiederholten viele immerfort dasselbe Wort oder vollführten stets dieselbe Geste. Wenn sie den Kopf hoben und sich ansahen, erstickten sie in Schluchzen beim Anblick ihrer grauenvoll entstellten Gesichter. Einige litten nicht mehr und, um sich die Zeit zu vertreiben, erzählten sie sich von den Gefahren, denen sie entronnen waren.

Der Tod war allen gewiß, stand unmittelbar bevor. Wie viele Male hatten sie nicht schon versucht, sich einen Ausweg zu verschaffen! Was das Erflehen der Bedingungen des Siegers anging, wie sollte man dies bewerkstelligen? Sie wußten nicht einmal, wo sich Hamilkar befand.

Der Wind blies aus der Richtung der Schlucht. Unablässig ließ er den Sand in Kaskaden über das Fallgitter rinnen; und die Mäntel und Haarschöpfe der Barbaren wurden damit bedeckt, als ob die Erde um sie herum anstieg und sie begraben wollte. Nichts rührte sich; der ewige Berg schien ihnen jeden Tag höher.

Zuweilen flogen Vögel frei in der Luft in Pfeilschußweite am klaren blauen Himmel vorüber. Sie schlossen die Augen, um sie nicht zu sehen.

Zuerst fühlte man ein Dröhnen in den Ohren, die Fingernägel färbten sich schwarz, die Kälte drang in die Brust, man legte sich auf die Seite, und man verschied ohne einen Laut.

Am neunzehnten Tag waren zweitausend Asiaten, fünfzehnhundert von den Inseln, achttausend aus Libyen, die Jüngsten der Söldner und ganze Stämme gestorben; im ganzen zwanzigtausend Soldaten, die Hälfte des Heeres.

Autharit, dem nur mehr fünfzig Gallier geblieben waren, wollte sich töten lassen, um ein Ende zu machen, als er auf dem Gipfel des Berges, ihm gegenüber, einen Mann zu erblicken glaubte.

Aufgrund des Höhenunterschieds schien der Mann nicht größer zu sein als ein Zwerg. Dennoch erkannte Autharit an seinem linken Arm einen kleeblattförmigen Schild. Er rief aus: »Ein Karthager!« Und in der Ebene, vom Fallgitter bis zu den Felsblöcken erhoben sich alle mit einem Schlag. Der Soldat ging am Rand des Abgrunds entlang; die Barbaren beobachteten ihn von unten.

Spendius ergriff einen Rinderschädel; nachdem er aus zwei Gürteln ein Diadem gefertigt hatte, legte er es um die Hörner und befestigte das Ganze an einer langen Stange, zum Zeichen ihrer friedlichen Absichten. Der Karthager verschwand. Sie warteten.

Am Abend schließlich fiel wie ein Stein, der sich vom Abhang löste, ein Wehrgehenk herab. Aus rotem Leder gefertigt und mit einer Stickerei aus drei diamantenen Sternen, trug es in der Mitte aufgedruckt das Abzeichen des Großen Rates: ein Pferd unter einer Palme. Es war die Antwort Hamilkars, das freie Geleit, das er sandte.

Sie hatten nichts zu befürchten; jede Wende des Schicksals brachte das Ende ihrer Leiden. Unermeßliche

Freude ergriff sie, sie umarmten einander, weinten. Spendius, Autharit und Zarxas, vier Italer, ein Neger und zwei Spartiaten erboten sich als Unterhändler. Sie wurden sogleich angenommen. Jedoch wußten sie nicht, wie sie das Tal verlassen konnten.

Doch aus Richtung der Felsblöcke ertönte ein Krachen; und der oberste, nachdem er hin- und hergeschwankt war, polterte bis zum Grund. Tatsächlich, wenn sie auch auf der Seite der Barbaren unerschütterlich waren, – man hätte sie über eine Steigung hinaufbewegen müssen (und im übrigen waren sie durch die Enge der Schlucht fest miteinander verkeilt), von der anderen Seite dagegen genügte es, sie kräftig anzustoßen, so daß sie hinabfielen. Die Karthager schoben weiter, und bei Sonnenaufgang reichten die Felsen bis in die Ebene hinein, wie die Stufen einer gewaltigen Treppenruine.

Noch konnten die Barbaren sie nicht erklimmen. Man reichte ihnen Leitern; alle stürzten hinzu. Das Geschoß eines Katapults trieb sie zurück; nur die Zehn wurden mitgenommen.

Sie marschierten zwischen den Klinabaren und lehnten sich mit der Hand auf die Kruppen der Pferde, um sich zu stützen.

Nun, da ihre erste Freude verrauscht war, begannen sie, sich Sorgen zu machen. Die Forderungen Hamilkars würden grausam sein. Doch Spendius beruhigte sie.

»Ich werde reden!«

Und er prahlte damit zu wissen, was er für das Heil der Armee vorbringen könnte.

Hinter jedem Busch stießen sie auf lauernde Schildwachen. Sie verneigten sich vor dem Wehrgehenk, das Spendius über seine Schulter gelegt hatte.

Als sie das punische Lager erreichten, drängte sich die Menge um sie, und sie hörten etwas wie Geflüster, Gelächter. Der Eingang zu einem Zelt öffnete sich.

Ganz im Hintergrund saß Hamilkar auf einem Schemel neben einem niedrigen Tisch, auf dem ein blankes Schwert funkelte. Hauptleute standen um ihn herum.

Als er die zehn Männer sah, fuhr er zurück, dann beugte er sich vor, um sie genauer zu betrachten.

Ihre Pupillen waren übermäßig geweitet, um ihre Augen lag ein breiter dunkler Rand, der sich bis unter ihre Ohren erstreckte; ihre bläulichen Nasen standen weit zwischen ihren hohlen, von tiefen Falten durchfurchten Wangen hervor; die für ihre Muskeln zu große Haut ihres Körpers verschwand unter einer schieferfarbenen Staubschicht; ihre Lippen blieben an ihren gelben Zähnen haften; sie verströmten einen ekelhaften Geruch, gleich halbgeöffneten Gruften, wandelnden Gräbern.

In der Mitte des Zeltes stand auf einer Matte, auf der sich die Hauptleute niederlassen wollten, eine Schale mit dampfenden Kürbissen. An allen Gliedern schlotternd hefteten die Barbaren ihren Blick darauf, und Tränen traten ihnen in die Augen. Sie hielten sich jedoch zurück.

Hamilkar wandte sich ab, um mit jemandem zu sprechen. Da stürzten sie sich alle darauf, flach auf dem Bauch liegend. Ihre Gesichter tauchten in das Fett, und das Geräusch ihres Schluckens mischte sich mit dem Schluchzen der Freude, das sie hervorstießen. Gewiß mehr aus Verblüffung, denn aus Mitleid, ließ man sie die Schüssel leeren. Nachdem sie sich wieder erhoben hatten, befahl Hamilkar mit einem Wink dem Mann, der das Wehrgehenk trug, zu reden. Spendius hatte Angst; er stotterte.

Während Hamilkar ihm zuhörte, drehte er einen breiten Goldring um seinen Finger, jenen, der das Siegel Karthagos auf das Wehrgehenk aufgedrückt hatte. Er ließ ihn zu Boden fallen: sogleich hob Spendius ihn auf; vor seinem Herrn nahm er wieder seine sklavischen Angewohnheiten an. Die anderen erbebten erzürnt über diese Niedrigkeit.

Doch der Grieche erhob die Stimme, und er berichtete von den Schandtaten Hannos, von dem er wußte, daß er ein Feind Barkas' war, und versuchte dessen Mitleid durch eine detailgetreue Schilderung ihrer Leiden und der Erinnerung an ihre Ergebenheit zu erregen; er sprach lange, schnell, heimtückisch, zuweilen sogar heftig; am Ende vergaß er sich, fortgerissen von der Hitze seines Temperaments.

Hamilkar erwiderte, daß er ihre Entschuldigung annähme. Daher würde nun der Friede geschlossen, und diesmal sei er endgültig! Doch er verlange, daß man ihm zehn Söldner seiner Wahl, ohne Waffen und ohne Tuniken ausliefere.

Diese Milde hatten sie nicht erwartet; Spendius rief aus:

»Ach! Zwanzig, wenn du willst, Herr!

– Nein! Zehn sind mir genug.« entgegnete Hamilkar sanft.

Man schickte sie aus dem Zelt, damit sie sich beraten könnten. Sobald sie allein waren, erhob Autharit Einspruch für die zu opfernden Kampfgefährten, und Zarxas sagte zu Spendius:

»Warum hast du ihn nicht getötet? sein Schwert lag doch da, gleich neben dir!

– Ihn!« rief Spendius; und er wiederholte noch einige Male: »Ihn! Ihn!« als ob dies unmöglich und Hamilkar ein Unsterblicher sei.

Soviel Mutlosigkeit erschöpfte sie, so daß sie sich mit dem Rücken flach auf den Boden legten und nicht wußten, was sie beschließen sollten.

Spendius riet ihnen, nachzugeben. Schließlich willigten sie ein und kehrten ins Zelt zurück.

Daraufhin legte der Suffet seine Hand reihum in die Hände der zehn Barbaren und drückte ihre Daumen; dann wischte er sie an seinem Gewand ab, denn ihre schleimige Haut, hinterließ beim Anfühlen einen rauhen und zugleich weichen Eindruck, ein fettiges Kribbeln, daß sich einem die Haare sträubten. Schließlich sagte er ihnen:

»Ihr seid gewiß sämtliche Befehlshaber der Barbaren, und ihr habt für sie geschworen?

– Ja! anworteten sie.

– Vorbehaltlos und aufrichtig, mit der Absicht, euren Schwur einzulösen?«

Sie versicherten ihm, daß sie zu den anderen zurückkehren würden, um ihn in die Tat umzusetzen.

»Nun gut! fuhr der Suffet fort, gemäß der Abmachung, die zwischen mir, Barkas, und den Abgesandten der Söldner getroffen wurde, seid ihr es, die ich ausgewählt habe, und euch behalte ich hier!«

Spendius sank ohnmächtig auf die Matte. Die Barbaren, als würden sie ihn im Stich lassen, scharten sich eng zusammen; und kein Wort, keine Klage war zu hören.

Ihre Gefährten, die auf sie warteten, glaubten sich verraten, als sie nicht wiederkamen. Gewiß hatten sich die Unterhändler dem Suffeten ergeben.

Sie warteten noch zwei Tage: dann am Morgen des dritten stand ihr Entschluß fest. Mit Hilfe von Seilen sowie aus Leinwandfetzen, Piken und Pfeilen gefertigten Strickleitern, gelang es ihnen, die Felsblöcke zu erklimmen; und während sie die Schwächsten, etwa dreitausend an der Zahl, zurückließen, setzten sie sich in Marsch, um wieder mit der Armee von Tunis zusammenzutreffen.

Oberhalb der Enge erstreckte sich spärlich mit Büschen bestandenes Weideland; die Barbaren verschlangen deren Knospen. Dann stießen sie auf ein Saubohnenfeld; und alles verschwand, als ob eine Wolke Heuschrecken darüber hinweggefegt wäre. Drei Stunden später erreichten sie eine zweite Hochebene, die von einem Gürtel aus grünen Hügeln gesäumt wurde.

Zwischen den Wogen der Anhöhen, funkelten in gewissen Abständen silbrige Garben; die von der Sonne geblendeten Barbaren gewahrten darunter schemenhaft mächtige schwarze Massen, die diese trugen. Sie erhoben sich, als ob sie erblühten. Es waren Lanzen in den Türmen furchterregend bewaffneter Elefanten.

Neben dem Spieß ihres Brustblattes, den eisenverstärkten Spitzen ihrer Stoßzähne, den ehernen Platten, die ihre Seiten schützten und den Dolchen, die sie an ihren Kniekappen trugen, war am Ende ihres Rüssels ein ledernes Band befestigt, in dem der Griff eines mächtigen Säbels steckte; da sie gemeinsam aus dem Hintergrund der Ebene aufgebrochen waren, kamen sie nun von allen Seiten gleichzeitig heran.

Unsagbares Entsetzen ließ die Barbaren erstarren. Sie versuchten nicht einmal zu fliehen. Schon waren sie umzingelt.

Die Elefanten drangen in diese Menschenmenge ein; und die Rammsporne ihrer Brustblätter teilten sie, die Lanzen ihrer Stoßzähne brachen sie auf wie Pflugscharen; sie schnitten, hackten, hieben mit den Sicheln ihrer Rüssel; die Türme voller Brandpfeile glichen wandernden Vulkanen; man sah nur noch ein gewaltiges Gewirr, in dem das menschliche Fleisch weiße Flecken bildete, die Eisenstücke graue Flächen, das Blut rotspritzende Raketenbahnen; die schrecklichen Tiere schritten mitten hindurch, zogen schwarze Furchen. Der wütendste Koloß wurde von einem mit einem Federdiadem bekrönten Numider geritten. Er schleuderte die Wurfspieße mit ungeheurer Geschwindigkeit, während er zwischendurch einen langen schrillen Pfiff ertönen ließ; die mächtigen Tiere wandten, gehorsam wie Hunde, inmitten des Gemetzels ein Auge in seine Richtung.

Ihr Kreis schloß sich allmählich immer enger; die geschwächten Barbaren leisteten keinen Widerstand; bald hatten die Elefanten die Mitte der Ebene erreicht. Es fehlte ihnen an Raum; sie türmten sich halb aufgebäumt übereinander, Elfenbein prallte auf Elfenbein. Plötzlich rief Naravas sie zur Ruhe, sie machten kehrt und liefen im Trab zu den Hügeln zurück.

Indessen waren zwei Syntagmen rechts in eine Bodenspalte geflüchtet, hatten ihre Waffen abgelegt, und auf Knien hoben sie alle die Arme empor in Richtung der punischen Zelte, um Gnade zu erflehen.

Man fesselte sie an Händen und Füßen; dann, als sie nebeneinander auf dem Boden lagen, holte man die Elefanten herbei.

Wie Holzkisten, die man aufbricht, krachten die Brustkörbe; jeder ihrer Schritte zermalmte zwei von ihnen; ihre massigen Füße drangen mit einer Hüftbewegung in die Körper ein, daß es so aussah, als ob sie hinkten. Sie gingen immer weiter, bis zum Ende.

Die Ebene lag wieder unbeweglich da. Die Nacht brach herein. Hamilkar ergötzte sich am Schauspiel seiner Rache; doch plötzlich erzitterte er.

Er und alle anderen sahen etwa sechshundert Schritt von ihnen entfernt linker Hand oben auf einer Kuppe noch mehr Barbaren! Tatsächlich hatten vierhundert der kräftigsten Söldner, Etrusker, Libyer und Spartiaten, gleich zu Anfang die Anhöhen erreicht und bis zu diesem Zeitpunkt unschlüssig abgewartet. Nach dem Massaker an ihren Kampfgefährten beschlossen sie, die Linien der Karthager zu durchbrechen; schon kamen sie in dichten Kolonnen herunter, wunderbar und großartig.

Sogleich sandte man einen Boten zu ihnen. Der Suffet benötige Soldaten; und er nähme sie bedingungslos auf, so bewundere er ihre Tapferkeit. Sie könnten sogar, fügte der Mann aus Karthago hinzu, ein wenig näher kommen, bis zu einem Ort, den er ihnen benennen würde, wo sie auch Lebensmittel fänden.

Die Barbaren eilten hinzu und verbrachten die Nacht mit Essen. Da verbreiteten sich bei den Karthagern Gerüchte über die Parteilichkeit des Suffeten zugunsten der Söldner.

Würde er dem umsichgreifenden, unstillbaren Haß nachgeben, oder war dies eine besonders raffinierte Heimtücke? Am nächsten Morgen ging er selbst zu ihnen, ohne Schwert, barhäuptig mit einer Eskorte von Klinabaren und erklärte ihnen, da er zu viele Leute zu ernähren habe, sei es nicht seine Absicht, sie zu behalten. Andererseits brauche er Männer, und da er nicht wisse, wie er die Guten auswählen solle, müßten sie nun auf Leben und Tod miteinander kämpfen; die Sieger werde er dann in seine persönliche Garde aufnehmen. Diese Art zu sterben sei nicht schlimmer als eine andere; und indem er seine Soldaten beiseite treten ließ (denn die punischen Standarten versperrten den Söldnern den Blick auf den Horizont) wies er auf die einhundertzweiundneunzig Elefanten von Naravas, die eine einzige gerade Reihe bildeten und deren Rüssel die mächtigen Klingen schwenkten, gleich riesigen Armen, die Henkersbeile über ihren Häuptern hielten.

Die Barbaren sahen sich schweigend an. Nicht der Tod ließ sie erbleichen, sondern die schreckliche Zwangslage, der sie sich ausgeliefert sahen.

Ihr gemeinsames Schicksal hatte unter diesen Männern enge Freundschaften geschaffen. Für viele ersetzte das Feldlager die Heimat; da sie ohne Familie lebten, brachten sie einem Kampfgefährten ihr Bedürfnis nach Zärtlichkeit entgegen und man schlief Seite an Seite beim Sternenlicht unter demselben Mantel ein. Schließlich hatten sich auf den endlosen Wanderungen durch aller Herren Länder, durch Mord und Abenteuer seltsame Liebschaften herausgebildet, obszöne Verbindungen, ebenso ernsthaft wie Ehen, in denen der Stärkere den Jüngeren inmitten der Schlachten verteidigte, ihm beim Überwinden von Abgründen half, ihm den Fieberschweiß von der Stirn tupfte, Nahrung für ihn stahl; und der andere, ein Kind, das man am Straßenrand aufgelesen hatte und das zum Söldner geworden war, vergalt diese Ergebenheit mit tausend kleinen Zuwendungen und den Gefälligkeiten einer Gattin.

Sie tauschten ihre Halsketten und ihre Ohrgehänge aus, die sie sich einst nach großen Gefahren, in den Stunden der Trunkenheit zum Geschenk gemacht hatten. Alle wollten sterben, und keiner wollte zuschlagen. Hier und dort sah man einen Jungen, der zu einem anderen mit grauem Bart sagte: »Nein! Nein, du bist der Kräftigere! Du wirst uns rächen, töte mich!« und der Mann entgegnete: »Ich habe weniger Jahre zu leben als du! Stoß ins Herz und denk nicht mehr daran!« Brüder blickten sich an den Händen haltend an, und der Liebende sagte seinem Geliebten auf ewig Lebewohl und weinte stehend an seine Schulter gelehnt.

Sie legten ihre Kürasse ab, damit die Schwertspitze schneller eindringen könnte. Da kamen wie Inschriften auf Säulen die Narben der mächtigen Hiebe zum Vorschein, die sie für Karthago empfangen hatten.

Nach der Sitte der Gladiatoren bildeten sie vier gleiche Reihen und begannen zunächst mit vorsichtigen Gefechtsbewegungen. Einige hatten sich sogar die Augen verbunden, und ihre Schwerter ruderten sanft wie Blindenstöcke durch die Luft. Die Karthager stießen Hohngelächter aus und riefen ihnen zu, sie seien Feiglinge. Die Barbaren wurden reger, und bald herrschte allgemeines Kampfgetümmel, hitzig, furchteinflößend.

Zuweilen hielten zwei blutüberströmte Männer inne, fielen einander in die Arme und starben sich küssend.

Keiner wich zurück. Sie stürzten sich in die gezückten Klingen. Ihre Raserei war so ungezügelt, daß die Karthager in der Ferne Angst bekamen.

Schließlich hielten sie inne. Ihre Brust keuchte und zwischen ihren langen Haaren, die herabhingen, als hätte man sie in ein Purpurbad getaucht, sah man ihre Pupillen. Einige drehten sich im Kreise, schnell wie an der Stirn verletzte Panther. Andere verharrten unbeweglich, den Blick auf einen Leichnam zu ihren Füßen geheftet; dann, plötzlich kratzten sie sich das Gesicht mit den Fingernägeln, ergriffen ihr Schwert mit beiden Händen und stießen es sich in den Leib.

Sechzig waren noch übrig. Sie verlangten zu trinken. Man rief ihnen zu, die Schwerter fallen zu lassen; und als sie sie abgelegt hatten, brachte man ihnen Wasser.

Während sie tranken, das Gesicht in die Gefäße getaucht, stürzten sich sechzig Karthager auf sie und töteten sie mit Stilettstichen in den Rücken.

Hamilkar hatte dies getan, um den Wünschen seines Heeres nachzugeben und sie durch diesen Verrat enger an seine Person zu binden.

Der Krieg war also vorüber; zumindest glaubte er dies. Matho würde keinen Widerstand leisten; in seiner Ungeduld befahl der Suffet den sofortigen Aufbruch.

Seine Späher teilten ihm mit, daß man eine Kolonne ausgekundschaftet hatte, die auf den Bleiberg zumarschierte. Hamilkar kümmerte sich nicht darum. Waren die Söldner einmal vernichtet, würden ihm die Nomaden keine Ungelegenheiten mehr bereiten. Das Wichtigste war nun, Tunis einzunehmen. In gewaltigen Tagesmärschen zog er dorthin.

Naravas hatte er nach Karthago gesandt, um die Siegesbotschaft zu überbringen; und stolz auf seine Erfolge präsentierte sich der König der Numider bei Salambo.

Sie empfing ihn in ihren Gärten, unter einer ausladenden Sykomore, zwischen Kissen aus gelbem Leder und mit Taanach an ihrer Seite. Ihr Gesicht war mit einem weißen Schal verschleiert, der über ihren Mund und ihre Stirn reichte, so daß man nur ihre Augen sehen konnte; doch ihre Lippen leuchteten durch den durchsichtigen Stoff wie die Edelsteine an ihren Fingern – denn Salambo hielt ihre Hände verhüllt, und die ganze Zeit über, während sie sprachen, verharrte sie regungslos.

Naravas verkündete ihr die Niederlage der Barbaren. Sie dankte ihm mit einem Segenswunsch für die Dienste, die er ihrem Vater geleistet habe. Dann begann er den ganzen Feldzug zu erzählen.

Die Tauben in den Palmen über ihnen gurrten sanft, und andere Vögel flatterten im Gras umher: Brachschwalben, Wachteln aus Tartessus und punische Perlhühner. Der seit langem vernachlässigte Garten hatte seinen Pflanzenreichtum vervielfacht. Kürbisgewächse erklommen das Geäst der Akazien, Seidenpflanzen überwucherten die Rosenbeete, allerlei Pflanzenwerk bildete Verflechtungen, Laubengänge; und schrägeinfallende Sonnenstrahlen warfen hier und dort den Schatten eines Blattes auf den Boden wie im Wald. Die einst gezähmten Tiere waren wieder verwildert und flohen beim geringsten Geräusch. Zuweilen erblickte man eine Gazelle, die an ihren kleinen schwarzen Hufen verstreute Pfauenfedern hinter sich herschleppte. Der Lärm der fernen Stadt verlor sich im Rauschen der Brandung. Der Himmel war vollkommen blau; nicht ein Segel war auf dem Meer zu sehen.

Naravas sprach nicht mehr; ohne ihm etwas zu erwidern, blickte ihn Salambo an. Er trug ein Gewand aus Leinen mit aufgemalten Blumen und goldenen Fransen am Saum; zwei silberne Pfeile hielten seine geflochtenen Haare über den Ohren; mit der rechten Hand stützte er sich auf das Holz einer Pike, das mit Elektronreifen und Fellbüscheln verziert war.

Wie sie ihn so betrachtete, stürmte eine Unmenge verschwommener Gedanken auf sie ein. Dieser junge Mann mit der sanften Stimme und der femininen Gestalt fesselte ihren Blick aufgrund der Anmut seiner Person und schien ihr wie eine ältere Schwester, die ihr die Baals sandten, um sie zu beschützen. Die Erinnerung an Matho übermannte sie; sie konnte dem Bedürfnis nicht wiederstehen, zu erfahren, was aus ihm werden würde.

Naravas antwortete, daß die Karthager gegen Tunis vorrückten, um ihn gefangenzunehmen. In dem Maße wie er die karthagischen Erfolgsaussichten und die Schwäche Mathos darlegte, schien sie von außergewöhnlicher Hoffnung erfüllt. Ihre Lippen bebten, ihre Brust rang nach Atem. Als er schließlich schwor, ihn eigenhändig zu töten, rief sie aus: »Ja! Töte ihn, es muß sein!«

Der Numider erwiderte, daß er diesen Tod sehnlichst wünsche, denn, sobald der Krieg vorüber sei, wäre er ihr Gemahl.

Salambo fuhr zusammen und senkte den Kopf.

Doch Naravas fuhr fort und verglich sein Begehren mit den Blumen, die nach Regen dürsteten, mit verirrten Wanderern, die den Tag herbeisehnen. Er sagte noch, daß sie schöner sei als der Mond, frischer als der Morgenwind und das Antlitz des Gastes. Für sie würde er aus den Ländern der Schwarzen Dinge kommen lassen, wie man sie in Karthago noch nie gesehen hatte, und die Gemächer ihres Hauses würde man mit Goldstaub bestreuen.

Der Abend brach an, Balsamdüfte stiegen auf. Lange Zeit blickten sie einander schweigend an, und die Augen Salambos in der Tiefe ihrer langen Tücher glichen zwei Sternen zwischen aufgerissenen Wolken. Bevor die Sonne untergegangen war, zog Naravas sich zurück.

Als er Karthago verließ, fühlten sich die Ältesten um eine große Sorge erleichtert. Das Volk hatte ihn mit noch mehr Begeisterung und Jubel empfangen als beim ersten Mal. Wenn Hamilkar und der König der Numider alleine über die Söldner triumphierten, wäre es unmöglich, ihnen Widerstand entgegenzusetzen. Also beschlossen sie, um Barkas zu schwächen, den alten Hanno, den sie liebten, an der Rettung der Republik teilhaben zu lassen.

Er begab sich sogleich in die westlichen Provinzen, um sich an eben jenen Orten zu rächen, die Zeuge seiner Schmach gewesen waren. Doch die Bewohner und die Barbaren waren tot, verborgen oder geflohen. Da entlud sich sein Zorn über das Land. Er brannte die Ruinen der Ruinen nieder, ließ nicht einen einzigen Baum stehen, nicht einen Grashalm; die Kinder und die Kranken, auf die man traf, wurden zu Tode gefoltert; er gab seinen Soldaten die Frauen zur Vergewaltigung, bevor man ihnen die Kehle durchschnitt; die hübschesten wurden in seine Sänfte geworfen, denn seine grauenvolle Krankheit entflammte ihn zu wildem Begehren; er befriedigte es mit all der Wut eines verzweifelten Mannes.

Auf den Hügelkämmen sackten häufig schwarze Zelte zusammen, als ob der Wind sie niedergerissen hätte, und große Scheiben mit glänzendem Rand, die man als Wagenräder erkannte, rollten mit klagendem Ton in die Täler hinab. So irrten die Stämme, die die Belagerung Karthagos aufgegeben hatten, durch die Provinzen und harrten auf eine Gelegenheit, auf einen Sieg der Söldner, um zurückzukehren. Doch, aus Furcht oder Hungersnot, schlugen sie schließlich alle den Weg in ihre Heimatgefilde ein und verschwanden.

Hamilkar war keineswegs neidisch auf die Erfolge Hannos. Indessen beeilte er sich, diesen ein Ende zu setzen; er befahl ihm, sich mit dem Angriff auf Tunis zu begnügen; und Hanno, der seine Heimat liebte, fand sich am vereinbarten Tag am Fuße der Stadtmauern ein.

Zu ihrer Verteidigung verfügte die Stadt über ihre einheimische Bevölkerung, zwölftausend Söldner, ferner alle die Esser der unreinen Dinge, denn wie Matho standen sie unter dem Bann Karthagos am Horizont, und der Pöbel und der Schalischim betrachteten aus der Ferne seine hohen Mauern, während sie von dahinter verborgenen unendlichen Genüssen träumten. In dieser Übereinstimmung des Hasses wurde der Widerstand geschwind organisiert. Aus Schläuchen fertigte man Helme, man fällte alle Palmen in den Gärten, um Lanzen zu schneiden, man grub Zisternen, und was die Lebensmittel anbelangte, so fingen sie am Ufer des Sees fette weiße Fische, wohlgenährt von den Leichen und Abfällen. Ihre Wehranlagen, die sich durch die Eifersucht Karthagos in schlechtem Zustand befanden, waren so schwach, daß man sie mit einem Schulterstoß niederreißen konnte. Mit den Steinen der Häuser ließ Matho die Lücken stopfen. Es war der letzte Kampf; er erhoffte nichts, und dennoch sagte er sich, daß das Glück launisch sei.

Als die Karthager sich näherten, bemerkten sie auf dem Befestigungswall einen Mann, dem die Zinnen nur bis zum Gürtel reichten. Die Pfeile, die ihn umschwirrten, schienen ihn nicht mehr zu erschrecken als ein Schwalbenschwarm. Seltsamer Weise traf ihn kein einziger.

Hamilkar schlug sein Lager auf der Südseite auf; Naravas zu seiner Rechten besetzte die Ebene von Rhades, Hanno das Ufer des Sees; und die drei Generäle sollten ihre jeweilige Position halten, um die Umfassungsmauern alle gleichzeitig anzugreifen.

Doch Hamilkar wollte den Söldnern zuerst zeigen, daß er sie wie Sklaven züchtigen lassen würde. Er ließ die zehn Abgesandten, einen neben dem anderen, auf einem kleinen Hügel gegenüber der Stadt ans Kreuz schlagen.

Bei diesem Anblick verließen die Belagerten die Stadtmauern.

Matho hatte sich gesagt, wenn es ihm gelänge, rasch genug zwischen den Mauern und den Zelten von Naravas hindurchzuziehen, so daß die Numider nicht die Zeit hätten, einen Ausfall zu machen, könnte er die letzten Reihen der karthagischen Fußsoldaten bestürmen, die sich dann zwischen seiner Division und jenen im Inneren der Stadt eingeschlossen fänden. Gemeinsam mit den Veteranen stürzte er hinaus.

Naravas erblickte ihn; er eilte am Ufer des Sees entlang, um Hanno zu benachrichtigen, damit dieser Hamilkar Männer zur Unterstützung sende. Hielt er Barkas für zu schwach, um den Söldnern Widerstand zu leisten? War es Heimtücke oder Dummheit? Niemand wird es je erfahren.

Hanno, aus dem Wunsch heraus seinen Rivalen zu demütigen, zauderte nicht. Er schrie, man möge die Trompeten blasen, und sein gesamtes Heer stürzte sich auf die Barbaren. Diese machten kehrt und liefen geradewegs auf die Karthager zu; sie überrannten sie, zermalmten sie unter ihren Füßen, und während die Söldner sie zurückdrängten, gelangten sie bis zu Hannos Zelt, der sich gerade im Kreise von dreißig Karthagern befand, den erlauchtesten der Ältesten.

Er schien von ihrem Wagemut überrascht; er rief nach seinen Hauptleuten. Alle hielten ihm die Fäuste an die Gurgel und stießen Beschimpfungen hervor. Die Menge stieß sich, und jene, die ihn zu fassen bekamen, konnten ihn nur mit Mühe festhalten. Indessen versuchte er ihnen ins Ohr zu flüstern: »Ich werde dir alles geben, was du verlangst! Ich bin reich! Rette mich!« Sie zogen ihn; trotz seines Gewichts berührten seine Füße den Boden nicht. Die Ältesten hatte man bereits fortgeschleppt. Seine Furcht wuchs. »Ihr habt mich besiegt! Ich bin euer Gefangener! Ich kaufe mich wieder frei! So hört doch, meine Freunde!« Und von all diesen Schultern getragen, die ihm in die Seiten drückten, wiederholte er: »Was habt ihr vor? Was wollt ihr von mir? Ich widersetze mich nicht, seht ihr! Ich war stets gut zu euch!«

Ein gewaltiges Kreuz war am Tor aufgerichtet. Die Barbaren brüllten: »Hierher! Hierher!« Doch er schrie noch lauter als sie; und er forderte sie im Namen aller ihrer Götter auf, ihn zum Schalischim zu führen, denn er hätte ihm etwas anzuvertrauen, wovon ihr Heil abhinge.

Sie hielten inne, da einige behaupteten, es wäre klug, Matho herbeizurufen. Man eilte auf der Suche nach ihm davon.

Hanno fiel ins Gras; und er sah um sich herum noch mehr Kreuze, als ob die Marter, unter der er sterben würde, sich im voraus vervielfachte, er versuchte, sich zu überzeugen, daß er sich täusche, es gäbe nur ein einziges, ja daß überhaupt keines dastehe. Schließlich richtete man ihn auf.

»Rede!« sprach Matho.

Er bot an, Hamilkar auszuliefern, dann würden sie nach Karthago einziehen, und beide wären Könige.

Matho entfernte sich, während er den anderen ein Zeichen gab, sich zu beeilen. Er dachte, dies sei eine List, um Zeit zu gewinnen.

Der Barbar täuschte sich; Hanno war in einer jener äußersten Notlagen, in der man keine Rücksichten mehr nimmt, und zudem verabscheute er Hamilkar so sehr, daß er ihn bei der geringsten Hoffnung auf ein glückliches Ende samt all seiner Soldaten geopfert hätte.

Am Fuß der dreißig Kreuze lagen die Ältesten leidend auf dem Boden; schon waren die Seile um ihre Achseln geschlungen. Da begriff der alte Suffet, daß er sterben würde, und begann zu weinen.

Sie rissen die ihm verbliebenen Gewänder vom Leib, und das Grauen seines Körpers kam zum Vorschein. Geschwüre bedeckten diese unfaßbare Masse; das Fett seiner Beine quoll sogar über die Zehennägel; grünliche Fetzen hingen von seinen Fingern; und die Tränen, die zwischen den Eiterbeulen über seine Wangen rannen, verliehen seinem Gesicht ein furchtbar trauriges Aussehen, da sie mehr Platz einzunehmen schienen, als auf jedem anderen menschlichen Antlitz. Sein halbgelöstes königliches Stirnband schleifte mit seinen weißen Haaren im Staub.

Sie glaubten, ihre Seile seien zu schwach, um ihn ans Kreuz hinaufzuziehen, und so nagelten sie ihn nach punischer Sitte fest, noch bevor es aufgerichtet wurde. Im Schmerz aber erwachte sein Stolz. Er begann, sie mit Beleidigungen zu überhäufen. Er schäumte und wand sich wie ein Meeresungeheuer, das man am Ufer abschlachtet, und weissagte ihnen, daß sie alle noch viel schlimmer enden würden und daß er gerächt würde.

Er war es bereits. Auf der gegenüberliegenden Seite der Stadt, aus der nun hohe Flammen emporloderten und Rauchsäulen aufstiegen, lagen die Unterhändler der Söldner in den letzten Zügen.

Einige, die zunächst ohnmächtig geworden waren, kamen in der Frische des Windes wieder zu Bewußtsein; doch sie verharrten, das Kinn auf die Brust gesenkt, und ihr Körper sank ein wenig ab, trotz der Nägel, die ihre Arme oberhalb ihres Kopfes festhielten; von ihren Fersen und ihren Händen fiel das Blut in dicken Tropfen herab, langsam, wie reife Früchte von den Zweigen eines Baumes, und Karthago, der Golf, die Berge und Ebenen, alles schien sich ihnen im Kreis zu drehen wie ein gewaltiges Rad; zuweilen hüllte sie eine vom Boden aufsteigende Staubwolke in ihre Wirbel; entsetzlicher Durst verbrannte sie, die Zunge krümmte sich in ihrem Mund, und sie fühlten, wie ein eiskalter Schweiß über sie rann, als ihre Seele entfloh.

Indessen erahnten sie in schier unendlicher Tiefe Straßen, marschierende Soldaten, das Schwingen von Schwertern; und das Getöse der Schlacht hallte undeutlich zu ihnen herüber, wie das Rauschen der Meere zu Schiffbrüchigen, die im Mastwerk eines Schiffes sterben. Die Italier, kräftiger als die anderen, schrien noch; die Lakedämonier schwiegen, hielten die Lider geschlossen; Zarxas, einst so kraftvoll, neigte sich wie ein geknickter Rohrhalm; der Äthiopier neben ihm hatte den Kopf nach hinten auf die Arme des Kreuzes gelegt. Autharit, unbeweglich, rollte die Augen; sein prächtiger Haarschopf hatte sich in einer Spalte des Holzes verfangen und hing ihm gerade über die Stirn, und das Röcheln, das er ausstieß, glich eher einem wütenden Gebrüll. Was Spendius anbelangte, so hatte ihn seltsamer Mut ergriffen; in der Gewißheit seiner unmittelbar bevorstehenden und ewigen Freilassung empfand er nur noch Verachtung für das Leben und erwartete den Tod mit Gleichgültigkeit.

Während ihre Kräfte schwanden, erzitterten sie zuweilen bei der sanften Berührung von Federn, die ihnen über den Mund strichen. Mächtige Schwingen ließen Schatten um sie herum tanzen, Krächzen durchschnitt die Luft; und da das Kreuz von Spendius das höchste war, ließ sich der erste Geier auf dem seinen nieder. Da wandte er das Gesicht zu Autharit und sagte langsam zu ihm, mit einem unergründlichen Lächeln:

»Erinnerst du dich an die Löwen an der Straße nach Sikka?

– Sie waren unsere Brüder!« erwiderte der Gallier sterbend.

In der Zwischenzeit hatte der Suffet den Befestigungswall durchbrochen und war bis zur Zitadelle vorgestoßen. Unter einem Windstoß verschwand der Rauch plötzlich und gab den Blick zum Horizont bis zu den Stadtmauern Karthagos frei; er glaubte sogar Leute, die von der Plattform des Eschmun herüberschauten, erkennen zu können; dann, als er die Augen senkte, erspähte er linker Hand am Ufer des Sees dreißig riesige Kreuze.

Tatsächlich hatten die Söldner sie, um sie furchteinflößender zu gestalten, aus den übereinandergebundenen Masten ihrer Zelte errichtet; und die dreißig Leichen der Ältesten hingen hoch oben am Himmel. Auf ihren Brustkörben sah man etwas wie weiße Schmetterlinge; es waren die Bärte der Pfeile, die man von unten auf sie abgeschossen hatte.

Auf dem Firststab des größten glänzte ein breites goldenes Band; es hing auf die Schulter herab, auf dieser Seite fehlte der Arm, und Hamilkar hatte Mühe, Hanno zu erkennen. Da seine schwammigen Knochen an den eisernen Scharnierangeln nicht hielten, hatten sich Teile von seinen Gliedmaßen gelöst, und am Kreuz blieben nur unförmige Klumpen, vergleichbar den Tierresten, wie Jäger sie an ihre Tür nageln.

Der Suffet hatte davon nichts wissen können: die Stadt vor ihm verdeckte alles, was jenseits von ihr lag; und die nacheinander zu den beiden Generälen entsandten Hauptleute waren nicht wieder zurückgekehrt. Da trafen Fliehende ein, die von der wilden Flucht berichteten; und die punische Armee hielt inne. Dieses Unheil, das sie mitten in ihrem Siegeszug traf, verblüffte sie. Sie hörten nicht mehr auf die Befehle Hamilkars.

Matho nutzte die Gelegenheit, um sein Gemetzel unter den Numidern fortzusetzen.

Nachdem er das Lager Hannos ins Chaos gestürzt hatte, war er erneut über sie hergefallen. Die Elefanten traten heraus. Doch Söldner, mit aus den Mauern gerissenen brennenden Trümmern in Händen, rückten über die Ebene heran, wobei sie die Flammen schwenkten, und die mächtigen Tiere rannten in Panik davon, um sich in den Golf zu stürzen, wo sie sich in ihrem Todeskampf gegenseitig umbrachten oder unter der Last ihrer Kürasse ertranken. Schon hatte Naravas seine Reiterei losgelassen; alle Söldner legten sich mit dem Gesicht auf den Boden; als dann die Pferde drei Schritt von ihnen entfernt waren, sprangen sie unter ihre Bäuche und schlitzten sie mit einem Dolchhieb auf, und als Barkas eintraf, war die Hälfte der Numider bereits vernichtet.

Die Söldner, erschöpft, konnten seinen Truppen nicht standhalten. Sie zogen sich geordnet bis zum Berg der Heißen Wasser zurück. Der Suffet war vorsichtig genug, sie nicht zu verfolgen. Er marschierte zu den Mündungen des Makar.

Tunis gehörte ihm; doch es war nur noch ein Haufen qualmender Ruinen. Die Trümmer rollten durch die Breschen in den Stadtmauern herab, bis in die Mitte der Ebene; weit im Hintergrund, zwischen den Ufern des Golfes, stießen die vom Wind getriebenen Kadaver der Elefanten aneinander, wie ein Archipel aus schwarzen Felsblöcken, die auf dem Wasser schwammen.

Um diesen Krieg zu unterstützen, hatte Naravas seine Wälder erschöpft, hatte die jungen und die alten Tiere, die Weibchen und die Männchen gefangen, und die militärische Schlagkraft seines Königreichs erholte sich nie mehr davon. Das Volk, das sie von Ferne hatte sterben sehen, war verzweifelt; Männer klagten in den Straßen und riefen sie bei ihren Namen wie verblichene Freunde: »Ach! Der Unbesiegbare! Der Sieg! Der Blitzende! Die Schwalbe!« Den ganzen ersten Tag über sprach man mehr von ihnen als von den gefallenen Bürgern. Doch am nächsten Morgen erspähte man auf dem Berg der

Heißen Wasser die Zelte der Söldner. Da war die Verzweiflung so groß, daß sich viele, vor allem Frauen, kopfüber von der Akropolis hinab in die Tiefe stürzten.

Man kannte die Absichten Hamilkars nicht. Er lebte allein in seinem Zelt, nur ein kleiner Junge war bei ihm, und niemals speiste jemand anderes mit ihnen zusammen, nicht einmal Naravas. Indessen war er ihm gegenüber seit der Niederlage Hannos voll außergewöhnlicher Hochachtung; doch der König der Numider hatte ein zu großes Interesse daran, sein Sohn zu werden, als daß ihn dies nicht mißtrauisch gemacht hätte.

Diese Tatenlosigkeit verschleierte geschickte Manöver. Mit allerlei Raffinessen verführte Hamilkar die Dorfoberhäupter; und die Söldner wurden verjagt, verdrängt, verfolgt wie wilde Tiere. Sobald sie in einen Wald eindrangen, fingen die Bäume um sie herum Feuer; wenn sie aus einer Quelle tranken, so war sie vergiftet; man mauerte die Höhlen zu, in denen sie sich verbargen, um zu schlafen. Die Völker, die sie bis dahin verteidigt hatten, ihre ehemaligen Gehilfen, hetzten sie nun; immer wieder erkannten sie in diesen Scharen karthagische Rüstungen.

Mehreren wurde das Gesicht von roten Hautflechten zerfressen; sie dachten, dies käme daher, daß sie Hanno berührt hätten. Andere glaubten, dies sei darauf zurückzuführen, daß sie die Fische Salambos gegessen hätten, und, weit davon entfernt es zu bereuen, träumten sie von noch abscheulicheren Freveltaten, um die punischen Götter noch mehr zu erniedrigen. Am liebsten hätten sie diese gänzlich vernichtet.

Drei Monate lang schleppten sie sich auf diese Weise an der Ostküste entlang, dann hinter den Berg von Selium und bis zu den ersten Dünen der Wüste. Sie suchten nach einem Zufluchtsort, irgendeinem. Nur Utica und

Hippo Diarrhytus hatten sie nicht verraten; doch Hamilkar umlagerte diese beiden Städte. Also zogen sie wieder Richtung Norden, blindlings, ohne den Weg zu kennen. All die Leiden hatten ihren Geist verwirrt.

Sie hatten nur noch das Gefühl einer unablässig wachsenden Erbitterung; und eines Tages fanden sie sich erneut in den Schluchten des Cobus, ein weiteres Mal vor Karthago!

Da vervielfachten sich die kriegerischen Auseinandersetzungen. Das Glück hielt sich die Waage; doch die einen wie die anderen waren so erschöpft, daß sie an Stelle dieser Scharmützel lieber eine große Schlacht herbeiwünschten, wenn es nur die letzte wäre.

Matho verspürte Lust, diesen Vorschlag dem Suffeten selbst zu überreichen. Einer seiner Libyer nahm sich der Sache an. Als sie ihn ziehen sahen, waren alle davon überzeugt, ihn nicht mehr wiederzusehen.

Noch am selben Abend kehrte er zurück.

Hamilkar nahm ihre Herausforderung an. Man würde am folgenden Morgen bei Sonnenaufgang in der Ebene von Rhades aufeinandertreffen.

Die Söldner wollten wissen, ob er nichts weiter gesagt hätte, und der Libyer fügte hinzu:

»Als ich vor ihm stand, fragte er mich, worauf ich noch warte; ich antwortete ihm: »Darauf, daß man mich tötet!« Da sprach er: »Nein! Geh jetzt! Erst morgen dann, zusammen mit den anderen.«

Diese Großmut überraschte die Barbaren; einigen flößte sie Furcht ein, und Matho bedauerte, daß der Unterhändler nicht ermordet worden war.

Ihm blieben noch dreitausend Afrikaner, zwölfhundert Griechen, fünfzehnhundert Kampaner, zweihundert Iberer, vierhundert Etrusker, fünfhundert Samniter, vierzig Gallier und eine Schar Naffurer, nomadische Banditen, auf die sie im Dattelland gestoßen waren, im ganzen also siebentausendzweihundertundneunzehn Soldaten, doch kein einziges vollständiges Syntagma. Sie hatten die Löcher in ihren Kürassen mit den Schulterblättern von Vierfüßlern gestopft und ihre ehernen Kothurne durch Sandalen aus Lumpen ersetzt. Kupferne oder eiserne Platten lasteten schwer an ihren Gewändern; ihre Kettenhemden hingen in Fetzen herab, und wie purpurne Fäden schimmerten Hiebwunden zwischen den Haaren auf ihren Armen und in ihren Gesichtern.

Der Zorn über den Tod ihrer Kampfgefährten erfüllte ihre Seele und verlieh ihnen doppelte Kraft; sie fühlten vage, daß sie die Diener eines Gottes waren, der in den Herzen aller Unterdrückten zu Hause war, und gleichsam die Priester einer allumfassenden Rache! Dann erzürnte sie der Schmerz einer unermeßlichen Ungerechtigkeit, und vor allem der Anblick Karthagos am Horizont. Sie schworen, füreinander zu kämpfen bis zum Tode.

Man tötete die Lasttiere und aß so viel wie möglich, um sich zu stärken; dann schliefen sie. Einige beteten, verschiedenen Sternbildern zugewandt.

Die Karthager erreichten die Ebene vor ihnen. Sie rieben den Rand ihrer Schilde mit Öl ein, damit die Pfeile leichter abglitten; die Fußsoldaten mit ihren langen Haarschöpfen hatten diese aus Vorsicht über der Stirn abgeschnitten; und seit der fünften Stunde ließ Hamilkar alle Kochgeschirre umstoßen, da er wußte, daß es von Nachteil war, mit zu vollem Magen zu kämpfen. Sein Heer umfaßte vierzehntausend Mann, etwa das Doppelte der barbarischen Armee. Dennoch war er nie zuvor so voller Unruhe gewesen; unterlag er, bedeutete dies die Vernichtung der Republik, und er würde am Kreuz sterben. Siegte er dagegen, würde er über die Pyrenäen, Gallien und die Alpen nach Italien vordringen, und das Reich der Barkas' würde ewig währen. Zwanzigmal erhob er sich in der Nacht, um selbst alles zu überwachen bis ins kleinste Detail. Was die Karthager anbelangte, so waren sie von ihrem langen Schrecken aufs Äußerste gereizt.

Naravas zweifelte an der Treue seiner Numider. Im übrigen könnten die Barbaren sie durchaus besiegen. Eine seltsame Schwäche hatte ihn befallen; immer wieder leerte er große Becher mit Wasser.

Doch da öffnete ein ihm unbekannter Mann sein Zelt und legte eine Krone aus Steinsalz auf den Boden, verziert mit hieratischen Zeichen, die aus Rauten aus Perlmutt und Schwefel zusammengefügt waren; zuweilen sandte man dem Verlobten seine Hochzeitskrone; dies galt als ein Liebesbeweis, eine Art Aufforderung.

Indessen hegte die Tochter Hamilkars keinerlei zärtliche Gefühle für Naravas.

Die Erinnerung an Matho lastete unerträglich auf ihr; es schien ihr, als könne nur der Tod dieses Mannes ihn aus ihren Gedanken verbannen, so wie man sich von einem Vipernbiß heilt, indem man die Schlange auf der Wunde zermalmt. Der König der Numider hatte sein Glück in ihre Hände gelegt; voll Ungeduld erwartete er die Hochzeit, und da sie nach dem Sieg stattfinden sollte, ließ ihm Salambo dieses Geschenk überbringen, um ihm größeren Mut zu verleihen. Da verschwanden seine Ängste, und er dachte nur noch an das Glück, eine so schöne Frau zu besitzen.

Dieselbe Vision hatte Matho überfallen; doch er unterdrückte sie sogleich, und seine Liebe, die er verdrängte, wandte sich statt dessen seinen Waffenkameraden zu. Sie waren ihm teuer wie Teile seines eigenen Ichs, seines Hasses, und er fühlte seinen Geist erhöht, seine Arme gestählt; alles was er tun mußte, hatte er klar vor Augen. Wenn ihm zuweilen Seufzer entfuhren, so weil er an Spendius dachte.

Er ließ die Barbaren in sechs gleichen Reihen Aufstellung nehmen. In der Mitte scharte er die Etrusker, die alle mit einer bronzenen Kette verbunden waren; die Schützen hielten sich im Hintergrund, und auf die beiden Flügel verteilte er die Naffurer auf ihren kurzhaarigen Kamelen, die mit Straußenfedern geschmückt waren.

Der Suffet wählte eine ähnliche Ordnung für die Karthager. Zu beiden Seiten der Fußsoldaten, gleich neben den Veliten, positionierte er die Klinabaren, dahinter die Numider; als der Tag anbrach, standen sie einander so in Reih und Glied gegenüber. Mit ihren weit aufgerissenen wilden Augen maßen sie sich gegenseitig von weitem. Zuerst zögerten sie. Schließlich setzten sich die beiden Heere in Marsch.

Die Barbaren gingen langsam voran, um sich nicht zu überanstrengen, und stampften schwer mit ihren Füßen auf; der mittlere Teil der punischen Armee wölbte sich nach vorne. Dann erschallte ein fürchterlicher Schlag, ähnlich dem Bersten zweier Flotten, die einander rammen. Die erste Reihe der Barbaren hatte sich rasch halb geöffnet, und die dahinter verborgenen Schützen feuerten nun ihre Kugeln, Pfeile und Wurfspieße ab. Daraufhin verflachte die Wölbung der Karthager allmählich, wurde ganz gerade, brach nach innen ein; dann rückten parallel die beiden Züge von Veliten heran, wie die Schenkel eines Kompasses, der sich wieder schließt. Die verbissen gegen die Phalanx kämpfenden Barbaren drangen in den Riß vor; sie verloren sich. Matho hielt sie zurück, und während die Flügel der Karthager weiter vorrückten, ließ er die drei inneren Reihen seiner Linie nach außen durchmarschieren; bald überragten sie ihre Flanken, und sein Heer schien dreimal so lang.

Doch die an den beiden Enden eingeteilten Barbaren stellten sich als die Schwächsten heraus, jene auf der linken Seite vor allem, deren Köcher bereits leer waren, und die schließlich über sie herfallende Velitenschar drückte sie auf breiter Front ein.

Matho zog sie zurück. Seine rechte Seite verfügte über mit Streitäxten bewaffnete Kampaner; er warf sie auf die linke Seite der Karthager; die Mitte attackierte weiterhin den Feind, und jene an der äußeren Seite, nun außer Gefahr, hielten die Veliten in gebührendem Abstand.

Daraufhin teilte Hamilkar seine Reiter in Schwadronen, postierte Hopliten zwischen ihnen und hetzte sie auf die Söldner.

Die Front dieser kegelförmigen Massen bildeten die Pferde, während ihre breiteren Seitenabschnitte sich über und über bedrohlich mit Lanzen gespickt erhoben. Die Barbaren konnten unmöglich Widerstand leisten; einzig die griechischen Fußsoldaten verfügten über eherne Rüstungen; alle anderen hatten lediglich an der Spitze einer Stange befestigte Säbel, aus den Pachthöfen gestohlene Sicheln, aus Radkränzen geschmiedete Schwerter; die zu weichen Klingen krümmten sich beim Zuschlagen, und während sie dabei waren, diese unter ihren Fersen wieder gerade zu biegen, massakrierten die Karthager sie nach Belieben von allen Seiten.

Doch die an ihre Kette gebundenen Etrusker wichen nicht von der Stelle; jene die tot waren, konnten nicht umfallen, und ihre Leichen bildeten ein zusätzliches Hindernis; diese mächtige bronzene Linie zog sich immer wieder in die Länge und wieder zusammen, geschmeidig wie eine Schlange, unüberwindbar wie eine Mauer. Für einen Moment nach Atem ringend formierten sich die Barbaren dahinter stets aufs neue; dann drangen sie wieder vor, mit den Stümpfen ihrer Waffen in Händen.

Viele hatten keine mehr und sprangen die Karthager an, bissen sie ins Gesicht wie Hunde. Die Gallier schälten sich stolz aus ihren wollenen Kurzmänteln; sie zeigten von weitem ihre mächtigen, ganz weißen Körper; um den Feind zu entsetzen, vergrößerten sie ihre Wunden. In den punischen Verbänden konnte man die Stimme des Rufers, der die Befehle verkündete, nicht mehr verstehen; nur die Standarten oberhalb des Staubs wiederholten ihre Signale, und jeder marschierte, fortgerissen vom Schwanken dieser mächtigen Masse, die ihn umgab.

Hamilkar befahl den Numidern vorzurücken. Doch die Naffurer stürzten ihnen entgegen.

In weite schwarze Gewänder gekleidet, mit einem Haarbüschel hoch oben auf dem Schädel und einem Schild aus Rhinozerosleder, führten sie eine Klinge ohne Griff, die an einem Seil befestigt war; und ihre mit Federn bestückten Kamele stießen ein langanhaltendes rauhes Glucksen hervor. Die Klingen stießen ganz gezielt zu, fuhren dann mit einem trockenen Ruck zurück und rissen ein abgetrenntes Glied hinter sich her. Die wütenden Tiere galoppierten durch die Syntagmen. Einige, deren Beine gebrochen waren, strauchelten vorwärts wie verwundete Strauße.

Das gesamte Heer der punischen Fußsoldaten griff die Barbaren erneut an; es durchschnitt sie. Ihre Manipel drehten sich im Kreise, die einen von den anderen getrennt. Die glänzenderen Waffen der Karthager umringten sie wie goldene Kronen; ein Gewimmel tobte in der Mitte, und die stechende Sonne setzte tanzende weiße Lichter auf die Schwerterspitzen. Indessen lagen die Reihen der Klinabaren ausgestreckt in der Ebene; Söldner rissen ihnen die Rüstungen vom Leib, zogen sie über, dann kehrten sie in die Schlacht zurück. Mehrere Male verteilten sich die getäuschten Karthager mitten unter ihnen. Wie betäubt verharrten sie dann regungslos oder wichen zurück, und triumphierendes Geschrei, das sich hinter ihnen erhob, schien sie wie Strandgut in einem Sturm vor sich her zu treiben. Hamilkar war verzweifelt;

alles würde unter dem Genius Mathos und dem unüberwindbaren Mut der Söldner zugrunde gehen!

Doch da erschallte am Horizont ein gewaltiger Lärm von Tamburins. Es war eine Menschenmenge aus Alten, Kranken, Kindern von fünfzehn Jahren und sogar Frauen, die ihre Furcht nicht mehr ertragen konnten und Karthago verlassen hatten, und, um sich unter den Schutz von einer gewaltigen Macht zu stellen, hatten sie aus Hamilkars Gehege den einzigen Elefanten geholt, den die Republik noch besaß, jenen, mit dem abgeschlagenen Rüssel.

Da schien es den Karthagern, als habe die Heimat ihre Stadtmauern hinter sich gelassen und eile herbei, um ihnen zu befehlen, für sie zu sterben. Eine unsägliche Wut ergriff sie, und die Numider rissen alle anderen mit.

Die Barbaren in der Mitte der Ebene hatten sich gegen einen Hügel zurückgezogen. Sie hatten keinerlei Aussicht mehr zu siegen, nicht einmal zu überleben; doch es waren die Besten, die Unerschrockensten und die Stärksten.

Die Bewohner Karthagos begannen über die Numider hinweg Bratspieße, Spicknadeln und Hämmer zu schleudern; jene, vor denen sich selbst die Konsuln fürchteten, starben nun unter Knüppeln, die eine Frau geworfen hatte; der punische Pöbel vernichtete die Söldner.

Sie hatten sich auf die Anhöhe des Hügels geflüchtet. Nach jeder geschlagenen Bresche schloß sich ihr Kreis wieder; zweimal kamen sie herab, ein Gegenstoß warf sie sogleich wieder zurück; und die Karthager reckten wild durcheinander die Arme. Sie stachen ihre Piken zwischen den Beinen ihrer Kampfgefährten hindurch und stocherten ziellos vor ihnen herum. Sie rutschten im Blut aus; der steile Hang des Geländes ließ die Leichen nach unten rollen. Der Elefant, der versuchte den Hügel zu erklimmen, watete bis zum Bauch in ihnen; es hatte den Anschein, als trampele er mit Genuß auf ihnen herum; und sein Rüsselstumpf mit dem dicken Ende hob sich zuweilen wie ein riesiger Blutegel.

Dann hielten alle inne. Zähneknirschend betrachteten die Karthager den Gipfel des Hügels, auf dem die Barbaren standen.

Schließlich stürzten sie wieder vor, und das Gemenge begann von neuem. Oft ließen die Söldner sie nahe herankommen und schrien ihnen entgegen, sie wollten sich ergeben; dann mit einem Schlage, töteten sie sich selbst mit einem gräßlichem Grinsen, und in dem Maße wie die Toten fielen, bedienten sich die anderen ihrer als Untergrund, um sich zu verteidigen. Das Ganze glich einer Pyramide, die allmählich in die Höhe wuchs.

Bald waren es nur noch fünfzig, dann noch zwanzig, dann drei und dann noch zwei, ein mit einem Beil bewaffneter Samniter und Matho, der noch sein Schwert besaß.

Der mit leicht angewinkelten Knien dastehende Samniter ließ seine Streitaxt abwechselnd links und rechts niedergehen, während er Matho vor Schlägen warnte, die man gegen ihn führte: »Herr, dorthin! da! duck dich!«

Matho hatte seine Schulterstücke, seinen Helm, seinen Küraß eingebüßt; er war vollkommen nackt – bleicher noch als die Toten, die Haare ganz glatt, mit zwei Schaumflecken an den Mundwinkeln, und sein Schwert kreiste so schnell, daß es eine Aureole um ihn bildete. Ein Stein zerschmetterte es am Heft; der Samniter wurde getötet, und die Flut der Karthager schloß sich enger um ihn, sie berührten ihn. Da hob er seine beiden leeren Hände zum Himmel, schloß die Augen, und wie ein Mann, der sich von der Höhe der Klippen ins Meer stürzt, ließ er sich mit ausgebreiteten Armen in die Piken fallen.

Sie teilten sich vor ihm. Mehrere Male rannte er gegen

die Karthager an. Doch sie wichen stets zurück und ließen ihre Waffen sinken.

Sein Fuß stieß gegen ein Schwert. Matho wollte es ergreifen. Da fühlte er sich an Handgelenken und Knien gefesselt, und er fiel.

Es war Naravas, der ihn seit einiger Zeit verfolgte, Schritt um Schritt, mit einem jener großen Netze, wie man sie benötigt, um wilde Tiere zu fangen. Als Matho sich bückte, nützte er die Gelegenheit und hüllte ihn darin ein.

Dann band man ihn auf den Elefanten, die vier Gliedmaßen kreuzförmig abgespreizt; und all jene, die unverletzt waren, eilten unter großem Getöse nach Karthago.

Die Nachricht des Sieges war dort unerklärlicherweise bereits zur dritten nächtlichen Stunde eingetroffen; als sie Malqua erreichten, hatte sich die Wasseruhr des Khamoṅ soeben zur fünften Stunde ergossen; da öffnete Matho die Augen. Auf den Häusern strahlten so zahlreiche Lichter, daß die ganze Stadt in Flammen zu stehen schien.

Ein ungeheurer Lärm drang undeutlich zu ihm herauf, und auf dem Rücken liegend blickte er zu den Sternen empor.

Dann fiel eine Tür ins Schloß, und Dunkelheit umhüllte ihn.

Am nächsten Tag zur selben Stunde starb der letzte der in der Streitaxtenge verbliebenen Männer.

Am Tag, an dem ihre Kampfgefährten abgezogen waren, hatten die zurückkehrenden Zaueker die übrigen Felsblöcke zum Einsturz gebracht und sie einige Zeit mit Lebensmitteln versorgt.

Die Barbaren warteten immer noch auf Mathos Erscheinen, und sie wollten den Berg keinesfalls verlassen, aus Mutlosigkeit, aus Erschöpfung und jenem Eigensinn von Kranken, die sich weigern, sich von der Stelle zu rühren; als schließlich die Vorräte erschöpft waren, zogen die Zaueker weiter. In Karthago wußte man, daß es kaum mehr als dreizehnhundert sein konnten, und es war nicht notwendig, Soldaten einzusetzen, um ein Ende zu machen.

Die wilden Tiere, vor allem die Löwen hatten sich in den drei Jahren, die der Krieg nun dauerte, stark vermehrt. Naravas hatte eine große Treibjagd veranstaltet, dann, nachdem er in bestimmten Abständen Ziegen anbinden ließ, hetzte er sie in Richtung der Streitaxtenge davon; dort lebten sie nun alle, als der von den Ältesten gesandte Mann eintraf, um zu sehen, was von den Barbaren noch übrig sei.

Über die gesamte Ebene verstreut lagen Löwen und Leichen, und die Toten verschmolzen mit ihren Gewändern und Rüstungen. Fast allen fehlte das Gesicht oder ein Arm; einige schienen noch unversehrt zu sein, andere waren vollkommen eingetrocknet, und staubbedeckte Schädel füllten die Helme; kerzengerade ragten fleischlose Füße aus den Beinschienen hervor, Skelette trugen noch ihre Mäntel; und die von der Sonne blank geputzten Gebeine, bildeten hellschimmernde Flecken mitten im Sand.

Die Löwen ruhten, die Brust auf den Boden gelegt, die beiden Vorderpfoten ausgestreckt und blinzelten im gleißenden Tageslicht, das durch den Widerschein der weißen Felswände noch verstärkt wurde. Andere, auf der Kruppe sitzend, blickten starr vor sich hin; oder sie schliefen zu einem Knäuel zusammengerollt, halb verborgen unter ihren mächtigen Mähnen; und alle sahen sie satt, faul und gelangweilt aus. Sie zeigten keine Regung, wie der Berg und die Toten. Die Nacht brach herein; breite rote Bänder streiften den Himmel im Westen.

Aus einem dieser Haufen, die die Ebene in unregelmäßigen Abständen mit kleinen Wölbungen übersäten, erhob sich etwas, schemenhafter noch als ein Gespenst. Da setzte sich einer der Löwen in Bewegung, seine gewaltige Gestalt zeichnete sich als schwarzer Schatten vor dem purpurnen Hintergrund des Himmels ab; als er dem Mann ganz nahe war, warf er ihn mit einem einzigen Prankenhieb zu Boden.

Dann bäuchlings über ihm ausgestreckt, riß er ihm mit der Spitze seiner Fangzähne allmählich die Eingeweide heraus.

Nach einer Weile öffnete er sein Maul ganz weit und stieß für einige Minuten ein anhaltendes Gebrüll aus, das vom Echo der Berge wiederholt wurde und sich schließlich in der Einsamkeit verlor.

Plötzlich rollten kleine Kieselsteine von oben herab. Man vernahm leises, eiliges Getrappel, und aus Richtung des Fallgitters, aus Richtung der Schlucht erschienen spitze Schnauzen, aufgerichtete Ohren; falbfarbene Pupillen funkelten. Es waren die Schakale, die herbeikamen, um die Reste zu fressen.

Der Karthager, der über den Rand des Abgrunds gebeugt hinunterblickte, kehrte zurück.

XV

Matho

In Karthago herrschte Freude, eine tiefe, allumfassende, maßlose, rasende Freude; die Löcher in den Ruinen waren gestopft, die Standbilder der Götter frisch angestrichen, die Straßen waren mit Myrtenzweigen übersät, in den Winkeln der Kreuzungen qualmte Weihrauch, und die Menge auf den Terrassen glich in ihren buntscheckigen Gewändern einer Fülle von Blumen, die erblühend in die Höhe sprossen.

Das unablässige Stimmengekreisch wurde noch vom Rufen der Wasserträger übertönt, welche das Pflaster besprengten; in Hamilkars Namen boten seine Sklaven geröstete Gerste und rohe Fleischstücke an; man rief einander; man umarmte sich unter Tränen; die tyrischen Städte waren eingenommen, die Nomaden vertrieben, alle Barbaren vernichtet. Die Akropolis verschwand unter vielfarbigen Zeltdächern; die jenseits der Hafenmole aufgereihten Rammsporne der Triremen glänzten wie ein Damm aus Diamanten; überall spürte man die wiederhergestellte Ordnung, den Beginn eines neuen Lebens, ein weitverbreitetes, überschäumendes Glück: Es war der Tag der Hochzeit Salambos mit dem König der Numider.

Auf der Terrasse des Khamontempels standen drei mit gewaltigem Goldgeschirr beladene lange Tafeln, an welchen die Priester, die Ältesten und die Reichen Platz nehmen würden, und weiter oben befand sich noch eine vierte, für Hamilkar, für Naravas und für sie; denn, da Salambo durch die Wiederbeschaffung des Schleiers das Vaterland gerettet hatte, erhob das Volk ihre Heirat zum nationalen Festtag, und wartete unten auf dem Platz auf ihr Erscheinen.

Doch ein anderes Verlangen, beißender noch, reizte seine Ungeduld: der Tod Mathos war für die Zeremonie versprochen worden.

Zuerst hatte man vorgeschlagen, ihm bei lebendigem Leib die Haut abzuziehen, ihm Blei in die Eingeweide zu gießen, ihn Hungers sterben zu lassen; man wollte ihn an einem Baum festbinden, und ein Affe hinter ihm sollte ihm mit einem Stein auf den Kopf schlagen; er hatte Tanit beleidigt, die Hundskopfaffen der Tanit sollten sie rächen. Andere waren der Ansicht, man solle ihn auf einem Dromedar herumreiten lassen, nachdem man ihm ölgetränkte Flachsdochte durch mehrere Stellen des Körpers gezogen hätte; und sie erfreuten sich bei dem Gedanken daran, wie das große Tier mit diesem Mann durch die Straßen spazierte, der sich unter den Flammen wand, wie ein vom Wind gepeitschter Kandelaber.

Doch welche Bürger sollte man mit seiner Folter beauftragen, und warum sie allen anderen vorenthalten? Man hätte eine Todesart gewollt, an der die ganze Stadt teilnehmen könnte, und daß alle Hände, alle Waffen, alles Karthagische, bis hin zu den Steinplatten der Straßen und den Fluten des Golfes, ihn zerreissen, zermalmen, vernichten könnten. Also beschlossen die Ältesten, er solle ohne jegliche Eskorte mit auf den Rücken gebundenen Armen von seinem Kerker bis zum Platz des Khamon gehen; und es war verboten, ihn am Herzen zu verwunden, damit er länger am Leben bliebe, sowie ihm die Augen auszustechen, damit er sein Leiden bis zum Ende mitansehen könne, seinen Körper zu bewerfen, sowie mehr als drei Finger bei einem Schlag gegen ihn zu erheben.

Obwohl er nicht vor der Abenddämmerung erscheinen sollte, glaubten ihn einige schon zu erspähen, und die Menge stürzte zur Akropolis, die Straßen leerten sich, dann kam sie unter anhaltendem Gemurmel zurück. Seit dem Vorabend harrten einige Leute an ein und derselben Stelle aus, und von weitem riefen sie einander und zeigten sich gegenseitig ihre Fingernägel, die sie hatten wachsen lassen, um sie tiefer in sein Fleisch graben zu können. Andere gingen unruhig auf und ab; einige waren bleich, als ob sie ihre eigene Hinrichtung erwarteten.

Plötzlich erhoben sich hinter den Mapalien, die Köpfe überragend, hohe Federfächer. Es war Salambo, die ihren Palast verlies; ein Seufzer der Erleichterung wurde laut.

Doch es dauerte lange, bis der Hochzeitszug eintraf; er ging Schritt für Schritt.

Allen voran marschierten die Priester der Patäken, dann jene des Eschmun, jene Melkarths und dann nacheinander all die anderen Kollegien, mit denselben Insignien und in derselben Rangfolge, wie sie sie während der Opferung eingehalten hatten. Die Priester des Moloch zogen mit gesenkter Stirn vorüber, und von einer Art Reue ergriffen, wich die Menge vor ihnen zurück. Doch die Priester der Rabbetna näherten sich stolzen Schritts, mit Lyren in der Hand; die Priesterinnen folgten ihnen in durchscheinenden Gewändern in gelber oder schwarzer Farbe und ahmten Vogelschreie nach, während sie sich wie Vipern wanden; oder sie drehten sich beim Klang der Flöten im Kreise, um den Tanz der Sterne nachzuahmen, und ihre duftigen Kleider verströmten Schwaden milder Wohlgerüche in die Straßen. Unter diesen Frauen zollte man den Kedeschim mit ihren bemalten Lidern Beifall, welche den Hermaphrodismus der Gottheit symbolisierten, und parfümiert und gekleidet wie sie, sahen sie diesen trotz ihrer flachen Brust und der schmaleren Hüften ähnlich. Im übrigen herrschte an jenem Tage das weibliche Prinzip, verschmolz alles: eine mystische Laszivität lag in der schwülen Luft; schon schienen die Fackeln in der Tiefe der heiligen Haine auf; dort würde in der Nacht eine üppige Prostitution stattfinden; drei Schiffe hatten Kurtisanen aus Sizilien herbeigebracht, und auch aus der Wüste waren einige gekommen.

Die Kollegien stellten sich entsprechend der Reihenfolge ihres Eintreffens auf: in den Höfen des Tempels, auf den äußeren Galerien und entlang der doppelten Treppe, die an den Außenwänden hinaufführte und nach oben hin schmäler wurde. Spaliere aus weißen Kleidern erschienen zwischen den Säulen, und die Architektur bevölkerte sich mit menschlichen Statuen, ebenso unbeweglich wie die Statuen aus Stein.

Dahinter folgten die Schatzmeister, die Statthalter der Provinzen und alle Reichen. Unten herrschte ein großer Tumult. Aus den benachbarten Straßen ergoß sich die Menge; mit Stockschlägen trieben die Tempeldiener sie zurück; und mitten unter den mit goldenen Tiaras bekrönten Ältesten gewahrte man auf einer von einem purpurnen Baldachin überwölbten Sänfte Salambo.

Da ertönte ein gewaltiger Schrei; die Zymbeln und Klappern erschallten lauter, die Tamburine dröhnten, und der mächtige Purpurbaldachin verschwand zwischen den beiden Pylonen.

Im ersten Stockwerk tauchte er wieder auf. Salambo schritt langsam unter ihm hin und überquerte dann die Terrasse, um sich ganz im Hintergrund niederzulassen, auf einer Art Thron, der aus einem Schildkrötenpanzer geschnitzt war. Man schob einen elfenbeinernen Schemel mit drei Stufen unter ihre Füße; am Rand der obersten knieten zwei schwarze Kinder, und zuweilen stützte sie ihre beiden, mit überschweren Ringen beladenen Arme auf deren Köpfe.

Von den Knöcheln bis zu den Hüften umschlang sie ein engmaschiges Netz, das die Schuppen eines Fisches nachahmte und das wie Perlmutt schimmerte; ein tiefblaues breites Band umgürtete ihre Taille und ließ durch zwei halbmondförmige Ausschnitte ihre beiden Brüste unbedeckt, Gehänge aus Karfunkelsteinen verbargen die Spitzen. Ihr Haar war mit juwelenbesetzten Pfauenfedern aufgesteckt; ein weiter Mantel, weiß wie Schnee, reichte hinten bis zum Boden, und so verharrte sie die Ellenbogen an den Körper gedrückt, die Knie geschlossen, mit Diamantreifen geschmückten Oberarmen, kerzengerade in priesterlicher Haltung.

Auf zwei niedrigeren Sitzen saßen ihr Vater und ihr Bräutigam. Naravas, in ein goldgelbes Gewand gekleidet, trug seine Steinsalzkrone, unter der zwei Haarzöpfe, gewunden wie die Hörner des Amun, hervortraten; und Hamilkar, in einer mit güldenen Weinranken broschierten violetten Tunika hielt ein Schlachtenschwert an seiner Seite.

In dem Raum, den die Tafeln umschlossen, beschrieb der auf dem Boden schlafende Python aus dem Tempel des Eschmun, den Kopf auf sein Schwanzende gebettet, zwischen Lachen aus Rosenöl einen großen schwarzen Kreis. In der Mitte dieses Kreises stand eine kupferne Säule, die ein Ei aus Kristall trug; und da das Sonnenlicht darauffiel, gingen in alle Richtungen Strahlen von ihm aus.

Hinter Salambo entfalteten sich die Priester der Tanit in ihren leinernen Gewändern; die Ältesten zu ihrer Rechten bildeten mit ihren Tiaras eine lange goldene Linie, und auf der gegenüberliegenden Seite die Reichen mit ihren smaragdenen Zeptern eine lange grüne Reihe, während sich im Hintergrund, wo sich die Priester des Moloch mit ihren Mänteln aufgestellt hatten, eine purpurne Wand zu erheben schien. Die übrigen Kollegien standen auf den tiefergelegenen Terrassen. Die Menschenmenge füllte die Straßen. Sie stieg auf die Häuser und erstreckte sich als endlose Kette bis zur Anhöhe der Akropolis. Auf diese Weise – das Volk zu ihren Füßen, das Firmament über ihrem Haupt, von der unendlichen Weite des Meeres umgeben, vom Golf, den Bergen und der Aussicht auf die Provinzen, verschmolz die strahlende Salambo mit Tanit und schien selbst der Genius Karthagos zu sein, die Verkörperung seiner Seele.

Das Fest sollte die ganze Nacht über dauern, und man hatte mehrarmige Leuchter aufgestellt, die gleich Bäumen den bemalten wollenen Teppichen entwuchsen, welche die niedrigen Tische einhüllten. Mächtige Krüge aus Elektron, Amphoren aus blauem Glas, Löffel aus Schildpatt und kleine runde Brote lagen zwischen der doppelten Reihe der Teller mit ihren perlenbesetzten Rändern; Weintrauben samt ihren Blättern waren um elfenbeinerne Rebstöcke geschlungen wie um Thyrsusstäbe; Schneeblöcke schmolzen auf ebenhölzernen Platten und Limonen, Granatäpfel, Kürbisse und Wassermelonen türmten sich zwischen hohen Tafelaufsätzen aus Silber; Wildschweine, das Maul weit aufgerissen, rekelten sich im Staub der Gewürze; mit ihrem Fell bedeckte Hasen schienen zwischen Blumen hindurchzuhoppeln; verschieden zubereitete Fleischsorten füllten Muschelschalen; die Backwaren hatten symbolische Formen; als man die Schutzglocken von den Schalen zurückzog, flogen Tauben auf.

Indessen eilten Sklaven mit geschürzter Tunika auf Zehenspitzen hin und her; von Zeit zu Zeit stimmten die Lyren einen Hymnus an, oder ein Stimmenchor erschallte. Das Gemurmel des Volkes, anhaltend und verschwommen wie das Rauschen des Meeres, wogte undeutlich um das Festmahl und schien es in einer umfassenderen Harmonie zu wiegen; einige erinnerten sich an das Bankett der Söldner; man gab sich glückseligen Träumen hin; die Sonne begann zu sinken, und auf der gegenüberliegenden Seite des Himmels zog bereits die Sichel des Mondes herauf.

Doch plötzlich wandte Salambo den Kopf, als ob jemand sie gerufen hätte; das Volk, das sie beobachtete, folgte dem Blick ihrer Augen.

Auf dem Gipfel der Akropolis hatte sich soeben das Tor des Verlieses geöffnet, das in den Felsen am Fuß des Tempels gehauen war; und auf der Schwelle dieser schwarzen Höhlung stand ein Mann.

Er trat geduckt heraus, mit dem erschrockenen Ausdruck wilder Tiere, wenn man sie plötzlich in die Freiheit entläßt.

Das Licht blendete ihn; er verharrte einige Zeit regungslos. Alle hatten ihn erkannt und hielten den Atem an.

Der Körper dieses Opfers war etwas Besonderes für sie, und beinahe von einem heiligen Glanz umgeben. Sie beugten sich nach vorne, um ihn zu sehen, vor allem die Frauen. Sie brannten darauf, jenen zu betrachten, der ihren Kindern und Ehemännern den Tod gebracht hatte; und gegen ihren Willen loderte am Grunde ihrer Seele eine schändliche Neugierde auf, das Verlangen, ihn durch und durch zu kennen, eine mit Gewissensbissen vermischte Lust, die sich in ein Übermaß an Abscheu verwandelte.

Schließlich ging er vorwärts; die Betäubtheit der ersten Überraschung legte sich. Eine Unzahl von Armen wurde in die Höhe gerissen, und man sah ihn nicht mehr.

Die Treppe der Akropolis hatte sechzig Stufen. Er kam sie herunter, als ob er durch einen Wasserfall, von weit oben in den Bergen, herabstürzte; dreimal sah man, wie er sprang, dann, ganz unten, kam er wieder auf die Füße.

Seine Schultern bluteten, seine Brust keuchte in mächtigen Stößen; und er machte derartige Anstrengungen, um seine Fesseln zu zerreißen, daß seine über seinem nackten Rücken gekreuzten Arme wie Schlangenleiber anschwollen.

An jener Stelle, an der er sich befand, öffneten sich mehrere Straßen vor ihm. In jeder von ihnen erstreckte sich eine dreifache Reihe aus parallel gespannten Ketten, die am Nabel der Patäkengötter befestigt waren: die Menge war gegen die Häuser gedrängt, und in der Mitte gingen einige Diener der Ältesten auf und ab und schwangen Peitschen.

Einer von ihnen versetzte ihm einen mächtigen Hieb und stieß ihn vorwärts; Matho begann zu laufen.

Sie streckten ihre Arme über die Ketten und schrien, man habe ihm zuviel Platz gelassen; und er ging weiter, betastet, gestochen, zerfetzt von all diesen Fingern; jedesmal, wenn er das Ende einer Straße erreichte, tat sich eine andere auf, mehrere Male warf er sich zur Seite, um sie zu beißen, rasch wichen sie aus und die Ketten hielten ihn zurück, und die Menge brach in schallendes Gelächter aus.

Ein Kind zerschnitt ihm das Ohr; ein junges Mädchen, das die Spitze einer Spindel unter seinem Ärmel verbarg, schlitzte ihm die Wange auf; büschelweise rissen sie ihm sein Haar aus, das Fleisch in Streifen vom Leib; andere drückten ihm in Unrat getränkte Schwämme ins Gesicht, die auf Stangen befestigt waren. Aus der rechten Seite seines Oberkörpers spritzte ein Blutstrahl hervor: da begann die Raserei. Dieser letzte Barbar stellte für sie alle Barbaren dar, die ganze Armee; an ihm rächten sie sich für ihr Unglück, ihre Furcht, ihre Schmach. Die Wut des Volkes wuchs, während es seine Rache stillte; die übermäßig gespannten Ketten bogen sich, sie drohten zu brechen; sie fühlten die Schläge der Sklaven nicht, die auf sie einhieben, um sie zurückzudrängen; andere klammerten sich an die Vorsprünge der Häuser; jede

Maueröffnung war mit Köpfen versperrt; und das Leid, das sie ihm nicht zufügen konnten, brüllten sie ihm hinterher.

Es waren abscheuliche, schändliche Beleidigungen, aber auch ironische Ermutigungen und Verwünschungen; und als ob ihnen seine erlittenen Qualen nicht groß genug wären, kündigtem sie ihm noch schrecklichere für die Ewigkeit an.

Dieses gewaltige Gebrüll erfüllte Karthago, stumpfsinnig, anhaltend. Häufig wiederholte das ganze Volk minutenlang eine einzige Silbe, eine einzige Intonation, rauh, tief, frenetisch. Die Mauern erzitterten von den Fundamenten bis zum Giebel, und die Seitenwände der Straßen schienen Matho immer näher zusammenzurükken und ihn vom Boden abzuheben wie zwei gewaltige Arme, die ihn in der Luft ersticken wollten.

Indessen besann er sich, etwas Ähnliches schon einmal empfunden zu haben. Es war dieselbe Menge auf den Terrassen, dieselben Blicke, derselbe Zorn; doch damals schritt er frei einher, alle wichen zurück, eine Gottheit beschützte ihn; und diese allmählich immer deutlicher werdende Erinnerung brachte ihm eine niederschmetternde Traurigkeit. Schatten tanzten vor seinen Augen; die Stadt wirbelte um sein Haupt, sein Blut rann aus einer Wunde an seiner Hüfte, er fühlte sich sterben; seine Knie gaben nach, und er sackte ganz sanft auf die Steinplatten.

Jemand holte aus der Säulenhalle des Melkarth die Querstange eines von den Kohlen rotglühenden Dreifusses, ließ sie unter der ersten Kette hindurchgleiten und legte sie auf seine Wunde. Man sah das Fleisch qualmen; das Hohngeschrei des Volkes übertönte seine Stimme; er war wieder auf den Beinen.

Sechs Schritte weiter fiel er erneut, dann ein drittes, ein viertes Mal; eine neuerliche Marter trieb ihn stets wieder in die Höhe. Mit Hilfe von Röhren bespuckte man ihn mit Tröpfchen siedenden Öls; man warf Glasscherben unter seine Füße; er lief immer noch. An der Ecke zur Sathebstraße lehnte er sich unter das Vordach eines Ladens mit dem Rücken zur Wand und ging nicht mehr weiter.

Die Sklaven des Rates schlugen ihn mit ihren Peitschen aus Nilpferdleder, so wütend und so lange, daß die Fransen ihrer Tunika vom Schweiß durchtränkt waren. Matho schien gefühllos; plötzlich nahm er seine ganze Kraft und begann ohne Ziel zu rennen, wobei seine Lippen geräuschvoll bebten, als ob er von heftiger Kälte geschüttelt würde. Er bog in die Boudèsstraße, die Soepostraße ein, überquerte den Gewürz- und Kräutermarkt und gelangte auf den Platz des Khamon.

Nun gehörte er den Priestern; die Sklaven hatten die Menge gerade zurückgetrieben; mehr Raum umgab ihn. Matho blickte sich um, und seine Augen fanden Salambo.

Beim ersten Schritt, den er getan hatte, war sie aufgestanden; dann, wie er langsam näher kam, war sie unwillkürlich ganz allmählich bis an den Rand der Terrasse vorgegangen; und bald verlöschten alle anderen Dinge um sie herum, sie sah nur noch Matho. Eine Stille hatte sich in ihrer Seele ausgebreitet, einer jener Abgründe, in dem die ganze Welt versinkt unter dem Gewicht eines einzigen Gedankens, einer Erinnerung, eines Blickes. Dieser Mann, der auf sie zu kam, zog sie an.

Außer seinen Augen hatte er nichts Menschliches mehr an sich; es war eine längliche vollkommen rote Gestalt, seine zerrissenen Fesseln hingen an seinen Schenkeln herab, doch man konnte sie nicht von den Sehnen seiner völlig entfleischten Handgelenke unterscheiden; sein Mund blieb weit aufgerissen, aus seinen Augenhöhlen traten zwei Flammen, die bis zu seinen Haaren emporzulodern schienen; und der Unglückliche ging immer noch weiter!

Er kam gerade bis zum Fuß der Terrasse. Salambo hatte sich über die Brüstung gebeugt; diese entsetzlichen Pupillen betrachteten sie, und mit einem Schlage wurde ihr bewußt, was dieser Mann alles für sie erlitten hatte. Obwohl er im Sterben war, sah sie ihn wieder vor sich, in seinem Zelt, auf den Knien, die Arme um ihre Taille geschlungen und zärtliche Worte murmelnd; es dürstete sie danach, sie noch einmal zu spüren, zu hören; sie wollte nicht, daß er starb! In diesem Augenblick durchfuhr Matho ein gewaltiges Zittern; sie unterdrückte einen Schrei. Er fiel rücklings zu Boden und rührte sich nicht mehr.

Beinahe ohnmächtig wurde Salambo von den Priestern, die sich um sie scharten, zu ihrem Thron zurückgeleitet. Die Priester beglückwünschten sie: dies sei ihr Werk. Alle klatschten in die Hände, stampften mit den Füßen und brüllten ihren Namen.

Ein Mann stürzte sich auf den Leichnam. Obwohl er bartlos war, trug er den Mantel der Molochpriester um seine Schultern und in seinem Gürtel jene Art von Messer, das ihnen dazu diente, das geweihte Fleisch auszulösen, und dessen Griff in einem goldenen Spatel endete. Mit einem einzigen Hieb spaltete er Mathos Brust, riß das Herz heraus und legte es auf den Löffel. Schahabarim hob seinen Arm und bot es der Sonne dar.

Die Sonne senkte sich hinter die Fluten hinab; ihre Strahlen trafen gleich langen Pfeilen das vollkommen rote Herz. Und so wie seine Schläge schwächer wurden, versank das Gestirn nach und nach im Meer; mit dem letzten Zucken verschwand es.

Sodann erschallte derselbe Schrei, vom Golf bis zur Lagune, und vom Isthmus bis zum Leuchtturm, in allen Straßen, in allen Häusern und in allen Tempeln: zuweilen brach er ab, dann hob er von neuem an; die Gebäude erbebten; Karthago schien sich in den Krämpfen einer titanischen Freude und einer grenzenlosen Hoffnung zu winden.

Naravas, trunken vor Stolz, legte zum Zeichen seines Besitzerrechts seinen linken Arm um Salambos Taille; und mit der Rechten ergriff er eine goldene Opferschale und trank auf den Genius Karthagos.

Salambo erhob sich wie ihr Bräutigam mit einem Kelch in der Hand, um ebenfalls zu trinken. Sie fiel, den Kopf über die Lehne des Throns zurückgeworfen, bleich, steif, die Lippen geöffnet, ihr gelöstes Haar reichte bis zum Boden.

So starb die Tochter Hamilkars, weil sie den Mantel der Tanit berührt hatte.

ANHANG

GLOSSAR

A

Abaddir: Orakelstein, semitische Kultbezeichnung für einen heiligen Stein als Sitz des Gottesnumen.

Adrammelech: assyrische Gottheit, Bestrafer der Ungerechten.

Adyrmachiden: libyscher Volksstamm der Küstenregion mit dem Zentrum Paraitonion.

Aedikula: kleinere tempelartige Bauwerke, in welchen Götterstandbilder aufgestellt wurden.

Ägatische Inseln: Aegates Insulae, Inselgruppe vor der Westspitze Siziliens, berühmt durch den Seesieg des C. Lutatius Catulus 241 v. Chr., der den 1. punischen Krieg zu Gunsten der Römer entschied.

Agathokles: Tyrann von Syrakus (360–289 v. Chr.). Überwand Demokratie und Oligarchie und setzte sich 316 an die Spitze einer Tyrannis, deren Hauptstütze z. T. mit dem Bürgerrecht beschenkte Söldner bildeten.

Agazymba: See in Äthiopien.

akarnanisch: Akarnanien, Landschaft in Mittelgriechenland; die Bewohner waren als Schleuderer und Speerwerfer bekannt.

Alete: sagenhafter phönizischer Held.

Algumholz: in der Bibel genannte Baumart, vermutlich eine Art Sandelholz.

Ältestenrat: Flaubert setzt den Ältestenrat mit dem Rat der Einhundert bzw. Einhundertvier gleich, der einer Art Staatsgerichtshof entsprach. Seine Beschreibung der Volksversammlung entspricht historisch dem Senat; zu den Mitgliedern zählten die reichen Bürger der Stadt, die Vertreter der Oligarchie, insgesamt belief sich ihre Zahl vermutlich auf 300. Innerhalb des Senates gab es eine Art ›Heiligen Rat‹, der 30 Mitglieder zählte. Der Senat übte die bedeutendste Funktion in der Gestaltung der Politik aus, vor allem was Entscheidungen über Krieg und Frieden anbelangte. Im Gegensatz zu den Senatoren wurden die Mitglieder der Einhundertvier auf Lebenszeit gewählt.

Ammon: auch Amun: ägypt. »der Verborgene«, als Mensch, Widder oder Menschengestalt mit Widderkopf dargestellt, Stadtgott des ägyptischen Theben. Ab 1554 v. Chr. (18. Dynastie) wurde Amun mit dem Sonnengott Ra gleichgesetzt und als Amun-Re »Vater der Götter, Gestalter des Menschen, Schöpfer des Viehs, Herr über alle Wesen« verehrt. Bei den Griechen wurde er als Zeus-Ammon bekannt, von dem sie wohl durch sein Orakel in der Oase Siwa und durch die Kyrenaier Kenntnis erhalten hatten, deren höchster Gott als Ammon bezeichnet wurde. Das Orakel in der Oase Siwa ist vermutlich libyscher Herkunft. Es tat sich durch Vor- bzw. Zurückweichen des Gottesbildes kund. Sowohl Alexander der Große als auch Hannibal holten sich hier Rat.

Ammonier: Bewohner der Oase Siwa, laut Herodot 10 Tagesreisen vom ägyptischen Theben entfernt.

Ammonshorn: Hammonis cornu, in der Form eines Widderhorns, gehörte zu den heiligsten Edelsteinen Äthiopiens und bewirkte wahrsagende Träume.

Anahita: persische Gottheit, die im ausführlichen avestanischen Yascht-Epos als Ardvi Sura Anahita genannt wird, wörtlich etwa ›die feuchte, starke, makellose Göttin‹. Der lange Name deutet auf die Verschmelzung zweier Namen bzw. Gottheiten: zum einen Ardvi Sura (Saravasti), der Göttin des Himmelsflusses, die der Erde Wasser brachte. Andererseits Anahiti, einer Göttin ungewissen Ursprungs, deren Kult aus dem nordöstlichen Iran stammt. Der Name bedeutete vermutlich »Makellosigkeit, Reinheit« (moralisch und physisch). Ihr Name blieb in der griechischen Anaitis gewahrt. Ihr Kult lehnte sich stark an den mesopotamischen Ischtarkult (s. Tammuz) an. Beide waren neben ihrer Funktion als Fruchtbarkeitsgöttinnen auch Kriegs- und Herrschaftsgottheit.

Annaba: das frühere Bône, Stadt im heutigen Algerien. Steht auf den Ruinen des ehemaligen Hafens Aphrodisium der antiken Stadt Hippo Regius. Beliebte Residenz der numidischen Könige.

Antenna: die Rah bei Schiffen mit Lateinersegel (dreieckig).

Antiochos: Antiochos I. genannt Soter (= Retter) * um 325, † 261. König des Seleukidenreiches ab 281. Mit der Tochter des Demetrios I. Poliorkretes verheiratet. Seit 294 Verwalter der nördlichen Satrapien des von Alexander d. Gr. eroberten Perserreiches. Den Beinamen Soter erwarb er sich in der »Elefantenschlacht« 275, als er die in Kleinasien eingefallenen Kelten besiegte.

Aphaka: im Libanon gelegener Ort zwischen Heliopolis und Byblos an den Hauptquellen des Adonisflusses (heute Nahr Ibrahim). Das heutige Afkâ war im Altertum vor allem für seinen bedeutenden Tempel der Venus Aphakitis (= Astarte, s. dort) berühmt, der auf Befehl Konstantins zerstört wurde. Auch der Mythos von Venus und Adonis (= Tammuz, s. dort) wird hier lokalisiert. Im dortigen Kult der Venus/Astarte spielten Tempelprostitution sowie der nahegelegene See El-Jammuneh eine gewichtige Rolle: einem späten phönizischen Mythos zufolge floh die Göttin in Gestalt eines Fisches in dieses Gewässer vor den Nachstellungen des Typhon. Nach Sozomenos war ein Meteor, der an einem bestimmten Tag von der Höhe des Libanon in den Fluß Adonis stürzte, Auslöser für das kultische Fest des Lichtes mit Feuer und Fackeln. Die Himmelserscheinung symbolisierte die Göttin auf dem Weg in die Arme ihres gleichnamigen Geliebten.

Aquädukt: wie Flaubert in seinem Brief an Sainte-Beuve vom 2. Dezember 1862 selbst einräumt, gab es um 250 v. Chr. vermutlich keinen Aquädukt in Karthago. Allerdings wurde später unter den Römern ein Aquädukt errichtet, der Wasser vom Djebel Zaghwan bis nach Karthago brachte.

Archagathos: Sohn des Agathokles. Als sich Agathokles 307 von Afrika nach Sizilien zurückbegab, übertrug er den Befehl auf seinen noch recht unerfahreren ältesten Sohn Archagathos. Den Karthagern gelang es, Archagathos in Tunis einzukesseln. Da auch sein zurückgekehrter Vater keine entscheidende Wendung mehr herbeiführen konnte und sich erneut nach Sizilien absetzte, wurde Archagathos von den eigenen Söldnern, die sich verraten fühlten, ermordet.

Archont: Bezeichnung für den oder die Inhaber eines Führungsamtes, das historisch mit dem Übergang von Monarchie in Aristokratie verknüpft und besonders für Athen gut belegt ist. Im Amt des Archonten konzentrierten sich vor allem Verwaltungs- und Rechtsprechungsaufgaben.

Ariana: Berg bei Karthago.

Armillasphäre: antikes astronomisches Gerät zur Bestimmung der ekliptikalen Koordinaten der Gestirne und Längendifferenzen von Sonne und Mond. Es bestand aus einer Reihe von mit Gradzahlen versehenen Metallringen, welche die Himmelskreise darstellten (etwa den Himmelsmeridian, den Himmelsäquator, die Wendekreise etc.). Vermutlich um 255 v. Chr. von dem griechischen Astronomen Eratosthenes erfunden.

Asa foetida/Asant: (pers.-mlat.) eingetrocknetes Gummiharz aus den Wurzeln des asiatischen Doldengewächses Ferula foetida. Die ganze Pflanze dient als Gemüse. Erst nach vier Jahren bildet sie bei Verletzung Asa foetida. Wird in Indien und im Iran als Gewürzzusatz verwendet, aber auch zur Herstellung von Parfum und Geschmackszusätzen. Den herben, zwiebelartigen Geruch verdankt es seinen organischen Schwefelverbindungen. In der Antike galt es als Nervenberuhigungsmittel.

Astarte: semitische Göttin, auch Aschtart oder Aschtoret (phönizisch) genannt; Hauptgöttin von Tyrus, Sidon und Elath. Göttin der Liebe, aber auch des Krieges, ebenso galt sie als Fruchtbarkeits- und Muttergottheit. Ihr Gestirn war allerdings die Venus, nicht der Mond. Sie teilte sich viele Eigenschaften mit ihrer Schwester Anath, was auf ursprünglich eine Göttin schließen läßt. Aus beiden Namen bildete sich die aramäische Bezeichnung der verwandten Göttin Atargatis. Astarte wurde in Ägypten und Ugarit verehrt, sowie in Kanaan. Ihre akkadische Entsprechung war Ischtar. Später wurde sie den ägyptischen Göttinnen Isis und Hathor gleichgesetzt, sowie im griechisch-römischen Kontext Aphrodite, Artemis und Juno anverwandt. Astarte zu Ehren wurde auf Sizilien auf dem Berge Eryx (Erice) ein bedeutender Tempel begründet – angeblich von Äneas –, der später ihrer griechischen Entsprechung Aphrodite bzw. der römischen Venus Erucina geweiht wurde. Zum Kult der Astarte gehörte auch die Tempelprostitution.

Ataranten: (vermutlich von ›ataram‹, der Bezeichnung der Tuareg für Westen) bereits bei Herodot erwähnter nomadischer Volksstamm aus der Nähe des Sahara-Atlasgebirges, zwischen den Garamanten (s. dort) und dem sagenhaften Volk der Atlanten (Bewohner des Atlas) angesiedelt.

Athara: vermutlich von Atar'ata, der syrischen Entsprechung der Atargatis (Dea Syria), die wiederum häufig mit der Astarte (s. dort) gleichgesetzt wurde.

Äthiopien: Land der Nubier, südlich von Ägypten.

Augila (augilische Wüste, Augilen = Bewohner): Oase, heute Wahat Jalu, auf dem ersten Drittel des Weges von Agedabia nach Kufra.

Augur: altrömischer Priester, der aus Vogelflug, -schrei, Blitz, Donner und anderen Zeichen den Willen der Götter verkündete.

Auseer: libyscher Volksstamm; bewohnten gemeinsam mit den Machlyern das Gebiet um den Tritonsee.

Autharit: (Autaritos) einer der Führer im Söldnerkrieg gegen Karthago. Der gebürtige Gallier diente 241 unter Hamilkar auf Sizilien, schloß sich dann den Aufständischen an, veranlaßte u. a. die Hinrichtung Gisgos und anderer karthagischer Gefangener. 239 wurde er gemeinsam mit Spendius und Zarxas vor Tunes gekreuzigt.

B

Baal: allgemeine kanaanitische Bezeichnung der Gottheit.

Baal-Peor: Gott der Moabiter, dem zu Ehren sich Jungfrauen hingaben.

Baal-Samin: der höchste Gott über der Welt.

Baal-Zebub: zu Ekron verehrter Gott, der als Abwehrer von Fliegenschwärmen galt.

Baaras: Pflanze aus dem Libanon, der man besondere Eigenschaften zuschrieb, die z. B. auch gegen Dämonen wirksam sein sollte.

Baccaris: Pflanze, aus deren Wurzel ein wohlriechendes Öl gewonnen wurde, identisch mit dem keltischen Baldrian.

Baktrien: eine östliche Provinz des alten Perserreiches.

Balearen: Inselgruppe im westlichen Mittelmeer, deren Bewohner im Altertum als Steinschleuderer berühmt waren.

Baliste: Name für verschiedene Wurfmaschinen.

Bambotus: Gebiet am Bambotum, einem Fluß im Gebiet der Gätuler, Volksstamm im heutigen Algerien.

Bat: Hohlmaß für Flüssigkeiten, ungefähr 39 l.

Bedellium: wohlriechendes Harz, das als Räuchermittel und zur Herstellung von Arzneimitteln verwendet wurde.

Beka: Münze und Gewichtseinheit, ungefähr 7 gr.

Bematist: Marschschritt nach dem Meilen bestimmt wurden.

Besoar: Gallensteinähnliches Gebilde aus dem Magen von Säugetieren, dem man eine heilende Wirkung zuschrieb.

Betza: Flächenmaß, etwa 5 Ar.

böotisch: Böotien: griechische Landschaft zwischen Parnaß und Golf von Euböa.

Borsippa: Stadt um Euphrat, Sitz einer Priesterklasse der Chaldäer, die sich mit Astronomie beschäftigte.

Bruttium: antiker Name von Kalabrien.

Byrsa: Zitadelle von Karthago, ältester Teil der Stadt, vom Hafen durch die Vorstadt Malqua getrennt.

Byssus: feines Leinengewebe.

Byzacium: Landschaft zwischen dem Tritonfluß und der kleinen Syrte.

C

Callaïs: Edelstein ähnlich dem Smaragd.

Capuanisch: Capua, Stadt nördl. von Neapel, an der Stätte der alten Etruskerhauptstadt Kampaniens.

Caunen: Volksstamm, der längs des kleinen Atlas wohnte.

Ceres: Römische Göttin des Pflanzenwuchses, später auch punische Göttin.

Chabar: Name des als Gott verehrten Mondes bei einigen arabischen Stämmen.

Chomer: altisraelisches Hohlmaß: 1 C ist 364 l.

Cirta: numidische Stadt, heute Constantine in Algerien.

Clupea: Vorgebirge und Stadt in Byzacena, heute Velibia in Tunesien.

Cottabus: ursprünglich sizilianisches Spiel, bei dem der letzte Schluck Wein aus einem Glas entweder auf den Boden oder in eine Metallschüssel geschüttet wurde. Aus dem dabei verursachten Geräusch erkannte der Spieler, ob ihm seine Geliebte treu geblieben war.

Cyrenaika: Landschaft in Libyen.

D

Darnah: Derna, Hafenstadt in der Cyrenaika.

Demetrius Poliorketes: erbaute die Helepolis, die Flaubert schildert, bei der Belagerung von Rhodos. Vitruv berichtet über die

Zerstörung dieser Kriegsmaschine. Flaubert läßt sie auf dieselbe Weise durch Hamilkar zerstören.

Derketo: eine syrische Göttin, die als Mutter der Semiramis galt. Sie wurde unter dem Bild eines Fisches abgebildet und deshalb mit dem Sternbild der Fische in Verbindung gebracht.

Dilochie: eine militärische Abteilung von etwa 200 Mann.

Drepanon: ehemaliger Name der Stadt Trapani auf Sizilien. Die Karthager schlugen die Römer dort 250 v. Chr.

E

Elath: heute Eilat, Hafenstadt am roten Meer.

Elektron: Legierung aus 80 % Gold und 20 % Silber.

Elissa: Beiname der Dido, der legendären Gründerin Karthagos, Tochter des tyrischen Königs Mutto (Belus) und seiner Gemahlin Sychaeus (oder Acerbas). Der Sage nach floh Dido, nachdem ihr Bruder Pygmalion ihren Gatten erschlagen hat, an die afrikanische Küste. Dort erwarb sie von dem ansässigen Fürsten Iarbas ein Stück Land auf dem sie Karthago gründete (s. Byrsa). Iarbas wollte die Gründerin der aufstrebenden Stadt zur Gemahlin nehmen, doch sie entzog sich ihm durch den Freitod auf dem Scheiterhaufen.

Epaminondas: thebanischer Feldherr und Staatsmann, der etwa von 420 bis 362 v. Chr. lebte.

Ephesos: antike Großstadt an der Westküste Kleinasiens, von Ioniern besiedelt, mit dem Artemistempel, einem der sieben Weltwunder der Antike.

epirotisch: Epirus: kahle Gebirgslandschaft im Nordwesten Griechenlands. Seit dem 4. Jahrhundert von dem moloss. Königshaus regiert (Pyrrhos). Wurde 230 v. Chr. Republik, 148 v. Chr. römische Provinz.

Eridanus: älterer Name des Flusses Po in Oberitalien.

Eryx: heute Erice, Stadt und Berg im Nordwesten Siziliens. Die Stadt wurde 242 v. Chr. von Hamilkar Barkas eingenommen.

Eschmun: Schutzgott von Karthago, einer der wichtigsten phönizischen Götter, den die Griechen mit Äskulap gleichsetzten. Der Tempel des Eschmun war der größte in Karthago.

Etrurien: geschichtliche Landschaft in Italien, zwischen Tiber,

Apennin und Tyrhenischem Meer, einst von den Etruskern bewohnt.

Euergetes: Beiname von Ptolemäus III., König von Ägypten 262 bis 221 v. Chr.

Ezeongeber: arabische Handelsstadt am Golf von Akaba.

G

Gades: heute Cadiz, eine der ältesten phönizischen Kolonien im Süden von Spanien.

Gagat: ein nach seiner ersten Fundstelle am Fluß Gagath in Lykien (Kleinasien) benanntes Bergpech.

Gätulien: Land im heutigen Algerien.

Galban: ein stark riechendes Harz.

Garamanten: afrikanischer Volksstamm südl. von Karthago, der sich von Reptilien ernährte.

Garaphische Berge: ein Zweig des Atlas.

Garum: Würze aus Fischeingeweiden, kostbarer Handelsartikel.

Glossopetra: Zungenstein.

Gomor: jüdisches Maß für trockene Gegenstände, etwa 2,2 l.

Gurunüsse: als Kaumittel beliebte Nüsse des Stinkbaums (Cola acuminata).

Gurzil: Gurza Stadt in Byzacium bei Hadrumetum.

Gyzanter: Volk im westlichen Libyen.

H

Hadrumetum: phönizische Handelskolonie, die Hauptstadt von Byzacena, im heutigen Tunesien Sousse.

Hamilkar: Karthagischer Staatsmann und Feldherr, gestorben 229 v. Chr. Im 1. punischen Krieg kämpfte er auf Sizilien gegen Rom (Schlacht bei Eryx 242 v. Chr.), einer der glänzendsten Siege Hamilkars. Später wurde er in der Seeschlacht bei den Ägatischen Inseln von den Römern besiegt. Danach brach wegen Soldrückständen der große Söldneraufstand gegen Karthago aus (242–237 v. Chr.). Hamilkar kehrte nach Karthago zurück, um ihn niederzuwerfen. Er hinterließ drei Söhne: Hannibal, Hasdrubal und Mago, die sich alle im 2. punischen Krieg

(218–201 v. Chr.) auszeichneten. Von einer Tochter ist nichts bekannt.

Hannibal: 247–182 v. Chr., Hamilkars ältester Sohn, Feldherr im 2. punischen Krieg.

Hanno: Gegenspieler Hamilkars, Führer der konservativen Partei, wurde durch die Eroberung von Hekatompylos, einer Stadt in Libyen berühmt, er starb nicht, wie in Salambo beschrieben, vor Tunis, sondern er erlebte noch das Ende des 2. punischen Krieges.

Harudsch el Abiat, Harudsch el Asuat: schwarzer Harudsch, weißer Harudsch, wildes Gebirge in der Nähe der Oase Augila.

Heilige Krankheit: Epilepsie.

Hekatompylos: libysche Stadt.

Helepolis: Kriegsmaschine.

Heraklea: Hafen auf Sizilien in der Nähe von Agrigent.

Herme: im griechischen Altertum Pfeiler mit dem Kopf des Hermes, dann auch anderer Götter und berühmter Männer.

Hierodulen: Tempeldiener.

Hieron II.: König v. Syrakus, 306–215 v. Chr.

Hin: jüdisches Hohlmaß, 3,6 l.

Hippo Diarrhytus: Stadt nordwestlich von Karthago.

Hopliten: schwerbewaffnete Soldaten.

I

Iarbal: libysche Gottheit

Insel der Gebeine: kleine Insel zu den liparischen Inseln nördlich von Sizilien gehörend. Dort sollen die Karthager während des Krieges gegen Syrakus 6000 Söldner ausgesetzt haben, deren Knochen noch lange Zeit die Insel bedeckten.

J

Jujube: strauch- und baumartige Gattung der Kreuzdorngewächse.

K

Kab: jüdisches Hohlmaß für trockene Gegenstände, ein Kab war ungefähr 393 l.

Kabiren: acht Götter, die ursprünglich von den Pelasgern auf Lemnos und Samothrake als Diener der ›großen Götter‹ verehrt und dann später mit ihnen identifiziert wurden. Bei den Phöniziern hießen sie Patäken. Dargestellt wurden sie als Zwerge mit dickem Bauch und einer konischen Mütze auf dem Kopf.

Kampaner: Bewohner der historischen Landschaft Kampanien in Süditalien.

Kantabrer: Volk, das im Altertum im Norden Spaniens wohnte.

Kantharos: großes Trinkgefäß mit Henkeln.

Kappadozien: Kappadokien, im Altertum: Gebirgslandschaft im östlichen Kleinasien, nach dem um 700 v. Chr. eingewanderten iranischen Volk der Kappadoken benannt.

Kap Hermaeum: heute Cap Bon in Tunesien.

Kap Physcus: Name für die Küstenstadt Ras-el-Razat in der Cyrenaika.

Karfunkel: alter Name für edlen Granat oder Rubin.

Kardamon: dreikantige Kapselfrucht südostasischer Ingwergewächse, vielseitiges Gewürz.

Karer: Bewohner von Karien in der südwestlichen Küstenlandschaft Kleinasiens, um Milet und Halikarnassos.

Karrobaliste: auf Rädern stehende Wurfmaschine.

Karthago: Gründung der Phönizier im 9. Jahrhundert v. Chr. als Handelsniederlassung an der nordafrikanischen Küste. Auf Grund seiner günstigen Lage übernahm es um 580 v. Chr. die Führung der phönizischen Kolonien und gründete ein eigenes Reich. Wegen seiner Besitzungen auf Sizilien kam es immer wieder zu Interessenskonflikten mit den Römern, bis der 1. punische Krieg ausbrach.

Karube: Johannisbrot.

Kassiteriden: nach Ptolemäus zehn Inseln (Zinninseln) im Atlantik, die sehr wahrscheinlich eine Erfindung der Phönizier waren, um die eigentlichen Zinnländer Spanien und England vor den anderen Ländern zu verheimlichen.

Kesitah: Goldmünze mit dem Bild eines Lammes.

Khamon: Sonneninkarnation mit dem Symbol einer Spitzsäule in Flammenform.

Kijun: syrischer Gott des Ackerbaus und aller mechanischen Arbeiten, wurde als Mann mit einem Affenkopf und Eberschwanz dargestellt.

Kikar: größte phönizische Münze. Sie enthielt 50 Minen oder 3000 Sekel.

Klinabaren: schwerbewaffnete Reiter

Kohorte: eine römische Legion bestand aus 10 Kohorten.

Kolchis: im Altertum Landschaft an der Ostküste des Schwarzen Meeres, die sagenhafte Heimat der Medea und das Ziel der Argonauten.

Kolumbarium: lat. Taubenschlag, im alten Rom Grabkammer mit kleinen Halbrundnischen für Aschenurnen.

Kommagene: historische Landschaft in Nordsyrien.

Krater: altgriechisches Gefäß mit zwei Henkeln zum Mischen von Wasser und Wein.

Krotalen: eine Art Kastagnetten.

Kyrene: die antike Hauptstadt der Cyrenaica, um 630 v. Chr. von Griechen gegründet.

L

Lakedämonier: Spartaner.

Lausonia: Henna, Färbe- und Schminkmittel, das aus der Hennapflanze gewonnen wird.

Lemnos: neugriechisch Limnos, Insel in der Nord-Ägäis.

Leptis: im Altertum gab es zwei Städte dieses Namens, Leptis minor und Leptis major. Leptis minor heute bei Monastir in Tunesien, Leptis major heute Tripolis in Libyen.

Lilibaeum: westliche Landspitze Siziliens, Stadtgründung der Karthager aus dem Jahre 397 v. Chr. Wurde während des 1. Punischen Krieges von den Römern belagert, aber erst nach Friedensschluß an sie abgetreten.

Lokri: von den Griechen gegründete Stadt im Süden von Kalabrien.

Lusitaner: Lusitanien, heute Portugal.

Lutatius: Gajus Lutatius Catulus, römischer Konsul (242 v. Chr.), der im 1. Punischen Krieg die Flotte Roms befehligte. Er schlug die karthagische Flotte bei den Ägatischen Inseln und forderte von Karthago 3200 euböische Talente Kriegsentschädigung.

Lyder: Lydien, antike Landschaft im Westen Kleinasiens, einst ein mächtiger, reicher Staat (Krösus); 546 v. Chr. von den Persern erobert.

M

Makar: punischer Name des Flusses Bagradas (heute Medjerda), der nördlich von Karthago mündet.
Magdala: Stadt in Unterägypten.
Malobathron: indisches oder syrisches Gewächs, das zur Herstellung kostbarer Salböle benutzt wurde.
Malqua: Stadtteil Karthagos zwischen dem großen Wall und der Byrsa, der hauptsächlich von Fischern bewohnt wurde.
Mamertiner: ehemalige Söldner des Tyrannen Agathokles von Syrakus. Nach dessen Tod 289 v. Chr. überzogen sie das östliche Sizilien mit Krieg. Von Hieron II. besiegt, rief ein Teil von ihnen die Römer, ein anderer Karthago zu Hilfe. Daraus entstand der 1. Punische Krieg.
Mandragora: Pflanze mit betäubender Wirkung.
Manipel: 30. Teil einer römischen Legion.
Mapalien: Straße in Karthago, die vom Seeufer durch die Stadt bis zu den Katakomben lief.
Maphug: Stadt in Syrien.
Marazzana: Landschaft in Byzacena zwischen Sufibus und Aquae regiae.
Marmarica: Landstrich zwischen Cyrenaika und Ägypten.
Maschala: Stadt in Unterägypten.
massischer Wein: berühmter Wein vom Berg Massicus zwischen Kampanien und Latium in Italien.
Massulier: numidischer Volksstamm.
Maurusier: Bewohner Mauretaniens.
Medimnos: griechisches Getreidemaß, etwa 52 l.
Megara: Neustadt Karthagos mit vielen Villen, Gärten und Parks.
Melkarth: Schutzgott der phönizischen Stadt Tyros, Nationalgott der Phönizier, dem überall in den Kolonien Altäre errichtet wurden. Die Säulen des Melkart sind die Säulen des Herkules.
Metopion: ägyptische Salbe.
Metapontum: griechische Kolonie am Golf von Tarent.
Mine: s. Kikar.

Mogbeden: Mobedh, persisches Haupt der Magier, Hohepriester der Sassaniden-Zeit. Sie organisierten und überwachten u. a. die einzelnen Zeremonien des Kultus, das Opfern, die Seelsorge und den Unterricht des Volkes.

Moloch: kanaanitischer Gott, der die zeugende Kraft der Sonne personifizierte. Sein Gestirn ist Saturn. Ihm wurden bis in die spätesten Zeiten der Stadt Karthago Menschen- und besonders Kinderopfer dargebracht.

Muluya: Fluß in Marokko.

Mylitta: griechische Umschreibung des babylonischen Wortes belit = ›gebären Lassende‹. Bei Herodot wird sie der Ischtar bzw. Aphrodite gleichgesetzt.

Myrobalan: aus der arabischen Behennuß bereiteter, geruchloser Balsam, der leicht andere Gerüche annimmt und festhält.

N

Nabatäer: nach Nabajoth, dem zweiten Sohn Ismaels, hießen bei den Griechen die Araber vom Euphrat bis zum Roten Meer.

Narde: Bezeichnung für wohlriechende Pflanzenteile, besonders von Baldrian.

Narwalhorn: Horn aus den Stoßzähnen des Narwals, einer Delphinart der nordischen Meere.

Nasamonen: An der großen Syrte lebender libyscher Volksstamm.

Nebo: Nabû, babylonischer Gott der Schreibkunst.

Nekromanten: Männer die durch Totenbeschwörungen weissagen.

Nisan: der 7. Monat im jüdischen Kalender (Mitte März bis Mitte April).

Numella: Fessel, die Sklaven angelegt wurde.

Numider: Numidien, antikes Königreich in Nordafrika.

O

Oestrymiden: vielleicht Land's End, die Südspitze Englands.

Onager: Wildesel, Belagerungsmaschine.

oringische Pferde: Oringis, wegen ihrer Pferde berühmte Stadt auf der Iberischen Halbinsel.

P

paphlagonisch: Paphlagonien, kleinasiatische Gebirgslandschaft am Südufer des Schwarzen Meeres.

Patäken: s. Kabiren.

Pessinus: Hauptsitz des Kults der Kybele, lag in Galatien in Kleinasien.

Phalanx: Schlachtreihe, Schlachtordnung.

Pharusier: Volk in Libyen.

Phazania: das heutige Fessan, das Land der Garamanten im Süden des heutigen Libyen.

Prosperina: lat. Name der griechischen Göttin der Unterwelt (Persephone).

Psagas: ägyptische Salbe.

Ptolemäus: s. Euergetes.

Pyrrhus: König von Epirus (319–272 v. Chr.), siegte 280 und 279 unter schweren Verlusten gegen die Römer.

Q

Quiriten: die Bürger im antiken Rom.

R

Rabbetna: Rabbet, auch Tanit, die große Göttin, Frau des Gottes Ammon.

Rahab: Name eines Chaosungeheures; es symbolisiert Ägypten.

Regulus: römischer Konsul, der 256 v. Chr. bei Eknomos auf Sizilien die karthagische Flotte vernichtete und danach in Afrika landete.

Rhades: kleine Stadt südöstlich von Tunis.

Rhegium: Stadt an der Meerenge von Sizilien, heute Reggio di Calabria.

Rusicada: Küstenstadt in Numidien im Norden von Cirta.

S

Salsalim: zimbelähnliche Musikinstrumente.

Samniter: aus Samnium, Landschaft nördlich von Kampanien bis zum adriatischen Meer.

Samothrake: Insel im Ägäischen Meer vor der Küste Thrakiens, der Hauptsitz des Kabirendienstes.

Sandarak: duftendes Harz von Sträuchern Nordafrikas.

Sandastrum: schillernder, grüner Edelstein aus Indien.

Sarissa: Lanze von mehr als zwanzig Fuß Länge.

Satrap: im alten persischen Reich Stadthalter einer Provinz.

Sekel: Münze und Gewichtseinheit.

Serer: Name für fernöstliche Völker.

Sesel: Fenchelart.

Sikka: Stadt südwestlich von Karthago und Zentrum der Tempelprostitution.

Silphium: Saft der in Nordafrika angebauten Silphiumpflanze, der als Heilmittel und als kostbare Würze für Spanien verwendet wurde.

Sirius: Stern 1. Größe im Sternbild Großer Hund.

Siv, Siwan: Monate.

Skythen: antiker Name für Reitervölker Südrußlands, dann der Nordvölker überhaupt.

Strobus: duftender Baum, dessen Blätter als Räucherwerk dienten.

Styrax: Mittelmeerstrauch, der ein Räucherharz absondert.

Subura: Straße in der ersten Region des alten Roms.

Syntagma: Heeresformation in Form eines Karrees von 16 mal 16 Mann.

Syrte: zwei Buchten des Mittelmeers an der Nordküste Afrikas: die Große Syrte vor Libyen, die kleine Syrte im Süden Tunesiens.

T

Taenia: der schmale Streifen Land zwischen dem Meer und dem See von Tunis.

Talent: ursprünglich Waagschale, Gewichtseinheit und Rechnungsmünze, 1 Talent = 60 Minen zu je 100 Drachmen.

Tammus: Monatsname für Juni/Juli, auch Gottheit.

Tanit: identisch mit Astarte, Diana, etc., war als empfangendes und gebärendes Prinzip der Natur die zweite Hauptgottheit der Punier und zugleich die Schutzgöttin von Karthago. Sie personifizierte den Mond.

Tamrapanni: alter Sanskritname der Insel Ceylon.

Taprobane: griech. Name der Insel Ceylon.

Tartessos: eine der ältesten phönizischen Kolonien im Süden Spaniens nördlich von Gades, dem heutigen Cadiz.

Tedes: bedeutende und volkreiche Stadt auf dem Gebiet des heutigen Algerien.

Terebinthen: griechisch für Pistazien.

Tetrarch: im Altertum einer von vier Fürsten, die zusammen über ein Land herrschten.

Theogonie: altgriechische Lehre von der Abstammung der Götter.

Thesmophoria: dreitägiges Fest in Athen zu Ehren der Demeter, an dem nur Frauen teilnehmen durften.

Teveste: Stadt in Numidien.

Thymiatherion: der äußerste Punkt an der Küste Afrikas entlang bis Kamerun, den Hanno erreichte.

Thyrsusstäbe: Thyrsos, Stab des Dionysos und der Mänaden, in einem Pinienzapfen endend, mit Efeu und Weinlaub umwunden.

Tibby: ein Monat.

Tillabaren: südwestlich von Tripolis ansässiger Volksstamm.

Tiratha: vermutlich Tar'atha, die der griechischen Derketo (s. dort) gleichgesetzt wurde.

Tollenone: Belagerungsmaschine.

Trireme: antikes Kriegsschiff mit drei Reihen von Ruderbänken.

Troglodyten: Höhlenmenschen.

Tyanos: persische Smaragdart.

Tympanon: Bogenfeld oder Trommel der griechischen Antike.

U

Ubada: Stadt in Numidien.

Utica: Stadt nordwestlich von Karthago. Nach Aristoteles 278 Jahre vor Karthago gegründet.

V

Veliten: Leichtbewaffnete.

X

Xanthippus: von Karthago angeworbener spartanischer Söldnerführer, der im 1. punischen Krieg die Stadt vor dem in Afrika gelandeten römischen Heer rettete.

Y

Yidonim: hebräisch Wahrsager.

Z

Zabarca: Berg

Zaghwan: Berg etwa 96 km südlich von Karthago. Von ihm aus führte der Aquädukt das Wasser in die Stadt.

Zaine: Fluß in der Nähe von Karthago.

Zaueker: libyscher Volksstamm.

Zereth: hebräisches Längenmaß, Unterteilung der Elle.

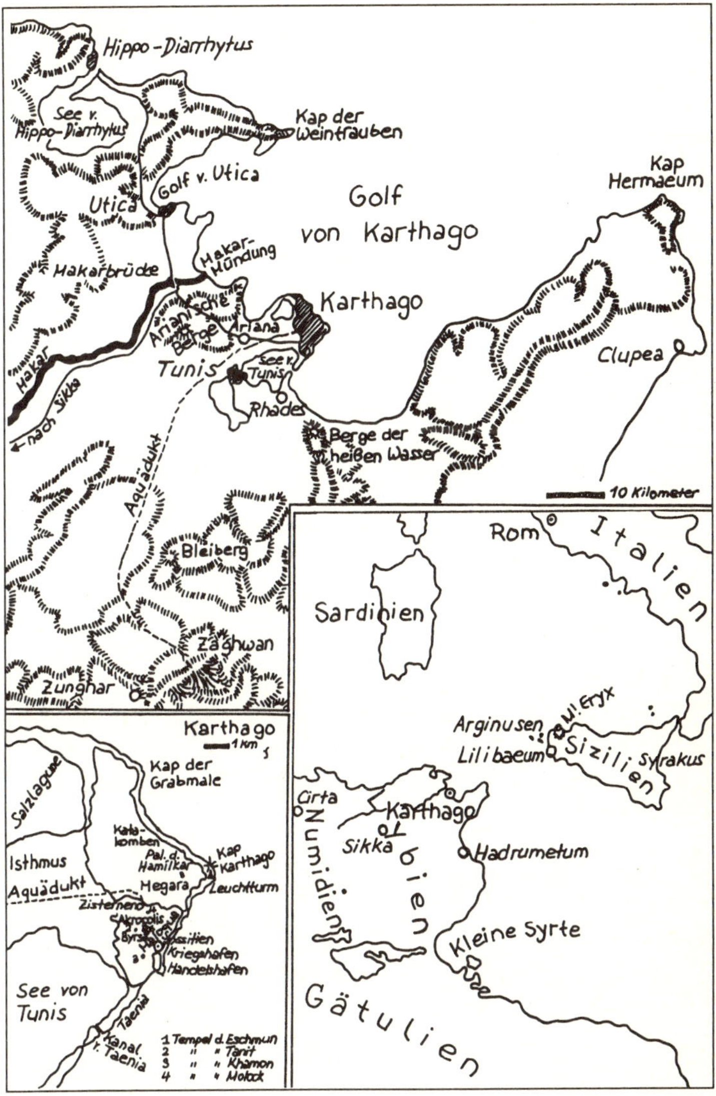
Hippo-Diarrhytus
See v. Hippo-Diarrhytus
Kap der Weintrauben
Golf v. Utica
Utica
Kap Hermaeum
Golf von Karthago
Makar-Mündung
Makarbrücke
Karthago
Arianische Berge
Ariana
Clupea
Makar
nach Sikka
Tunis
See v. Tunis
Rhades
Berge der heißen Wasser
Aquädukt
10 Kilometer
Bleiberg
Zaghwan
Zunghar
Rom
Italien
Sardinien
M. Eryx
Arginusen
Lilibaeum
Sizilien
Syrakus
Cirta
Karthago
Numidien
Sikka
Libien
Hadrumetum
Kleine Syrte
Gätulien
Karthago
1 km
Kap der Grabmale
Salzlagune
Katakomben
Pal. d. Hamilkar
Kap Karthago
Isthmus
Megara
Leuchtturm
Aquädukt
Zisternen
Akropolis
Byrsa
Kriegshafen
Handelshafen
See von Tunis
Taenia
Kanal v. Taenia
1 Tempel d. Eschmun
2 " " Tanit
3 " " Khamon
4 " " Molock

Gustave Flaubert

Das Wörterbuch der Gemeinplätze

Nachwort von Julian Barnes. Zwischenblätter von Volker Kriegel. Aus dem Französischen von Gisberth Haefs, Irene Riesen, Thomas Bodmer und Gerd Haffmans. 158 Seiten. SP 3016

In diesem boshaften Wörterbuch hat Gustave Flaubert Klischees, Platitüden und Halbwissen versammelt, mit denen man nicht nur in der besseren Gesellschaft seiner Zeit, sondern auch heute noch Eindruck schinden kann. Beim Stichwort »Autor« heißt es: »Man muß dies und das gelesen haben; von wem, ist nicht so wichtig.« So empfiehlt uns Flaubert etwa auch den Gebrauch von Wörtern wie fulminant (»prima Wort«) und Giraffe (»höfliches Wort, wenn man eine Frau nicht ›Kamel‹ nennen will«) und verrät uns, worüber man sich im Smalltalk entrüsten und worüber man sich lustig machen sollte. Hintergründig entlarvt er seine Zeitgenossen und hält der Gesellschaft den Spiegel vor.

Klaus Bittermann (Hg.)

Das Wörterbuch des Gutmenschen

Betroffenheitsjargon und Gesinnungskitsch. 247 Seiten. SP 2695

Gute Menschen haben Problembewußtsein, leisten Trauerarbeit und gehen ständig aufeinander zu. Sie sind mutig, kreativ und konstruktiv. Wenn sie in die öffentliche Debatte eingreifen, tun sie das aus Betroffenheit und aus tiefer Empörung, und das macht sie so richtig glaubwürdig. Gute Menschen halten sich für Querdenker, die die Mauer in unseren Köpfen einreißen wollen, sie sind immer offen für alle Fragen und Probleme und brechen mit Vorliebe verkrustete Strukturen auf. Menschlichkeit und Identität sind zentrale Pathos-Vokabeln ihrer Schaumsprache.